今井源衛著作集 6

源氏物語の鑑賞・研究二

辛島正雄【編集】

笠間書院

【函・扉図版】
野々村仁清作
「色絵吉野山図茶壺」
「福岡市美術館所蔵(松永コレクション)」

【編集委員】
今西祐一郎　武谷恵美子
辛島　正雄　田坂　憲二
金原　　理　中島あや子
工藤　重矩　西丸　妙子
古賀　典子　松本　常彦
後藤　昭雄　森下　純昭
後藤　康文　森田　兼吉
坂本　信道

源氏物語の鑑賞・研究二

今井源衛著作集 6

凡例

一　『源氏物語』『枕草子』等の著名な作品の引用は、おおむね〔新編日本古典文学全集〕に拠ることとした。『枕草子』の章段番号も同書に従った。

二　『古今和歌集』等の歌集の引用は、おおむね〔新編国歌大観〕に拠ることとした。歌番号も同書に従った。

三　『三代実録』等国史関係の文献の引用は、おおむね〔新訂増補国史大系〕に拠ることとした。

四　その他、〔私家集大成〕〔新日本古典文学大系〕等に拠った場合は、必要に応じてその旨を明記した。

五　論文内容との関係から、引用本文について、初出時のままとした場合もある。

目次——源氏物語の鑑賞・研究二

源氏物語の鑑賞・研究二

源氏物語五十四条

「五十四条」は「五十四帖」ではない。「条」は、「くだり」である。要するに、五十四帖各巻一条ずつ、適当な文章や語句を選んで、解釈・鑑賞を加えるわけだが、その趣旨は、『百人一首』と同類の、短くて、愛誦するに耐えるものとしたい、ということである。

『百人一首』は歌であるが、この場合には、歌は採らず、散文を選ぶ。もちろん、場合によっては、その地の文の間に和歌が入ることもあるが、重点は、あくまで散文である。

古来、『源氏物語』は名文だというほまれが高かった。しかし、その評判のわりには、近年では、その「名文」を音吐朗々と吟誦するといったことは、誰しもしなくなっている。

その理由にはいろいろと考えられるが、「名文」の概念や受け取り方が違ってきたことが一つである。たとえば、以前は、須磨巻の「須磨にはいとど心づくしの秋風に」の段など、その尤たるものとして持ち上げられたものだが、今では、修飾過多を嫌う人も少なくないのではないか。以前には、そうした抒情性のゆたかな、また、音律性にも富んだものが、名文として引かれることが多かったと思われるが、近年では、必ずしもそうでもあるまい。気分や情緒だけが、この物語の本領ではないと気付かれてきたからだ。

だから、この「五十四条」では、従来通りの名文として定評のある箇所ももちろん引くけれど、それ以外の、内容としてコクのあるもの、それが抒情的でなくても、思想性とか意志的・行動的な表現などにわたるものでも、箇潔的確な表現ならば、差をつけずに取り上げようと思う。

『百人一首』と同じようにして、たとえば蛍巻のあそこ、というふうに、自然に人々の口に上るようになればおもしろいだろう。それが私の今の、まことにおおけなき考えである。

1　桐壺

わが御心ながら、あながちに人目おどろくばかり思されしも、長かるまじきなりけりと、今はつらかりける人の契《ちぎ》りになん。世にいささかも人の心をまげたることはあらじと思ふを、ただこの人のゆゑにて、あまたさるまじき人の恨みを負ひしはてはては、かううち棄《す》てられて、心をさめむ方《かた》なきに、いとど人わろうかたくなになりはつるも、前《さき》の世ゆかしうなむ。

桐壺更衣の死後、靫負命婦が御使となって、更衣の実家を訪れ、更衣の母君と話を交わす中に出る、帝の言葉である。これよりすこし前に、命婦が、御使の趣旨は、帝が更衣の死後淋しさに堪えず、その慰めに祖母の膝下にある幼い光源氏を参内させるようにと伝えるためであったと、母君に語ると、母君はそれをお受けするが、自分自身は年老いて、「寿《いのちなが》さのいとつらう思ひたまへ知らるる」（長生きをしているのが、恨めしく思われます）上に、子に先立たれた縁起でもない身の上だから、参内を遠慮したいと答える。命婦は、そこで、「上もしかなん」（帝もご同様でいらっしゃいます）といって、以下、この帝の言葉を紹介するのである。

しかし、この帝の言葉は、もちろん、母君に伝えるためのものではなく、平常ふとした機会に命婦に内々に漏らしたその心の中に過ぎない。

帝は、まず亡き更衣と自分との縁を、今となっては、「つらかりける人の契り」（恨めしい宿縁）だったとする。

「つらかりける」の語が出るのは、先の更衣の母のあいさつに応じたもの。また、「人の契り」は一語であって、「つらかりける」は、その全体にかかるのであり、「つらかりける人」ではない。また、「ける」は、「思えば……であった」の意である。

更衣の生前は、激しい愛の昂まりの只中、二人きりの世界に浸ったまま夢中だった。そのため周囲の人も驚くほどだったが、更衣がいなくなった今は、彼女と出会ったことが恨めしい。あんなにあっけなく死んでしまって、自分をこれほどの悲しみに沈ませるとは。私を悲嘆の渕に陥れるために、あの人は、ほんの束の間私の前に姿を現したのだったのか。そうにちがいない。それが人間のもって生まれた宿命であり、男女の出会いというものだ、とはいっても何というむごい仕打ちだ。——更衣生前の帝のよろこびそのままの大きさで、今、帝の悲しみと怨みは深いのである。

今、帝にとっては、自分のこれまでのふるまいが、不条理で残酷な運命の手に摑《つか》まえられてしまった一人の男のそれとして、あらためて痛切に顧みられるのであった。——私は人一倍気の小さい、やさしい性質の男だ。人の心を傷つけあるいは、不本意なことを強いるようなことを何よりも怖れてきた。それなのに、あの人を知ったばかりに、恨まれなくてもよいところを、大勢の人から恨まれるようになって、あげくのはてに、あの人は逝き、こうして一人ぼっちになり、その苦しみに日夜さいなまれたまま、ますますぶざまで、愚かしいありさまになり果ててしまった。それにつけても、前世に自分はどんな罪を作ったからとて、こんなひどい目にあわねばならないのか、その因縁が知りたい。——

ほんの数行の文の中に、今日の我々が汲みとるべきものは、いろいろある。

第一には、恋は不条理なものという認識であろう。開巻劈頭に位置する桐壺帝と更衣との愛は、女が更衣という卑しい身分であることによる宮廷的秩序との背反を背負いこみ、そこに最初から悲劇的色彩を帯びていることは、よくいわれる通りであろう。

そして、この二人の愛によって生まれた光源氏の恋愛遍歴もまた、往々にして「あやにくなる御癖」や「さるまじき御ふるまひ」が多かったのである。桐壺帝と更衣の恋は、この物語全篇の恋の原点の位置を占めるといえる。

第二は、しかし、こうした不条理な人間存在の中で、帝は、今、悲嘆のどん底にありながらも、そうした自分の姿を、やや離れた場所から静かにふりかえって見ている。惑乱は女の喪失以後日を経るにつれて、やや過去のものと化しつつある。帝の生来のやさしい人柄と、一方、自ら帝王としての品格を持そうとする心の張りがそこにはたらいている。帝の言葉の中に、「わが御心ながら」とか「思されしも」という自称敬語の用いられているのも、その現れであろう。自称敬語は会話には稀という理由から、ここは、命婦の帝への敬意の表現ととるべきだという説も強いが、その実否はともかくも、ここには、その重い待遇表現は必然である。

平安朝の帝像は、作り物語にしろ歴史物語にしろ、おおむね、心弱く、やさしい貴人が多い。しかし、一方それだけではなく、自ら帝王の威厳や品格をおとすまいとつとめるところも少なくないので、その相矛盾し拮抗する心の動きの中で、絶えずゆれ動く帝の姿に、他の人間には見られない複雑な美しさが認められるのであるが、ここの桐壺帝もまた然りである。

第三には、その宿命観である。仏説によれば、前世・現世・後世の三世にまたがる人間存在は、相互に因果関係によって緊密に結びつけられている。現世の目前の現象によって、父母未生以前の我が前生の姿を見、その過去のふるまいの善悪を察することこそが、人生の意味なのである。ことに、現世に帝王たる者は、前世において十善の功徳をなした善報に依るともいう。桐壺帝は、わが前世に十善を作《な》しながら、今このような堪え難い目にあうのは、いったい前世のいかなる悪業のゆえかと、その不審と怖れはなおさら深いのである。

最後に、この一文のリズムがどこに特別のアクセントを置くこともなく、メリハリも利かせずに、長短二種のそれぞれほぼ一定の長さをもって、静かな呼吸に合わせて作られていることにも注目したい。それは、帝の静かな独白のかたちであり、朗読には、それにふさわしい、落ち着いたゆるやかなリズムが必要であろう。

2　帚木

今は、ただ、品《しな》にもよらじ、容貌《かたち》をばさらにも言はじ、いと口惜しくねぢけがましきおぼえだになくは、ただひとへにものまめやかに静かなる心のおもむきならむよるべをぞ、つひの頼みどころには思ひおくべかりける。あまりのゆゑ、よし、心ばせうち添へたらむをばよろこびに思ひ、すこし後《おく》れたる方あらむをもあながちに求め加へじ。うしろやすくのどけきところだに強くは、うはべの情《なさけ》はおのづからもてつけつべきわざをや。

帚木巻、雨夜の品定めの中、左馬頭の長広舌の終わりのほうにある一節。女性は誰しも長所もあれば短所もあるもの、完全無欠の理想の女というものは求めるほうが無理なのだといった後に続く部分である。有名なところだから、御存知の方も多いだろう。

要旨は、「これからは妻選びに家柄や器量の良し悪しをいうのはやめにして、ひねくれた感じがなく、実直で落ち着いた人が生涯の伴侶として望ましい。それ以上のたしなみや風流ごとを身に付けていたら、もうけものだと喜び、また多少の不備の点があってもそれを無理に要求するな。身もちが安心で、むやみに気をもまず鷹揚という点がたしかなら、表面的な風情は次第に身に具わってくるものだ」というのである。

これは、いうまでもなく、男性の側としての心構えについていうのである。それにしても何という日常的散文的な主張だろう。実直で、浮気あるいは色めかしいところがなく落ち着いた性格ならば、それで一応合格で、あとの芸事や教養などは二の次であり、ましてや家柄や容姿は問題にならぬというのだから、ロマンチックな青年の美女・才女に憧れる境地からはおよそかけ離れている。とくに、「今は、ただ、品にもよらじ、容貌をばさらにも言はじ」の冒頭の一句は、目をみはらせる。当時、家格、家柄の高下は、貴族にとって最大の関心事だったはずで、事実、家格の劣る者はいくら才能があっても終生ウダツが上がらず、自分の生家が賤しければ、高い家柄の人や、富裕な人の娘に入り婿して、栄達したいと思う男も少なくはなかった。宇治十帖の東屋巻に登場する俗物、左少将がその典型である。だから、それを問題外にしようというのは、かなり思い切った人物本位の考え方ということになる。

しかし、もっとも目に立つのは、妻を選ぶのに、容貌のことはいうまいという点である。一般に、これから結婚しようという若い男がもしこんなことをいえば、妙にひねこびていやみな奴だと嫌われるにきまっている。また自分の心に素直になれば、男たるもの普通はこうはいいづらいのではあるまいか。それだからこそ、作者は海千山千、スレッカラシの左馬頭に、若い源氏や頭中将に向かってそういわせたという理屈で、それはもちろんよく分かるけれど、そこまで悟ってしまうのも味気ないはなしだ、というのが男の普通の感覚であろう。この文字は男の作家にはなかなか書けないものだろうと思う。

これに反して、女の作家のばあいにはどうかとなると、これはかなり判断が難しい。一般的にいえば、不美人を自覚している人は、容姿の問題にあまり触れたがらないものらしいし、さりとて美人のばあいにも、ふつうごくすんなりと「容貌など問題ではない」といえるものかどうか。それは自意識の強さの度合によって異なるだろうが、へたをすれば、自信を裏返しにしたいやみのように受けとられかねないことだから、これも口がつい重くなりがちなことなのではないか。

紫式部は、まぎれもなく女だから、私は、彼女がどんなつもりでこんなことを書いたのか多少気にかかる。もとより、この言葉は、女性体験の豊富な左馬頭の口から出たもので、作者自身の思想そのものかどうか、吟味を要することではあるけれど、しかし、両者の重なりが、約六〇パーセント以上に達すると見ることは許されるだろう。このズレの部分を考慮に入れるとしても、紫式部の結婚観としては、大要左馬頭と似ていたとはいえるだろう。紫式部が美人、不美人のいずれであったかは、しばらくは問わないことにしても、当時の女性として、こうしたことをあっさりいってのけるというのは、やはりただ者ではない。そのしたたかさには目をみはる思いがするのである。

家柄や容貌が妻選びの基準になり得ないとなると、頼るべきは何かが、次の問題で、それは、ひねくれた感じがないということ、真実味があって落ち着きがあることだという。それは、もっぱら人目につかない人間の内側、心の問題である。しかも、この点が基本であって、同じく心の問題であっても、「ゆゑ、よし」教養とか芸事のようなものは、「あまり」の不必要とはいわないまでも二義的なものなので、本質的には、あってもなくてもあまり違いがなく、基本線さえしっかりしていれば、自然に身についてくるものだという。

これもまことに恐るべき言葉である。当時娘の教育にはまず、『古今集』二〇巻を暗誦できるまでに読ませ、また琴を練習させる。つまり和歌・音楽、あるいは習字といったことが第一であった。藤原師尹が、村上天皇の女御となった娘の芳子の教育に当たってそのことに専念したことは『枕草子』の記事で有名だ。右の主張は、こうしたことも「うはべの情」であまり意味がないというわけだ。平凡なことをいっているようでいて、当時の貴族社会の通念の中に置いてみれば、かなり大胆な、むしろ乱暴な発言に近かったのではあるまいか。こういう文字が、今日、ごく当然で平凡な真理に見えるのは、昭和の市民生活の感覚というべきだろう。

しかも、この種の発言は、紫式部にとってけっして、この場限りのものではなかった。

さまよう、すべて人はおいらかに、すこし心おきてのどやかに、落ちゐぬるをもととしてこそ、ゆゑもよしも、をかしく心やすけれ。（紫式部日記）

鷹揚で落ち着きのある女性であってはじめて、教養、技芸も上達し、安心して見られる、というのである。

しかし、それなら、女はこういう根本の心構えさえしっかりしていれば、万事OKなのかといえば、それはそうでもない、と紫式部は付け加えることを忘れない。

理想の妻を求めがちな男に向かっては、右のような教訓を与える一方で、彼女は幸福な結婚生活を願う女性に対しては、同じく左馬頭の口を借りて、こういう。

すべて、よろづのことなだらかに、怨《ゑ》ずべきことをば見知れるさまにほのめかし、恨むべからむふしをも、憎からずかすめなさば、それにつけて（夫の妻に対する）あはれもまさりぬべし。多くは、わが心も見る人からをさまりもすべし。あまりむげにうちゆるべ見放ちたるも、心やすくらうたきやうなれど、おのづから軽《かろ》き方《かた》にぞおぼえはべるかし。

という。夫の浮気に気付いても、いきり立ったりせずに、それとなくほのめかす程度にせよ、そうすれば妻のいじらしい心根に打たれて夫は再び戻ってくる。しかし、あまり夫の思うままに自由にさせておくのは、夫に見くびられるばかりでよくない、というのである。

ではそうした過不足ない聡明な態度を妻が採っていれば、すべて大丈夫か、といえば、それはそうとも限らないのである。頭中将は、右の左馬頭の言葉に相槌を打ってこういう。

わが心あやまちなくて見過ぐさば、さし直してもなどか見ざらむとおぼえたれど、それさしもあらじ。ともかくも違《たが》ふべきふしあらむを、のどやかに見しのばむよりほかにますことあるまじかりけり。

妻のほうで落度なくふるまって、夫の浮気を我慢していれば、そのうちには思い直して、自分のもとに帰ってくるだろうと誰しも期待するだろうが、必ずしもそうとも限らず、夫が戻って来ないこともある。しかし、結果はともかくも、妻としては、ごたごたが起きても、気を落ち着けて忍耐するのが最善の方法なのだ、――の意だ。

妻の採るべき方法は我慢しかない。しかも、それが功を奏するとも限らぬという、暗い展望も見定めた上での発言である。

ずいぶん男本位の言い草のように見えるが、しかしこれがおそらく当時の結婚生活の実体だったことも疑いがない。

紫式部は、こうして一見常識的に見える日常の心構えを夫や妻たちに求めながら、しかしその有効性の限界も冷たく見据えていた。人間は善意をもって相手に接すれば、相手も必ずそれにこたえてくる、といったような単純な存在ではないことに十分気付きながら、さりとて直ちにニヒリズムやペシミズムにのめりこむこともなく、さりげなく、ああした最大の可能性を提出してみせる。そこに六分の幸福を賭けようというのであろうか。あの時代に、家柄はもちろん容貌すらも、結婚の幸福については問題外とした紫式部の、したたかな人生観をそこに垣間見る思いがするのである。

3　空蟬

西の君も、もの恥づかしき心地して渡りたまひにけり。また知る人もなきことなれば、人知れずうちながめてゐたり。小君の渡り歩《あり》くにつけても胸のみふたがれど、御消息《せうせこ》もなし。あさましと思ひ得る方《かた》もなくて、されたる心にものあはれなるべし。つれなき人もさこそしづむれ、いとあさはかにもあらぬ御気色《けしき》を、ありしながらのわが身ならばと、とり返すものならねど、忍びがたければ、この御畳紙《たたうがみ》の片つ方に、

　空蟬《うつせみ》の羽《は》に置く露の木《こ》がくれてしのびしのびにぬるる袖かな

帚木巻、雨夜の品定めに、その道の先達である左馬頭や頭中将から、さまざまの女性との体験談を聞かされた一七歳の光源氏は、翌日、梅雨明けとともに、恋のアヴァンチュールに乗り出してゆく（もっとも、雨夜の品定めの冒

頭には、彼の手もとに多くの女性の恋文が集まっている、と記されているから、物語られない体験がそれ以前にも、あったことは疑えないが)。

空蟬の女はその最初の女性である。老地方官伊予介の、年若い後妻で、夫はいま任国に在り、彼女は継子の紀伊守やその妹の軒端荻《のきばのおぎ》の住む中川の邸に同居している。方違えの宿を紀伊守の邸に求めた源氏はその夜、障子を隔てた空蟬の寝屋に忍び入り、契りを交わすが、そのたしなみの深い人柄に強くひかれる。空蟬もまた光源氏に魅せられるが、人妻の身を省みて、以後、口実を設けては再三訪れてくる源氏の求愛の手を強く拒み続けて、応じようとはしない。

三度目の来訪の夜、闇の中に忍んで来る源氏の気配を察した空蟬は、単衣の薄衣を脱ぎ棄てたまま、寝所から逃れ出る。傍に寝ていた軒端荻を、それかと思って寄り臥してはじめて、人違いに気付いた源氏は、言葉たくみにごまかして、軒端荻とも契りを交わす。しかし、彼女は、大柄の健康美人とはいうものの、たしなみもなく、頭もよくないらしい。相手は源氏と知ると、娘にしてはさしてとり乱すふうもなく、すぐなびいてきた。源氏はその風情の無さに、夜深い中に引き揚げたが、帰りがけに空蟬の遺していった薄衣をそっと懐にしていたのである。

邸に帰った源氏は、さっそく空蟬には、

空蟬《うつせみ》の身をかへてける木《こ》のもとになほ人がらのなつかしきかな

と歌を詠みおくる。しかし、軒端荻には、言伝てすらおくらない。

掲出本文は、右に続く巻末の部分である。「西の君」は、西の対に住んでいる軒端荻のこと。前半「ものあはれなるべし」までは軒端荻が、朝、空蟬の部屋から自分の部屋に戻り、昨夜のことを考えては、ひとりで思いに沈んでいた、というのである。「小君」は空蟬の弟。源氏の文使いとなって、空蟬との間をうろうろしている。軒端荻はその姿を見て、自分への後朝の文かと胸をおどらせるが、その気配ではないので胸がつまる。が、それを「あんまりだ、ひどいわ。今までお手紙が来ないとは、さては弄ばれただけなのか」と、腹を立てるまでのこともなく、はすっぱで極楽とんぼのような娘ながらも、それなりに胸を痛めて、しょんぼりしているらしい――

後半、「つれなき人」は、もちろん空蟬。源氏の求めをあんなに冷たくふり切ったものの、内心では、さすがにすばらしい源氏の魅力に抗し難いわが心をおさえきれない。

「さこそしづむれ」とは、この直前に、弟の小君が源氏の文をもってきたのを見て、頭から「昨夜は、何とかうまくごまかして逃げ出してきたけれど、それでもほかの人たちにどう思われるか。妙なことを言われてもうまく言い訳もできないことよ。ほんとに、あなたのように考えなしでは、あの方だって、あなたのことを心の中でどう思っていらっしゃるか」と叱りつける。その落ち着いた態度をさしていったものである。また「あさはかにもあらぬ御気色」は、これまでの源氏の言葉やふるまいに見えた真剣な態度、またこの後朝の文の早さや、その歌意「もぬけのからとなった薄衣につけてもあなたの人柄が慕わしくてならないのです」から察したもの。通りすがりの軽いお気持だけでは、ここまでなさるはずもない、よほど思いつめてくださっているのだ――その思いは女心を内側から湧き出る強い喜びでふるえさせるのである。

次の「ありしながらのわが身ならば」は、『源氏釈』によれば古歌の「とりかへすものにもがなや世の中をありしながらの我が身と思はん」に拠るという。できることなら苦労を知らなかった昔のままの自分と思いたい。人の世の愛憎の苦しみや汚れを思い知らされる人々の永遠の願望である。それを、ここでは、伊予介の後妻となる以前の娘時代へ戻りたい、と具体化して用いたのである。

なろうことなら、このままあの方の両腕にしっかりと抱いてほしい。けれど、私は人妻の身、世間の笑いものにはなりたくない。もしこれが結婚前のことだったなら――今さら昔の娘の頃に立ち戻ることができるはずもないけれど、もしそうだったら、どんなにか嬉しかろうに――

「忍びがたければ」の一句は、こうしてはげしく揺れうごく女心を隠しておくことができなくなったので、というよりむしろ積極的に、源氏に、どうしてもこのわが心の奥を知ってほしくてである。拒みつづけることで、情け知らずの冷たい女とばかり思われるのが身を切るほどつらいのだ。

「この御畳紙」とあるのは、先に源氏が「空蟬の身をかへてける」の歌を書きつけた畳紙（懐紙）で、小君に託したもの。空蟬の「空蟬の羽におく露の」の歌意は、「私は、あなたのことを思って、忍び泣きをしています」の意。

ところで、この空蟬の歌は、『伊勢集』所出の歌である。『伊勢集』も西本願寺と群書類従本とにあって、桂宮本と歌仙家集本にはない。また詞書はまったくない。で、『伊勢集』本来の歌か否か問題はないわけではないが、現在では、後からの追加ではなく、やはり本来のものとの説が強い。紫式部が『伊勢集』の古歌をそのまま空蟬の詠歌に利用したというわけだ。こういう、先行する古歌を物語中の人物の歌に用いる例は極めて稀であるが、もしそうならば、紫式部の創作意識とか創作方法の秘密にも触れるものといえる。それは、人物における準拠論とか、時代設定の方法とかにも関連することであろう。

しかし、それにしても、源氏の贈歌と空蟬の答歌と、一対二首の、用語の対応といい内容の緊密な連関といい、そうした借り物であることをまったく感じさせない自然さである。当時の人もこの古歌を知っていたと考えるなら、作者自ら創作の種明かしをしてみせたわけだが、その巧みな手品のわざに人々はあらためて感嘆したのではなかろうか。

また、この巻末の一節は、帚木・空蟬巻において源氏と関係を生じた二人の女性をいちおう整理して、後に備えるための文章であろうが、その筆は簡潔の中に微妙を極めている。一方は年若く思慮も浅く、肉感的な女だが、それなりに胸をいためている様子を見せ、他方は考えぶかく落ち着いた態度の中に、やはり源氏に対する慕情の抑え難いものを示している。両者ともに、対照的処置とはいっても、型通りの、男に弱い若い女と、慎みぶかい年増の賢女の一対といったものではない。それぞれに、その内心の微妙なゆれや不安、憧れといったものを書き添えられていて、すこぶる生彩を帯びた人物像となっている。

巻末、一首の抒情の昂まりの中で文を収めるのは、伝統的な歌物語の形ではあるが、いかにも余情ゆたかで、詩趣尽きない。それがここの空蝉という女のおくゆかしい人柄にうまく適ってもいる。単に古来の歌物語の型に沿ったというだけのものではけっしてない。作者に冷静な抒情効果の計算がはたらいた、意識的な技法というべきであろう。

4　夕顔

「いざ、いと心やすき所にて、のどかに聞こえん」など語らひたまへば、「なほあやしう。かくのたまへど、世づかぬ御もてなしなれば、もの恐ろしくこそあれ」といと若びて言へば、げにとほほ笑《ゑ》まれたまひて、「げに、いづれか狐《きつね》なるらんな。ただはかられたまへかし」となつかしげにのたまへば、女もいみじくなびきて、さもありぬべく思ひたり。

六条の女のもとにこっそりと通っていた頃のこと、道の途中の五条に病気の乳母を見舞った源氏は、その隣家の垣根に咲く夕顔の花に心をひかれたのが縁となって、やがてその家に隠れ住む夕顔の女と情を交わす仲となる。

女の仔細《しさい》ありげな風情に、源氏は強いてその身もとを聞き出そうともしないし、女もまた源氏のことを詮索しようともしない。しかし逢うたびごとに、せつない思いは昂まるばかりで、夜になるのが待ち遠しい。我ながら気違いじみている。そもそもそれほど心を奪われるような事柄ではないじゃないか。強いてそう思って頭を冷やそうとしても、女のひどくものやさしく、おっとりとしていて、重々しいところはあまりなく、いかにも子供っぽいけれど、さりとて、今まで男を知らなかったというふうでもなし、──家はあまりよくなさそうだが、この人のどこがよくて、こんなに心を惹かれるのか──源氏は何度も同じことを思った。

そうしたある日、夕顔の宿を訪れた源氏と女との会話が、掲出の一文である。

源氏がまず、「もっと気楽な場所に移って、ゆっくりと話がしたい」というのは、人気が多くて狭苦しい夕顔の宿では、落ち着いてむつごとも交わせないからであり、それは後文に、八月十六夜にこの宿を出て、だだっ広くて荒れはてた某院に女を誘い出す伏線ともなっている。それに対する女の返事は、「今でもやっぱり、不思議な気がしますわ。そうはおっしゃいましても、風変わりなおもてなしですから、何だかこわいわ」の意だが、それにはそれなりのわけがある。源氏の訪れはいつも夜更けで、おまけに覆面をしていて、閨《ねや》の中でも顔を見せない。朝も暗いうちに帰ってゆき、今もって名も明かさない。──女は、昔の三輪山の大物主神の話を思い浮かべている。

大和の三輪山の麓に住む一人の娘のもとに、美しい男が毎晩夜更けに通ってくる。娘はみごもった。戸には鍵が掛けてあったはずである。親は不思議がって、次の夜、娘に教えて、男の着物の裾に糸を縫い付けさせた。翌朝、糸は鍵穴を抜け出して、裏山の蛇神の祠に達していた。

古代には、蛇は水神である。夜刀《やと》の神は田を荒らし（常陸国風土記）、八俣《やまた》のおろちは生けにえを求めた（古事記上巻）。伊吹山の神は大蛇と化して大和武尊を悩まし（景行紀）、蝦夷征伐に出かけた田道は、死後蛇となって、恨みを晴らした（仁徳紀）。蛇は、ことに女性にとって、気味の悪い、恐ろしい存在である。

夕顔の女は、源氏の正体に、蛇神の姿を本当に見たのか、どうか。しかし、後にいうように彼女は心の中をあらわに男に見せる女ではない。その源氏に見せる表情は、ただ明るく無邪気で、童女のようなあどけなさなのだ。源氏はその笑顔につりこまれるように、「ほほ笑」む。これは微笑ではない。苦笑である。女が今何を思い浮かべているのか、源氏にも察しはついたのだ（では、私は蛇か。しかし、そう思われてもしかたがない）。

それに続く「げに、いづれか狐なるらんな」（なるほど、あなたと私と、どちらが狐だろうね）にも、また蛇に似た連想がある。狐は古く中国の『山海《せんがい》経』あたりから、女に化ける話が出ており、『和名抄』にも「狐能為二妖怪一、至二百歳一為レ女」という。人妻となって子を生んだ話は『日本霊異記』『今昔物語集』などに散見し、それが正体を現す前後が怪談の山であり、平安末には大江匡房の「狐媚記」まで出るほど、ポピュラーな話題だったのである。源氏が女に向かって、「どちらが狐」というのは、「君が私を蛇かと疑うのなら、こちらはあなたは狐かと思いたくなるよ」ぐらいの意味だ。それを、「あなたは」とはいわずに「どちらが」と疑問形にするところが、この場のエチケットでもあり、二人きりの世界のむつごととしていかにもふさわしい。

また、もちろん、ここでこの二人が、本気で相手は蛇か狐かなどと疑っているとは思えない。古い伝承を背後にひそめた連想のおもしろさを恋の遊戯の中で楽しんでいる、というところであろう。

それゆえまた、それに続く、源氏の「ただはかられたまへかし」が何ともいえないほどすばらしい効果をあげている。

> お互いに、身もとや名前などどうでもいいじゃないか。蛇だろうと狐だろうと、構やしない。ただこのままこうして二人でいようよ。だまされているのなら、そのままいつまでもだまされていたい。あなたも、そのつもりでいればいい。

恋は二人だけの世界、このまま一切の計算や思量を棄てた陶酔境にあり続けたい、というのであろう。

そのやさしいやさしい言葉に、「女もいみじくなびきて、さもありぬべく思ひたり」。女は男の言葉通りに、「そうよ。それでもいいわ」と思っていた、というのである。だまされることの先に何が待ちかまえているか、女はもう考えようとしなかった、とまでここで読み取っていいかどうかは、迷うところだが、しかし、この文字をただただ男女の恋の法悦境を高らかに歌い上げたものと、とるわけにもいかないだろう。そのはげしい情熱や官能の悦びの裏には、蛇や狐のイメージが喚起する妖怪不吉の印象が潜んでおり、その不協和音におびえているがゆえにこそ、無意識裡にいっそう二人の愛は、目をとじてこの刹那に燃えあがるのである。これは、たとえば、『万葉集』の相聞歌の「敷島の大和の国に人二人ありとし思はば何か嘆かむ」（巻十三）といった一途の趣とはかなり違うのである。

しかし、ここで一言付け加えておきたいのは、この一条の描写が夕顔という女のすべてを表しているととるべきではない、ということである。ここでそれをくわしく述べるわけにはいかないが、ここは恋の頂点として、異常な昂奮状態にある姿と見るべきもので、それも主としては、光源氏の目に映り、彼が理解した限りでの女の姿である。夕顔の平常の本性というものには、源氏の目は届かず、また夕顔は、相手の男に自分の心の中を見抜かれることを極度にいやがる女であった。おっとりとやさしく、無邪気に見せかけてはいるが、彼女は源氏の身もとを知ろうとして、朝引き揚げてゆく彼のあとを家人につけさせたり、使者が来れば、その帰ってゆく先を見届けさせる。いつも真剣に源氏の身もとや心を知ろうとしていたのだ。「だまされたままでいいわ」と、うっとりしていただけの女ではない。この恋の場面の表現効果というものと夕顔の性格造型とは、やや異なった問題なのである。

最後に、文章のリズムについて一言する。ここには歌はない。しかし、一読して全体に鼻音やラ行音が多くまことになめらかで、内容にふさわしい艶雅な声調をもっていることに気付かれるだろう。ことに後半を見ると、

いづれかきつね・なるらんな・ただはかられ・たまへかし・（と）なつかしげに・のたまへば・（女もいみじくなびきて）・さもありぬべく・おもひたり。

（　）に入れた説明文を除いて、男の言葉や女の心など、七・五・六・五・六・五・七・五の七五調の長歌に近いリズムであり、偶然ではあるまい。これは、『源氏物語』では、恋の高潮部、あるいは巻頭その他、文章に張りを

持たせる必要のあるときしばしば現れる現象である。当時の読み手も、聞き手も、いわば一巻のサワリのような扱いで、楽しんだのではないだろうか。

5　若紫

いかがたばかりけむ、いとわりなくて見たてまつるほどさへ、現《うつつ》とはおぼえぬぞわびしきや。宮もあさましかりしを思し出づるだに、世とともの御もの思ひなるを、さてだにやみなむと深う思したるに、いと心憂《こころう》くて、いみじき御気色なるものから、なつかしうらうたげに、さりとてうちとけず心深う恥づかしげなる御もてなしなどのなほ人に似させたまはぬを、などかなのめなることだにうちまじりたまはざりけむと、つらうさへぞ思さるる。

源氏一七歳の秋、通りすがりの花の縁で恋仲となった夕顔の女をはかなく死なせてしまった源氏は、傷心のあまり病気になって、その冬を過ごしたが、翌春、病気治療の加持祈禱のため北山の行者のもとに出向き、そこでたまたま可憐な美少女紫を見つける。少女が恋しい藤壺の宮の姪と知ると、やもたてもたまらず、やがて彼は紫を盗み出すようにしてわが邸に引き取り、手もとで育てることになる。

若紫巻の大要は右の通りだが、その中に一つだけ、脇筋めいていながら非常に重要な事件がさし挿まれている。それは藤壺と源氏との密通である。それは古来その結果二人の間に冷泉帝が生まれることと合わせて、「源氏物語一部之大事」などと呼ばれてきたものである。

母桐壺更衣が源氏の幼い頃に死ぬと、桐壺帝は更衣によく似た先帝の女四宮を迎えて后妃とする。幼い源氏はその藤壺の宮の御簾の中で一緒に育つ。少年の母恋しさの思いは藤壺に向けられ、やがて、少年が青年に長ずるに及んで、それは次第に異性への恋に転じてゆく。桐壺巻末の元服直後から、彼は継母への恋を胸に秘めており、それは以後帚木巻にも影を落としている。

若紫巻でこのことが語られるのは、紫を北山に発見したあと邸へ引き取るまでの間、源氏がしきりに紫の祖母にあてて懸想じみた文をおくっている頃である。

一件の記述はほとんど唐突に似た印象を我々に与える。

藤壺《ふぢつぼ》の宮、なやみたまふことありて、まかでたまへり。上《うへ》（桐壺帝）のおぼつかながり嘆ききこえたまふ御気《け》色《しき》も、いといとほしう見たてまつりながら、かかるをりだにと心もあくがれまどひて、いづくにもいづくにもまうでたまはず、内裏《うち》にても里にても、昼はつれづれとながめ暮らして、暮るれば、王命婦《わうみやうぶ》を責《せ》め歩《あり》きたまふ。

藤壺が健康がすぐれず里下りをしたのを好機として、源氏は、藤壺付きの女房王命婦に手引きをせよと責め立てたという。冒頭に掲出した本文は、右に続くものである。

王命婦は遂に拒み切れず、無理な首尾をして、源氏を藤壺の寝所に導く。そのため智恵をしぼり無理算段をしたのだが、それが穏やかならぬと語り手の目に映っていることは、「いかがたばかりけむ」どうやって周囲の人々をだましたのか、というところに窺える。

それに続く「いとわりなくて見たてまつるほどさへ、現とはおぼえぬぞわびしきや」の文字も、この恋の本質を物語るものとして、意味深長というべきだ。「わりなくて」には、狂おしい情熱に思慮分別を失った源氏が、藤壺のためらいや抵抗をなかば暴力的に排除しながら、一途に強く迫った事情を明らかにするといえようし、それに続く「現とは」云々も、燃えさかりたけり狂った男の欲情を達した今、その間違いない事実が、あたかも、そうではなく夢の中の出来事のようにしか感じられないというのである。何故なのだ。この確かな歓喜の頂上にあるべきはずなのに。あの「我はもや安見児《やすみこ》得たりみな人の得がてにすとふ安見児得たり」（万葉集巻二）といって喜んだ鎌足の喜びが、どうして、今自分の心には湧かないのだ。長い長いこれまでの憧れの日々に、藤壺の姿はいつも夢の中に現れ、その逢瀬は、いつもはかなく不確かに頼りないものであった。その習わしがあまりに長く続いたせいなのか。――源氏は、恋の勝利者にふさわしくない、意外にも妙に醒めた心の不安と悲哀の感情に襲われている。「わびしきや」という謎めいた文字の重さには、なお摑み切れないものが私には残っているが、強いて解すれば、こんなところだろうか。

次の「宮もあさましかりしを」云々とは、それ以前に実はすでに一度だけ、二人の間に密通の事実があったこと、藤壺はその心の重荷に苦しんで、以来あれきりで二度とは許すまいと心を決めていたのに、の意。藤壺にとって、ただ過失といってとうてい済ますことのできない「あさまし」き、あまりといえばあまりの出来事なのであった。中宮の身で継子と通ずるというわが行為の恐ろしさは「世とともの御もの思ひ」として、二六時中彼女の念頭から離れることはなかった。それをまた再び、今夜くりかえして罪を重ねてしまった。そのせつなさ、つらさにさいなまれながら、しかし彼女は、その中でも、「なつかしうらうたげに」人を惹きつけずにいないやさしさと可憐さを見せた、という。おそらくこの二語には、闇の中に触れる女人の肌の感覚を秘めているであろう。それは、もちろん源氏が感じ取るものだ。それに続く「さりとてうちとけず心深う恥づかしげなる御もてなし」もまた、そうした闇の中の女人のふるまいの中に、男のそうした行為をそのまま身も心もすべて許して燃え上がる官能の陶酔の中に溺れこんでゆくことをいさぎよしとしない心、それがいわば静かな理性を失わない「心深さ」であり、また無体な行動をとる相手の源氏をして、その行為のさ中にあってすら、彼女の前に思わずひけ目を感じさせるような凜としたものがあった、という意味になるだろう。

そして、そのようなふるまいは、それまでに源氏の関係した女たちには、絶えて見受けないことであった。彼女たちは例外なく、源氏からなげの一言を掛けられただけで、たちまち意地も誇りもなくなり崩れて、身も心もくまなくうちひらき、源氏と合一することを望む者ばかりだ。

藤壺は、源氏にとって、そういう月並の女とはまったく違っている。肌はこうして許されたけれども、その心の奥処には、とうてい彼の手の届かない、底の知れぬ女性であり、その高貴で幽邃《ゆうすい》の秘処が源氏の心を苦しいまでにそそり立てるのである。

「などかなのめなることだにうちまじりたまはざりけむと、つらうさへぞ思さるる」の末尾の文は、「恋する相手が、すばらしすぎて、怨めしい」という、あきらかに論理の形としては逆説《パラドックス》の効果を狙った一文であるが、それが逆説にありがちな軽薄な語戯をいささかも感じさせないほどに真実性を帯びているのに注意したい。

若紫巻が『伊勢物語』の影響下に書かれたことは明らかであって、右のような発想も、あるいは『伊勢物語』六五段の、二条后らしい女に恋をした昔男が、あまりの苦しさに、わが恋心を止めさせてほしいと、神仏に祈願した話に示唆を得ているかもしれないが、『伊勢物語』では、切実さよりもむしろユーモアがまさったのに対してここは、ユーモアの要素は皆無であり、男女の情の機微を描きながら、通俗的な甘い恋愛至上主義とはおよそ縁遠いもので、むしろ、人間の情熱とか愛欲の相をつき放して見ている作家の目を感ずるのである。

なお、右の掲出本文に続く源氏と藤壺との贈答歌、

見てもまたあふよまれなる夢の中《うち》にやがてまぎるるわが身ともがな

世語りに人や伝へんたぐひなくうき身を醒《さ》めぬ夢になしても

もまた叶えられた恋のよろこびとは逆の、暗い宿命にとらえられた男女の、惑乱と苦渋のみが痛々しい。

藤壺との一件は、光源氏の青年時代がおおむねピアノの高音部の連打に似た明るく楽しい生命の歓喜をうたい続けている中に、時折しかし執拗に最低音部が重々しく伴奏されるのに似て、人生の重さ、特に宿命的な愛欲と罪の苦しみを感じさせ、この物語のスケールの大きさをも思わせるのである。

6　末摘花

着たまへる物どもをさへ言ひたつるも、もの言ひさがなきやうなれど、昔物語にも人の御装束《さうぞく》をこそまづ言ひためれ。聴色《ゆるし》のわりなう上白《うはじら》みたる一かさね、なごりなう黒き袿《うちぎ》かさねて、表着《うはぎ》には黒貂《ふるき》の皮衣《かはぎぬ》、いときよらにかうばしきを着たまへり。古代のゆゑづきたる御装束なれど、なほ若やかなる女の御よそひには似げなうおどろおどろしきこと、いともてはやされたり。されど、げに、この皮なうて、はた、寒からましと見ゆる御顔ざまなるを心苦しと見たまふ。

何ごとも言はれたまはず、我さへ口とぢたる心地したまへど、例のしじまもこころみむと、とかう聞こえたまふに、いたう恥ぢらひて、口おほひしたまへるさへひなび古めかしう、ことごとしく儀式官《ぎしきくわん》の練《ね》り出でたる肘《ひぢ》もちおぼえて、さすがにうち笑《ゑ》みたまへる気色、はしたなうすずろびたり。いとほしくあはれにて、いとど急ぎ出でたまふ。

末摘花といえば、『源氏物語』を読もうが読むまいが、その名を知らぬ人は少ない、古典作品中第一の醜女である。常陸宮の娘でもともとは身分が高いが、父宮の死後はおきまりの斜陽族で、今はすっかり零落し、日々の衣食にも事欠くありさまだが、荒れほうだいの邸に、父宮生前のままに几帳の位置ひとつ変えずに、わずかに残った老女房たちと住んでいる。

帚木巻の雨夜の品定めの話に出た、意外な掘り出し物の女にいたく興を催していた源氏は、人づてにこの常陸宮の姫君の話を聞くと、たちまち心がはずんだ。同様の友人頭中将とふたりで張り合った末に、春夏が過ぎ、秋の末頃源氏はようやく、この姫君をわが物とすることができた。

しかし闇の中の手ざわりには、不審の点が多過ぎるのであった。やがて、ある大雪の朝、夜明けの光の中で、ついに源氏は姫君の正体を見届けてしまう。
胴長で猫背。偉大なおでこと長い顎《あご》、おそるべき馬面である。格別に珍《ちん》なのは、象のように長々と伸びて、その先が垂れ下がった上に赤く色づいている鼻だ。顔色は雪も顔負けの青白さ、がりがりに痩せているが、黒髪だけは人なみ以上の美しさである。

掲出したのは、それに続く姫君の描写である。姫君の生来の身体的特徴はいちおう済んだので、ここからは、その衣裳にうつる。

ところで、衣裳は天性によるものではないから、人の品評にそれを持ち出すのは、時に口さがないとの非難も招くだろう。そういう読者の反応に先回りしたのが、「着たまへる……言ひためれ」の冒頭の断りがきである。「昔物語」にもその例が多いというが、たしかに『宇津保物語』などにかなり先例がある。

しかし、とはいっても、ここでこの語り手の断りがきを、作者の本心として真に受けてはならぬ。以下の記述は、そうした先例の服飾描写とはおよそ性格を異にしているのである。先行する作品では、姫君にしろ公達にしろ、服飾描写は、その立派さ、美しさを讃えるためのものが多いのであるが、ここはそうではない。

叙述は、肌に近い単衣の重ねから始まる。「ゆるし色」は「禁色」と同じで（迫徹朗氏「『許し色』考」―「熊本大学文学部論叢」3号、昭56・2）、勅許があってはじめて着用できる濃紅、濃紫であり、もとより皇族とか最高級の官僚にしか許されない。姫君の家は親王家だから家柄が高く、そうした衣服が今も遺っている。しかし、何しろ古い仕立てで、今では色が薄れていわゆる羊羹《かん》色に焼けている。長らく新調する余裕はないのだ。その上にまっ黒な袿。これは老女か尼の用いるものだろう。さらにその上の、もっとも人目に立つ表に、黒貂《くろてん》の毛皮のチョッキかジャンパーか、である。黒貂の皮衣のことは『和名抄』や『河海抄』に見え、賀茂臨時祭の舞人が祭の帰途に着用する習わしだったとか、村上帝皇后安子が出家して叡山の横川に住んでいた弟の高光にそれを贈ったとかの記事がある。男子の防寒用で、当時としては貴重な品だったらしい。ここの「きよらにかうばしき」とは、それだけに大切にして、虫除けも兼ねてか薫物《たきもの》がたきしめてあったと見える。肌着・着物それからジャンパーまで、何とも古めかしい限りで、若い女に似合わないなど、今さらいうに及ばぬことだが、ここで「もてはやされたり」というのは、この奇妙な組合わせで、そのちぐはぐさかげんがやけに派手に目立つ結果になっているというのである。

次の「いかにもこのチョッキがなくては、寒そうなお顔色」というのも、前記の青白い顔色をふまえて、思いきったからかいである。

ところで衣服というものは、右の肉体的欠陥とは異なって、ここでは古風ということ以外にそれ自体欠点があるわけではなく、着用する人間と適合するか否かにすべてがかかっているわけであって、問題はむしろ、人間の心の問題に帰する。源氏は、そういう姫君の無神経と鈍感さにあきれた服装で男の前に坐っている姫君の無神経と鈍感さを照射するものとして衣服は存在する。源氏は、そういう姫君の無神経と鈍感さにあきれて物がいえないのである。「我さへ」といったのは、姫君の口の重さにいつもいらいらさせられ通しなのだが、今はこちらまでも言葉が出ない、という軽い諧謔である。そうして押し黙った姫君の口を開かせようと、何かと言葉をかけてみても、相手は恥ずかしがって、口もとを袖か扇かで隠しているが、それがまた、何とも田舎じみて、野暮ったい。源氏はふと、儀式の折に、もったいぶって静々と歩みを進める役人の、いかめしく笏を構えた肘のぐあいを想い浮かべたという。おそらく、もの柔かくシナを作ることを知らない姫君は、胴長のからだをそのまま突っ立てて、肘も脇腹から離して直角に横に張り出しているのであろう。色気のないことおびただしい。それでもさすがにお愛想のつもりか、にっと笑いが口もとに浮かぶが、それがまた「はしたなうすずろび」、つまり中途半端でさまになっていない、のみならず、「すずろぶ」とは理由もないのに、むやみに……する、の意で、別段おかしくもないところで、ニヤリとするのである。相手たるもの薄気味が悪いに違いない。あまりのことに、源氏は気の毒になって、早々に宮邸を出た——。

この一節で、作者が書きたかったのは、服装の問題ではない。それを着込んでいる姫君という人物の心・性格なのである。それは、前記の身体的特徴を細叙した部分を含めても、結局そういえそうに思う。

この一文に即していえば、冒頭から「心苦しと見たまふ」までは、衣服のことに終始しているのであって、あるいはそこに、姫君の境遇に同情する女房読者の中には、それも貧しさのせいで、男の着物しか残っていないのでは、などと勘違いするかもしれない。そうした誤解の余地を無くそうとするかのように、それ以下の、姫君の応待や挙措のぶざまさが記されるわけで、それは要するに姫君の頭の悪さ、鈍感さの強調というものに尽きるのである。この文に続いて、源氏は、

朝日さす軒《のき》のたるひはとけながらなどかつららのむすぼほるらむ

（あなたの鼻は長く垂れているが、口だけはどうしてつぐんだままなのか）

と、からかいの歌を詠みかけるが、姫君は「ただ『むむ』とうち笑ひて、口重げ」である。それも可哀そうで、源氏は早々に引き揚げた。――これは、もはや右のダメ押し以外の何物でもなかろう。

雪明かりに見た姫君の容姿は、その天性の醜貌に始まり、次いで衣服、さらに人柄、心ばえへと移ってゆく。それによって、彼女の醜さは、外形と内面と相呼応しつつ、完璧の不具者であることを露呈する。

前半の肉体的欠陥を羅列する箇所では、読者はおもしろいことはおもしろいけれど、後味の悪さもある。それはしかし後半の衣裳と挙措の記述を得て、はじめて納得のゆく人間像となっているのであり、紫式部の人間造型の方法は、いつもこのような、結局はその人の心の問題に帰着することが多いのである。末摘花をただの醜女《しこめ》とのみ解するのは、慎まなければなるまい。

7　紅葉賀

いつしか、雛《ひひな》をしすゑてそそきゐたまへる。三尺の御厨子《みづし》一具《ひとよろひ》に、品々《しなじな》しつらひすゑて、また、小さき屋《や》ども作り集めて奉りたまへるを、ところせきまで遊びひろげたまへり。（紫）「儺《な》やらふとて、犬君《いぬき》がこれをこぼちはべりにければ、つくろひはべるぞ」とて、いと大事と思《おぼ》いたり。（源氏）「げにいと心なき人のしわざにもはべるなるかな。いまつくろはせはべらむ。今日は言忌《ことい》みして、な泣いたまひそ」とて、出でたまふ気色《けしき》ところせきを、人々端《はし》に出でて見たてまつれば、姫君も立ち出でて見たてまつりたまひて、雛《ひひな》の中の源氏の君つくろひたてて、内裏《うち》に参らせなどしたまふ。「今年だにすこしおとなびさせたまへ。十《とを》にあまりぬる人は、雛遊《ひひなあそ》びは忌《い》みはべるものを。かく御男《をとこ》などまうけたてまつりては、あるべかしうしめやかにてこそ、見えたてまつらせたまはめ。御《み》髪《ぐし》まゐるほどをだに、ものうくせさせたまふ」など、少納言きこゆ。遊びにのみ心入れたまへれば、恥づかしと思はせたてまつらむとて言へば、心の中《うち》に、我はさは男まうけてけり、この人々の男とてあるはみにくくこそあれ、我はかくをかしげに若き人をも持《も》たりけるかな、と今ぞ思ほし知りける。さはいへど、御年《とし》の数添ふしるしなめりかし。

この巻は、末摘花巻にひき続き源氏一八歳の冬一〇月の朱雀院への行幸の準備から、翌年七月藤壺の立后まで、一年足らずの記事である。

朱雀院行幸の儀のリハーサルに、清涼殿の前庭に源氏と頭中将とは青海波を舞った。源氏の舞姿の美しさは人々の絶讃を博したが、その中には、人知れず燃える藤壺の瞳もあった。行事が過ぎて、源氏は藤壺が退出した三条院を訪れ、藤壺の兄の兵部卿宮に出会う。宮はまだ源氏が娘の若紫を手もとに引き取っていることも知らないで、源氏の美しさにただ見惚れている。

年が明けて、元旦をむかえた。源氏はその朝参賀に出かける前に、若紫の部屋に立ち寄って、様子をのぞいてみる。

掲出本文は、その若紫の姿である。

数え年一一歳になったばかりの若紫は、元旦早々からもうお雛さまを飾るのに夢中だ。「しするゐて」の「し」が強意の副助詞か、「為《し》すう」という複合動詞なのか判断しにくいが、いちおう後者と解しておく。単に「するゐて」というよりも、あれこれと場所を変えてやったり、着物や冠などを直そうとかわいい指で雛をいじったり、時には「ここにお座りなさい」などと人形に言いきかせたりする様子が目に見えるような語だ。「そそくゐ」の、「そそく」はせかせかと立ち働く、の意であり、「ゐ」は座りこんでいるさまである。「三尺の御厨子」は高さ三尺で、二階厨子のような大きなものでなく、小さくかわいい子供向きのものなのであろう。「一具」の「具」は、対、双で、家具類を数えるのに用いる語である。その厨子の中や上に、所せましとばかり雛人形やその小さいお道具が並べられている。おまけに、源氏がふだんから、玩具の家を作らせて与えていたのを部屋じゅうに並べ立てた。紫がいう「儺やらふとて」云々は「ゆうべ、鬼やらいだといって、犬君がこわしちゃったから、直しているんですよ」の意。追儺は毎年大晦日の夜に宮中で行われる儀式で、悪鬼を追い払うためのもの。今日、節分の鬼やらいの行事の風習として、地方にわずかに遺っている。

犬君は、若紫巻の北山の条にも名が出た、飼っていた雀の子を逃がして紫を泣かせた童女だ。紫の遊び相手として、源氏の邸に引きとられているのである。活発な子と見えて、昨晩は、追儺の鬼を追い払う方相氏を真似て、この部屋の人形たちを悪鬼に見立てて、散々に蹴散らかすかなにかしたらしい。いつもこんな乱暴をしては紫を泣かせたり、困らせたりするとみえる。また「つくろひはべるぞ」の「ぞ」には、子供心に真剣な語調が見え、それを受けた地の文「いと大事と思いたり」にも、そんな童女紫の表情をあたたかくにこやかなまなざしで見守っている大人の姿が見える。

だから源氏が、続けて「ほんとに犬君はいけない子だねえ、すぐに直させるからね。今日はお正月だから、言葉に気をつけて、泣かないようになさいね」といってなだめるのも、実にいい。子供の気持を素直に汲み取った上で、しかも余分な迎合や甘やかしのいやらしさがない（なお、「な泣いたまひそ」と泣いてもいない紫に向かってここでいうのは、若紫巻では、紫は「犬君が雀を逃がしちゃった」といって泣きべそをかいていたからである）。

源氏は、こう言い聞かせておいて参内のため邸を出る。あたりに満ち溢れるばかりのその後姿のすばらしさに、女房たちはみなつられるように端まで出て見送る。紫もその大人の仲間入りをして端に出る。

部屋に戻ると、彼女はまた雛遊びに夢中だ。今度は、今出ていったばかりの源氏を雛に作って参内させる。頭の回転が早いのだ。部屋中に散らかった小さい家々は、たちまち御所と変わる。

そんな紫に、少納言がいう。

せめて今年からでも、大人らしくなさいませ。十歳《とお》を越えた人は、雛遊びは縁起が悪いといいますのに。こうしてもうお婿さまもおできになったのですから、それ相応にしとやかにお相手なさいませ。それなのにお髪をとかしてさしあげる間さえ、おいやがりになって。

少納言は、紫の乳母である。紫に付き添って、北山の僧庵でもいっしょだった人で、犬君と同じく、紫といっしょに強引に源氏の邸に引き取られている。

少納言の言葉の内容に、当時十歳になると女は成人扱いされたとか、大人が雛遊びをするのは不吉とされたことなど、風俗史的に興味深いけれど、それはともかくとして、それに続く「遊びにのみ」云々の地の文と合わせて母親のようにやさしい愛情に満ちていることが気付かれよう。

初歩的な注をつければ、当時の乳母は、哺乳の役の域をはるかに越えて、養い君の養育・教育などその後見は日常万般にわたって、幼君の成人後にまで及び、主従の縁は肉親以上であった。また、紫にはすでに母は亡く、祖母も先頃死去したばかりだ。それだけにいっそう少納言の紫への愛は深いのである。

乳母のこごとを聞いた紫は、すなおに心の中で、

じゃ、私は夫ができたのだわ。この女房たちの夫たちはみなみっともないけれど、私はこんなに美しく若い人を持ったものだ。

と、気付いたという。草子地にそれを評して、「それも、幼いなりにお年齢《とし》が増したせいだろう」と付け加える。無邪気な童女から一歩少女の域に入りつつある女の、微妙な時期をとらえているが、しかし、そのさりげない文字の裏にふくまれた際どい暗示を見逃すことはできないだろう。

それは「我はさは男まうけてけり」の、胸の痛くなるような無邪気さだ。紫は、夫と妻とは、何によってそう名付けられるかを知らない。性に対する完全な無知が、それだけ強くこの少女の可愛さ、清純さを強調する。しかも、それとともに、読者たちは誰しも、やがてこの無心の童女の上に、源氏が半ば力ずくで男として迫るであろうことを必然として予測するのである。少女はそれにまったく気付いていないだけに、読者の胸は痛み、また一方ではその日の期待に胸は躍るであろう。少女が女にさせられる一歩手前の、累卵の危うさにも似た束の間の清純と無心の美が人の心を打つといってもよいだろう。

しかし、紫が一人の女にさせられるまでには、なおかなりの時日を要した。この巻ではやや後に、源氏の外出をいやがって、その膝の上で寝込んでしまう紫の無邪気な姿が描かれるが、次の花宴巻を経過して葵巻に入り、その間四年を経て、紫上の格段の成人を見た上で、こらえきれなくなった源氏はついに、「新枕」に踏みきる。そこまでには源氏が粗暴な男でないための慎重ないろいろの手続きが踏まれていることを理解しておく必要があるだろう。

8　花宴

人はみな寝《ね》たるべし。いと若うをかしげなる声の、なべての人とは聞こえぬ、「朧《おぼろ》月夜に似るものぞなき」と、うち誦《ず》じて、こなたざまには来るものか。いとうれしくて、ふと袖《そで》をとらへたまふ。女、恐ろしと思へる気色《けしき》にて、「あなむくつけ。こは誰《た》そ」とのたまへど、「何かうとましき」とて、

深き夜のあはれを知るも入る月のおぼろけならぬ契《ちぎ》りとぞ思ふ

とて、やをら抱《いだ》き降ろして、戸は押し立てつ。あさましきにあきれたるさま、いとなつかしうをかしげなり。わななくわななく、「ここに、人」とのたまへど、「まろは皆人《みなひと》にゆるされたれば、召し寄せたりとも、なんでふことかあらん。ただ忍びてこそ」とのたまふ声に、この君なりけりと聞き定めて、いささか慰めけり。わびしと思へるものから、情《なさけ》なくこはごはしうは見えじ、と思へり。酔《ゑ》ひ心地や例ならざりけん、ゆるさむことは、口惜《くちを》しきに、女も若うたをやぎて、強き心も知らぬなるべし、らうたしと見たまふに、ほどなく明けゆけば、心あわたたし。女は、まして、さまざまに思ひ乱れたる気色なり。

源氏二十歳の春。二月下旬に宮中では花の宴が催された。爛漫たる桜花の下、紫宸殿の南庭に群臣が列立、賜題の儀があり、次いで折からの夕日を受けて「春鶯囀」の舞楽がある。舞人は源氏と頭中将で、格別に見事であった。夜に入ると献詩の披講があり、源氏の詩の出来栄えにあらためて人々は感嘆した。藤壺中宮は、その間もいつしか自分の目が源氏に注がれているのに気付くと、重く苦しい心の中であった。

夜が更けて宴は終わり、人々が引き揚げた後、源氏は折から東の空に出た下弦の美しい月に心をひかれて、酒の酔いも手伝って、恋しい藤壺中宮の局のあたりを窺うが、主のお人柄のままに戸口は固く閉ざされている。ついでにと隣の弘徽殿に立ち寄ると、入口は開いたままだ。女御は宴の後も清涼殿の上の御局に帝と御一緒で、女房も多

くはそちらで、ここは人少なの様子。中に入り母屋に上って中を覗くと――。

以下、先の掲出本文に移るのである。

女房たちも寝静まった暗い部屋の奥から、人影がひとりこちらへ来るけはいである。若い女だ。「朧月夜に似るものぞなき」と若々しいきれいな声で口ずさんでいる。いうまでもなく、『新古今集』春上の有名な、

てりもせずくもりもはてぬ春の夜のおぼろ月よにしく物ぞなき

の下句である。「しく」を「にる」と変えたのは、女らしく漢文訓読の「如《し》く」を避けて言い変えたものか（当時「似る」の本文で伝わっていたとする説もある）。その声の美しさや上品なけはいから察して召使い女房などではないらしい。この人も、月の美しさに誘われて、人目のないのを幸いに、端に出て月を見るつもりだったのか。

「こなたざまには来るものか」の「か」は感嘆の終助詞。「なんとこちらへ来るではないか」で、源氏の躍り上がる心をとらえたものだ。また源氏が「いとうれしく」思ったのも、ただ絶好の獲物を見つけた男の好色心だけとも限るまい。酒の酔いもあって、ほかには見る人もない深夜の美しい朧月を、こうして賞でる心を共有していることが、またとなくうれしいのである。「ふと」、つまりいきなり、女の袖をつかむのも、ごく自然な成りゆきである。

女は、突然の男の出現に恐怖が走る。「まあ気味が悪い。あなたは誰なの」の声は、おそらくは、叫び声にはならないほどの上ずった小さいものなのであろう。それは、それを受ける地の文の「のたまへど」に暗示される。この敬語表現は、先に「なべての人とは聞こえぬ」とあったのに呼応するもので、女が身分の高い姫君か何かであることを示しており、とすれば、ここで女があわてて大声をあげるはずがない。

なお念のために付け加えると、この辺、「女」の語が再三出るが、これは待遇関係には関係がない。この時代の物語、中でもとくに『伊勢物語』や『源氏物語』では、一対の男女が、夫婦・恋仲、あるいは懸想の場に置かれたばあいには、外的な身分や地位・呼称を剝奪して「男」「女」というナマの次元に置いて呼ぶことが多いのであり、

「女」を「のたまへど」で受けるのには、何の不思議もない。

これに対して源氏がいう「何かうとましき」(なにがいやなものか)は、いかにも好色漢のこういう際のせりふじみて強引だが、しかし、実はこういうところが、とかく無鉄砲に「さるまじき御ふるまひ」に出る源氏のおもしろさである。大事な瀬戸際に何やらうじうじと遠慮がちな男に宇治十帖の薫がいるが、薫にはそのほかに美点もないわけではないのに、その魅力が源氏に比べて格段に劣るのは、この点に関わるところが大きい。いざという時には、断然しゃにむに強く押して出るところが若い頃の源氏の身上でもある。

もっとも無鉄砲とはいっても源氏はただ暴力をふるうわけではない。今もとっさの間に折にふさわしい一首の歌を作り上げて、女の耳もとに囁くのである。

この「深き夜の」の歌意は、女が朧月の美しさを歌ったのを受けて、「私も御同様朧月に誘われてここに来てあなたに逢い、たちまち深い愛着を感じてしまったのは、二人の間になみなみならぬ御縁があるのだと思います」の意である。「夜」に「世」(男女関係)」、「朧月」に「おぼろけならぬ(並々でない)」がそれぞれ掛けてある。これだけの歌を当意即妙に詠む頭の働きや言葉の駆使があってこそ、この行為も実るというものである。

源氏は女を抱いたまま母屋を下りて廂の細殿に入り、戸を閉め切る。思いもかけぬ出来事に茫然とした女の様子を、彼は「なつかしうをかしげ」と感じた。「なつかし」は、対象に惹きつけられる、とくに男が身近に感ずる女の魅惑をいうときに多く用いられる言葉だ。

女は、ふるえながら「ここに、人」という。この語は「ここに男がいる」の意らしいが、語感としては、今日の「誰か来て!」に近い、女性が助けを求めるときの叫び声であり、帚木巻で源氏が空蟬に忍び込む条にも見える。しかし、それが今はけたたましい金切り声とは思えないのは、ここもやはり「のたまへど」で受けてあるからである。育ちのいい姫君らしく動転して声もかすれているのだろう。

源氏はそれに押しかぶせるように囁く。「私なら誰ひとり文句を言わないのだから、人をお呼びになっても、なんということもありませんよ」。声を聞いて人がかけつけても、相手が源氏と分かれば、そのまま見逃してしまうはずだから、声を立てるだけ損だよ、というわけだ。この自信のよってくるところが、帝寵厚い皇子の身分なのか、才芸豊かで美男子という世評なのか、それは詮索するのもヤボであろう。女ならば必ず自分を喜んで迎え入れるはずだという、この満々たる自信と、それをまたこうして口に出せる男といえば——女はそれで思い当たった。さては評判の光源氏か。この声・芳しい衣の薫り・とっさの歌・そしてこの強い迫りかた、どこから見ても、そう、その方に違いない。そう思うと女は心の奥にほっとする思いがあった。無体なふるまいを受けているのがつらいのはいうまでもないけれど、しかし、女性たちすべての憧れの的である源氏の君に、ただ愛想のない強情女と見られてはたまらない。女の心の底にはすでに、抑えきれないよろこびの感情が頭をもたげてきているのである。

それに続く「酔ひ心地や」から「知らぬなるべし」まではこの条のクライマックスで、二人の間に情交があったことを物語るものである。「源氏の酔いがいつもより度が過ぎていたのか、このまま女を手放すのは残念だったし、女のほうも年若い女らしくなよなよとして、強く拒む気も起こらなかったらしい」の意。女が源氏を受け入れる気持ちになった事情は、簡潔ながらすでに以上の文で十分に読者を納得させた上のこと、すべては必然というべきであった。

なお、この部分でとくに注目されるのは、そのリズムである。

ゑひごこちや（六）　れいならざりけむ（八）　ゆるさんことは（七）　くちをしきに（六）　をんなもわかう（七）　たをやぎて（五）　つよきこころも（七）　しらぬなるべし（七）

六・八・七・六・七・五・七・七の、ほとんど定型の律語に近い形である。散文がたまたま律語形式に近づいたというようなものではおそらくあるまい。傍点を付したラ行音・ヤ行音が多用されているのも、声調に留意した証拠かと思われる。流麗のしらべの中に、若い男女のなまめきあう昂ぶった姿がありありと浮かび上がってくるだろう。『源氏物語』の本文は、しばしばこの種の、読者の官能にじかに訴えかける力を持っている。物語への陶酔ということは、こうした体験を経てはじめて本物になるといえるだろう。

「らうたしと見たまふに」以下は後朝を迎える男女を描いて、まずは常套的といえるような筆である。文体はもはや律語ではなく、普通の散文に戻るところ、浪曲のフシからカタリに移る呼吸に似ていないだろうか。昂揚した一夜が終わり、後朝のおだやかなムードに鎮まってゆくのに合わせた文体の変化ともいえよう。「ほどなく明けゆけば」は、昨夜から明け方まで愛の営みの中に一睡もせず、それでもなお満ち足りない思いであることを暗示する。春の夜は夏の夜と違って時間的にはさほど短くはない。なまめかしい春の夜の恋人たちの心に、それはあっけなく束の間に感じられるのである。

この女はいうまでもなく「朧月夜」と呼ばれる右大臣の第六女で、弘徽殿女御の妹である。しかし、ここでは、源氏にもまだそのことは分かってはいない。別れたあともしやそうではと勘付いて、それを確かめようとするところが短いこの巻の後半部であって、それを確認して「いとうれしきものから」と巻末を収めた余情の優艶はあまりに有名で、ここにいうまでもあるまい。

9　葵

かの御息所《みやすどころ》は、かかる御ありさまを聞きたまひても、ただならず。かねてはいと危《あやふ》く聞こえしを、たひらかにもはたと、うち思しけり。あやしう、我にもあらぬ御心地を思しつづくるに、御衣《ぞ》などもただ芥子《けし》の香《か》にしみかへりたり。あやしさに、御泔《ゆする》まゐり、御衣着《ぞき》かへなどしたまひて試みたまへど、なほ同じやうにのみあれば、わが身ながらだに疎《うと》ましう思さるるに、まして人の言ひ思はむことなど、人にのたまふべきことならねば心ひとつに思し嘆くに、いとど御心変りもまさりゆく。

花宴巻の翌々年、源氏二二歳の夏のこと。源氏をとりまく多くの女性の中でも、六条御息所は、そのすさまじい嫉妬ぶりで名高い。

この人は、もともと亡くなった皇太子の未亡人で、その間には娘もあり、この巻では斎宮として間もなく伊勢に下ることになっている。

御息所が源氏に言い寄られたことは夕顔巻に見えるが、二人の関係がいつから始まったかは明らかではない。しかし、夕顔巻、源氏一七歳の時にはすでに彼の足はしだいに御息所から遠ざかりつつあった。年齢は女のほうが七つも上である。父は大臣で、家柄は良く、彼女自身も美しく、上品で、教養が深く、もちろん頭も良い。しかし、その非の打ちどころがないまでに整い過ぎた立派さが、かえって年少の源氏には、とかく重荷となり、訪れる夜ごとに肩が凝るのだった。

もっと気楽に自由に甘えさせてくれるものやわらかな女性を――。そんな欲求が昂じる中で、御息所とは対照的にも見える夕顔の女と、源氏は結ばれたのだった。彼にとってはきわめて自然な心の動きと行いだったが、御息所にとっては堪え難い侮辱と受け取られるのもしかたがなかった。かつての皇太子妃として、世が世なら、今頃は皇后の位にも在ったであろう身が、不幸にも夫に先立たれたばかりに、この青年につけ入られて、強引なほどの一途の情にほだされて、つい深い仲になり、それ以来口さがない世間の目を怖れぬ日とてはないありさまなのに、今またこうして、この人にまでなかば捨てられ、恥の上塗りを重ねようとは。あれほど激しく私に迫ってきたあの頃のこの人はどこへいってしまったのか――。しかし、その思いをはしたなく口に出すことは、彼女の自尊心が許さない。彼女はしずかに堪えるしかない。が、その胸の奥には、絶ち難い源氏への愛執が鬼火のように燃えつづけているのである。

まぶしい緑の初夏を迎えた。恒例の葵祭に、せめて一目源氏の晴姿をと、人目を忍んで行列見物に出かけた御息所の車は、源氏の正妻葵上の従者たちに乱暴されてさんざんの目にあわされ、ほうほうの態で引き揚げる。その日から、御息所の物思いはいっそう病的に昂じていった。

その頃、妊娠した葵上に臨月が近づいていた。暑気も加わり、妊婦はとみに衰弱していたが、病床に現れる数々の物の怪の中に、一つだけ病人にしつこくとりついて離れないものがあった。

一方、御息所のほうでも、眠れぬ夜の続く中に、ようやく浅い眠りに入ったかと思うと、葵上とおぼしき美しい姫君のもとに出かけて、狂暴に彼女を捉えてなぐりつけ、ひきずり廻すという夢をしばしば見る。「さては、世間でもいうように、正体もなく私の魂がからだを抜け出してあちらへ行ったのか」。御息所は深い怖れにさいなまれる。

葵上の出産のときが来た。難産に苦しみ続けるその床に、例の執拗な物の怪が現れ、突然加持の僧に、葵上の口を借りて、「すこし緩めてほしい」という。傍らの源氏が葵上にいたわりの言葉をかけると、彼女はいう。

いいえ、そうじゃないのよ。私がとても苦しいから、ひと休みをお願いするつもりでね。こんな所まで押しかけて来るつもりはすこしもなかったのに、物思いをする人の魂は、なるほどさ迷い出るものだったのねぇ。

付け加えた歌までが、その内容はもちろん、声といい感じといい、いつもの葵上とは似ても似つかぬ、たしかに六条御息所のそれに寸分相違なかった。源氏もさすがに、気味悪く、ぞっとするのであった。

やっとのことで葵上は男児を生んだ。左大臣家の人々の喜びはいうまでもない。連夜の盛大な祝宴の噂は、すぐに御息所の耳にも入った。

掲出本文は、そのときの御息所の心を記したものである。

冒頭の「かかる御ありさま」は、もちろん右の男児（後の夕霧）誕生をさす。御息所は左大臣一族あげての慶びに、心穏やかではおられない。「かねてはいと危く」は、「前々から、安産が覚束ないどころか、母親の命すら危険と聞いていたのに」の意で、これに続く「たひらかにもはたと、うち思しけり」の一文とあい俟って、何とも含みの多い文字である。「難産で死ぬどころか、男の子を生んで母子ともに安泰とは。ちぇッ！」の意だ。「はた」は、ふつう、「一方では」とか「ほかにまた」「おまけにまだ」といったくらいの意味だが、ここでは、それが、同時に、いまいましい舌打ちの音となって、読者には聞こえてくるだろう。この文字によって、先行する「かねてはいと危く」が、一見、葵上の病状に関する冷静な情報を記しただけのように見えながら、実は、それを耳にした御息所の胸中の、ふるえるような期待感、さらに快哉の叫びがそこに隠されていたことが汲み取れるのである。期待とはいうまでもない、「あの女が死んだら、いよいよ私が晴れて正妻だ」というもの。「はた」の二字が、彼女の無意識裡の期待がこうして無残にうち砕かれた無念さを、何よりも雄弁に物語っている。

また次の「うち思しけり」の「うち」がよく利いている。ただそう思った、というのではない。そういうおぞましい思いがふと頭をかすめた、というのである。誇りの高い貴婦人として、他人の幸福を呪うという厭わしい思いに支配されることは、御息所の自らとうてい許すことができないものだろう。しかし、にもかかわらず、意識下に潜む不逞な何物かが、彼女の冷静を装った表情の裏側に、抑えても、抑えても、首をもたげてくるのである。

私は、ここで『蜻蛉日記』の一節を思い浮かべずにはいられない。作者道綱母の夫兼家は、作者の懐妊中に、新しく町の小路の女のもとに通いはじめる。女は兼家の子をみごもり、やがて男児を生む。その間の屈辱に、作者は、さんざん「胸塞がる」思いを味わわされる。ところが、女と兼家の仲は、子が生まれてからにわかに冷たくなり、その子も死ぬ。

人憎かりし心思ひしやうは、命はあらせて、わが思ふやうに、おしかへしものを思はせばやと思ひしを、さや

うになりしはてはては、産みののしりし子さへ死ぬるものか。（中略）にはかにかくなりぬれば、いかなるこ
こちかはしけむ。わが思ふにはいますこしうちまさりて嘆くらむと思ふに、今ぞ胸はあきたる。

労せずして復讐の成ったことに快哉を叫ぶ道綱母と、敗北と屈辱の累積の中に呻いている御息所とは、一組の陰画と陽画のように見える。復讐のかなわない御息所は、わが心に反して物の怪となるほかはなかった。

紫式部が『蜻蛉日記』を読んでいることは、すでに定評があるが、この辺りも、あるいは『蜻蛉日記』にヒントを得て、逆設定を試みたものかも知れない。しかし、その当事者の感情の一方は露骨であらあらしく、他方は沈痛凄艶の趣が深いのは、作者の個性とはいうものの、いかにも際立つ相違として興味がある。

「凄艶」の趣きは、しかし次の「あやしう」以下に及んでさらに加わる。「我にもあらぬ御心地」は、前にも出た古代の遊離魂信仰を踏まえたもの。魂魄は、心とは異なり、意識されないもので、睡眠中その他、無意識の間にしばしば体外に遊離し、恋人の夢の中に出現したりするのである。御息所は今や、まさしく意識裡にある日常的な我と、それとは別の第二の我とがわが体内に腰を下ろして、自らどうにも制御できないことを悟ったのだ。深刻な自我の分裂であり、その無気味さに、御息所はたじろぐのである。

さらに加えて決定的な印象を与えるのは、芥子の香の抜けない御息所の衣服とからだである。

芥子の実は、加持祈禱の際、護摩木に加えて焼く。芥子とはいうまでもない。悪名高い麻薬、阿片の原料となるもの。その未熟の実の分泌する乳液をとって、阿片は作られ、人を麻痺・陶酔させる。加持に加えられるのも、あるいは古来そうした効果が、その密教的な雰囲気に適合するものと暗に認められていたのであろうか。ここでまた、普通にいえば「護摩」の香とでもいうべきところを、わざわざ「芥子」といったのも、理由がありそうだ。「護摩」だけならばただの木切れで煙くさいだけだが、「芥子」の香ならば、おそらくは、より甘く芳わしい妖しい香を人々に思い出させるだろうし、またその花も、初夏の頃、紅・紫・白・薄桃色などさまざまながら、その葉・茎と

もに、ゆたかにうちなまめいて、妖艶で夢幻的な姿態を見せてくれる。それは、三〇歳に手の届く御息所の﨟たけた姿に重なるだろう。香りも色どりも姿も、「護摩木」ではなく「芥子」でなければならぬのである。

現在でも、護摩には麻黄《まおう》と柘榴《ざくろ》とを混入する。麻黄はエフェドリンを含み、漢方薬で、咳止めや風邪に用いる。柘榴もまたその小枝を用い、それは昂奮剤として古来用いられる。古くはそれらの代りに芥子を用いたのである。

それはともかくも、こうして、御息所の衣服は、いつの間にか加持にさらされていた証拠をつきつけられる。着替えても、髪を洗っても――そこに、いら立った御息所が侍女をせき立てて、次々とそれらのことを命じている姿が目に浮かぶ――どうしても芥子の香は落ちない。香は、御息所の身体から発し、しかもその毛髪や皮膚からではなく、深い胎内から浸み出てくるのだ。その深い奥処《おくが》に魂は隠れている――。

わが身ながら何というおぞましさ。これを知ったら世間で何と噂をすることか。よしんば口に出さないまでも、腹の中でどう思うことやら。しかし、その心配も人にうち明けられるものではない。御息所はただひとり、苦しみを胸に蔵《しま》いこんだまま、じっと堪えなければならぬ。その心の重荷が、彼女の症状をいっそう悪化させてゆく。

「御心変り」は、通常用いられる「心変り」、男女の浮気心とは違って、ここでは、常人の平衡のとれた精神状態から逸脱してゆく状態をいうのであろう。異常に近い精神症状で、今日でいえば、心身症とかノイローゼ、女性にありがちなヒステリーの一症状とでも診断されて、月並な話となってしまうところであろう。

10　賢木

大将参りたまへり。あらたまるしるしもなく、宮の内のどかに人目まれにて、宮司《みやづかさ》どもの親しきばかり、うちうなだれて、見なしにやあらむ屈《く》しいたげに思へり。白馬《あをむま》ばかりぞ、なほひきかへぬものにて、女房などの見ける。ところせう参り集《つど》ひたまひし上達部《かむだちめ》など、道を避《よ》きつつひき過ぎて、むかひの大殿《おほいどの》に集ひたまふを、かかるべきことなれど、あはれに思さるるに、千人にもかへつべき御さまにて、深う尋ね参りたまへるを見るに、あいなく涙ぐまる。

賢木巻は、葵巻に引き続き、源氏二三歳から二五歳までの記事である。その前半は、新しく伊勢斎宮となった娘（後の秋好中宮）とともに伊勢に下向する六条御息所と源氏との別れが主題であり、後半は、その秋一〇月桐壺院の崩御とそれにともなう左大臣方一統の悲境が語られる。源氏と藤壺中宮とはもとよりその中にある。また、その間に、帚木巻にちょっと顔を出した朝顔斎院のことも中間に挿まれ、末尾には、朧月夜との情事が、源氏身辺に危機が切迫する要因として付け加えられ、次々巻、須磨への直接的な繋ぎの役目を果たしている。

この巻はそうした複数の重層的主題とそれに対応する構成とを有する、いわゆる長篇的巻々と呼ばれるものの典型である。

しかし、その中でもやはり物語全体にかかわる重みからすれば、藤壺の物語がその中心といってよい。

前述のように、秋一〇月桐壺院が崩御になると、世情――あるいは政局は急転回する。

帝《みかど》はいと若うおはします、祖父大臣《おほぢおとど》、いと急《きふ》にさがなくおはして、その御ままになりなん世を、いかならむと、上達部《かむだちめ》、殿上人みな思ひ嘆く。

「祖父大臣」は右大臣。源氏の舅の左大臣とは政敵の関係にある。その長女が弘徽殿大后で、いわゆる「悪后《あしきさき》」だ。身分の低い桐壺更衣が帝の寵を独占した憎しみに、更衣が生んだ源氏まで事ごとに憎悪の目で見ている。人柄もせっかちで余裕や思慮に欠ける。それが、今権力の座についたのだ。前途は多難である。四十九日も過ぎ、新年を迎えて、恒例の除目の前後、例年ならば源氏の二条の邸宅の門前には、彼の力で官職にありつこうとする人たちの牛車が隙間もなく立ち並んだものだが、今年はその数もチラホラ程度。宿直する者の数もごく少ない。

桐壺院四十九日の法要の最終日に突然剃髪して尼姿となった藤壺も、弘徽殿大后一派の追及を恐れる一人である。出家は、源氏の求愛を逃れる手段でもあったが、より深い意味では、そのことによって自身——というよりも幼いわが子冷泉（現東宮）の将来に累を及ぼすまいとの心遣いに出たものだった。

こうして、さらに一年経過し、諒闇も明けた。藤壺は三条宮の念誦堂や新しく造った御堂に籠りがちである。掲出の一文は、その箇所に続いて記される。冒頭にまず源氏が三条宮に訪れてきたことをいい、ついで以下源氏の目に映った邸内の印象を綴る。

「あらたまる」とは、年があらたまったことだけではなく、一年にわたった諒闇がようやく明けて、人々の服装も黒と灰色一色だったのが、もとの花やかな色どりを取り戻し、ことに年頭は、この文の直前に、「年もかはりぬれば、内裏《うち》わたりはなやかに、内宴《ないえん》、踏歌《たふか》など聞きたまふも」とあるように、再び宮中の新年恒例の華麗な年中行事が行われるようになった、その変化の鮮やかさをいうのである。「あらたまるしるしもなく」とは、せっかく諒闇が終わって、花やかな恒例の新年を迎えたしるしはどこにも見えず、の意となる。「宮の内のどかに」は、正月の気分にふさわしく「のどか」という語が用いられてはいるが、実質としては、むしろ逆に、新年参賀の客も来なくて、そのざわめきがないことをいったもので、もとより、ただのんびりしていて、というのではない。それに続いて、中宮職の役人の中でもごく親密な者たちだけが、まだこの邸を見限らないで、ここに居残っている。しょんぼりと背中を曲げ、うなだれて座っているその姿は、今後に何の希望もない尼姿の中宮家に仕えている人、という目で見るせいか、「屈しいたげ」で、ひどく元気がなさそうに見える、というのである。

次の「白馬ばかりぞ」云々は、新年の行事の白馬節会《せちえ》のこと。正月七日、宮中で行われて、『枕草子』にもその様子が見えて有名であるが、その日、天皇は紫宸殿に出御、舎人によって牽《ひ》かれる二一頭の馬寮の馬を御覧になり、これによって一年の邪気を払った後、群臣に宴を賜う。これらの馬は、その後さらに東宮、中宮のもとを引き回され、それぞれ辟邪、寿福を祈るのである。

藤壺は尼姿とはなったものの、なお中宮であることに変わりはないので、にわかに、それを省くわけにもいかず、依然として恒例に従って、三条院にも白馬牽きは回ってくる。それを迎えて、やはり女房たちは珍しげに見物している。

白馬を見れば、災厄を免れるという。しかし、この一、二年、この宮の人々の味わった思いは、正しくそれとは逆の暗い体験であった。二年ぶりに見る白馬に、人々はおそらくは、心の隅にしらじらしくむなしいものを感じるほかなかったのであろう。今、白馬を無心に喜んで見物し一年の幸いを祈るには、この邸の人々の心はあまりに暗く沈んでいる。

その中で「女房などの見ける」の文字はおもしろい。いちおうの意味は、例年ならば、大勢の参賀客もいっしょに白馬を見るところだが、客は来ないので今年は、見物も女房たちぐらいのもの、という意味だが、一つ付け加えておきたいことがある。

『源氏物語』では、女房、ことに若い女房には、世の中の出来事について、あまり深刻に考えようとしない、よくいえば常識的で現実的、悪くいえば浅はかで俗っぽい、またとかく好奇心旺盛で、尻軽でのんきな極楽トンボのような女が多い。ここもそれだ。この邸の男たちにとっては、今さら白馬が回ってきても、何となく気を入れて見る気もあまりしないのだが、女房たちは、子供のように大喜びで見物している、という底意もありそうだ。この皮肉な鋭い一刷毛が実に効果的である。

次の「ところせう参り集ひたまひし」以下は、前に触れた桐壺院崩御の翌年、除目の頃の源氏の邸門に「所なく立ちこみたりし馬車うすらぎて」とあったのと類似の記述であるが、それよりもいっそう、人々の敬遠と疎外の度は深まっている。一年前には、源氏邸に人影がまばらだった程度にすぎなかったのが、今、三条宮では、昔はあれほど大勢集まってきていた公卿たちも、今は三条宮の前の道を避け別の道を通って、道を隔てた向かい側の右大臣の二条邸に大勢入ってゆく。それも、時勢の赴くところで当然の出来事とはいうものの、やはり、「あはれに思さるる」という。ここの主語は源氏ではなく、藤壺である。この「あはれ」の感慨は深い。胸が痛むとか、悲しいというような単純なものではなく、もっと人生の実相に触れたという複雑な思いである。それが当然だとは思いながら、やはり現金な人間の相《すがた》にため息がでるのであろう。

藤壺がそうした思いに沈んでいるところへ、折しも源氏が訪れてきた。それは今の藤壺にとって、千人の味方を一挙に得たような気がした。

「千人にもかへつべき御さま」は、『文選』二一の、李陵の、「蘇武ニ答フル書」に出る言葉で、「疲兵再戦シ一以テ千ニ当ル」に基づくといわれる。李陵が漢軍の将として匈奴と戦い、戦い利あらず、匈奴の俘虜となった後、その事情を蘇武に書き送った文の中にある。

俗に「一人当千」といえば、千人力というような勇猛無比の形容に用いられることが多い。しかしこの『文選』の原典では、それよりむしろ、寡勢ではるかに優勢な敵に当たる困難を強調したものだろう。『源氏物語』の本条の用例も、もちろん、源氏が千人力に見えたなどというはずはない。それは、原典の意味ともかなり距たって千人の人と源氏一人を引きかえにしてもいいほど、心強く感じた、の意味であろう。源氏に即した叙述ではなく、もっぱら源氏の姿を見た藤壺の心に即した文字であることは注意しておくべきかと思う。

末尾の「深う尋ね参り」の「深う」は、「心深う」もしくは「志深う」の意。「浅し」「深し」だけで、愛情とか志、心遣いなどに関していう語として一般に通用した。

「あいなく涙ぐまる」もまた藤壺のこと。「あいなし」は、石川徹氏説に従えば「関連性が無い」で、「理由がない」「無理だ」の意という。理性を以て考えれば、尼姿となった今さら、男の姿を見て、涙ぐむべき理由がないにもかかわらず、自然に涙が湧いてくるというのである。

夫の桐壺院を失ったあと、罪の子の冷泉を抱えて、その不安な前途に戦きながら、日一日と疎外と危険の加わる日々に堪え続けてきたこの日頃、しばらくぶりに見る源氏の姿に、藤壺の胸はやにわに大きくふくらんだであろう。ああこの人は、今でも、これほどまで私を思ってくれている。あれほどせつない思いで、執拗なこの人の手を強く拒み続けてきたはずなのに。しかし、今こうして、この人の声を聞き、顔を見れば、なぜか涙が溢れてくる。それは、いくら抑えようとしても抑えきれない、うれしく甘い涙なのだ。

藤壺は、今もまた源氏の前にあって、自分がやはり弱い一人の女である事実を、痛いほどに噛みしめさせられているのである。

11　花散里

何ばかりの御よそひなくうちやつして、御前《ごぜん》などもなく、忍びて中川のほどおはし過ぐるに、ささやかなる家の、木立《こだち》などよしばめるに、よく鳴る琴《こと》をあづまに調《しら》べて掻《か》き合はせ賑《にぎは》はしく弾《ひ》きなすなり。御耳とまりて、門近《かどちか》なる所なれば、すこしさし出《い》でて見入れたまへば、大きなる桂《かつら》の樹《き》の追風《おひかぜ》に祭のころ思し出でられて、そこはかとなくけはひをかしきを、ただ一目《ひとめ》見たまひし宿《やどり》なりと見たまふ。ただならず、ほど経《へ》にける、おぼめかしくや、とつつましけれど、過ぎがてにやすらひたまふ、をりしもほととぎす鳴きて渡る。催《もよほ》しきこえ顔なれば、御車おし返させて、例の惟光《これみつ》入れたまふ。

　をち返りえぞ忍ばれぬほととぎすほの語らひし宿《やど》の垣根に

寝殿《しんでん》とおぼしき屋《や》の西のつまに人々ゐたり。さきざきも聞きし声なれば、声《こわ》づくり気色《けしき》とりて御消息《せうそこ》聞こゆ。若やかなるけしきどもしておぼめくなるべし。

ほととぎす言問《こととと》ふ声はそれなれどあなおぼつかな五月雨の空

ことさらたどると見れば、「よしよし、植ゑし垣根も」とて出づるを、人知れぬ心にはねたうもあはれにも思ひけり。さもつつむべきことぞかし、ことわりにもあれば、さすがなり。

この巻は、全篇中最小の掌篇の巻で、源氏二五歳の初夏五月の一夜のことを記す。

前巻賢木巻末に、新年を迎えた弘徽殿一派は、前年に源氏と朧月夜との密会が露顕したのを機に、彼を一挙に追放しようと企んでいる、とあったが、この巻に入るまで、以来半年足らずの間に、事態はいっそう険悪となり、その事情は巻頭に明らかにされている。

源氏は、危険の迫る中でも、一方では女性関係であれこれ気苦労が多かったという。世の中がどう動こうと、色恋の道は別というほど割り切った考えかたが源氏の中にあったというわけではあるまい。色恋の道も、時には世の中の動きに左右されることがないわけではない。ただ相対的にいえば、それは、その本質からいって、政治や権勢などと次元の異なった世界に属する、ひそかなわたくしごととして息づいている。今周囲のきびしい迫害にさらされている源氏は、そのためにいっそう、そのささやかなやさしい空間に自然に身を寄せてささくれ立つ心を慰めたくなるのであろう。

かつて関係のあったあれこれの女性を思い出して、訪れるのは、そのためだが、その一人が桐壺帝の愛妃の一人、麗景殿女御の妹の三の君である。

五月雨の降り続く間は、降りこめられたように自邸にこもっていた源氏だったが、久しぶりに男の心を唆かす青空を見ると、彼はふと三の君のことを思い出し、我慢できなくなって出かけてゆく。

前掲一文は、それに続くものである。

冒頭に、源氏は格別の仕度もせず、いつもよりも人目に立たぬ地味な身なりで、先払いの供人もないという。後文によれば、惟光もついているし、牛車にも乗っているから、もちろん最低の格好はついているわけだ。

人目を忍ぶようにして、中川のあたりを通りかかる。「中川」は、帚木巻、一七歳の源氏が、これも五月雨のあがった翌日、方違えに出かけた紀伊守の邸があった場所だ。あの夜、源氏は空蟬の女と逢ったのだった。

今日、通りすがりに気が付いた邸の構えは小さいが、庭木の姿など手入れがゆき届いて、しゃれた感じだ。紀伊守と同じような受領クラスの邸宅であろうか。紀伊守もそうだったが、この邸の主も風流好みと見える。「よしばめる」というのは、本格的な教養、また正統高貴の由緒正さがあるときに用いる「ゆゑあり」と比べると、かなり落ちる。家柄といい学識・教養といい、もともとさしたることがないはずの者が、さもそうであるかのようにふるまう・気取る、ということだ。この辺りには中流貴族中の成り上がり者や才気のある人たちが邸を並べていたものか。角田文衛氏によれば、現在旧中川辺の盧山寺が紫式部の旧宅の位置だというが、式部の父為時も受領である。

邸内からは「よく鳴る琴」と和琴との合奏が、築地越しに賑やかに聞こえてくる。この「琴」は箏の琴か、また和琴かに論があるが、これによく似た「よく鳴る和琴」が帚木巻の雨夜の品定め、左馬頭の経験談に出る浮気女が、間男を迎えて二人でいちゃつくところに、男の笛に合わせて女が「よく鳴る和琴」を合奏した。「よく鳴る」が尋常の修飾語としては奇妙な感じで、意味がはっきりしないのだが、古注は和琴には「能鳴調」という曲調があるという。もちろん真偽明らかでない。私はこの邸内の賑やかさなどとあわせて、この語は一種浅薄卑俗な効果を孕んだものかと想像したくなる。おそらく、この邸、近頃はかなり派手に、娘たちも気楽な暮らしぶりでいるらしい。少なくとも『枕草子』が伝えているような、婿が通って来なくなって、落胆のあまり一家うちひしがれている、といったありさまではなさそうだ。

源氏は、この琴の合奏に耳をとめる。耳にとまったのは、その曲に聴き覚えがあったからであろうか。思わずはっとして、車の簾を上げて、顔を出して外を見た。車はちょうど邸の門前にさしかかっている。開いた門から邸内をのぞき込むと、生い茂る桂の大木が目に入る。初夏の陽光の下に、その滴るような緑の葉はみずみずしく豊かな拡がりを見せて、五月の薫風が吹き過ぎるごとに、さわさわと波を打って光る。源氏は一箇月前の葵祭を思い出す。京の町々が美しい青葉若葉に溢れ、着飾った男女が群がり遊ぶ「葵祭」は「逢ふ日」でもある。今、源氏の五月雨の晴れ間の官能のうずきは葵祭の思い出に増幅されたであろう。

その桂の大木に、源氏はこれが昔一度だけ訪れた女の宿であることを確認する。

「ただならず」は、そのことに気づくや否や、とうていそのまま黙って素通りはできないという気になって、の意。今は記憶もかすかになった遠い女の気配が、日の光と若葉の風の薫りに一挙に蘇ると、源氏は、その場に車を停めずにはいられなくなった。「やすらひたまふ」は、門前を通り過ぎようとして、徐行しながら停車させるまでの数秒間の、源氏心内の躊躇をとらえたもの。その躊躇は、「ほど経にける、おぼめかしくや」（あれ以来すっかり年月が経ってしまった――はっきりしないのじゃないか）で、この「おぼめかし」を「相手がこちらを忘れてしまった」ととるか、「そらとぼけるのではないか」ととるかで、説が分かれている。私は、前者が自然な解釈とは思うものの、「おぼめかし」の原義にこだわれば、その上に自分の側も含めて、今相手を昔の女と決めてかかってよいか否かに、なお不安を抱いていると解したい。源氏は車を停めて、これを門前まで戻させる。

折から鳴く郭公の声を「催し顔」という。これには、前後に頻出する「宿」の語とともに、『古今集』夏の数首の歌を参考にする必要がある。

（一四六）　郭公なくこゑきればわかれにしふるさとさへぞこひしかりける（読人知らず）

（一五一）　今さらに山へかへるな郭公こゑのかぎりはわがやどになけ（読人知らず）

（一五四）　夜やくらき道やまどへるほととぎすわがやどをしもすぎがてになく（紀友則）

（一六二）　郭公人まつ山になくなれば我うちつけにこひまさりけり（紀貫之）
（一六三）　むかしべや今もこひしき郭公ふるさとにしもなきてきつらむ（壬生忠岑）
源氏は、郭公が鳴くのは、「ふるさと」「わが宿」を素通りできず、それを彼に知らせるためと思ったのであり、この邸に入ることを郭公がすすめたというのである。やにわに躊躇なく車を門前に戻したのはそのためだ。

邸に入って、案内を乞うのは、例によって惟光の役目である。「をち返り」の歌は、源氏が自身を郭公になぞらえて「昔ちょっとお訪ねしたことのあるこの家に恋しさに堪えられずに、また今日お訪ねしたのです」の意。「をち返り」は、郭公がたび重ねて鳴くことと、「立ち戻って」の意とを重ねている。惟光は、この源氏の歌を、庭先に立って、案内を乞う代わりに朗詠したのであろうか。この家の女房らしい者が寝殿風の建物の西廂に居て、昔聞き覚えのある惟光の声に、珍しや源氏の来訪とすぐ分かった。これは大変、急に咳ばらいをして、澄ました作り声をして気取ってすぐに返事をする。とっさの応対の機敏さによほど手だれの昔からこの家にいる中年女房かと思いたくなるが、「若やかなるけしきどもして」とあるから、何人かいる女房はまだ若いとみえる。「はやりかなる若人」であった末摘花の侍女の侍従のように、若くても主人の代わりに即席に歌を作って源氏に贈るような例もあることだから、それも不審がるほどのことではあるまい。

「おぼめく」は、ここでは、そらとぼける、の意で、源氏の「をち返り」の歌詞をそのまま用いながら、女房は「お声は以前の通りですが、五月雨の空のように、はっきりしません」と、相手を源氏と知りながら、しらばくれた、と語り手が解説を加えたのである。

惟光は、女房たちが故意に曖昧なことをいうと思って、そのまま引き揚げる。女がそらとぼけるには、それなりの理由があると判断したのだ。後文の「ことわりにもあれば」とそれは対応するわけで、その理由とは、女が源氏の疎遠を怨んで、いやみな拒否の姿勢を示したとか、あるいは今ではほかの男を通わせているからだとか、想像さ

れている。賑やからしい邸内の様子からみれば後者の可能性が大きい。惟光が出がけに口ずさむ「植ゑし垣根も」は、

花散りし庭の梢も茂りあひて植ゑし垣根もえこそ見分かね（紫明抄所引）

という古歌の一節である。これは、このあと源氏が麗景殿女御を訪ねて、口ずさむ

橘《たちばな》の香《か》をなつかしみほととぎす花散る里をたづねてぞとふ

というこの巻の眼目になっている歌の伏線であり、中川の宿から女御の邸まで源氏の後を追ってきた郭公も両者をつなぐ役割を果たしている。

あっさりと引き揚げてゆく惟光と源氏の姿に、女はひそかに、「ねたうもあはれにも」、いら立たしさ、腹立たしさと、未練と、愛憎の錯綜した複雑な思いを噛みしめるのである。末尾の「さもつつむべきことぞかし、ことわりにもあれば、さすがなり」は草子地で、「女としては、こんなふうに、身持ちを慎むのが当然のことだし、それも無理からぬことだから、海千山千の惟光とはいってもやはり、それ以上には出られないのだった」の意である。

本文はこのあとさらに、それにつけても、源氏は五節の君などほかの女性のことを思い出して、気苦労が絶えなかったといった趣旨が続いて、次の麗景殿女御訪問の条へ移る。

この一節、行きずりの一夜の女を思い出して訪れる源氏が、女の事情ありげな様子に、そのまま淡々と引き揚げる、ただそれだけの短文である。

巻末には、源氏は今も、いろいろの女と、心を通わせてはいるものの、しかし、そういう源氏との仲に不満足な女は、あれこれと心変わりをするが、それも、世間の常と源氏は思うことにしていらっしゃる、と記したあとに、

ありつる垣根も、さやうにてありさま変りにたるあたりなりけり。

と記して、末尾を締めくくっている。この中川の女も、そっと源氏から離れていった女の一人なのだ。相手の今の

ありさまを察してそれを野暮に深追いしない優雅な程のよさがさわやかで、後味がいい。ほとんど淡彩の一刷毛といったタッチながら、余情は汲めども尽きないのである。

12 須磨

冬になりて雪降り荒れたるころ、空のけしきもことにすごくながめたまひて、琴《きん》を弾《ひ》きすさびたまひて、良清《よしきよ》に歌うたはせ、大輔《たいふ》横笛吹きて遊びたまふ。心とどめてあはれなる手など弾《ひ》きたまへるに、こと物の声どもはやめて、涙を拭《のご》ひあへり。昔胡《こ》の国に遣《つか》はしけむ女を思しやりて、ましていかなりけん、この世にわが思ひきこゆる人などをさやうに放ちやりたらむことなど思ふも、あらむことのやうにゆゆしうて、「霜の後《のち》の夢」と誦《ず》じたまふ。月いと明《あ》かうさし入りて、はかなき旅の御座所《おましどころ》は奥まで隈《くま》なし。床《ゆか》の上に、夜深き空も見ゆ。入《い》り方《がた》の月影すごく見ゆるに、「ただ是《こ》れ西に行くなり」と、独《ひと》りごちたまひて、

いづかたの雲路《くもぢ》にわれもまよひなむ月の見るらむこともはづかし

と独りごちたまひて、例のまどろまれぬ暁の空に千鳥《ちどり》いとあはれに鳴く。

友千鳥もろ声に鳴くあかつきはひとり寝ざめの床《とこ》もたのもし

花散里巻の翌年、二六歳の源氏は、日増しに加わる身辺の危険に、遂に自ら京を脱出する。

彼は、北山の父桐壺院の墓所にひそかに詣で、舅の左大臣一族や紫上・藤壺たちに別れを告げて、数人の供人とともに、春の一日淀川を下って、自ら選んだ謫地の須磨に赴いた。

彼の地に着き海辺の住居に落ち着いたその日から、わびしい日々が始まり、そのまま夏が過ぎ、秋を送り、やがてわびしい冬が来た。

その間、都に遺した女性たちと交わした数々の文や、その動静を織りまぜながらも、叙述は、常にこの地で孤独に堪える高貴で優雅な源氏の日常に焦点が合わされている。

「須磨《すま》には、いとど心づくしの秋風に……」で始まる一文は、その中でも古来もっとも有名な一文で、その和歌のリズムを骨格にしながら、古歌・古詩の句をふんだんに用いた華麗で清澄ともいうべき文章は、たしかにある意味で『源氏物語』の文章を代表するものともいえよう。しかし、私自身は、そのやや修飾過多な点に違和感も多少あって、ここではそれを掲げるのを避けた。

冒頭に掲げたのは、冬に入った頃の一節である。

和歌では、一般に夏と冬は題材として扱いにくいものらしい。勅撰集四季の部において、多くのばあい、春・秋はそれぞれ二巻に対して、夏・冬はそれぞれ一巻である。詠作の材料が少ないのだ。それにともに酷烈に過ぎる。春は女が男を思い、秋は男が女を思うと、当時いわれたが、そういう恋の季節としても、夏・冬は向かない。『枕草子』初段にいうように、冬の美は、凜烈な寒さそのものにある。

しかし、『源氏物語』には案外、冬の場が描かれることが少なくない。松風巻や総角巻などとくに然りである。そして、いつもはげしく雪が降っている。

もっともここで冬の情景に入ったのは、前からの春・夏・秋を受けているからで、特別冬だけを取り出したわけではないから、あまり冬であることを強調するわけにはいくまいが、春・秋に劣らぬ表現の精緻さに注目したいのである。

はじめに「雪降り荒れたるころ」とあって、すでに真冬に入っている。この文字が単に「吹雪になりがちな季節」の意なのか、現に今吹雪になっているのか、後出の「月いと明かうさし入りて」と関連して、ちょっと迷うところだが、私はやはり、眼前吹雪の実景であると解したい。吹雪の空は灰色の雲が厚く覆っており、源氏は、それが自らの心象風景であるかのように、荒涼たる思いでながめている。「すごく」は、上文につけば連用中止法で、「空模様が暗澹、荒涼としていて」の意であり、下文につけば、連用修飾で「ぞっとするような淋しい思いを抱いて眺めている」の意であり、その両義を兼ねている。叙景と抒情を一語で兼用融合するのだが、この例は『源氏物語』には多い。

源氏は氷りつくような心の憂悶にあらがうように、琴《きん》を弾く。琴は中国渡来の楽器の中、もっとも高貴な地位にあるもので、中国でもわが国でも霊琴譚の数々を生んでいる。これをわが国の貴族がもてはやしたのは、一条朝より半世紀以前頃までで、『源氏物語』が書かれる頃には、もうすたれていて、一時代前の古めかしい代物となっていた。それは、『源氏物語』がいわば時代小説として書かれたことの一つの証拠となっている。

源氏は琴の名手である。この文の直前にある「心づくしの秋風」の条にも、早朝に琴を弾いて心を遣《や》っているところがあるが、それは源氏が王統の貴種であることを示している。

源氏の琴に合わせて、忠実な家臣の惟光（彼は民部大輔の職にある）と良清とが、笛を吹き、歌をうたう。『琴歌譜』にはその楽譜が記されているが、歌詞は見当たらない。琴にふさわしい高雅な歌詞があったのであろう。笛も合奏によく吹かれた。帚木巻、雨夜の品定めに登場する浮気女の話では、女が和琴を弾くと、忍んできた間男が懐から笛を取り出してこれに合わせたとある。小粋《いき》な楽器だったらしい。もっとも、笛は、顔つきがおかしくなるので女は吹かない。

二人の歌や笛はとうてい源氏の琴にはそぐわない。二人は止めて、ひたすら源氏の妙技に聞き惚れ、感じ入って涙を流すばかりである。

源氏が「胡の国に遣はしけむ女」を思い出したというのは、王昭君である。彼女は漢の元帝の時の宮女で、当時宮女は数多く、帝は絵師にその似顔を描かせて、美女を徴したところから、宮女たちは争って絵師に賄賂をおくって、美しく描いてもらった。王昭君だけはそれをしなかったために、帝はその美を知らず、匈奴の使節が来朝するや、その引出物として、彼女を与えた。はじめて挨拶に現れた王昭君の美しさに、帝はいたく後悔したが、いかんともなし得ず、彼女は匈奴に伴われて、泣く泣く胡地に去った、というのである。

光源氏は自身を元帝に、王昭君を藤壺に擬している。「この世にわが思ひきこゆる人」（一生涯お慕い申し上げる人）という文字がそれを暗示する。以下の文意は——藤壺は、今はまだ京にあり、身に異変は起こっていないが、あの秘密がもし露顕したら、どのような目にあうか。須磨よりもっと遠い辺土への流罪もあり得ないことではない。そう思うだけでも、何だか本当に今にもそうなりそうな気がして、不吉な予想に胸がつまる——である。

「霜の後の夢」は、『和漢朗詠集』下、大江朝綱の「王昭君」の一節、「胡角一声霜ノ後ノ夢、漢宮万里月ノ前ノ腸」を引くもの。王昭君が胡地に赴く途中、冬の早暁、胡人の吹く角笛の音に夢を醒まされる悲しみをうたったものである。それははるか往昔の胡地に去った美女の嘆きであり、今の不吉な想像の中の藤壺の姿である。と同時にまたうつつの流謫の身である光源氏の姿でもある。三者は一つになって、悲しい夜明けの夢の中に不幸な身を寄せ合っている。悲しくまた甘美な幻想である。

次の段落の冒頭「月いと明かうさし入りて」は、一見先の、「雪降り荒れたるころ」とやや矛盾するかの印象を受けるが、一つには、それは修辞の上で、前に引いた詩句の「漢宮万里月ノ前ノ腸」から糸を引いて、月が現れたためである。しかし、これを実景として解すれば、今までの吹雪がふっと止んで、雲が晴れ、ひときわ澄んだ冬の黒い夜空に、皎々たる月輪が現れたと見てよいだろう。その冷たく氷のような光が、配所の狭い部屋の奥まで残りなくさし込むのである。修辞は詩句によって引き出されながら、しかし実景としても作為を感じさせないで、凄惨な吹雪のあとの冬の月夜を実感させるところがすばらしい。

それに続く「床の上に、夜深き空も見ゆ」にも典拠がある。『和漢朗詠集』下、三善善宗の「故宮付破宅」に、

「暁ニナンナントシテ簾ノ頭《ほとり》ニ白露ヲ生ズ、終宵床ノ底《もと》ニ青天ヲ見ル」がそれである。和文としては、表現がすこし唐突もしくはオーヴァーになった感は否めない。

それに次ぐ「ただ是れ西に行くなり」もまた月光の縁で、菅原道真の「代月答」(『菅家後集』)を思い浮かべたものである。

蓂発《めいひら》キ桂香《かつらかぐは》シクシテ半バ円《まど》カナラムトス、三千世界一周ノ天、天玄鑑《げんかん》ヲ廻《めぐ》ラシテ雲将《まさ》ニ霽《は》レムトス、唯ダ是レ西ニ行クナリ、左遷ニアラジ。

一首の意は、「月は盈ち、また欠けて、天を周る。それはただ西に行くだけでまた東から昇る、私のように西国に流されていくわけではない」である。源氏は、自身を無実の罪で西海に流され、その地に死んだ菅公に擬しているのである。

この菅公配流が源氏流謫の有力な材料として用いられていることは、古来定評がある。

この条の直前に、

煙《けぶり》のいと近く時々立ち来るを、これや海人《あま》の塩焼くならむと思しわたるは、おはします背後《うしろ》の山に、柴《しば》といふものふすぶるなりけり。めづらかにて、

山がつのいほりに焚《た》けるしばしばもこと問ひ来《こ》なん恋ふる里人

とあるのも、『大鏡』時平伝にいう道真配流の一件の中に、

筑紫におはしつきて、ものをあはれに心ぼそくおぼさるる夕べ、をちかたに所々煙立つを御覧じて、

夕されば野にも山にも立つ煙なげきよりこそ燃えまさりけれ

とあるのと、関係がありそうである。そのほか古注が指摘する光源氏と菅公との準拠、典拠関係は須磨巻のみで一三条にも及んでおり、私はその約半数は信ずべきものと考えている(拙稿「菅公の故事と源氏物語古注」『紫林照径』、

本著作集第八巻所収）。古注以外にも、須磨巻末の霹靂や源氏の祈禱文、また次の明石巻の桐壺院の亡霊の件なども、菅公伝承につながるものといえる。

また続く「いづかたの雲路」の歌も、月とわが身を比し、辺土に彷徨する身を月に見られるのが恥ずかしい、というのであって、先の「代月答」と趣が似ているのである。

この巻の光源氏の造型には、ほかに藤原伊周や源高明などの面影も加わっていることは疑いないが、菅公の比重が彼らよりも大ということはいえよう。

最後に千鳥を景物としたのがいい。冬の千鳥はその可憐な姿と声とが人々に愛される。「友千鳥」の歌意は、小さい群をつくってさえずり交わしている千鳥の声だけが、荒涼たる冬の海辺の宿に、朝早く目覚めて床中に悶々としている孤独な流人の源氏にとって、今はただひとつの心の友であり、生きていく力となるというのである。「友千鳥」の「友」の字には、千鳥が連れ立っていることと、源氏が彼等を友と感じていることとの二義が掛けられており、「もろ声になく」にも、無心に啼く千鳥と、悲愁に泣く源氏の心とが二重にこめられているだろう。

引歌・引詩・引事の類は、とかく修飾過剰ないしペダントリーの印象を与えやすい。当時の読者は、今日の我々よりも、この種の出典について豊富確実な知識をもっていたに違いないから、この点での理解力や鑑賞力もすぐれていたであろう。しかし、それでもなお右のような傾向は一般に避け難いのではあるまいか。

須磨巻は、作者がこの種の文飾にもっとも力を注いだ巻の一つと思われるのであって、先に触れた「須磨には、いとど心づくしの秋風に」の条などは、まさしくそれである。

この条も、ややそれに近いが、しかし、少なくとも修飾過剰の気配はあまりない。技巧は多いけれども、それらは一貫した基調やムードの中に統一されていて、破綻がない。印象として、作者の跡が目立たず自然なのである。珍重の一条というべきであろう。

13　明石

帝王の深き宮に養はれたまひて、いろいろの楽しみに驕《おご》りたまひしかど、深き御うつくしみ大八州《おほやしま》にあまねく、沈める輩《ともがら》をこそ多く浮かべたまひしか。今何の報いにか、ここら横さまなる浪風《なみかぜ》にはおぼほれたまはむ。天地《あめつち》ことわりたまへ。罪なくて罪に当たり、官位《つかさくらゐ》をとられ、家を離れ、境を去りて、明け暮れやすき空なく嘆きたまふに、かく悲しき目をさへ見、命尽きなんとするは、前《さき》の世の報いか、この世の犯《おか》しかと、神仏明らかにましまさば、この愁《うれ》へやすめたまへ。

須磨巻末に、光源氏は三月上巳の日、海辺に出て祓をする。すると、一天にわかにかき曇って、暴風雨となり、雷鳴とともに高潮が押し寄せる。夕方になって雷鳴は止むが、夜通し風は衰えず、夜明け方になって、源氏はうとうとするが、その夢枕に龍王が現れて、彼を誘うと見た。――明石巻は、右に続く暴風雨のただ中から始まる。嵐は依然として衰えず数日経《た》った。やや鎮まったかと思ったのも束の間、その翌日夜明け方から、また、

風いみじう吹き、潮《しほ》高う満ちて、浪の音荒きこと、巌《いはほ》も山も残るまじきけしきなり。雷《かみ》の鳴りひらめくさまさらに言はむ方なくて、落ちかかりぬとおぼゆるに、あるかぎりさかしき人なし。

というありさま。供人たちは、このまま家族の顔も見ずに死ぬのかと悲嘆する。源氏は、海の守護神である住吉明神にその加護を祈願する。

冒頭の掲出本文は、それに続く祈禱の文言である。ただし、その直前には、

心を起こして、すこしものおぼゆるかぎりは、身に代へてこの御身ひとつを救ひたてまつらむととよみて、もろ声に仏神を念じたてまつる。

とあるので、この一文が形の上では、源氏の身を案ずる供人たちの祈願文として始まっていることは明らかである。

しかし、供人の祈願が全文にわたるか否かになると問題がある。源氏の行為に対する敬語が、「驕りたまひしかど」「浮かべたまひしか」「おぼほれたまはむ」「嘆きたまふに」と反復して用いられていることでみれば、全文供人の言葉と見てさしつかえないようではあるが、一方、「罪に当たり、官位をとられ、家を離れ、境を去りて」や「悲しき目をさへ見、命尽きなんとする」には敬語がないので、供人の言としては、やや不適当の感もある。そのために、(イ)全文を供人の言とする。(ロ)冒頭から「嘆きたまふに」までを供人、「かく悲しき」以下を源氏の各言葉とする。(ハ)冒頭から「ことわりたまへ」までを供人、「罪なくて〜嘆きたまふに」を地の文、「かく悲しき」以下を源氏の各言とる、など種々の説がある。

私は、「罪に当たり〜境を去りて」の間に敬語がないことは、さして問題ではなく、それは文末の「嘆きたまふに」の「たまふ」が、それらすべてを受けていると見れば十分で、この一句全体を供人の祈願文とみることは可能と思う。また「かく悲しき目をさへ見」以下も、源氏の言葉としては、ややおかしい。この文の直前に、

> 君は御心を静めて、何ばかりの過《あやま》ちにてかこの渚《なぎさ》に命をばきはめんと強う思しなせど、いともの騒がしければ、いろいろの幣帛《みてぐら》捧《ささ》げさせたまひて、「住吉《すみよし》の神、近き境《さかひ》を鎮《しず》め護《まも》りたまふ。まことに迹《あと》を垂《た》れたまふ神ならば助けたまへ」と、多くの大願を立てたまふ。

とあり、右の文は、この源氏の言動に対応する供人たちの言動となっているのである。源氏は供人たちに先立って、すでに住吉明神に加護を祈願している。「多くの大願」とあるから、これ以外の祈願文も多く、供物もたくさんあったに違いない。その上さらに、続けて、供人たちといっしょになって、祈願を加える必要があるだろうか。また、「罪なくて罪に当たり、官位をとられ、家を離れ、境を去りて、明け暮れやすき空なく嘆きたまふに、かく悲しき目をさへ見、命尽きなんとする」は、要するに、今の窮状についての愚痴である。その前半は供人の言で

あること明白であるが、後半も、「こんな悲しい目にあって、命までなくしそうだ」とは、源氏の言葉としては、あまりに貧劣である。彼はすでに「御心を静めて、何ばかりの過ちにてかこの渚に命をばきはめんと強う思しな」しており、とにかくにも貴人にふさわしい威厳と落ち着き、また自信を失っていない。須磨巻末にも、にわかに暴風雨が襲い雷鳴霹靂がきらめき、人々が、「かくて世は尽きぬるにやと心細く思ひまどふに、君はのどやかに経うち誦《ず》じておはす」のであった。あわてふためく人々の中で、静かに読経する源氏の姿は、この後にも見えるところで、よしんば今、心中に不安はないわけではないにしても、その弱々しい心情を神前に、人々の目の前で口に出して訴えるとは考えられない。彼は今、ただ静かに端座して、住吉明神の加護を祈念していたのではなかろうか。

また、この異変が何によるかを、この祈願文は「前の世の報いか、この世の犯しか」と神に問いただしている。源氏には、はたして、今このことができたであろうか。彼の胸奥には藤壺一件という重大な秘密がかくされている。彼は、須磨退去のいとま乞いに藤壺を訪れた際、

かく思ひかけぬ罪に当たりはべるも、思うたまへあはすることの一《ひと》ふしになむ、空も恐ろしうはべる。

と語った。

しかし、一方では、彼は、同じく須磨退去の挨拶に左大臣を訪れたときには、自分の潔白、無実を強調しており、先述の上巳の祓にも、

八百《やほ》よろづ神もあはれと思ふらむ犯せる罪のそれとなければ

と歌った。この、一方ではわが潔白を主張し、一方ではひそかに藤壺との不倫を須磨退去の因と自認していることの矛盾については、従来もさまざまの議論があるところだが、私は、いちおう政敵方が根拠に挙げる謀反や不敬の罪については無実を主張し、一方、さらに深層に秘められたまま人々の知らない藤壺との不倫については、その罪を自認している、という、いわば法の次元と倫理の次元の位相差によって、使い分けているのかと考えている（拙

稿「源氏物語における人間と政治」『紫林照径』、本著作集第二巻所収）。

それはともかくも、祓に際して、人々の前で源氏が「犯せる罪のそれとなければ」と歌い上げた途端に、雷鳴霹靂、暴風雨の異変が起こったのは、どうみても、神がこの源氏の主張に、天譴を下したものとみなければならぬ。この異変は、一方では朱雀帝－弘徽殿側の不当な措置に対する「さとし」の意も含むこと明らかであるが、同時に源氏譴責の意も兼ねていることは見落とせぬ。おそらくは源氏は、そのことを暗に悟ったであろう。少なくとも今再びここで、天に向かって、大声でわが無罪を強調するほど、彼は愚かではあるまい。

最後の問題は、右の掲出本文に続く地の文、

……」と、御社《みやしろ》の方《かた》に向きてさまざまの願を立てたまふ。

と敬語が使用されていることである。このために、前述のごとく、祈願文の後半は源氏の言葉と解する説が生まれたのである。しかし、もしこれが源氏の行為ならば、先の「多くの大願を立てたまふ」とあったのと完全に重複するわけである。その種の反復は、この物語にほかにけっして少なくはないので、そのこと自体をとやかくはいえまいが、右に述べた祈願の内容からみて、私は、ストレートに源氏の言動とは取りたくない。祈願の言葉自体は明らかに供人たちのものであるが、しかし、供人たちが、この際、自らの名において住吉明神に願を立てることはできまい。いわば主人の源氏の資格において、立願した。その結果が、こういう敬語表現となったと解すべきであろう。

以上要するに、この祈願文が供人たちのものであることをいったのである。

その文意は、おおむね平明で、大意は「源氏の君は皇子として深宮に育ちながら、慈悲ぶかく、困っている人々を救ったのに、今、どのような悪業の報いで、この異変に身を亡ぼさねばならぬのか、天神地祇よ、その理非曲直を明らかにせよ。源氏の君は無実の罪を着せられて、官位を剝奪され、家族と別れ、故郷を出て、不安な日々に苦しんでおられるが、おまけに、こんな悲しい目にあって、死にそうになっているのは、前世の悪業の報いか、今生

での間違いのためか、この世に神仏がおられるのならば、この嘆きを取り除いてください」である。

しかし、この祈願文の文体は、物語のそれとしては、かなり異様である。その一は、漢語的表現が多いことで、「帝王」「天地」「官位」「神仏」や、「深き宮」（「深宮」の和訳）もそれに近い。文章が短く切れるのも、それを思わせる。

また「沈める輩をこそ多く浮かべたまひ」「罪なくして罪に当たり」「家を離れ、境を去り」「前の世の報いか、この世の犯しか」などの対句も、四六駢麗文などに多用されるもので、作者の念頭には、六朝の辞賦や、それに影響を受けたであろう『古今集』の仮名序、たとえば

あまねきおほむうつくしみのなみやしまのほかまでながれ、ひろきおほむめぐみのかげつくば山のふもとよりもしげくおはしまして

の一節も思い浮かべていたであろう。全体として、初めは荘重に、最後は急テンポで、あたかも神に向かって強く迫る趣きがある。

力強さでいえば、この祈願文の直前の前引の一文も然りであり、また、これに直ちに続く一文もまったく同様である。

また海の中の竜王、よろづの神たちに願を立てさせたまふに、いよいよ鳴りとどろきて、おはしますに続きたる廊《らう》に落ちかかりぬ。炎《ほのほ》燃えあがりて廊は焼けぬ。心魂《こころだましひ》なくて、あるかぎりまどふ。背後《うしろ》なる大炊殿《おほひどの》と思しき屋に移したてまつりて、上下《かみしも》となく立ちこみていとらうがはしく泣きとよむ声、雷《いかづち》にもおとらず。空は墨《すみ》をすりたるやうにて日も暮れにけり。

おそらく、力強い文章という点では、このあたりが全篇中第一とすべきであろう。

後世この祈願文を摸した文としては、『我身にたどる姫君』巻四に、藤壺中宮が第一皇子難産の際、母女院が輿

福寺の加護を祈願する文言に、

我が氏に多くの后・国の親出でものしたまひしかど、氏の大明神に我ほど心ざしたてまつりて仕うまつりし人やはおはせし。これ横ざまの事を構へ祈るにもあらず。我が家・国の継ぎを伝へたまふべき御上なり。前の世の報ひ・此の世の犯しなりとも、山階寺の本尊立ち翔《かけ》りたまへ。

とある。鎌倉時代の人々にも、明石巻のこの一文は印象の深いものだったとみえる。

14　澪標

おりゐなむの御心づかひ近くなりぬるにも、尚侍《ないしのかみ》心細げに世を思ひ嘆きたまへる、いとあはれに思されけり。「大臣亡《おとどう》せたまひ、大宮も頼もしげなくのみ篤《あつ》いたまへるに、わが世残り少なき心地するになむ、いといとほしうなごりなきさまにてとまりたまはむとすらむ。昔より人には思ひおとしたまへれど、みづからの心ざしのまたなきならひに、ただ御事のみなむあはれにおぼえける。たちまさる人また御本意《ほい》ありて見たまふとも、おろかならぬ心ざしはしもなずらはざらむと思ふさへこそ心苦しけれ」とてうち泣きたまふ。女君、顔はいとあかくにほひて、こぼるばかりの御愛敬《あいぎやう》にて、涙もこぼれぬるを、よろづの罪忘れて、あはれにらうたしと御覧ぜらる。「などか御子《みこ》をだに持《も》たまへるまじき。口惜《くちを》しうもあるかな。契《ちぎ》り深き人のためには、いま見出でたまひてむと思ふも口惜しや。限りあれば、ただ人にてぞ見たまはむかし」など、行く末のことをさへのたまはするに、いと恥づかしうも悲しうもおぼえたまふ。

二六歳の晩春から二年間を須磨・明石の海辺に送った源氏は、その間に土地の女明石御方を得るが、やがて二八歳の秋に許されて帰京する。年が明けて二月、朱雀帝は譲位、源氏の秘密の子である冷泉が即位する。

右の本文は、その譲位の決意を固めた頃の朱雀帝と朧月夜尚侍との対話の一場面である。今さら説明の要もあるまいが、源氏の須磨退去の直接の原因は、朱雀帝の妃の一人となった朧月夜と密会し、それが露顕して、右大臣方に謀叛呼ばわりの口実を与えたことである。

源氏の須磨退去後、朧月夜もしばらく慎んでいたが、やがて七月には許されて内裏に入る。しかし、彼女の心は今も寸刻も恋しい源氏を忘れることができないのだった。朱雀もそれを知っている。彼の朧月夜への愛は深く、源氏に対する嫉妬に苦しまざるを得ない。朧月夜に向かって帝はいう、「何だか心細くてとても長く生きてはおられそうもない気がする。私がなくなったら、あなたはどんな気がなさるのだろう。近頃の源氏との生き別れと比べたら、断然平気でいられることだろうと思うと、腹が立つのだよ」。女は無言のまま、ほろほろと涙をこぼす。それを見咎めて、「それごらん、私か源氏か、どちらのために落ちる涙なのか」と、帝は意地悪く追討ちをかけるのであった（須磨巻）。

そういう時期を過ごしたあとの、源氏の帰京であった。朱雀帝にとって、力と頼む外祖父右大臣も今は亡く、あの強い性格の母弘徽殿大后も今は老い多病で、頼みにはならない。弟ながら、格段に父桐壺院の寵を得、また世評も殊の外に高い光源氏が、こうして都に戻ってみると、朱雀には、日々に譲位へとせき立てられる思いがあった。光源氏に対する除名の処分も、「謀叛」の嫌疑もすべてわが名において執られたものだ、病気の上に天譴《てんけん》たる天変地異も加わった以上、その責任は速やかにとらねばならぬ。しかし、その譲位の決意の中にも、気がかりなのは朧月夜の将来である。

掲出本文冒頭に近く、朧月夜が「心細げに世を思ひ嘆」くのは、まずこうしたばあいの世間の慣習に基づくところが大きい。帝は退位すれば、当然、内裏は新帝に明け渡して、仙洞御所か院に移らねばならぬ。それまで大勢居た后妃も、その中の一人（皇太后が普通）以外はすべて内裏を去り、上皇とも別れて、実家に戻るか、尼になるかの途をとる。朧月夜の前任の尚侍も、桐壺帝退位と同時に尼になった口である。今、朱雀帝の妃としては、右大臣の娘で東宮の生母の承香殿女御と藤大納言の娘の麗景殿女御および朧月夜の三人である。朧月夜は人柄もよくて、帝寵は格別に厚いが、格式の高さは二人の女御には及ばないし、ことに東宮の生母は格別だ。朧月夜はだから朱雀退位後は実家へ戻るか尼になるかしかない。しかし実家といっても、前述の通り、父右大臣は今や亡く、姉弘徽殿大后も無力で、その上老い込んで病気がちだ。はたして今後どこに身を寄せてよいのやら心細い身の上である。その愁わしげな女の様子に、朱雀はひとしおいとしさが募る。

帝の「大臣亡せたまひ」以下の言葉は、右のような今の不安な朧月夜の身の上を述べそれに同情を寄せた上で、しかしその世話を引き受けるだけの力のない病弱なわが身のありさまを述べる。

わが世残り少なき心地するになむ、いといとほしうなごりなきさまにてとまりたまはむとすらむ。

この一文、注目されるのは、「いといとほしう」の一句が上文を受けて述語を形成し、下文に接続して連用修飾語として働いている、そういう二重の機能を果たしていることだ。今後頼る人が誰もいなくてふびんであり、また、今までとはうって変わった気の毒なありさまで過ごしていかねばならないだろう、というのである。こうして、憐憫と同情の念を強く打ち出した上で、帝は続けて、自分の愛が昔から終始いかに切実なものであったかを訴える。

自分の愛は、あなたが源氏と情を通じたときですら変わりはなかったし、また今後あなたがまた源氏と契りを交わす仲になったところで、私のあなたへの愛は、源氏のそれとは比較にならないだろう。それを思うと苦しくてたまらない。——そういって朱雀は泣く。

しかし、前掲物語本文の実体は、実はこうした要約ではとうてい捉え難いなまなましくどろどろとした情念がこめられている。それは嫉妬・未練・怨恨が陰湿に混じり合った複合体である。

先述のように、帝の今の情況は、愛する女の前途に対して、何一つ力を貸し得ない無力な自己と観ずるところに核がある。そこから極めて自然に、彼の思考は、新しく帰京した源氏の上に及んでゆくのである。見事に危機を乗り越えた源氏が今後日の出の勢いであろうことは誰の目にも明らかだ。ただでさえ寄る辺を失った朧月夜が、身を寄せるには格好の人物であり、ましてや、彼女の源氏への変わらぬ恋慕の情を思えば、そのことはほぼ既定の筋道のように、朱雀には考えられたであろう。帝が自分の愛を切なげに訴えれば訴えるほど、彼の心の中には源氏の影が大きく座を占めてくる。

先の彼の言葉のからみつくような陰湿なトーンの因ってくるポイントは、「昔より人には思ひおとしたまへれど」（以前からいつもあなたは、私よりも源氏のほうがすぐれているとお思いだけれど）と、「たちまさる人また御本意ありて見たまふとも」（私よりもすぐれたあの源氏と、たとえまたあなたの望み通りに、契りを交わされるようになったところで）という、二つの条件句である。そこに共通するものは、帝の光源氏に対する救い難い劣等感で、しかもこれは、彼の主観だけではなく、もっと根深いものに基づいている。

朱雀は、そもそも物語のはじめから源氏に対する負け犬の運命を背負わされている。劈頭桐壺巻の巻末に、当時東宮であった朱雀は左大臣にその娘の葵上を妻として迎えたいと希望するが、左大臣は返事をためらったあげく、それを断って、弟の源氏に彼女を縁づけた。そのことは後々まで、右大臣一家に深い屈辱感を与え、賢木巻で朧月夜一件が起こると、弘徽殿大后は、昔のその出来事を数え上げて、今さらのように腹を立てている始末である。朱雀即位後も、その人がらは、「なよびたる方《かた》に過ぎて、強きところおはしまさぬ」人だとか、大后の言を借りれば「帝と聞こゆれど、昔より皆人思ひおとしきこえ」（賢木巻）たわけで、源氏が才芸も抜群であるのに比べて、彼は「男々《をを》しくすくよかなる方の御才などこそ、心もとなくおはしますと、世人《よひと》思ひためれ」（若菜上巻）という人物である。源氏との優劣はすでに早く世評の定まるところで、朱雀自身もいやでもそれは百も承知である。入内前から源氏と関係があった朧月夜が、その後もあい変わらず密会を重ねていたことも、だから朱雀は、あえて荒立てず、なかばは止むをえぬと、諦めの心境でさえあった。以来、源氏が自ら須磨へ去ってほっと一安心したのも、わずか二年で、今再び源氏は京へ立ち戻ってきた。その輝かしい前途はいちおう考えないとしても、朧月夜の胸が恋しい源氏との再会の期待に、どんなにはずんでいるか、朱雀に察しられないはずはない。

朱雀は源氏のことを「たちまさる人」と朧月夜にいう。それは、文字がそのまま意味する客観的な判断そのものではない。「あなたは、夫の私よりも源氏のほうが立派だとお思いなのだろう、そうに決まっている」と、彼はいいたいのだ。その口惜しさ。

それに続く、「私はこんなに深くあなたを愛しているのに」という綿々とした訴えも、せつなくあわれだが、しかし、それも、「あの源氏よりも」と恋敵を比較の対象に持ち出すところに、むしろ、彼のどう転んでも負け犬でしかあり得ないみじめさが強く烙印されている。これらの言葉を口にしながら、しかし、それは堪え難い屈辱にふるえていたに違いない。

朱雀のこんな訴えを聞きながら、朧月夜はただうつむいて涙をこぼしている。無言は帝の愛にそのまま応えようとはしないわが内心のうずきを知っているからである。涙は答えるすべもない女の唯一の答えだ。そのうちしおれた女の姿に、帝はまたあらたに、女へのいとおしみが湧いた。

帝は二人の間にこれまで皇子が生まれなかったのが残念だという。子はかすがいという近世の諺は、おそらく平安貴族の間にもあてはまるだろう。朱雀の「あなたの産んだ私の子が見たかった」という言葉に、その朧月夜に対する愛の深さを見ることはもちろん正しいであろう。しかし、それとともに、今から別の人生を歩み出しそうに見える相手の朧月夜にとっては、それは未練がましい愚痴と聞こえるだろう。わが子に寄せる愛に繋がって、かぼそい夫婦のきずなを確かめようとするうじうじした男は、妻としては十分に満足できる夫ではあるまい。

こうした矮小な朱雀院のイメージをさらに決定的とするのは、最末の「契り深き人のため……見たまはむかし」

の一句である。「あなたと源氏との仲は、前世からの因縁で深く結ばれているのだから、望み通りに源氏と結婚すれば、すぐにも子どもの顔が見られるだろうよ。そう思うと、くやしくてならない。——だけれど、せっかくそうした好きな人と一緒になれたところで、子どもは皇子から皇太子へというわけにはいかないのは、お気の毒さまだねぇ」——何というい やらしさであろう。犬糞的捨てぜりふもいいところである。朱雀は「心苦しけれ」「口惜しうもあるかな」「口惜しや」と、くりかえしてあらわに口に出す。煮えかえる胸中を自ら抑制できないらしいのである。そして、それでもなお女の態度には変化が起きないのを見たのであろうか、あげくのはてには、負けっぱなしの源氏に対して、ただ一つ勝つことのできるもの——帝位を大事そうに持ち出すのである。帝位は世俗最高の権威だが、それを持ち出すのも場合によりけりである。男女の心の場に、それはえてして場違いである上に、そのことがそれほど大切なのならば、かつて聡明な左大臣が葵上をわざわざ東宮朱雀を避けて源氏に縁づけたはずがない。朧月夜と源氏との一件の成り行きを見ても、そのくらいのことは、彼女とてまんざら念頭になかったわけではないだろう。従来も分かっていながら、やはり、朱雀の妃でありながら源氏との恋が絶ち切れなかったのだ。それを、今さらのように口に出すとは。ただでさえ世評の芳しくなかった朱雀帝、痴情に焼きが回ったか。取り乱したあまりに、意外な俗物の一面をさらけ出したかたちである。

一般にこの種のいやみな男ほど女の忌み嫌うタイプはないだろう。当時の貴族の婚姻形態を考えれば、ありあまる恋人、夫婦の切れる・切れぬの騒ぎの中で、女の愛が得られない男の多くが、こうした反応を示したであろうことも想像できる。その市井の痴話騒動の一こまを、作者は巧みに物語の材料として生かしたのではなかろうか。

なお、この箇所は、谷崎源氏の戦前の初版本では、藤壺と源氏との密通事件とともに、削除されていた。戦後版ではもちろん復活しているが、戦前・戦中の思想統制の厳しさを思わせる好例である。しかし、裏からいえば、それだけ、この条の持つ人間臭は強く、それだけに文学的意味は重いともいえるのである。

15　蓬生

かかるままに、浅茅《あさぢ》は庭の面《おも》も見えず、しげき蓬は軒をあらそひて生《お》ひのぼる。葎《むぐら》は西東《にしひむがし》の御門《みかど》を閉《と》ぢ籠《こ》めたるぞ頼もしけれど、崩れがちなるめぐりの垣《かき》を、馬《むま》、牛などの踏みならしたる道にて、春夏になれば、放ち飼ふ総《あげ》角《まき》の心さへぞめざましき。

八月、野分《のわき》荒かりし年、廊《らう》どもも倒れ伏し、下《しも》の屋《や》どものはかなき板葺《いたぶき》なりしなどは骨のみわづかに残りて、立ちとまる下衆《げす》だになし。煙《けぶり》絶えて、あはれにいみじきこと多かり。盗人《ぬすびと》などいふひたぶる心ある者も、思ひやりのさびしければにや、この宮をば不用《ふよう》のものに踏み過ぎて寄り来《こ》ざりければ、かくいみじき野ら藪《やぶ》なれども、さすがに寝殿《しんでん》の内《うち》ばかりはありし御しつらひ変らず、つややかに掻《か》い掃《は》きなどする人もなし、塵《ちり》は積もれど、紛るることなきうるはしき御住まひにて明かし暮らしたまふ。

源氏が須磨へ退去の後、あの気の毒な末摘花が住む常陸宮邸は、ますます荒廃の度を加えていった。邸内には狐が棲み付き、朝夕に梟《ふくろう》が不吉な鳴き声を立て、樹木の精霊が化けて出る。召使いもこんな邸に見きりをつけて、次々と逃げ出すと、残っているのは行き場のない老女たちと、姫君の乳母子の侍従ぐらいのものである。荒れてはいるが、もともとは宮さまの風流造りの邸だから、そこに目をつけた成り上がり者が、おためごかしに売ってほしいと申し込んでくる。老女たちは渡りに舟ととびつくが、姫君だけは頑として応じない。父宮のお遺しになったお邸を、人手に渡すなんて。世間の思惑《おもわく》もあること。私が生きている間は、思いも寄らぬことです。いかにも気味悪いほどの荒れようだけれど、父上の御面影が残っている古いおうちと思えば、気も安まるのですから――こういって泣くばかりだ。

掲出の文は、それに続くものである。

全体は、冒頭から「めざましき」までと、「八月」以下「暮らしたまふ」までと、二分できよう。前半では、邸の庭や外廻りのありさまを述べ、後半では建物や人気の無いこと、さらに寝殿とその内部、姫君自身のことに及ぶ。大切なのはもちろん姫君のことで、前半はそのための序となっているらしい。また時間的に見れば、前半は「春夏」、後半は「八月」でそれに続く秋であるが、前半の青々と茂った雑草と、それを吹き乱す「野分」によって春夏秋の季節の推移の中に宮邸がしだいに荒廃してゆく実感を確かなものにしている。もっとも、「盗人」以下の文は四季に関係あるまいから、全文を時間的展開と見ることはできまい。

前半は、浅茅・蓬・葎という雑草三態をもって、外回りや庭の荒廃を直叙する。浅茅は丈の低いチガヤの類で、もとは白砂が撒かれていたはずの庭園一面にたけだけしく生い茂っている。蓬が「軒をあらそ」うというのは、家の軒先まで早く届くのを競うかのように、ぐんぐんと丈をのばすことをいう。「蓬」は、いうまでもなく菊科の多年草、草餅として食べたり、葉裏に生える繊毛の実をとってモグサとすることは周知のとおり。その丈は五〇～一〇〇センチメートルがふつうで、軒先まで届くことはない。だから、「蓬」を植物学的にのみ解すれば誇張ということになりそうだ。しかし、当時「蓬の宿」「蓬の門」などの語が、歌語として広く流布していたのである。『宇津保物語』吹上下巻に、自分の邸のことを謙遜して、「かく深き蓬のすみか」といった例があり、『蜻蛉日記』中巻に、

　宿見れば蓬の門もさしながらあるべきものと思ひけんやぞ

『宇津保物語』菊の宴巻にも、

　ひとりのみ蓬の宿にふすよりは錦織りしく山辺にをゐん

の歌がある。『曽丹集』の有名な、

　鳴けや鳴け蓬が杣《そま》のきりぎりすくれゆく秋はげにぞかなしき

は、おそらくそれらのヴァリエーションであろう。「蓬」の語には、そうした青々と草の生い茂る宿、あるいはわ

が家、というイメージが濃かったのである。当然そこには蓬草だけでなく、ほかの雑草も含まれて、浅茅が地表を覆い尽くす横のひろがりを見せるなら、「蓬」は、勢いよく茂り立つ竪《たて》のひろがりを示すわけで、そこに対句的表現を見られる玉上琢彌氏の説は従うべきであろう。

次の「葎」は、つる草の汎称というが、これも歌語として早くから定着している。たとえば『古今六帖』六、「むぐら」の項には六首あるが、三首は「葎はふ賤しき宿」「葎生《ふ》のけがしき宿」「葎生ひて荒れたる宿」などとあり、他の三首には「八重葎」の語があるが、この六首中四首までが「宿」と結んで用いられている。またこの箇所の修辞には引歌が考えられていて、

今更にとふべき人もおもほえずやへむぐらしてかどさせりてへ

が本歌とされている。『古今集』一八、雑、読人しらず、あるいは『古今六帖』五、来れど逢はず、の歌である。久しぶりに訪れて来た男に対して、すねた女が、「今頃私をたずねてくる人なぞ、誰だか思い浮かびません。誰も来ないので、今では八重葎のために門が閉まったままですと答えてやりなさい」の意で、召使いにそう言い付けたという体裁である。

もっとも、紫式部は、この歌を借りて、源氏があれから訪ねて来なくなったので、蔓草がはびこって、とまでいおうとしたわけではあるまい。源氏のみならず、誰一人客が来ないものだから、そうなった。しかし、そのためにかえって女世帯には用心がよくなって、心丈夫という諧謔である。

「頼もしけれど」というのが戯談に過ぎないことは、それに続いて、垣の崩れから牛馬が自由に入り込んできたという記述で明らかである。門の守りがいくら固くても、これでは何にもならぬ。垣はいわゆる「ついぢ」で、泥や土をこね、藁を芯に入れて、叩いて築《つ》き上げる。豪家ならば頂上に屋根瓦を並べて雨も防げるが、そうでなければ、せいぜい板で覆う程度だから腐りやすい。あとは風雨の壊すままである。『伊勢物語』五段にも「童べの踏み

わけたる築地の崩れより」忍び通ったとある。斜陽族か否かは、この「崩れ」があるかないかが一つの目安にもなった。人は誰も来ないが、その代わりに牛馬だけは悠々とこの崩れた所を踏んで入り込んでくる。「踏みならし」とあるから、それもしょっちゅうのことなので、今では平坦な通路の形になってしまった。ことに春夏は、手入れをしない邸内の青草は勢いがいい。牛馬はそれを知っていて、勝手に入り込んで、悠然と草を食べる。御簾の中からそれを見つけても、老人の多い女世帯では、こわくて追い出すこともできない。放ち飼いというから、牛飼童などは姿を見せないのであろう。畜生どもが勝手に入り込んだということにして、知らんぷりをしていれば、それで済むし、餌の苦労が要らない。邸内には文句をつけにくる下男もいないので、勝手ほうだいができるわけだ。女房たちにとっては、牛馬の憎たらしさはいうまでもないが、責任のある牛飼・馬飼の少年たちまでが、何という身の程知らずの不埒《らち》者と腹が立ってたまらない。

この「めざましき」の語は、常陸宮という腐《くさ》っても鯛で、尊い家柄であることを念頭にした感情である。先に「西東の御門」と、敬語を用いたのと同じ理由で、こうしたさりげない待遇表現や身分意識の誇示が、宮家の人々の窮迫ぶりを逆照射するという皮肉な効果をあげているのである。

なお「総角」の語は、古く『日本書紀』に、一七、八歳の少年の束髪をいうとあり、催馬楽の「総角」にも、

あげまきや、尋《ひろ》ばかりや、離《さ》かりて寝たれども、転びあひにけり、かよりあひにけり、

とあって、どうやら、少年といっても、思春期以後の、むしろ青年と呼ぶべき年齢の者をさすらしい。なまいきな若者というわけで、老女たちにはよけいに憎たらしく思われる道理である。

後半「八月、野分荒かりし」以下に入る。前半の春夏を受けて、秋八月となり、台風のために、寝殿と対の屋をつなぐ廊や、下男下女が住む別棟の粗末な板葺《ぶき》のおそらくは長屋などが、倒れたり、屋根を吹きとばされたりして、下人も住めなくなった。したがって朝夕の炊事の煙が立つこともなく、森閑として骨のみ残ったあばら屋のさまが、

見る人の胸を打つというのである。

このところ、「立ちとまる下衆」の「立ちとまる」は、下文にかかる連体修飾語であるとともに、上文の「板葺なりしなどは」を受ける述語としてもはたらいていよう。この種の一語が二重の機能を帯びることは、この物語にはしばしば見受けられる現象である。やや語戯的な構文と見てもよかろう。

また盗人を「ひたぶる心ある者」というのもおもしろい。「ひたぶる」は、相手かまわず、自分の思うままに無鉄砲をやらかす意である。盗人はどこへでも情容赦なく押し入るはずだが、ここだけでは、見るからに無惨な外観で、察するところ、邸内は無一物の淋しさと見てとった。「不用」とは何の値打ちもない役立たずの代物、入ったところで無駄足ときめこんで、邸の側を通り過ぎるだけで、邸の人にとっては幸いだったというのである。その通り過ぎることを「踏み過ぎ」と記すのも、いかにも大股ですたすたと歩く、逞しくて乱暴そうな盗人にふさわしい。

「さすがに」以下末尾までは、右を受けて肝腎の姫君の住む寝殿の内部の様子を叙べるが、これはまた外観とはうらはらに、昔のすがたと寸分の変わりもない。「ありし御しつらひ」は、末摘花巻に詳しく紹介された部屋のたたずまいを指すが、それは几帳や台盤・椅子などの調度万端をはじめとして、すべて昔通りにその位置も寸分変わっていない。そして部屋を掃除する人手のないのも昔通りであり、従って、積もりっぱなしの塵までが以前のままだ。こういう中で、姫君御本人は、「紛るることなきうるはしき御住まひにて（ほかごとに気を取られず、きちんと整ったお暮らしぶりで）、明かし暮らしたまふ」のである。この「うるはしき」は、すでに末摘花巻で、姫君の古風に背筋をのばした暮らしぶりを表すキーワードとして用いられていた。ここも、形としては、そういう乱れたところのない日常を「うるはしき御住まひ」とほめ上げてさすがに宮さまの御息女といった口ぶりのようだが、しかし、真意は皮肉と笑いにあることも明らかであろう。これほどの窮状に陥って、しかもなお頑なに「うるはしき」ことが滑稽であり、また哀れをさそうのである。「紛るることなき」というが、ここまで見事に外界と遮断されれば、外に気をとられようもないわけで、その皮肉は痛切である。

姫君本人についての記述はこの短い末尾の一句に過ぎないのであるが、そこに至るまでの前文との関連は、ここでもう一度整理しておく必要があるだろう。邸の外回りや庭、廊、下屋などの荒廃のさまに続いて、寝殿の中に入ると、そこだけはうって変わって、その間に積もり積もった塵を除けば、十年一日何の変化もない。その外と内との対照のいちじるしさに読者は驚くわけだ。しかし、その間の話の論理は筋が通っているのである。ねむり姫のように、蓬・葎によって外界から隔離されたからこそ、内部の姫君は変わらなかったという、対照的な前後の配置が順接関係にあるという逆説のおもしろさがここにはある。それが用語の的確さと、文体のテンポの軽快さとともに、読者をたっぷりと楽しませてくれる。

この箇所は、「あはれにいみじきこと多かり」とか「うるはしき」などの字面にひかれて、とかく逆境に在りながらけなげに清節を守る姫君の高貴な姿を造型したものとして、何か殊勝げに、あるいは深刻めいて受け取られがちなようであるが、私は、それも全然無いとはいえないにしろ、少なくともそれが主眼とは思えない。一文の趣旨は、むしろ皮肉が利いたユーモアの効果を狙ったところにあると見たい。

蓬生巻における姫君の造型が末摘花巻におけるそれとはいちじるしく異なって、にわかに賢くけなげな女性と変じていることは、よくいわれる通りだが、しかし、それは姫君の基本ではない。そうしたヴァリエーションはあるとしても、やはり末摘花が蓬生巻でも道化役であることにはいささかも変わりはないだろう。

なおこの条が、『宇津保物語』俊蔭巻の俊蔭死後のその邸の荒廃ぶりに種を得ていることが、今西祐一郎氏（「古代の人、末摘花」『源氏物語の世界』第四集、有斐閣）によって指摘されていることを付け加えておく。

源氏物語論の歴史——現代

「文芸」としての『源氏物語』を探究する文芸学——岡崎義恵「光源氏の道心」その他

国文学界にとって、昭和一二年は日華事変とは別の意味で、とくに記念すべき年であった。岡崎義恵氏のそれ以前数年間にわたる論説を集めた『日本文芸学』がこの年五月に岩波書店から刊行され、そこで強調された新しい方法論——日本文芸を旧来の国学者間の史学・文献学あるいは故実・有職等の雑学的要素から解放して、文芸の科学として確立しようとする——は、たちまちにして多大の反響を呼び、従来の古めかしい考証学や、当時全盛期を迎えていた文献学・書誌学の、芸術作品としての享受面を無視したかに見える方法にあきたりない思いをしていた人々には、これこそ真の文芸研究の方法であるとして、歓迎された。『源氏物語』研究の上でいえば、「光源氏の道心」(『日本文芸学』所収)とか、「源氏物語の美」(『日本文芸の様式』昭14、所収)、「あはれとをかし」(『日本文芸学』所収)などの一般に与えた感銘は大きかった。平安朝文学における美的価値の標徴である「あはれ」「をかし」その他の語を手がかりとして、作品の文芸性を解析してゆき、しかも究極においては、それらの民族的あるいは歴史的様式を、普遍的な美学的範疇(壮美・優美・フモール)に照らし合わせて、客観的に位置づけようとする。それはまさしく、それまでたしかな方法論を欠いたいわゆる国文学畑の学問の欠陥を鋭く衝くのみでなく、積極的に自らの方法を打ち出したものとして、今日もなお高い評価に値する。この方法は東北大学を中心とするいわゆる日本文芸学派と呼ばれる人々——森岡常夫・北住敏夫の二氏をはじめとして、小野村洋子・北川伊男・井上泰らの諸氏によって継承され、主として「文芸研究」誌上にその業績が発表されている（代表的著作には、森岡氏の『源氏物語の研究』昭23、がある）。そして岡崎氏のばあいには、やや窮屈に見えた美学的方法も——それは後述のように、一部の人々から、ドイツ観念論美学の直輸入で、要するに静的な美的範疇論にすぎないと非難された——これらの継承者の方々のばあいには、作品の構成技法を論ずるとか（森岡氏）、人生論的倫理的命題を大幅に持ち込むとか（小野村氏）、また、作品内部における基調的変化ないし発展を跡づけるとか（小野村氏・北川氏）、その方法ないし対象の拡大が目につくのである。

ところで、この岡崎氏の方法には、最初から強い反対の立場の人々があった。先に述べた「文芸学」の主張も、実は時期的にいえば、風巻景次郎氏（昭6）、高木市之助氏（昭7）あたりの発言がむしろ先なのであった。そして、両氏の「文芸学」のテーゼの目的が、従来の雑学的要素からの解放にあったことも、また岡崎氏と等しかったのであるが、ただ両氏とも、抽象的な問題の提起に終わり、岡崎氏のごとく具体的な作品分析の作業がこれにともなわなかった点で、今日「文芸学」の開拓者という栄誉を忘れられている。

美学的に捉えられた『源氏物語』観——岡崎義恵「源氏物語の文芸学的解釈」

しかしそれはともかく、風巻氏らのばあいには、それに先んじて『文芸学概説』（昭4）を出した石山徹郎氏を含めて、文芸様式の概念が岡崎氏とは異なって社会史的関連のもとに理解されていた。

ところで岡崎氏は、後の論文であるが、文芸として『源氏物語』を見る態度の一般的欠如について、こういっている。

最近には何でも歴史的観点から考へなければならないといふので、源氏物語も当時の社会や階級の意欲の反映だといふ点から一面的な解釈を施さうとする風がある。これも文芸として物語を取扱はない方法である。

そして正しい文芸研究の方法としては、

文芸の本質が源氏物語といふ個体的な作品にあらはれるまでに時代・作品群（ジャンル）・作家・階級・風土・民族等様々の様式類型による位置づけ、方向づけを通過しているので、それらがこの作品をめぐつて、どの様に発現しているかを明らかにして、そこにこの作の座標を決定せねばならぬ。（中略）源氏物語は時代・個人・階級によつてさまざまに解釈されるが、これらを統一する一つの美的解釈が樹立することによつて、この作品の美的情調と美的形象とを様式論的に類型化する「源氏物語様式」といふ一つの文芸学的成果が発見される。（ともに「源氏物語の文芸学的解釈」―「解釈と鑑賞」昭26・1）

多面的な研究角度の存在を認められるような口吻も、しかし、それらの作業を一本にまとめる「美的解釈」を前提とし、いわばそのための基礎作業であり、その意味では価値の低いものと見なされていることは、岡崎氏の文芸学提唱の趣旨に一貫するところであり、また、次のような言葉にもそれは端的にあらわれている。

冒頭からひた押しに読んでゆくのは愚かである。（中略）宇治十帖から読んでもよい。若菜上下、女三宮事件をよむ。そこから玉鬘・夕顔の話へ戻つてよむ。（中略）種々の事件を読んでおいて全体をまとめてみてもよい。第一作者がどういう順序でこの物語を書いたかも分らないのであつて、どこから書いたかは美的意識にはあまり関係のないことである。最後に全体が統一されている姿がどの様に美的形象としてすぐれているかが問題である。（中略）源氏などは事件の構成が発展的でなく、むしろ羅列的であるから、絵巻物を見るように鑑賞しうるのである。（「源氏物語鑑賞の仕方」―「解釈と鑑賞」昭26・4）

岡崎氏が青年時代絵画に心惹かれること強く、大学の国文学科に入ってから後も、その非芸術的な空気に反発を感ずることの甚だしかったこと、またそれゆえに、そうした旧套陳腐な学界に対する反逆精神が、逆に文芸学の方法をうち立てさせるに至った経緯は氏の『日本文芸学』に詳しく、それはそれで感動的な文字となっているのであるが、しかしこうした芸術の名のもとに、文学作品と造形美術とを同種の方法で取り扱い得るとまで断言することには、当然多大の疑いが生ずるところであろう。とくに、最初に引いた語によっても分かるように、「様式」を歴史的社会的要素によって規定し、あるいはそれとの関連を考えるのではなく、むしろそれらから意識的に背馳し、あくまで作品の形象面に即してのみその形式関係を分析するという抽象的方法をもって論を進める傾きがあった。しかも岡崎氏の主著の刊行があたかもわが国が暗い谷間に落ち込んでゆく時期に当たっていたために、「日本文芸学」の民族様式追究というその趣旨において、結果的には、当時の右翼的な文学者集団である日本浪漫派と心理的に結びつくものと見なされ、石山徹郎氏あるいは永積安明氏らの強く攻撃するところとなったのである。それはおそらく岡崎氏にとってはいかにも不本意なことであったろうと思われるのであるが、社会学的評価をあくまで意識的に斥ける氏の方法が、ああした激動する政治風景の中で主観的にはいかにもあれ、客観的にはそれ自体いかに多大の危険にさらされるものであるかを物語っており、学問と政治とのありかたについて今日も我々に反省させるものがあろう。

岡崎氏を攻撃した人々の研究

では岡崎氏を攻撃した人々の研究方法とは何であったか。第一次世界大戦を境として、わが国の都市小市民層から労働者層に新しい階級意識が生まれてきたが、小市民層の間では、それはデモクラシーの思想となり、都市労働者の間ではその後の関東大震災を機として一挙にそれはマルキシズムによるプロレタリア革命の思想へと発展していった。日本文学研究史の上でいえば、津田左右吉氏や和辻哲郎氏がそうした小市民層の学者の代表であり、とくに津田氏の『文学に現はれたる我が国民思想の研究』の画期的な意味は忘れ得ない。それは旧来の些末な考証学や閉鎖的な訓詁学とあざやかに訣別しながら、あくまで文献学的根拠によって、自由縦横に古典の性格を批判解剖し、その上に立って、たとえば平安朝以前の文学を貴族文学の時代として文学の性格を階級的に捉えるような前進的姿勢を示していた。しかし津田氏は歴史学者であり、何事にも古めかしい国文学者の間では、そうした世の中の空気はそれほど敏感には反映しなかった。むしろ、社会思潮と無縁であるところに、「国文学」の独自の性格があったとさえいってよいような、甚だしい不感症がなお支配的だったのである。だから当時、津田氏のものを除いては、これも国文学畑とはいえない山元都星雄氏の『社会学的に見たる日本文学史』がその時代の産物であることを思わせるにすぎない。しかもこの書は、たとえば紫式部を貴族階級のラッパ吹きとけなして事足れりとするようなまことに素朴なマルキシズムの公式論にすぎない。

『源氏物語』は好色の書にあらず——吉沢義則・島津久基

国文学者の間にそうした歴史社会学的方法への探究が真剣に始まったのは、むしろ昭和一〇年代に入ってからではあるまいか。前に述べた風巻氏・石山氏・高木氏らの文芸学の主張には、多分に津田氏の影響があろう。しかし、当面の『源氏物語』についていえば、具体的業績として挙げ得るものには、佐山済「源氏物語の世界観」(「古典研究」昭15・2)とか、専門外ともいえそうな片岡良一氏の二、三の論説以外にはほとんどない。そして戦局が進み、大東亜戦争に入って、軍部の強圧が頂点に達し、文学者たちも大日本報国会に組み込まれるようになると、逆に日本の古典と国文学者の多くの者は見えすいた独裁制の具として動員された。しかし、『源氏物語』の利用は幸か不幸か、『古事記』『万葉集』なみにたやすくはなかった。むしろ、皇室の尊厳を汚す箇所が多く、子女の教育に害ありとの、中世的判断が高名な国文学者の口から漏れるようになり、『源氏』追放のために累代の私財を挙げてその費に用いようとした学者もあるとか聞く。その間、『源氏』擁護のために積極的に闘ったのは、止むを得ぬ事情もあったに違いないが、これら歴史社会学派の人々ではなく、老いた吉沢義則氏や病弱の島津久基氏たちが、『源氏物語』はけっして好色不敬の書に非ず、却って子女教育のための教養の書である所以をくどくど述べることによって、それは何とか生き永らえた。中西浩氏の作る「源氏物語研究文献年表」(「文学」昭25・12)を見ると、昭和一一年頃年間四〇篇を超えた業績が、昭和一六年以降一七・九・六・一一と減ってゆき、昭和二〇年にはわずか抄出本一冊の出版にすぎなくなったのは、もとより出版事情の悪化に最大の原因があったにしても、『源氏』受難を有力に物語る一つの材料である。こういう時代に、階級理論を梃子とした歴史社会学派の人々が鳴りを静めていたことは、きびしい検閲制度の存在とともにまかり間違えば生命にかかわることなのだから、無理もないといえばいえる。しかし、たとえば、石母田正氏が「宇津保物語についての覚書」を、いささかの妥協も交えず「歴史学研究」に連載したのが、昭和一八年からであったことを思うと、やはり物足りない。いや、物足りないといったことばでは片付けきれない文学者としての大切な問題が、今後の課題ないし責任として我々の上にもかかっているのではないだろうか。私のような戦後に育った白い手の人々を含めて、このことは銘記しておかねばならないだろう。

しかし、この不幸な時期が敗戦とともに終わると、この学派にとっての夜明けが来た。しかし、実をいえばそれについては、それよりも一足先に進んでいた国史学の成果について述べることから始めねばならない。

戦時中、時流に便乗しなかった日本古典文学研究者が鳴りをひそめていたとき、同様あるいはそれ以上の屛息を余儀なくされたのが、社会史的見地による国史学者であった。とくに若い古代史学者のうち、唯物史観に立つ藤間生大・石母田正・北山茂夫の諸氏、あるいは、マルキシズムからは距離を保ちつつも、広い社会史的視野を学問的基礎とする川崎庸之・井上光貞・家永三郎の諸氏のうち、若干の発表論文を除いて、おおむねこれらの人々の地味な研究は戦時中に発表されることなく、ひたすら蓄積されつづけたものといってよかろう。そして、敗戦による天皇絶対制からの解放とともに、これらの蓄積は堰を切ったように次々と発表され始めた。その中でも『源氏物語』研究にとくに関係のあるものといえば、前掲の「宇津保物語についての覚書」をはじめとして、石母田氏『中世的世界の形成』、井上氏「藤原時代の浄土教」(「歴史学研究」掲載)その他、川崎氏や家永氏の諸著であった。

『源氏物語』の生み出された基盤はいかなるものであったか――石母田正『中世的世界の形成』

石母田氏の論では、平安朝都市貴族の心情生活が、当時の政治的社会的諸条件によって、古代的共同体的基盤を失った結果、相互にばらばらとなった個人意識が発生し、そこから社会からの疎外感あるいは反省的批判的な個人意識が誕生する。そして、物語という散文文学はそうした心情の表現の方法として勃興してきたという点にその要旨がある。また、井上氏では、平安朝貴族を上・中・下と階層的に捉え、現世への幻滅感を信仰の契機とする浄土教の浸潤してゆく過程を、各階層別に検討することによって、彼らの不安な心情生活と社会的動向を分析している。そして両者を通じて、物語の作者である中間貴族の受領階級が、そうした上へ下へと激動する社会不安の集中的な体験者であることが明らかとされたのであった。こうした結論は、物語文学の発生や創作の機密に触れる鍵として、文学研究者の側から積極的に利用されたのは当然である。

物語の荷い手としての受領階級の分析と物語ジャンル論――西郷信綱「源氏物語の方法」

すなわち西郷信綱氏は力作「宮廷女流文学の問題」(『日本文学の方法』昭30、所収)において、受領層の中の才能官人たちに焦点をしぼり、その余計者的な性格からくる不平・卑屈・自嘲などの意識を探り出し、それを手がかりとして、彼らの子女である女流作家の精神を説明しようとする。また、「源氏物語の方法」(前掲書所収)では、ここから一歩を進めて、そうした歴史的基盤と作品とを結ぶ文学史独自の原理として、ジャンルの意識を認めるという文学史の方法論を打ち出し、かつアランの説を援用しながら散文の機能や物語の性格を説明した。――物語は解体堕落しつつあった古代貴族社会の人々が、矛盾に満ちた現実を批判し、これに抵抗する手段として、浪漫的虚構の形式を借り、観念の中に自我と真実とを回復する文学形態であるとした。この論は後に南波浩氏、益田勝実氏などに部分的な批判修正を蒙り、また、そのジャンル論は、小場瀬卓二氏によって、土居光知説の模倣で、疑問が多いという批判を受けてはいるものの、なお今日まですぐれた見解として認められているといえよう。

伝奇性と写実性とは物語の根底である――南波浩『物語文学概説』

また、風巻景次郎氏は、古代神話が氏族共同体の信仰を喪失することによって零落し、神怪の断片的な伝奇と化してゆく過程を追究して、それを『竹取』以下の伝奇物語の母胎と考え（「物語の本質」―「文学」昭25・10）、南波氏はそうした伝奇性とともに、当代を一貫する思潮としての写実性を物語文学の根底と考え（『物語文学概説』昭29）、物語文学というジャンルの解明は大いに進んだ。

しかし、こうした物語文学論がいかに精細に追究されていってもそれは、どこまでも、簡単にいえば作品外的な環境論に留まるほかないところに、その方法論的限界があった。だからそれは物語文学論までは辿れても、そこから『源氏物語』論となり紫式部論となるには、飛躍が必要であり、そのためにはおのずから別の方法が求められねばならなかった。

環境論から作者論・作品論へ――秋山虔「玉鬘をめぐって」その他

秋山虔「玉鬘をめぐって」（「文学」昭25・12）・「浮舟をめぐっての試論」（「国語と国文学」昭27・3）、小稿筆者「明石上について」（「国語と国文学」昭24・6、本著作集第二巻所収）とか、最近の雑誌「日本文学」における『源氏物語』作中人物論特集号（昭31・9）に見える拙稿「光源氏」（本著作集第二巻所収）以下、石村正二・野村精一氏らのおのおの玉鬘・六条御息所論などは、そうした研究の盲点に対する作品論の一つの試みと、その延長であった。それまでにも啓蒙的なものとしては、たとえば井本農一編『源氏物語の人々』（紫の故郷社）のごときものがあり、また、「解釈と鑑賞」「国文学」誌などではしばしば作中人物を通俗的に解説したりしている。また、純学問的なものとしては、池田亀鑑氏も「源氏物語の構成と技法」（「望郷」8号）において、人物別の物語単元の存在を指摘しているのであるが、秋山氏や私などの初期の試みが、それらとは別個に、風巻景次郎氏や西郷信綱氏らの歴史社会学的立場に強く影響されながら、しかも右に述べたような、その環境論的限界をいかに打ち破るか、また、作品鑑賞の場を歴史社会学的立場を失わないで、いかに回復するかという点に問題があったのである。さらに正直に突っ込んでいえば、少なくとも私のばあいには、作品に沈潜し、その感動を批評に生かすための方法として、歴史社会学的方法に流れる比較的自由でヒューマンな感覚が利用されたというにすぎないかもしれない。昭和二〇年代、敗戦直後の日本に生きる人間の一人として、素朴にヒューマンであろうと思えば、自分が正しい意味におけるマルキストではあり得ないことに充分気づきながら、しかも基本的には、やはり階級論的に問題を設定しないことには安んじておれないような、何かのっぴきならぬものに、私は動かされていた。それを方法論として意識していえば、右にいったようなことになるだけのことである。プレハーノフの典型論などに人物論が結びつけられたのも、実はもっと後、昭和二七、八年に入ってからのことであった。当初昭和二三、四年頃には、むしろ文学理論以前の、いわば情感に属するような問題に私や、またひょっとすると秋山氏なども捉えられていたといえるかもしれぬ。としたところで、それは、あえて恥じるにも及ばないことであろう。

しかし、同時に、こうした出発点における方法論上の検討の足りなさが、この人物論をその後充分に発展させない理由の一つとなっているに違いない。その後の、秋山氏による作者という人間の生き方――形象と思惟との相互的な媒介による発展を示すところの――の具体化として作品を捉えようというすぐれた主張も、それと人物論という方法との関連いかんという問題については、必ずしも解答を与えるものとなり得なかった。一人の人物に関する本文の叙述を丹念に洗い立ててゆき、広義においてその本文を解釈し、また時にその作品全体の構想・主題との関係を論じてみたところで、その間には人物論としてはとうてい触れ得ないような複雑な問題が幾多伏在することもたしかである。人物は現代の小説におけるごとき完全な意味では作品の主題を荷い得ないことが多く、例の典型論のあてはまる限度もたかの知れたものである。その主題自身も複雑な外来的要素によって、三重四重にふくれ上がっており、作者自身の直接的な観念にはどこまで皮をむいてゆけば達せられるのか、それはむしろらっきょうの皮ではないのか――そういう疑問は数限りなく出てくる。しかし、といって人物論という作品研究の方法が無意味だということにはならない。要は右のような複雑な問題を充分に考慮しながら、時には方法上の素朴な人物論をはみ出すような柔軟性を持つことによって、作品分析を深めてゆけばよいのである。少なくとも作品分析を媒介としないような文学論には、もはや立ち戻るべきではないし、また究極において作品から受ける感動の質を問題としないような作品論もまた無意味であろう。右のような困難な制約はあるけれども、この方法はその意味で見捨てられてはならないと私は思っている。最近における清水好子氏「薫創造」(「文学」昭32・2)、河北騰氏「明石上の性格と思考」(「国語と国文学」昭32・3)、室伏信助氏「末摘花について」(「国語と国文学」昭31・6)などは、こうした歴史社会学的方法に対する批判とも見られ得るような人物論であるが、その異なった発想は問題のよりいっそうの拡がりを示しており、今後が期待されるのである。

局面的『源氏物語』研究の役割――村井順『源氏物語評論』その他

また、右のような作中人物論とやや似た方法論的発想をもつものに、いわば局面論とでも名づけるべきものがある。一人の作中人物を全体として跡づけることは、すでに述べたように、複雑で困難にぶつかりがちであって、その手がかりとして、まず作中人物の置かれたある特定の状況、もしくは一つの構想の展開過程におけるある局面の、主題論的・構想論的意味を、具体的な本文解釈に即しつつ分析してゆく方法である。この方法は形の上だけからいえば、戦前の村井順氏『源氏物語評論』（昭17）とか、戦後では多屋頼俊氏『源氏物語の思想』（昭27）にも多く見られるものであり、島津久基氏『対訳源氏物語講話』の詳しい評釈にもその性格が強い。また近頃でも、阿部秋生氏「何故光源氏は須磨へいったのか」（「東京大学教養学部人文科学科紀要：国文学・漢文学」3、昭31・6）、石田穣二氏「女三の宮と柏木について」（「国語と国文学」昭26・12）・「柏木の死について」（「国語と国文学」昭28・9）などのほか、小野村洋子・北川伊男・田中常正・仲田庸幸の諸氏らに、それぞれ多様な立場や発想による論がある。拙稿「女三宮の降嫁」（「文学」昭30・6、本著作集第二巻所収）とか、同じく『源氏物語（上）』（昭32、本著作集第五巻所収）のごときも、その一つの試みとして理解していただければ幸いである。一つの局面を扱うという中間的性格のため、この方法の多様性はほとんど無限といってよい。語彙語法論をやや拡げた注釈のようなものがあるかと思えば、全体の構想や主題との関連を性急に求める巨視的態度もあり、またそれぞれの学問的立場の相違はそれら局面の理解を容易に組み合わせることもできないほどに見える。たとえば、最近右にあげた私と石田氏との論考をめぐって、当の石田氏や玉上琢彌氏は二人の間に若菜巻の解釈について論争が生じたと、しきりにいっておられるが、現在のところ、これらの論考の間には、そもそも対象としている局面自身についていえば、私は若菜巻冒頭から女三宮降嫁決定までの部分に局限しているのに対して、石田氏はそれより後の女三宮と柏木との出会いから、柏木の死にかけての部分を対象としておられるのであって、研究対象の局面はまったく相交じわっていない以上、両者が具体的な論争の場に上り得るはずがない。もっとも石田氏と私とでは、元来私がきわめて常識的な意味で文学形象における社会的地盤の反映を重視する考え方を取るのに対し、石田氏は「作品の世界」をそれとまったく切り離して、そうした外的要素を鑑賞の場に持ち込むのは不純であると主張されている点（「若菜の巻について」―「国語と国文学」昭30・11）、両者の間には始めから、ほとんど絶望的な距離があることは分かりきっている。しかし、そのような抽象的談議にいまさら時間を空費することを私は好まない。具体的論争は両者が同一局面を扱うに至ってはじめて実りあるものとなるだろう。

それはともかく、局面論はこうして現在のところでは、ほとんど方法論的にもいかに位置づけるかきわめて曖昧なものであるが、もし意識してその意義を定めようと思えば、すでに右に述べたようなことになるのではないかと思う。従来からの極度に微視的な語彙語法論は、総索引の完成とともに、近来北山谿太・宮田和一郎・石川徹の諸氏らによっていよいよ活発になりつつあると思われ、それはそれとしてまことに慶賀すべきことであるが、それが文芸論の軸心からはやや外れたものであることは明らかであり、一方戦後とみに活発となった思想論・基調論・主題論・構想論などがともすれば巨視的で、本文解釈を等閑にするような傾きがあり、その点、作品からの直接的感動をともすると得難かった（このことは、『源氏物語』が全体としての統一的要素とともに、より以上部分、あるいは局面の重視という性格があることに関係がある）という難点があり、そうした両極の欠点をその中間にあって補う役割を果たしそうに思える。しかし、その際、研究の基本的な姿勢は、究極においてやはり高次の総合的統一的原理の追究を志向するものであるべきであり、その点、この方法はやはり一つの過程的、段階的な手段であって、それ自身が究極目的ではないと思われる。

五四帖はいかなる順序で書かれたか——和辻哲郎「源氏物語について」

先に大正末期における小市民層の学問の代表者として、津田・和辻両氏の名を挙げたが、津田氏の古典批判とほぼ時を同じくして、和辻氏が『源氏物語』のテキストの成立についても、はじめて問題を投げた。それは論文としてもかなり短くむしろ随想風といってよいくらいの「源氏物語について」（「思想」大11・11、『日本精神史研究』所収）という一文である。帚木巻頭の光源氏に関する記述が桐壺巻に続くものとしては、あまりにも唐突の印象を与える点に追究の手がかりを求めて現在の巻序に疑いを挿む余地ありとし、あるいは「原《ウル》源氏物語」とでもいったものが先行したのではないか、と説く。このヒントは、ヨーロッパにおけるホメロスのテキスト批判の例によって得られたものだという。専門外という気安さもあったにせよ、この論文の斬新な着眼と自由な構文とは、訓詁注釈にまつわれた専門源氏学者の誰一人として言い出し得なかったことを、ズバリといってのけた感があった。その後この提言は佐佐木信綱博士や与謝野晶子によって、桐壺・帚木二巻（あるいは桐壺一巻）は後から書き足したものだと、簡単に説かれるくらいのことはあったが、ほとんど充分に検討されることもなく一〇年余を経た。そして再びこの問題を正面から取り上げたのは阿部秋生氏であった。

「若紫グループ」と「帚木グループ」はどちらが先に書かれたか——青柳（阿部）秋生「源氏物語執筆の順序」

氏は登場人物が巻々によって有無のあることに着眼し、その人物と巻々との関係を整理分類することによって、若紫・紅葉賀・花宴・葵・賢木・花散里を含む「若紫グループ」と、帚木・空蟬・夕顔・末摘花・蓬生・関屋を含む「帚木グループ」との対立を認め、前者は後者よりも先に執筆されたと結論する（「源氏物語執筆の順序（上・下）」―「国語と国文学」昭14・8〜9）。氏の直話によると、ある時たまたま鈴木文子『源氏要覧』の巻別登場人物を眺めておられたところ、その人物名の出入りに右のような問題のありそうなことにふと気づかれたのだということである。古来からの、そして明治以降にもあった若紫起筆説が阿部氏によってそういう偶然の契機に生かされたということもあったかもしれないが、その上いささか私の忖度を加えると当時、伝本集成と校合とに全力を挙げていた池田亀鑑氏を中心とする文献学の学風は、学界の中心的位置を占め、本文批判を経ないところの、たとえば『湖月抄』相手のような文学論はいっさい砂上の楼閣にも等しいものだとするような風潮が一般であったと聞く。

その中でこうした新しい視野を発見するのは、その方法自体が重要な意味を持つものというべきであったろう。はたして阿部氏の論は大きな反響を呼び、間もなく玉上琢彌氏によって継承、かつ修正されるとともに、定家の『奥入』に見える欠巻「輝く日の宮」の名が、原型の一部としてはじめて持ち出されたのである（「源語成立攷」―「国語国文」昭15・4、『源氏物語構想論』昭22、所収）。戦後、阿部氏はさらに自説を発展整理して、全巻を一一のグループに分かち、そのおのおのに創作意識の相違に基づく物語の筋や事件の性格の発展変貌のあとを見出し、それによって物語の本質なるものを「もののあはれ」の一語で片づけることの危険を指摘するとともに、全篇にわたる主題の動的展開の相のもとにそれを把握せねばならぬと主張した（「源氏物語研究に於ける一問題」―「国語と国文学」昭22・10）。

最近の『源氏物語』の成立論・構想論――武田宗俊説

こうして阿部・玉上両氏によって手がつけられた成立論はやがて武田宗俊氏その他の労作が次々と発表されるに至って、戦後『源氏物語』研究の中心課題にのし上がってきた。武田氏の説は『源氏物語の研究』（昭29）に収められているが、その要点を挙げると、

1 玉鬘系（阿部氏のいう帚木グループ六帖に玉鬘の並び一〇帖を加えたもの）の巻々は、紫上系（藤裏葉以前の巻々のうち、玉鬘系一六帖を除いたもの）の巻々より後で執筆挿入された。
2 若紫の直前に「輝く日の宮」があった。
3 少女と梅枝との間に欠巻Xを想定する。
4 竹河は紫式部原作ではない。
5 紅梅は早蕨の次に位置すべきである。

6　「並びの巻」とは成立上後記挿入の巻の意味である。
などである。

最近の『源氏物語』の成立論・構想論――風巻景次郎説

また、武田氏と前後して、「源氏物語の成立に関する試論（上・下）」（「文学」昭25・12～26・1）以後五次にわたって、今日までなお引き続き同一テーマで論考を発表されている風巻景次郎氏の所説の要点も、今日までのところでは、

1　少女と梅枝との間にもとは一年間のできごとを書いた「桜人」があった。
2　玉鬘以下一〇帖は、「桜人」を除いた後に新しく前後に引き伸ばし、四年間のできごととして書いて入れたものである。
3　若紫の直前に「輝く日の宮」があった。
4　「輝く日の宮」が消失した後、その並びの巻であった帚木、空蟬、夕顔のうちの帚木が代わってその位置を占め、後の二帖は帚木の並びとなった。
5　帚木三帖のうち、まず空蟬の物語、夕顔の物語の順で書かれた後、これらの序として雨夜の品定めが付け加えられた。そのため空蟬の物語は二分し、前半は帚木の後半部、後半は現存空蟬巻となった。
6　本系（武田氏のいう紫上系）の第一主題は、皇族の物語で、白鳥処女説話の系譜を引く、理想の女性藤壺と貴公子光源氏とはついに相逢うことのできない宿命を負っている。
7　本系の第二主題は紫上・明石上を中心とする摂関家の物語であり、道長一門が背景となっている。

等に要約できよう。両氏の論には相互に小異があり、とくに最近における風巻氏の論の要点はいちじるしく主題論

に傾斜しているかに見えるので、両者を等質的なものとして扱うのは、やや無理なのであるが、当初の執筆順序を中心とする成立論プロパーに限っていえば、玉鬘系（風巻氏の「外伝」）が後記であることや、「輝く日の宮」の想定という骨子においては一致しているのである。加うるにこれよりやや先に池田氏が日本古典全書本『源氏物語』解題で簡単に触れ、後に『新講源氏物語（上）』において、重ねてやや詳しく同趣旨の見解を述べた。

成立論争は今後どうなるか

さらに武田氏は、この成立論の上に立って、作品の基調論を試み、第一部・第二部・第三部と進むにしたがって「理想主義的・写実的・象徴的真実」と移ってゆき、第一部の中でも、紫上系は浪漫的楽天的であるが、玉鬘系はこれに比べて写実的で悲観的要素が加わってくるとし、こうした基調の変化成長は、作者の宮廷奉仕の体験による現実の宮廷貴族の生活に対する洞察が深まった結果だと主張した（「源氏物語の本旨」—「文学」昭25・12）。また秋山虔氏も「源氏物語の主題はいかに発展しているか」（河出書房『日本文学講座　古代後期』所収）において、武田説によりつつ全篇の主題発展の跡を探り、そこに歴史的人間である作者が、書くことによって現実批判や世界認識を深めていったゆえんを見ようとした。これらの一連の論が出るに及んで、学界はにわかに賛否両論が渦を巻いて大変な騒ぎとなったのであった。

いったい武田氏、風巻氏らの方法が、客観的な文献操作に基礎づけられていたことは、そのいちじるしい長所であったが、その方法による推論には、作家が構想叙述等において、前後に矛盾を犯さず、常に合理的配慮に富んだものであるという一つの前提に大幅に立たざるを得ず（風巻氏はその前提自身についても綿密な検討を加えているが）、その合理性の解釈いかんによっては、非芸術的態度としてたやすく他から攻撃され得る性質のものであった。この方法が手放しの天才讃美や、かくあるがゆえに尊しとするような信仰的態度に比較して、明らかに一歩前進したものでありながら、とくにややきめの粗く見えた武田氏の立論の方法や表現が多くの反対論を呼び起こしたこともあろう。その反対論者の中には、岡一男・森岡常夫・三宅清・吉川理吉の諸氏のほか、先には成立論の開拓者の一人であった玉上琢彌氏などもおられる。しかし残念なことには、そうした反対論の中のかなりの多くのものが中心たるべき成立順序論そのものにおいてではなく、むしろ武田氏の、それに続く基調論に絡んでなされたものであったことだ。岡氏・吉川氏・三宅氏のごとき正面からの成立論論争は問題の所在をはっきりさせるにまことに有益であったし、成立論を光源氏の容姿の描き方という側面から傍証する阿部秋生氏の論（「光源氏の容姿」―「東京大学教養学部人文科学紀要：国文学・漢文学」1、昭29・6）をはじめ、高橋和夫氏、秋山虔氏あるいは岩下光雄氏（『源氏物語の形態』昭31）らの修正的賛成意見もまたしかりであるが、全体としては、そうしたものはさほど多くはなかった。成立論プロパーについての検討が不充分であった割には、賛否の意志表示だけは賑やかだったという奇妙な現象は、成立論が基調論ないし主題論に進展し、それが貴族社会の理解のしかたと相絡んで、研究者の歴史的主体に例外なく対決を迫るものとなっていたからなのである。その一例として、たとえば玉上氏が武田説に対する賛否によって学界を「新派」と「旧派」とに分け、森岡氏、岡氏とともに「新派撲滅」の十字軍さえ結成しかねまじき口吻を示されたりする（「源氏物語構想論」―「解釈と鑑賞」昭31・8）ようなところにも端的に示されている。武田・風巻両氏とその同調者たちが、「文学」または「日本文学」による日本文学協会のメンバーに多かったこと、そして、これは玉上氏の指摘されるとおり、武田説がこれらの人々の歴史意識に基づく批評の方法にうってつけの材料を提供したこと、そして、さらにその仮説を仮説と認めた立場の上で主題論その他に発展させたことが、貴族社会の評価において史学者の新しい見解に冷淡であり、かつ実証と自己検証を旨とすることにおいて自ら「旧派」を自任される大家の方々の忌諱に触れたのであった。そして先にも述べたような歴史的主体の喰い違いや共通の討議の場のないことが、相互の誤解を生む原因ともなり、とかくその間に、学問外的な要素が作用しがちだったのは残念というほかない。しかし武田・風巻説はそうしたものによって処遇されるにはあまりにも重要な問題性を荷っている。学説として、今のところそれがどんなに未完成であるにせよ、今後の研究には、この問題を避けて通ることは、けっしてできないであろう。

古系図がもたらした成立論――池田亀鑑説

ところで、右に述べた新説のうち、池田亀鑑氏の論は、武田・風巻説とは趣きを異にしていた。池田氏の斯学における巨大な業績については周知のことであるので、ここでは当面の成立論に局限するが、このばあいにも立論の根拠は、二〇〇〇〇余冊に及ぶという諸伝本の博捜と批判から得られた結論なのである。あるいは定家以前の最古の注釈と目される伊行の『釈』の条項が、諸本によって、所載順序や巻名を異にしたり（帚木・空蟬・須磨・明石などに関連）、定家の『奥入』が例の「輝く日の宮」の存在を示唆するほか、条項の中には現存本では初音にあるべき記事が、第一次『奥入』では少女に出で、第二次『奥入』ではさらに竹河に移されていること、あるいは、竹河・紅梅の位置が諸本によって浮動し、またとくに重要なこととしては、実隆以前の成立にかかる古系図諸本の中に、「桜人・さむしろ・すもり」（為氏本および書陵部本の後附の雑載。『源氏古鈔』）の巻名が見えたり（この「桜人」は伊行の『釈』に一三項目にわたって逸文が見え、平安末における実在が明らかである）、蛍兵部卿宮の孫に当たる「巣守三位」や「蜻蛉式部卿宮」などの現存本には見られない人物名とその注記があることなどの多くの文献的事実を総合し、元の物語の筋を復元すると、世代的に宇治十帖に相応する部分において、現存本よりはるかに巨大な量の物語が存在したことが想像され、結局、定家や河内家の本文整定以前の『源氏物語』の古い形態は、もともと巻名はもとより、巻数も巻序も内容も現存本とはかなりの相違があり、「古系図・雲隠六帖・匂宮・紅梅・竹河諸巻はもとより、宇治十帖をも含めて、より巨大な物語の体系が、諸所にその片鱗をあらはしてゐる」（『源氏物語大成　巻七』

205P）といわれるのである。

この主張は池田氏がその全生涯を『源氏物語』研究の一筋に賭け、そしてその完成とともについに劇的な終焉を遂げられた『源氏物語大成』中、「研究資料篇」一巻のいわば主眼的部分であり、未熟軽率の論断を蛇蝎《だかつ》視された氏の何物にも動ぜぬ底の、学的確信に相違なかったと思われる。それだけにまたこの主張はすこぶる重大であった。武田・風巻両氏の説がいかに周到なものであったにせよ、青表紙本にしろ河内本にしろ現存『源氏物語』の本文のみを直接の対象としている限り、打ち破り難い成立論の限界の存在すべきこと、またそれを打開する途はよりいっそうの文献資料の探索と整理以外にないことを、氏の論は明らかにしている。しかも、そうした資料の探索が、今後はたしてどれだけの成果を挙げ得るものか、その見通しは難しい。

それとともに、この池田氏の結論が新しい困難な問題に真正面からぶつかっていることも注意される。氏のたびたび強調されるごとく、現存本がすべて、原本からは程遠い刪修《さんしゅう》本であるとするなら、その刪修を試みた者はいったいいつの時代でいかなる人物なのか、またその事情はいかなるものか。またその刪修度数は一度かあるいは数度か。伝行成筆本と称する系統の本が現存するところからみると、藤原行成在世中（万寿四年以前）に、現形への刪修が行なわれたとの推定も可能であるが、一方古系図や古注の若干のものには、巻数に関して五四帖以上あったことを思わせる記事のあることは、この推定をむしろ覆す方向にある。また、竹河巻などは、人名の呼称からみても読者層の手に成ったことを思わせる点が多く、宇治十帖もダイジェスト的傾向があるという池田氏の指摘は、この刪修の実態の容易ならぬ複雑さを物語るものであり、今後豊富な新資料の発見が続かぬ限り、この間の事情を文献的に充分に明らかにすることは困難かもしれない。

作者は紫式部だろうか――折口信夫・高崎正秀・山本健吉

ところで、この点から問題は微妙に民俗学の方法に連なってゆく。折口信夫氏その他の民俗学の方法について、ここでは詳しくは繰り返さないが、文学作品創造の過程を口承的段階はいうまでもないが古代においては文字文芸さえも、多数者による、長年月にわたってのいわば集団的制作によるものとして説明する民俗学の基本的発想は、『源氏物語』においても折口氏のつとに採るところであった。高崎正秀・池田弥三郎氏らもまたこの師説を祖述された。そして最近では山本健吉氏のごとき批評家が同様の立場から古典の性格を捉え、『源氏物語』の芸術性もまたこうした共同体的性格とふかい関係があるとしていることは、もはや周知のことであろう。山本氏はこの『源氏物語大成 研究篇』の結論は、折口氏ら民俗学者の洞察の正当性が文献学によって立証されたものだといっているが、折口説と池田説とは作者層（删修者ということでもある）に中世隠者を重視するのと平安朝宮廷人を考えるとの時代的相違があって、その点では山本氏のごとく断言はできないのであるが、しかし、創作ないしテキスト変貌に関する基本的な問題性については、山本氏の言はある程度正しいというほかないのではあるまいか。古くは『細流抄』あたりに始まって問題の多い宇治十帖別筆論は、現代でも与謝野晶子・小林栄子・五島美代子・阿部秋生の諸氏によって、程度の差はあるが繰り返し主張され、語学的に見てもまた疑いの余地があるとのことである。またごく最近では安本美典氏のように、推計学を用いて、名詞・用言・助詞・助動詞・品詞数などについて調査の結果、宇治十帖とその他四四帖とでは、「異作家係数」九四に達するという報告もある（「宇治十帖の作者」―「文学語学」4号、昭32・6）。しかし、右のようにして、現存本の作者に関する疑問は、本質的にもはや宇治十帖のみに留まっておれなくなったといわねばならないのである。

紫式部の伝記研究と人物評論

しかし右のような推定が、だからとて直ちに紫式部を作者の位置から引き下ろさねばならぬ理由にはならない。紫式部という実在の一女性が、かつて、『源氏物語』と呼ばれる数十巻にわたる物語を一人で書き上げたという事実そのものは、それ以後のテキストの変貌や発展とはかかわりのないことではないのか。紫式部という作者の研究は、その意味でなお重要性を失わない。

紫式部研究の由来はもとより遠い。『河海抄』や『紫家七論』から与謝野説あたりまでは今は措いて、当面の昭和一〇年代以降についていえば紫式部研究には常に二つの面——伝記研究と人物評論——があった。両者はもともと安藤為章の『紫家七論』を出発点としながら、前者は考証、後者はかなり自由な評論へと異なった方向を採っていった。

紫式部はいつ宮仕え生活に入ったか——今小路覚瑞その他

はじめに伝記研究について見よう。その第一は出仕年代についてである。従来紫式部がはじめて彰子中宮に出仕したのは寛弘三年一二月二九日というのが通説であったが、今小路覚瑞氏は先に有力化していた関根正直の書翰竄入説を採用、「一昨年の夏ごろより」と記している楽府進講の記事は、寛弘七年以降成立と思われる書翰の部分にあって、四年出仕と考えても矛盾がないとし、それまで異説とされていた足立稲直の寛弘四年一二月説を復活させた（「紫式部宮仕年代考」——「国語国文研究」30号・32号）。そしてこの説は、その後しばらく定説化したが、やがて岡一男氏はこれに対して、寛弘五年一一月臨時祭の記事中に、神楽の人長兼時が前年までに比べて今年はひどく衰えたと憐れんでいるのに着目し、少なくともその前年一一月には宮廷に奉仕しているはずであって、その前年寛弘三年一二月二九日、またはそのまた前年の同日に初出仕と考えられるが、日記中に紫式部は寛弘四年四月出仕の伊勢大輔を新参扱いしている点に鑑みて、寛弘三年末は妥当でなく、出仕は寛弘二年中二月二九日であると論じた（「紫式部宮仕年代私考」―『古典と作家』昭18、所収）。このうち伊勢大輔を新参者扱いする日記の本文は古本には見えない、という説もあり問題だが、ともかく、これによって四年出仕説が覆されたことは否定できない。

紫式部はいつ生まれ、いつ死んだか――岡一男その他

伝記研究の第二点は生卒年次である。もともと通説とされていた天元元年生まれという推定は為章のきわめて大まかな憶測に類する言から出発しており、ほとんど何らの根拠もないものであったが、岡一男氏は、あらためて資料を再検討し、式部を惟規の姉で天延元年生まれとし、通説よりも五年出生を繰り上げ、これによって夫宣孝との年齢差がやや縮まって自然さが増すとともに、物語執筆期間も二九歳以後で、人間としても円熟期に入ってからといえるとした（「紫式部歿年新考」―『古典と作家』所収）。また歿年については、与謝野晶子が長和五年春三八歳説を提出したのがおおむね定説化していたのであるが、これまた岡氏は長和三年四二歳の新説を立てた。与謝野説において兄惟規の卒去後の歌とされた家集の「いづかたの雪路ときかば」の和歌は、歌集中の配列位置によって長徳三、四年頃の作であること明らかであって、惟規死去の証になし難く、次に歿年決定の積極的根拠としては、尾上柴舟蔵古写「三十六人集」の『平兼盛集』巻末佚名家集（岡氏は『頼宗集』と推定）の中、一二首の中一首の詞書に「同じ宮（彰子）の藤式部、親の田舎なりけるに、いかになどかきたりける文を、式部の君なくなりて、そのむすめ見侍りて、物思ひ侍りけるころ」とあるもののほか、他の一一首の成立年時をも考証して、この詞書の式部が越後にいる父に歌を贈ったのは長和三年正月と推定、翌二月四二歳で卒したと推論した。また、このほか、吉川理吉氏の長和五年生存説（「紫式部の後年」―「国語国文」昭24・5）もある。

紫式部はいつ『源氏物語』を作ったか――玉上琢彌・中村良作その他

また、これと関連して、伝記研究の第三点として著作時期の問題がある。はやく為章の宮仕え以前完成説から、手塚昇氏の万寿以後成立説あたりまで幅があるが、その後諸説はおおむね旧説に従うものが多く、時に部分的に宮仕以後の執筆を推察する程度（たとえば島津久基氏）であった。最近では池田亀鑑氏、多屋頼俊氏なども、その説を採っている。その証としては、『紫式部日記』中における草子作りの記事をさして、それこそ『源氏物語』の制作を示すものとされる。しかし、昭和一〇年代の後半、先述の成立論が問題になり始めるのと相前後して、宮仕え以後全巻完成説も強力に主張されるに至った。玉上琢彌氏の寛弘六年以後説（前掲「源語成立攷」）、岡一男氏の正篇寛弘五年以前完成説（前掲書）、中村良作氏の寛仁二年以降説（「源氏物語著作時期考（上・下）」―「国語国文」昭17・5～6）、また、武田・風巻両氏の宮仕え以後説、山中裕氏の同説（「源氏物語の成立年代に関する一考察」―「国語と国文学」昭26・9）などがその代表である。おのおのの根拠とするところを、ここにいちいち述べる余裕のないのは残念であるが、概していえば、特定の儀式、行事などにモデルを求める準拠論と、他は作品に現れた執筆態度や基調の変化によって、前後の時間的長さを推察し、完成が宮仕えの前か後かを論ずる方法とであり、両者は相絡んで推論の材料とされるが、この際、前者のモデル論に局限される限りは、問題は形而下的で分かりやすいが、それだけに表層的処理に陥りやすく、後者は基調・主題・構想などにわたって高次の研究批評を前提とせざるを得ず、主観的判断がともないやすいという点、それぞれに現在の段階では説得力を獲る上に困難が大きいようである。

伝記研究の第四点は紫式部名義考であるが、島津氏の式部の父為時の官である式部丞によっているとの説が決定的である。

以上、伝記研究の従来の問題点について列挙した。そして、この中の主流はいうまでもなく、文献による緻密な考証であり、岡一男氏を中心とする近年の成果には、まことに目ざましいものがあったといえるのである。しかし、他面ではそれにともなうある種の不安がないわけではない。いったい考証という作業は、精細を極めれば極めるだけ、常に一種の些末主義に陥り込んでゆく危険が増大してゆくのは、むしろ不可避と思われる。それをいかにして克服するか。

現在の学問の段階でこうした地味着実な研究、とくに小さいながらも一つ一つ動かし難い事実を掘り起こしてゆく基礎的作業は、何物にも替え難い価値のあることは否定できない。フランスではランソンの実証方法には幾多の反対論が出ているというが、実証的研究史の成熟度の異なるわが国では、そうした実証的方法へ水をさす言動は慎まねばならないと思う。だから、あらゆる可能性と事実の発掘は、現在以上に精力的に続行されるべきである。ただしかし、この際、次のことだけは銘記すべきであろう。考証はそれ自身手段であって目的ではないこと、またその目的は究極的には作品の文学的感動の解明に奉仕すべきものであること、それゆえ、考証の対象はいわば無差別・無選択なものではなくして、そうした究極目的を軸心とした遠近法において展望評価されるべきこと、などである。それが研究者の魂において些末主義を克服する道である。ところが残念ながらそういう方法論的反省において、こうした考証的諸業績は必ずしも充分ではなかったし、そのことが、一面において、考証の対象がとかく狭小な個人的環境の究明に向けられがちで、社会的拡がりにおいて作家を捉えようとする点に欠けていたことと相俟って、やや末梢主義の印象を人々に与える結果となっていなかったであろうか。そして、たとえば紫式部の出仕年代論争があれほどの熱心さで闘わされたのが、昭和一〇年代の中頃で、あたかもいわゆる「客観的実証主義」の全盛期に当たっていたということは、この「実証主義」の性格についても反省させるものがありはしないか。二〇年前の岡崎義恵氏の主張はその本質においては、今日においても、また意味があるであろう。

紫式部はいかなる女性であったか――石村貞吉・河岡新兵衛その他

さて、以上のような環境論的な考証と併行して、それを補うかたちで、作者の内面的人間論が試みられたのは、為章以来の方法で従来の作家論の常道ともいうべきであった。

為章の才徳兼備の賢女説から、藤岡作太郎・芳賀矢一を経て、手塚昇氏の新しい見方に達し、その是正のような石村貞吉氏の「神経質・厭世的・非社交性・内向性」という規定や、河岡新兵衛氏の「反省的・自我的・内面的」、吉川氏の「理知的」などの評語は、式部の人間の諸徴標をいちおうほぼ正当に捉えたもののように見える。また岡氏がフロイトの深層心理学やクレッチマーの性格類型学を用いて、興味ある論を試みているのも注目される。

紫式部はいかに生きたか――益田勝実その他

しかし、突っ込んで考えてみると、まず外的環境を説明し、次に内面的人間を、といったふうのこれらの二元論的な叙述には、何か食い足りなさを感ずるのではあるまいか。すなわち、そうした論法では、内的人間論がいわば決定論に近い発想によって、ともすると先天的な性格類型や気質の型という要素にのみ焦点を絞られがちで、人間の性格には一方においてはたしかに先天的要素に規定されながらも、他方では外的環境と内的生命とが、一日一日の具体的な体験を媒介として相互に作用し合うことによって形成されてゆくものがあるということ、そして現代の心理学では決定論的な前者の面よりも、むしろ後者の面に重大な意味を認めているということについては、ほとんど等閑に付されているのではないかと思われるのである。それゆえ、右のような種々の性格規定は、いちおうの正しさを主張し得るにかかわらず、やはり式部の生き方と嚙み合わせて今後よりふかく捉え直されるべきではあるまいか。もっともここでいう「生き方」とは曖昧な語であるが、益田勝実氏がかつていったように、「環境により多く生かされて少くしか生きようとしない一般の人々に対して、式部が誰よりも強烈に生かされながらも、より多く生きようと、生かされている事実を逆手にとつて現実に立ち向う」「在ることから生きること」というような生命の在り方であり、それは具体的内容としては、そうした自己の個性を創造してゆく場としての創作体験を孕んだものとなるであろう。とすれば、作家論の中の人間論は作品分析をもその方法の一つとすることによって、はじめて完全なものとなり得るわけであり、日記や家集のみを対象とするのは、一つの日常的段階を意味するものでしかない。その点、岡氏以外の方々は多く、その程度に留まっておられるもののようであった。しかも作品分析までも紫式部の人間追究の方法として採り上げられた岡氏にしろ、例の武田説批判に際して、岡崎氏などと同じ口吻で、『源氏物語』が武田説のような順序で書かれたとして、それが文芸享受にどういう役に立つのかと詰問されるのだ（「源氏物語の主題とその成立過程」―「国語と国文学」昭31・10）。ほかならぬ紫式部があういう順序で書いたかもしれぬということは、岡氏にとって、作品享受にいささかの関係もないという。それでは岡氏があれほどに力を注がれた紫式部伝の研究は、いったい何のためであったのか。伝記研究と作品研究とはそのようにまったき分裂を示してよいものであろうか。作品はふかい意味における作家のもっとも重要な体験の客観的表現であり、その創作過程を無視して、他のどこにより本質的な作家研究の場があるのであろうか。ともかく作家研究と作品研究とは究極において統一的に捉えられねばならないのではなかろうか。

紫式部論に歴史的社会的環境論を応用するには――秋山虔・石母田正

作家論で次に問題となるのは、環境の捉え方であろう。戦前の研究が平安貴族社会の本質的究明を不可能としていたことは前にもいった。だから当時にあっては、もし大きな時代の背景についていうとすれば、いわゆる延喜・天暦の聖代とか花咲く御堂関白時代式の日本浪漫派的讃美に陥るか、でなければ、その歴史的洞察を曖昧にして、狭い家族圏交友圏などを個人的問題として追究するほかなかった。だからそういう状況のもとでは、そうした時代に生きた紫式部の思想や感情を明らかにすることは、もとよりはなはだ困難であった。右に述べた考証学の全盛とか、生物学的人間論が盛んであったのも自然の勢いであったし、その中で吉川理吉氏が式部を時代の中での「守旧派」と呼ばれたのは、社会的動向との関連において作者を理解しようとした点、当時としては貴重であったが、ただ肝腎の時代基準の設定が不明晰であったがために、充分に人を納得させ得なかった。あるいはまた、あの苛責なき追究力をもった考証と、独特の繊鋭の批評とで、新しい領域を開拓された島津久基氏が、戦時中出版の『紫式部』の結語に、「皇国中心主義と日本的自覚」をいい、「皇国烈女」と讃美されたことも思い合わせられる。しかも島津氏はいささかも時流に阿《おもね》る方ではなかった。根ぶかい明治以来の国粋主義の血が、氏のみといわず国文学者の多くの者の中に流れていたのである。御堂関白の時代が浪漫的に讃美されたのも無理はなかった。

戦後の歴史社会学派についてここで再び述べるのも不手際だが、紫式部論もまたそうした点で大きく転回したといわねばならぬ。秋山虔氏「紫式部試論」(『国語と国文学』昭23・9)や石母田正氏「紫式部」(河出書房『日本文学講座　古代後期』)がそれである。不幸な時代に生まれ合わせた平安貴族女性としての、時代に対する批判的性格や、内省的で、現実から強いて距離を保とうとする性格の冷酷さ、「現実と人間の内面の連関をさぐり考えながら、冷静に対象を分析観察することを必要とする物語文学の作家」(石母田氏)にふさわしい個性であることなどが指摘され、吉川氏の「守旧派」を裏返して見せる結果にもなった。またその頃、とくに若い研究者たちの間で盛んであった天才論議が益田勝実氏「源氏物語の荷ひ手」(『日本文学史研究』11号、昭26・4)から「源氏物語・その研究の隘路」(『日本文学史研究』15号、昭26・12)に達して結論的にまとめられたのをはじめとして、同じ益田氏には『紫式部日記の新展望』の論集があり、同氏主宰日本文学史研究会編『論叢紫式部日記』にも、池田亀鑑氏以下諸家の論考が収められた。それは、機関誌「日本文学史研究」とともにいわゆる歴史社会学派の新しい方法論がけっして古めかしい唯物論一本ではなく、文献学・考証学・解釈学等も貪婪に摂取する方向にあることを示したものであった。またその頃、こうした人々とは別に、阿部秋生氏『紫式部日記全釈』や、佐伯梅友氏監修『紫式部日記用語索引』(昭31)のごとき、有益な注釈書あるいは基礎的研究が出たのも記念すべきであり、岡一男氏の厖大な『源氏物語の基礎的研究』(昭29)が、従来の氏の説を集大成して出版されたのも学界を益すること多大であった。

(注)日記中に消息文が混入しているか否かについては、木村架空や関根正直以来、与謝野晶子・今小路覚瑞・岡一男・吉川理吉・南波浩・小沢正夫・石川徹・石村正二らの諸氏によって論じられているが、まだまだ定説を得ないようである。また、『紫式部日記』の形態や成立に関しては、そのほかにも巻首の欠文や、寛弘六、七年の記事の欠文の存否の問題などがあるが、直接紫式部の伝記に大きく関係するものでもないので、あえて取り上げなかった。

先に、再度にわたって西郷・風巻・南波・秋山氏らの歴史社会学的見地からする物語文学論について述べたが、それらに一貫する主張は物語文学のもつ写実性、あるいは作者の現実に対する批判性を重視するという点であったといえる。

『源氏物語』は短篇小説であった——玉上琢彌『世界大百科事典』

ところで、かかるレアリズム文学としての規定に反対する立場の一つに玉上琢彌氏および、氏の周辺の方たちがある。

先にも述べたように、玉上氏は戦前、阿部秋生氏に次いで、『源氏物語』の成立過程について、はじめて「輝く日の宮」を想定する仮説を立てられ、その説は戦後にも大きく影響を与えているのであるが、玉上氏自身は数年にわたる沈黙の後、昭和二五年頃から、相次いで論文を発表し、新しい見地に立った『源氏物語』論を展開されている。

氏はかつての自らの説が文献資料極めて乏しく根拠薄弱なものを頼りにしていた点を軽率であったとし、かつ、万一「輝く日の宮」の実在という事実がかりにあったとしても、そのこと自体に興味は持てないとする。私は成立の問題にあまり興味を持たない。もし「輝く日の宮」が曾て存在し、何らかの事情で（どんな事情か、わたしには想像もつかないが）散逸したのなら、しかも散逸したままで読者が観照しえたのなら、それはどういう観照のしかたであったのだろうか。わたくしの興味はやはり此処に帰つてくる。（中略）古来の巻序に従つて、もう一度あらためて源氏物語を読んでみたい。（「源氏物語の構成」―「文学」昭27・6）

つまり氏のばあいには、学問的関心の在り場所が成立論にはないということなので直接成立論の当否が問題とされているのではない。むしろ成立上には、幾多の複雑な問題の介在すべきことを察しておられるのは、次のような言葉でも明らかである。

源氏物語は最初短篇として発表されたものだつた。それが読者の要望によつて続篇が書かれ、あるいはさかのぼつて前篇が書かれ、しだいに作者も全体を長篇として仕立てようと意図するに至つたもので、最初から長篇を書かうと意図したのでもなければ、現在のような巻序で執筆したのでもなかつた。（『世界大百科事典』「源氏物語」の項）

にもかかわらず、氏が武田説以下の戦後の成立論に常に反対の立場に立っておられるのは、その結論というよりはその方法論が誤っているという点にあるらしい。武田説以下は近代合理主義の物差しで文学の性質や機能のまったく異なった古代物語を測ろうとしているといわれるのである。ここから氏独自の物語観が生まれる。

朗読者であった女房は『源氏物語』の作者になった――玉上琢彌「物語音読論序説」

すなわち右の引用文でも明らかなように、氏の第一の手がかりは、創作主体はいちおうさておいて当時の鑑賞の実態いかんという点である。物語は「文学」ではなく、女子供の玩弄物で現代でいえば通俗小説にすぎない。物語は絵とともに鑑賞される紙芝居のようなものであって、テキストからいえば、『源氏物語』以前の昔物語では、話の骨格だけを記した真名本を、女房が用いる際には、テキストにない細部はばあいに応じて自由に話し変えていた。ところが『源氏物語』に至ってはじめて、朗読者の女房が作者になり、ために話し手の自由領域の隅々まで文字で指定してしまった。ここに物語文学が誕生した。しかし、それは、右のような本質上、光源氏の外伝（私的世界）しか描かれず、正伝ともいうべき公的政治的生活は作品の背後に潜んで読者の暗黙の諒解のもとに外伝の事件全体を「支えて」いる（前掲論文、および「物語音読論序説」―「国語国文」昭25・12など）。そうした骨子によって、氏は物語絵や屏風絵が逆に物語の文章を規定したり、語り手の女房の投入語的なものが草子地に混入したりする跡を詳しく調査したり、また別に語り手の意識に発する敬語法の諸段階を克明に分析したりされた上（「屏風絵と歌と物語と」―「国語国文」昭28・1、「敬語の文学的考察」―「国語国文」昭27・3）、具体的な本文に即した解釈の重要性を強調されている（「国文解釈の試み」―「国語国文」昭31・3）。そして、最近それらの論の集成の形で『源氏物語評釈』が出版され、その「鑑賞」欄には豊富な新見が盛られている。

玉上氏の説が、従来軽視されていた享受面について鋭い考察を加え、新しい問題を掘り起こしたことは疑う余地はない。氏の説は清水好子・小穴規矩子・山本利達・伊藤和子・木村順の諸氏によって受け継がれ、文体論・人物論・語法論・構想論等にそれぞれ展開されている。とくに清水好子氏の数篇の労作（「物語の文体」―「国語国文」昭24・9、「源氏物語の俗物性について」―「国語国文」昭31・7、「源氏物語の作風」―「国語国文」昭28・1、「薫創造」―「文学」昭32・2）はそれぞれ有益である。

読者重視の説とその批判と――玉上琢彌・今井源衛

ところで、玉上説が右のような新しい領域を開拓した功は大きく評価すべきであるにもかかわらず、氏の戦後の出発が、そもそも氏自身の関心の所在を強調するに急なあまりに、武田氏以下の成立論をにべもなく軽蔑するような姿勢から発していたことは、やはり氏自ら一つの限界を自己に課する結果となりはしなかったか。氏が武田説を目して「現代的」とか「合理主義的」とか評される意味は、やや形式的処理に急な武田説を見るとき、多少は肯かれるものがないわけではない。しかし、研究主体である我々自身が現代人以外のものではなく、古代研究の意味を、今日における文学創造の課題と直接あるいは間接に関連させて考えることは、むしろ学者の任務の一つであろう。氏の排斥される「現代的」とはいったいどういうことなのか。算術的な平俗な合理主義をさすのならば、それはあまりに現代的でなさすぎよう。また、それがもし、研究者の真の意味における近代人としての歴史的主体を意味するのならば、それを放棄せよという氏の要求は本質的に無理ではないだろうか。そういう研究者の在り方は、たとえば牛車に乗り直衣を着る日常生活の中からしか出て来ないだろう。現代的思考によって古典理解が曇らされるからとて、現代的思考を捨て去ろうとするのは本末転倒であろう。作品や作家をとりまくあらゆる歴史的条件を考慮し、それを媒介として古典研究に立ち向かうことこそ大切であり、それがまた真の近代的科学の精神ではなかろうか。もし武田・風巻説が排斥するに値するなら、それは「近代的方法」そのものに原因があるのではなく、むしろ逆に武田氏等の方法が近代的科学として未熟だということにしかあるまい。それは方向が間違っていることではない。

先に述べたように、私が前に女三宮降嫁について、それが当時の皇女の結婚制度にもとづく社会的矛盾が反映した面のあることを述べた際、石田穣二氏の攻撃を受けるとともに、玉上氏もまた私の考え方は現代的で平安時代の考えとは程遠いものだと指摘され、女三宮の結婚は、愛情の問題というよりもポストの問題と見るべく、今でいえば就職問題だと訓されるところがあった。言葉尻を捉えるようであるが、ポストとか就職問題というアナロジーがどうして近代的でなく私が史実をもとにして調査した当時の皇女の結婚の実状と、それによる若菜冒頭の本文解釈が、どうして近代的であるのか、また、それは別としても、朱雀院によってそういうポストや就職問題として散文的功利的に計量された事柄が、あの事件の過程において、必然的に柏木との愛情の問題となって発展せざるを得なかったところにこそ、重要な文学の問題があるのではないだろうか。また氏は私の論と比べて「論争」の相手となったという石田氏の、ジンメルの哲学を用いて高踏的な悲劇論を展開する行き方（「女三の宮と柏木について」—「国語と国文学」昭26・12）のほうが、どうして近代的でない点において私の論よりもまさっているとされているのか、私は理解に苦しまざるを得ない（なお石田氏は玉上氏の主張に反対し自身の方法が近代的であることに自信を持つべきだといっておられる。「源氏物語研究の現段階」—「国文学」昭31・4）。詮ずるところ玉上氏のいわれる「現代的」とは、歴史学的考察、あるいは社会的反映として作品を見る態度に通ずるもの一般を指すもののように思われるのであるが、何がゆえにそうした側面を故意に無視せねばならないのか、私には分からないのである。

こうした点が、たとえば作者の主体的な創造の側面を、氏が甚だしく軽視しておられる結果を生むことになっている。先に述べた物語は女子供の玩弄物で、今日でいう通俗小説であったとする規定は、それを明白に物語る。女子供の玩弄物という社会的機能の面が、直ちに、それゆえに通俗小説だったということになるだろうか。絵の存在や朗読者の介在が物語の文章を規定する面のあることは疑えまい。しかし、それがすべてではない。ああいう社会に生まれ、育ち、苦しみ、喜び、物語とは「この世のほかのことならぬ」ことを「心一つにこめがた」い折に、書き綴ってゆくものだという作者の明白な告白や、そしてその作者は『紫式部日記』一巻だけを通して見ても、まったく驚くべき魂の持ち主であると思われるにもかかわらず、作者が読者の顔色をうかがいながら書き進める面だけを強調するのは、強いて『源氏物語』を凡俗の世界に引き下げようとするに近いであろう。すぐれた作家は十重二十重の歴史的制約のもとにありながら、それに妥協し屈服し切らないで、魂の真実を語り得るし、そのことによって自ら成長してゆくことができる。この創造的主体の面はきわめて大切である。

仏教思想よりみた『源氏物語』観——多屋頼俊・阿部秋生

この物語批評の基準を古代自身にとれという点において相似た論に、多屋頼俊氏の説があることもついでに触れておかねばならない。『源氏物語の思想』（昭27）所収の諸篇はすべて浅薄な近代主義排撃の立場から書かれている。氏自身の宗教的立場からでもあろう、多屋氏のばあいには仏教的宿世の思想が『源氏物語』全巻を強力に縛り上げ、物語の構想の進展には冥々因果の糸がこれを繰っているのであって、近代的な倫理や感情あるいは個々の人間行動の結果として、それを受け取ることは誤りであるという。この間氏は民俗学的発想に拠られることも多く、同時に他面では、この宿世の観念は人間的努力の意義も容認するもので必ずしも運命論万能ではないとするなど柔軟性のある考察を加えている。仏教的側面からこの物語に照明を与える論には、このほかにも淵江文也・柳井滋氏らがあり、阿部秋生氏にもその面からの論考が見られるのであって、家永氏・井上氏、その他歴史学者や仏教学者の業績とともに古代的意識の中核にあるものの究明として、重大な研究ポイントであることは疑えない。しかし、民俗学のばあいもよく似た事情だと思うが、一面それら古代意識一般が当時の観念類型として作品を縛り上げてゆく過程の中にも、同時に作者の自由な人間的主体の働きがあることもたしかである。右の方々がすべて、その面について考慮を払っていられないというのではけっしてないが、ただそうした方向を極端に推し進めたばあいを仮定していってみれば、『源氏物語』をもし古代思想一般によって説明し尽くそうとすれば、それは古代の歴史的社会的背景の分析によっていっさいが説明されるとするのと同種の欠陥を生ずるに違いない。主体の性格は複雑であり、それを取りまく要素はさらに厄介には違いなかろう。しかし。紫式部（あるいはプラスα）という主体がその中核として厳として存在したという事実は、見落とすにはあまりに重大である。秋山虔氏の二、三の『源氏物語』論（『岩波講座文学　第六巻』、東京大学出版会『日本文学講座　第Ⅳ巻　日本の小説Ⅰ』、日本文学協会編『日本文学の伝統と創造』等所収論文）や、これとはやや視点を異にした安川定男氏の論（「源氏物語についての覚書」——「文学」昭29・2、「源氏物語における作者の創造力の進展について」—「中央大学文学部紀要：文学科」1号、昭29・12）などはこうした創造主体の問題に力点を置いたものであるが、それらが、玉上氏や多屋氏などの論と対蹠的にさえ見えることは、けっして祝福すべき現象ではあるまい。要は現在のさまざまの試みや視角が、謙虚に相互に学び合うことによって、いつの日にか止揚され、学問が新しい次の段階に進むことを待望するほかないであろう。

〔附記〕

「後味が悪い」というのは、こういう文字を長々と書き綴ったあとの気持を表すために用意された言葉らしい。同時代批評というものは、ほとんど評価の定まっていない雑多な業績を扱いながら、その間に何とかひととおりの座標を定め、それに沿って、それぞれどこかへ納めていかねばならぬ、そういう困難さもさることだが、それよりも、数多くの方々の心血を注がれた業績を数言をもって批評し去り、その間不可避的に種々のあやまりを犯した上、返す刃に自身もふかく傷つかねばならぬ、そういう因果な仕事なのである。こういったからとて、妄評を加えさせていただいた方々への言い訳が立つとも思ってはいない。またしても私は前科を重ねることとなったが、だが、しかたがなかった。神ならぬ身の批評とは、いくら努力してみても、けっきょくは自己の地点を軸にした遠近法による測定にすぎないのだ。その地点を愚昧や私心から清め、一寸でも高く豊かなものとし、より客観的普遍的なものに近づけてゆきたい。そうすれば展望は立体化し、また変わってもくるだろう。またそのときには小稿で触れ得なかった多くの貴重な業績にも目が行き届き論が及ぶこともあろう。それまで、すべての点にわたって、心からおおかたのお許しを願いたいのである。なおまた拙稿「戦後における源氏物語研究の動向」（「文学」昭29・2、本著作集本巻所収）、「源氏物語の作者——その研究史の概観——」（「国語と国文学」昭31・10、本著作集本巻所収）等を参照していただければ、相補うところもあり、幸甚である。

戦後における源氏物語研究の動向

1

戦後の『源氏物語』研究は文字どおりの出直しである。

敗戦による天皇絶対制の崩壊は、『源氏物語』にとっても、その研究者にとってもまことに幸いであった。戦時中いかにこの古典が歪められ傷つけられ研究者が辱めを受けたか、それは近頃ではようやく伝説化しつつあるが、なお忘れられてはいない。谷崎源氏には藤壺一件が抜き去られていたし、劇化映画化はすべて禁じられた。またこの古典の敵は国文学者の中にも多かったのだ。

それだけに、敗戦とともにあらゆる禁制《タブー》がなくなったと感じたとき、あの瓦礫の拡がりを前にしたときと同じような、奇妙に明るい解放感だけがあった。ああもう何でもいえる、自分の杯でこの美酒をくもう。そんなそれ自体甚だ前世紀的な、しかしすなおな喜びの中に我々は出発したのだ。そしてこのことはあながち若い人々に限ったことでもなかった。たとえば吉沢義則博士が『源氏物語今鏡』（昭21）において藤壺事件には同種の宮廷秘事がモデルとなっていると説かれたとき、この老大家の青年のような心のはずみさえ感じとることができたのであった。

とともに、このような解放感だけでは主観的満足以上のものを生み出しえないということも、近頃になってようやく明らかになってきた。それは解放感がいつの間にか、またしてもやりきれない重圧感にとって代わられつつあることも一因なのだが、それはともかく、この一五年間、はたして我々はかくして発足したその研究を客観的認識にまで高めるためのいかなる努力を払ってきたか。いうまでもなくそこには多くの誤謬や思いちがいがあった。しかし、大局的にみれば、それらの中に、一〇〇〇年にわたる研究史においてかつてなかった新しい発展が見られることも信じてよいのではなかろうか。

2

敗戦による解放が何にもまして天皇絶対制からのそれであったことは、戦後の研究を、その出発点において、津田左右吉・石山徹郎・風巻景次郎の諸氏が戦前に切り拓いた歴史社会学的方向に向かって一際強力に推し進めることとなったのはまったく当然であった。すなわち敗戦と同時に石母田正氏、家永三郎氏、井上光貞氏等日本古代史学者のすぐれた成果に助けられつつ、古代文学における歴史的基盤の分析に向かって情熱的な追究が行われはじめた。もっともはじめのうちは、物語発生の基盤を商品経済発生の段階と規定するような、戦前にひきつづく公式的立論も見えたけれど、しだいに、上部下部両構造の連なり方自体に問題の焦点がしぼられるようになってゆき、西郷信綱氏「宮廷女流文学の問題」(「文学」昭24・8、9、後に『日本文学の方法』所収)とか、武者小路穣氏「末摘花の姫君」(「文学」昭24・8)は、その最初の成果であった。前者では受領層の分析から、その中のよけい者的存在である才能官人たちの不平、阿附、自嘲等の意識内容に及び、そこから、彼らの子女である女流作家の精神を探り出そうとしており、後者では当代社会の経済構造の分析から出発して、さらに貴族宮廷圏、そこに奉仕する女性たちへと下から上へ追い上げていくのだが、とくに受領階級の分析は精緻といってよい。しかし、これらの歴史的基盤の分析も、それ自身としては充分目的を果たしてはいるものの、ジャンルや具体的な作品との内的関連についてては、まだ何らの解答を与えるものとなり得なかった。武者小路氏が『源氏物語』を「奇型的」作品と呼んだ理由にもうかがわれるように、作品を作者の主体的創造の問題に重点をおいて取り上げ得ないという研究一般の未熟さがあらわれており、当時、文学研究は歴史研究ではないという非難が集中したのも、あながち時代おくれの観念論と無視し切れるものばかりでもなかったのである。しかしやがて発表された西郷氏の「源氏物語の方法」（「文学」昭25・12、後『日本文学の方法』所収）は、この段階から一歩を進め、歴史的基盤と作品とを結ぶ文学史独自の原理としてジャンルを設定するという氏の文学史観に基づき、アランの所説を援用しつつ、散文の機能や物語文学の性格が鮮やかに説明された。物語文学は解体し堕落しつつあった古代貴族社会の人々が、矛盾に充ちた現実を批判しかつ抵抗する手段として浪漫的虚構の形式を借り、観念の中に自我と真実とを回復する文学形態である——この氏の結論は、それ自体としては、やや演繹的、かつ迷いを知らぬ截断的立言であるかのごとき感も与えるが、実は史学の実証性に裏付けられている上、具体的に作品内容に立ち入り理解の実際を示すことによって、説得力をかち得たのであり、この説は後に南波浩氏・益田勝実氏・小場瀬卓三氏などによってさまざまの批判は蒙りながらも、そのまま『日本古代文学史』にみごとに定着した。また風巻景次郎氏も、古代神話が氏族共同体の信仰を喪失することによって零落し、神怪の断片的な伝奇と化してゆく過程を追究して、それを『竹取』以下の伝奇の母胎と考え（「物語の本質」—「文学」昭25・10）、南波浩氏はそうした伝奇性とともに、当代を一貫する思潮である写実性を物語文学の根底と考え（『物語文学概説』）、また後述の三谷栄一・高崎正秀氏ら民俗学に拠る物語論と相俟って、物語文学というジャンルの解明は大いに進んだ。

さて右の西郷氏に続いて、歴史的基盤の問題を再検討し、さらにこれを作家論の中核へ推し進めようとしたのは益田勝実氏である。氏は「源氏物語の荷ひ手」（「日本文学史研究」11号）において、当代貴族女性の生活を被抑圧性、梗塞性において捉える一般的理解を一応は肯定しながら、しかもその中で、前代以来、荘園制の進展に伴い彼女らが徐々に自立性の度を加えてきたという積極面を新しく高く評価し、この上向線と、貴族社会全体の崩壊への下向線との交錯点に女流文学の基盤を認める。そして西郷氏の受領たちの意識の分析を踏まえて、その子女たちの憧憬やながめという基本的傾向を指摘し、さらにそれらの女性を生活圏の類型的相違に即して「家の女性」「宮仕へ女房」の二種に分ける。後者は清少納言のごとく社交的教養、現実的処生魂の持ち主であるが、前者は純粋に夢と憧憬とに生き、古代ロマンの世界に心情的につながる人々であって、紫式部はこれに属するのであり、女流文学の真の母胎は、宮廷の中よりも、むしろここにあったとするのである。しかしこの論はただちに秋山虔氏によって批判され（一九五一年上半期の研究状況Ⅳ「日本文学史研究」14号）、主として、その類型化が作者の主体内面よりは、むしろ外的要因によって試みられていることへの不満が述べられた。「作家が、所与の歴史的社会的諸条件下にあって、いかに、一回的に、そのような個性的創造をなし得たかという、その特異なケースが問題」なので、それには「自己の現実の再現」「思惟が形象を、形象が思惟を互に生み導く、そしてその事自体において、自己の生きかたを実証する作者の高い生産的能力」のあらわれとしての作品を対象とするほかないという秋山氏の批判は、もはや益田批判を超えた氏自身の方法論の主張であったのである。しかし、いずれにせよ、受領宿世の問題をここまで掘り下げた益田氏の努力は高く評価すべきであり、その二類型をいかに柔軟に、具体的な作家の精神的風土に適用するかが次の課題となった。しかし、こうした物語文学論がいかに精細に追究されていっても、それは、どこまでも、いわば作品外的な環境論に留まるほかないところに、その方法論的限界があった。だからそれは物語文学論まで辿れても、そこから源氏物語論となり紫式部論となるには飛躍が必要であり、そのためにはおのずから別の方法が求められねばならなかったのである。

なお、ここで注意すべきは、こうした環境論や作家論の発想の基底に横たわっているものは、常に天才的個性の問題であったことだ。戦前の紫式部論の多くが手放しの不可知主義的天才讃美に甘んじていたと思われるのに対して、戦後は天才論があらたに重要な課題となってきた。池田亀鑑氏が戦後早く「源氏物語の古典的性格」（「国語と国文学」昭23・1）において、「文芸作品の場合には、我々は天才という魔的な存在を考えずにはいられない」といい、「傑作と凡作とを混同する」歴史社会主義万能論を斥け、鑑賞主義を強調したこと自体が、この問題に対する氏の関心のなみなみならぬもののあることを示していたが、数年後「紫式部論の歴史と展望」（「国語と国文学」昭27・10）では、やはり天才と環境という「二元的構造のもつ困難性」を主張しつつ、研究方法としては、極力主観を排した歴史的研究を推進する必要が力説されているのは、その「歴史」の意味内容は異なるにしても、戦後の研究における基本的動向の反映として、示唆に富むのである。佐山済氏は戦後、「源氏物語の書かれた不思議について」（「文学」昭25・12）において、この問題をあらたまった形で提出したが、秋山虔・石田穣二・益田勝実・杉山康彦・難波喜造・筆者など当時の若い研究者の間でカントの『判断力批判』や、ソヴィエト文芸論の読書会が持たれたりしたのも、主としてこの問題をめぐってであったといえよう。そして抽象的な天才や個性というものがあるのではなく、それは必ず社会において形成されるものだという平凡な結論は、ほとんど常識となりつつあるといってよいだろうが、そこから先、いかにしてこれを分析し説明づけるかとなると、問題はがぜん困難となる。益田氏の「源氏物語・その研究の隘路」（「日本文学史研究」15号）は、この困難に正面から立ち向かったものだが、結局「環境により多く生かされて、少くしか生きようとしない一般の人々に対して、式部が誰よりも熾烈に生かされながらも、より多く生きようと、生かされている事実を逆手にとって現実に立ち向うところ」「在ることから生きることへ」の中に天才の所在を発見するという、一種の形式論に落ち着かざるを得なかった。そして「生きる」とは直ちに芸術的創作活動へ繋がることを意味する――ここに至って、前述の秋山氏の立論に近づいたと思われ、期せずして、作品分析を媒介としないでは、天才論も空転する怖れのあることを暗示しているかのようであった。

こうした研究の盲点が意識されたことから、歴史社会学的立場に立つ『源氏物語』研究は、昭和二四、五年頃から新しい展開を示すこととなった。秋山虔氏「玉鬘をめぐって」（「文学」昭25・12）・「浮舟をめぐっての試論」（「国語と国文学」昭27・3）や筆者「明石上について」（「国語と国文学」昭24・6、本著作集第二巻、所収）などの登場人物論は、その最初の試みであったといえよう。それ以前にも啓蒙的なものとしては、井本農一氏編『源氏物語の人々』（昭24）があり、「解釈と鑑賞」「国文学」などでは、しばしば作中人物を通俗的に解説したりしている。また学問的なものにも、池田亀鑑氏「源氏物語の構成と技法」（「望郷」8号）があり、人物別の物語単元の存在を指摘しているのであるが、秋山氏や筆者などの初期の試みでは、本質的には、平安貴族社会に対する構造的認識の上で、史学者たちや風巻氏・西郷氏らの見解に強く影響されながら、しかも右のような環境論的限界を打ち破り作品鑑賞の場を回復しようとしたものであった。さらに、今日、正直にいえば、少なくとも筆者のばあいには、作品に沈潜し、その感動を批評に生かすための方法として、この学派に流れる若々しく、自由でヒューーメンな感覚が利用されたというに過ぎないかも知れない。敗戦直後に生きる人間として、素朴にヒューーメンであろうとすれば、自分がマルキシズムからは距離のある人間であることに充分に気付きながら、しかも基本的には、やはり階級論的に問題を設定しないでは安んじられないようなものが筆者の心の中にはあった。だからそれは、本質的には、案外、理論よりも情感に近いものによって捉えられ、それを方法の形に移したというのが、私にとっては、実情であったろう。

そして、その後、たとえば「日本文学」（昭31・9）が『源氏物語』特輯号において登場人物論をこれにあてた（ここには、筆者の光源氏、野村精一氏の六条御息所、藤岡忠美氏の明石上、石村正二氏の玉鬘、高橋和夫氏の朝顔斎院、秋山虔氏の宇治八宮と薫君、武田宗俊氏の匂宮、佐山済氏の横川僧都などが収められた）前後から、全国的にたとえば大学紀要の論考には、この種の人物論がようやく数多くなり、それはたしかな学問的方法として認められたかに見えた。

しかし、同時に、その間に、この方法の未熟さも至るところに暴露されたといってよい。それには、その出発点における方法論上の検討の足りなさにも一因があったであろうが、一人の人物に関する本文の叙述を丹念に洗い立てていき、広義においてその本文を解釈し、また時にその作品全体の構想主題との関係を論じてみたところで、その間には、人物論としてはとうてい触れ得ないような複雑な問題が幾多介在することもたしかである。人物は現代の小説のばあいのような完全な意味では作品の主題を荷い得ないことが多く、例のプレハーノフ式の典型論のあてはまる限度もたかの知れたものである。主題自身も複雑な外来的要素によって三重四重にふくれ上がっており、作者自身のもしそういうものがあるとすれば固有の直接的な観念には、どこまで皮をむいていけば達せられるのか、というような疑問は数限りなく現れてくる。昭和二七、八年以降、それまでのかなり形式的であった階級史観の援用に対する反省が起こったことと、一方、その他の古代特有の複雑な諸条件を文学形象の媒介物として慎重に考慮し始めたこととによって、当然、いわばストレートな人物論は著しく変貌せざるを得なかった。右に挙げたものの中に、すでにそうしたものがあるのであるが、それに次いで、たとえば民俗学的発想に拠った室伏信助氏の末摘花論や河北騰氏のやや似た明石上論、あるいは、物語の享受様式に重点を置いた清水好子氏の薫論などが見られるようになり、また後述の構想論と絡んだ人物論も多くなって、問題はいっそうの拡がりを示しつつある。

とはいえ、この人物論の核心である作者の個性的創造力の具体化として人物像を追究するという一点は、そのことによってけっしてはぐらかされたりしてはならないと思う。筆者の「女三宮の降嫁」(「文学」昭30・6、本著作集第二巻、所収)は人物の形象に関する、より微視的ないわば局面論とも称すべき一つの試みであるが、直ちに視点の異なる石田穣二氏によって反論を受け、また最近では秋山虔氏によっても批判を受けた。秋山氏自身も玉鬘論・薫論に引き続く近江君論、若菜巻論によって、右のような観点を貫こうとしておられるし、野村精一氏も若菜巻論、その他によって、やはり作者の創作方法の解明に志していられるようである。当然、多少の意見の相違はあるにしても、人物形象の問題がこうして種々の方向から、作者の創造性にかかわるものとして、ふかく検討される機運が訪れたことは喜ばしいことであろう。

そしてこの種の方法がほとんど極限に達したかと思われるものが、阿部秋生氏『源氏物語研究序説』上下（昭34）である。阿部氏には一定の史観や既成の理論体系ともいうべきものはない。というより、むしろ意識的に既成の匂いをもつ一切のものを、排除しつつ、対象に迫ろうとされる。筆者がかつて、階級の問題として提出した明石上の人間像は、紫式部の生活・階級と愛情との関係、仏教や民俗信仰の問題などあらゆる面から改めて隅々まで照明が当てられ、その意味が追究された。一人物の追究に、かくして原稿用紙一〇〇〇枚を要することを実証した点でも、この問題の容易でないことを思わせられるのである。

3

しかし、戦後の『源氏物語』研究の最大の問題点となったものは、昭和二五年頃から同三〇年頃までに及ぶ成立論論争であったといえよう。もっとも『源氏物語』の成立論は古来の須磨巻起筆説は別としても、すでに戦前にも見られるもので、大正一一年に発表された和辻哲郎「源氏物語について」（『日本精神史研究』所収）では、はじめて、桐壺・帚木両巻の連接関係に疑問が抱かれ、現存の巻序に固定する以前の「原《ウル》源氏物語」の存在を想像したのであった。その後、佐佐木信綱や与謝野晶子がこの両巻は後から書き足したものとかんたんに述べることもあったが、当時の国文学界では、一〇余年を経て、昭和一四年、阿部秋生氏がはじめて、この問題を正面から取り上げるまで、和辻説は、ほとんど顧みられなかった。

阿部氏は、登場人物が巻々によって有無のあることに着眼し、その人物と巻々との関係を整理することによって、若菜・紅葉賀・花宴・葵・賢木・花散里を含む「若菜グループ」と、帚木・空蟬・夕顔・末摘花・蓬生・関屋を含む「帚木グループ」との対立を認め、前者は後者よりも先に執筆されたと結論した（「源氏物語執筆の順序」―「国語と国文学」昭14・8、9）。時あたかも池田亀鑑氏を中心とする『校異源氏物語』作成の進行中であり、伝本集成と校合に全力をあげる文献学の学風は学界の中心的位置を占めており、たとえば『湖月抄』相手の文芸論的研究のごときはすべて砂上楼閣視されるがごとき状態であったという。阿部氏の研究は当時としては、孤独な道であったわけであるが、それだけに、貴重な業績というべきであった。このことは京都において、文献学者としての堀部正二氏と、それとはやや違った道を歩んだ玉上琢彌氏のばあいに照応するようであり、玉上氏が、阿部氏のこの論を受けて、翌年、その修正かたがた、定家の『奥入』に見える「輝く日の宮」巻の存在を、はじめて成立論に結びつけられたのも、肯かれるところであろう（「源語成立攷」―「国語国文」昭15・4、『源氏物語構想論』所収）。

戦後に入って、阿部氏は「源氏物語研究に於ける一問題」（「国語と国文学」昭22・10）を発表し、前説の発展整理の形で、全巻を一一のグループに分類、その各々に創作意識の相違にもとづく物語の筋や事件の性格の変貌のあとを見出すことによって、物語の本意なるものを、「物のあはれ」の一語で片づけることの危険を指摘し、全篇にわたる主題の動的展開の相のもとにそれを把握せねばならぬと主張したが、けだし、それは以後の成立論の中心的課題を、いち早く予言したものだったといってよい。しかし、成立論を、戦後の『源氏』研究最大の課題とした人は、阿部、玉上両氏に続いた武田宗俊氏と風巻景次郎氏とであった。すなわち昭和二五年、武田氏が「源氏物語の最初の形態」（「文学」昭25・6、7）を発表、以後数篇の力作を世に問い、これに前後して、風巻氏の「源氏物語の成立に関する試論1―6」（「文学」昭25・12、昭26・1、「国語国文」昭26・5、「文学」昭27・4、5、「北大文学部紀要」4号、昭30・3、「国語国文研究」昭31・3、後『日本文学史の研究』下巻所収）が加わるに及んで、学界は果然白熱的論争にまき込まれるに至った。

武田説の要点は、

1　玉鬘系（前記阿部氏の帚木グループに玉鬘以下一〇帖を加えたもの）の巻々は、紫上系（藤裏葉以前の巻々のうち、玉鬘系を除いたもの）の巻々より後で執筆挿入された。

2　若紫の直前に「輝く日の宮」があった。
3　少女と梅枝との間に欠巻Xを想定する。
4　竹河は紫式部原作ではない。
5　紅梅は早蕨の次に位置すべきである。
6　「並の巻」とは成立上後記挿入の巻の意味である。
などであり、風巻説は、
1　少女と梅枝との間にもとは一年間の出来事を書いた桜人があった。
2　玉鬘以下一〇帖は、桜人を除いたあとにあたらしく前後にひきのばし四年間の出来事として書いて入れたものである。
3　若紫の直前に「輝く日の宮」があった。
4　「輝く日の宮」が消失したのち、その並の巻であった帚木、空蟬、夕顔の中の帚木が代わってその位置を占め、後の二帖は帚木の並びとなった。
5　帚木三帖の成立は、まず空蟬の物語、夕顔の物語の順で書かれた後、両者の序として雨夜の品定めが附け加えられ、そのため空蟬の物語が二分し、前半は帚木の後半部、後半は現在の空蟬巻となった。
6　本系（武田氏のいう紫上系）の第一主題は皇族の物語で、白鳥処女説話の系譜をひき、理想の女性藤壺と貴公子光源氏とはついに相逢うことのできない宿命を負っている。
7　本系の第二主題は紫上・明石上を中心とする摂関家の物語であり、道長一門が背景となっている。
などを主要点としている。両氏の論には相互に小異があり、とくに風巻氏の後期における論点は、いちじるしく主題論に傾斜しているので、両者を等質的に扱うのは、やや無理なのであるが、当初の執筆順序を中心とする成立論プロパーに限っていえば、玉鬘系（風巻氏の「外伝」）が後記であることや、「輝く日の宮」の想定という骨子においては一致しているのであり、これに加うるに、池田亀鑑氏が、それよりやや先に、日本古典全書『源氏物語』の解題において、帚木・空蟬・夕顔の三帖の後記説を暗示、さらに『新講源氏物語』上において、重ねてやや詳しく、同趣旨の見解を述べたのであり、三者相俟って、強力な主張となったのであった。

これに続いて、さらに武田氏は、この成立論に拠りつつ、作品の基調論を試み、第一部・第二部・第三部と進むにしたがって「理想主義的・写実的・象徴的」と移ってゆき、第一部の中でも、先行する紫上系は浪漫的楽天的であるが、これにつづく玉鬘系は、写実的で悲観的要素が加わってくるとし、こうした基調の変化成長は、作者の宮廷奉仕の体験による現実の宮廷貴族の生活に対する洞察が深まった結果だと主張した（「源氏物語の本旨」―「文学」昭25・12）。また秋山氏も「源氏物語の主題はいかに発展しているか」（河出書房『日本文学講座古代後期』所収）において、武田説に拠りつつ、全篇の主題発展の跡をたどり、そこに歴史的人間である作者が、書くことによって現実批判や世界認識を深めていったゆえんを見ようとした。これら一連の論が出るに及んで、学界はにわかに賛否両論が渦を巻いて、大変な騒ぎとなったのである。

いったい武田氏、風巻氏らの方法が、客観的な文献操作に基礎づけられていたことは、その著しい長所であったが、その方法による推論には、作家が構想叙述等において、前後に矛盾を犯さず、常に合理的配慮に富んだものであるという一つの前提に大幅に立たざるを得ず（風巻氏はその前提自身にも綿密な検討を加えているが）、その合理性の解釈いかんによっては、非芸術的態度として、たやすく他から攻撃され得る性質のものであった。この方法が手放しの天才讃美論や、かくあるがゆえに尊しとするような信仰的態度に比して、明らかに一歩前進したものでありながら、とくにややキメの粗い武田氏の立論や表現が多くの反対論を誘発したところもあった。その反対者の中には、岡一男・森岡常夫・三宅清・吉川理吉・藤村潔・中村良作の諸氏のほか、さきには成立論の開拓者の一人であった玉上琢彌氏もおられる。その中、岡氏・吉川氏らのごとく正面から成立過程論そのものに取り組み、きびしい批判を通じて問題の所在を明白にするに与って力のあるものも若干あったし、また成立論を光源氏の容姿の描き方という側面から傍証しようとされた阿部氏の論（「光源氏の容姿」—「東京大学教養学部人文科学紀要」4）をはじめ、高橋和夫・秋山虔・岩下光雄など諸氏の賛成論ないし修正的意見も、あるいは山中裕氏のごとき史学者の年中行事の記述の相違を根拠とする、武田説への加担なども加えて、成立論そのものを対象としている点、建設的であったといえよう。

しかし、遺憾ながら、全体としてみれば、それらは必ずしも多くはなく、無駄なくりかえしか、あるいは成立順序論そのものではなく、武田氏の基調論、解釈論に絡んでなされたものが多かったのである。成立論プロパーについての検討が不充分であった割には、賛否の意志表示だけは雑音めいて賑やかだったという奇妙な現象は、成立論が基調論ないし主題論に発展し、それが貴族社会に対する理解のしかたの相違と絡んで、研究者の歴史的主体に例外なく対決を迫るものとなっていたからなのである。そして、それは、人によっては、武田説に対する賛否によって学界を「新派」と「旧派」とに分け、「新派撲滅」をさえ、公に文字にして憚らないところまでいってしまった。しかし、いうまでもなく、それはあまりに非学問的である。この「新派」がそのいわゆる「歴史意識」にうってつけの武田説を利用することにおいて、やや安易なものがあったと、「旧派」の一部の人の目に映ったような事情はたしかにあったであろう。筆者自身も含めて、「新派」と目された人々は、今となっては、そのことにつき、充分反省すべきだと思う。しかし、それも、武田説を一つの有力な仮説と認めた上でのことであったこともまたたしかであり、一つの有力な説が現われたばあい、その究極的な真実性が保証されないかぎり、絶対に依拠してはならないというのは、人文科学にとっては、むしろ不当ではあるまいか。仮説が真理であるか否かを検討される過程には、そうした現象も不可避ではあったと思う。

昭和三〇年を過ぎると、さしもの成立論争もいちおう鎮まった。新説に対する反論は次々と起こったが、それに対する有効な反駁も見られず、武田氏は沈黙し、池田氏は逝去され、風巻氏もまた主題論に傾斜した後、最近逝去された。その間、長谷川和子氏『源氏物語の研究』(昭33)のごとき綿密な作業によって、新説が洗い立てられた結論は否定的で、その方法の未熟さは覆い難いものとなった感がある。しかも、なお長谷川氏がそうした否定的結論の中から、なおも『源氏物語』の成立には、同種の複雑な事情が介在するという可能性までは否定できないといっておられるのは象徴的である。阿部氏の言を借りれば、「から傘の紙はぼろぼろになって、骨だけが残った」ような問題性の残存ということは否むべくもない。吉岡曠氏が、近来「輝く日の宮」をめぐって、再び武田、風巻説に加担する論を出しているのは、そのことを思わせるに充分である。

ところで右に述べた新説のうち、池田氏の論の根拠は武田・風巻両氏とは異なっていた。池田氏が、昭和初頭以来低部本文批判を支柱とする実証的文献学を提唱し、『古典の批判的処置に関する研究』上中下、『伊勢物語に就いての研究』上下によって巨歩を印し、とくに『源氏物語』については二〇〇〇〇冊に及ぶ諸伝本の博捜と批判をもとにした『校異源氏物語』(昭17)の完成や、『源氏物語に関する論考』(昭22)に続いて、不滅の金字塔『源氏物語大成』八冊(昭28—31)を、その死の直前に完成されたことは、おそらく定家の校勘事業にも匹敵すべき偉大な生涯の足跡であったといえるのであり、そのことについては、ここにあらためていう必要もないであろう。

右にいう成立論は、この諸業績のうち、主として最晩年の『源氏物語大成巻七　研究資料篇』の所説、および、それよりやや早い「源氏物語古系図の成立とその本文資料的価値について」(「学士院紀要」九の二)に見えるものであって、両者をまとめていえば、『伊行釈』の条項が、諸本によって所載順序や巻名を異にしたり、定家の『奥入』が例の「輝く日の宮」の存在を示唆するほか、条項の中には「万春楽のことば」のように、現存本では初音にあるべきものが、大島本・明融本等青表紙本巻末付載勘物の「第一次奥入」では少女に出で、これらを別冊にまとめたと思われる自筆本『奥入』その他の「第二次奥入」では、さらに竹河に移されていること、あるいは、竹河・紅梅両巻の順序が諸本によって浮動し、またとくに三条西実隆以前の成立にかかる古系図諸本の中に、「桜人・さむしろ・すもり」の巻名が見えたり（このうち「桜人」は『伊行釈』によって平安末における実在が明らかである）、蛍兵部卿宮の孫に当たる「巣守三位」や「蜻蛉式部卿宮」など現存本に見られない人物名と、その注記があることなど、多くの文献的事実を総合して、元の物語の筋を復元すると、匂宮・紅梅・竹河三帖を含めて、世代的に宇治十帖に相応する部分において、現存本よりはるかに巨大な量の物語が存在したことが想像され、結局、定家や河内家の本文整定以前の『源氏物語』の古い形態は、もともと巻名はなく、巻数も巻序も内容も現存本とはかなりの相違があり、「古系図・雲隠六帖・匂宮・紅梅・竹河諸巻はもとより、宇治十帖をも含めて、より巨大な物語の体系が、諸所にその片鱗をあらはしてゐる」といわれるのである。

この主張に対しても最近、前記岡一男氏らの反対論のほか、山脇毅氏・待井新一氏らによって、たとえば、第一次『奥入』・第二次『奥入』の成立順序はむしろ逆であるというような重要な批判が加えられ、筆者もその批判に同調する者である。またその他の点でも、多少の論理の飛躍を感ぜしめるものがあることはたしかであるけれども、全体としてみれば、やはり、重大な問題の提出であることに疑いはなく、池田説に「源氏の類」の概念を援用し、新資料「源氏小鑑」その他を用いることによって、浮舟物語に先行する「巣守物語」の存在を推定する稲賀敬二氏の試み（「源氏物語巣守巻考」―「広島大学文学部紀要」14号、「宇治十帖の成立に関する仮説」―「国語と国文学」昭34・2、など）も注目されるのである。しかし、同時にこの問題は、もはや、尋常の本文批判の方法によっては解決し難い領域に踏み込んだものというほかはなかった。池田氏や稲賀氏の論は、武田・風巻説が定家以後の物語本文を対象とすることにおいて打破し得なかった限界を打ち破ったかに見えながら、その武器たる文献資料は必ずしも充分ではなかったといえよう。今後それを補うに足るだけの確実な資料が発見されるか否かがこの仮説の成否を決するもののように思われるのであるが、その見通しは必ずしも明るくはないであろう（筆者が紹介した「光源氏物語本事」は、その乏しい資料の中の一つといえよう）。こうして、『源氏物語』成立に関する新説は、いずれも現在のところ、いちおう停頓状態に陥っているというほかないのであるが、しかし、かくしていったん意識された問題自身は、もはやたやすく解消し得る種類のものではなく、またそれが『源氏物語』の本質にとってもすこぶる重要なものである限り、今後も絶えず問題は蒸し返されるであろうし、また新しい角度から研究が推進されることが望ましいであろう。そして、こうした問題を提起した諸氏の努力は高く評価せねばならないと思う。

またこの成立論論争と絡んで、構想論が一際活発となったことも見落とすことはできない。『源氏物語』の構想に関しては、戦前から早く論があるところで、たとえば藤田徳太郎氏『源氏物語の構想』のごとき著書も出ているし、五十嵐力氏の『日本文学全史平安朝文学史』下や森岡常夫氏『源氏物語の研究』などにもさまざま論及されている。しかし、それらはまだ作者の執筆過程における主体的営為の問題としてではなく、むしろ、現存巻序そのままを作者の執筆過程と認めた上で、人物配置や事件進行を種々の型に分類するというような多分に形態論的なものであった。しかし前述の玉上琢彌氏の「源語成立攷」その他が戦後に至って『源氏物語構想論』の書名によってまとめられたとき、そこにはじめて、作者の主体的営為としての側面に重点を置いた構想論の設定があったと見てよいであろう。いうまでもなく、それは阿部氏の提起した執筆順序論と密接不可離な関係に立つものであった。武田・風巻・池田諸氏の論が、いずれも構想論的側面を濃厚にしたのは当然であり、池田氏はとくに前述の「源氏物語の構成と技法」あるいは、日本古典全書本『源氏物語』第一巻解題において、『源氏物語』の構想の基底が長篇的、短篇的な構想の併行的かつ統合的進行にあったと結論し、登場人物をも長篇的、短篇的の両種に分類して、それぞれの人物に即した「物語単元」の存在を主張され、また『新講源氏物語』上下では、それらの構想単元の連接関係を各巻において具体的に説明しようとされている。しかし執筆順序論と構想論とは必ずしも一致しないものであって、執筆の時点をではなく、作者の脳裡にプロットが懐胎された時点を追究することこそ真の構想論であるという主張が、ついで高橋和夫氏から提出され、「源氏物語における創作意識の進展について」（「国語と国文学」昭28・9）以下数篇の論文によってその実践がなされ、また同氏は最近では構想論の一環として新旧年立に検討を加えている。また高橋氏よりやや先には、仏教的立場からする多屋頼俊氏『源氏物語の思想』（昭27）の諸論考が物語の基底や構想を支配する仏教思想の網の目を具体的に指摘し、近代的合理主義による解釈に抗議しているのも忘れられない。こうして、昭和三〇年前後からは、先に述べた人物論も、こうした成立論ないし構想論的側面から照明が当てられることが多くなり、藤村潔・小穴規矩子・寺本美智子・小山敦子の諸氏の宇治十帖の登場人物を扱ったものや、花散里を扱った藤村潔氏、横笛巻を扱う吉岡曠氏らの論もまたしかりである。こうして『源氏物語』論の中心は、近来では成立論からこの種のさまざまの構想論に移りつつあるように思われるが、すでに、その将来性については、高橋氏が悲観的見通しを述べておられるところであって（「源氏物語構想論をどう考えるか」―「日本文学」昭35・7）、方法論における新しい視野が求められているようである。

4

戦後の『源氏物語』研究にとって、さらに一つ忘れることのできないのは、民俗学的研究であろう。日本の民俗学が、大正初年に柳田国男氏によってはじめて手がつけられてから、すでに半世紀、その間、柳田氏と折口信夫氏によって推し進められたこの新しい学問は、とくに古代文学研究の領域において、画期的な新しい視野を開拓した。柳田氏の多くの著作や折口氏の『古代文化』、高崎正秀氏『物語文学序説』などは、僻地に残存する伝承や民俗信仰によって類推される古代伝承や古代信仰を根底に踏まえることによって、文献や発掘品のみに頼る実証主義的史学や文献学の限界を大きく超える可能性を見出したのであった。しかし、戦前にあっては、民俗学自体の歴史の浅さと、これを遇するアカデミズムの文献至上主義の偏見とによって、民俗学的国文学はとかく独断的な異端邪説扱いをうけた。しかし、戦後、民俗学の民族性への鋭い洞察が気付かれてくるにつれて、日本史学におけると同様、民俗学は国文学研究において、新しくその意義が見直されてきたのである。

当面の『源氏物語』研究に限っていえば、戦後『日本文学啓蒙』とか『日本文学の発生序説』等に少しずつ発表された折口氏説は、その都度大きな関心を呼んだのであるが、『折口信夫全集』(三一巻、昭29―32)が刊行され、「日本の創意」「伝統・小説・愛情」「反省の文学源氏物語」「もののけ其他」「源氏物語における男女両主人公」「日本文学の戸籍」などによって、その『源氏』研究の全貌を知り得るようになった。そこでは、紫式部個人の作為性と、それを超える固有の伝承性との二重性格においてこの作品を捉え、この伝承性の中に、古代信仰に由来する貴種流離譚形式の構想から、主要人物としての「王氏」、また「女源氏」、あるいは光源氏という貴人に必然的である「色好みのもらる」など、折口説を特徴づけるさまざまの命題が現れ、それについて、ほとんど詩的とも評すべき幽玄にして艶麗な論考が展開され、その古代的薫染によって人を強く魅惑するものがある。高崎正秀氏もまた師説を継いで「源氏物語の成立」(「日本文学論究」6、7号)・「中古文学史の断層」(「国語と国文学」昭24・4)・「源氏物語の成立」(民俗文学講座四)他数篇によって、『源氏物語』の伝承性をさらに豊富な資料によって跡づけた。両氏の論に多少の相違はあるが(高崎氏の論は折口氏が認められた作為性の面をほとんど無視されているように思われる)、その基本的な点は『源氏物語』がその背後に古代信仰や民俗伝承をどっしりと背負い込んでおり、その成立には、長年月にわたる集団の参加があり、その発想や文学性も紫式部の個性というよりは、むしろ、そうした古代共同体的な制作であり、とくに古代信仰の反映として把える要があるということである。最近では折口門下の山本健吉氏らが「古典と現代文学」などにおいて、この趣旨に添って積極的な発言をしていることは、周知のことである。しかもこの学派の見解は、右にのべた原作の删修を推定する池田氏の文献学的結論にも通じてくることも明らかである。池田説は、いちはやい折口氏の直観的洞察を文献によって立証したにすぎぬとする説も出るゆえんであった。

こうして民俗学が古代文学研究に新しい領域を切り拓きながら、しかし、現在のところ、まだ充分に説得力を有し得ないのも事実であるが、それは、個々の推論の過程において、往々にして文献的事実を無視する武断や論理の飛躍がありがちだということのほかに、基本的な問題としては、たとえば秋山虔氏の次のような言によって明らかなものがあるだろう。

源氏物語を伝誦的なものに解体してしまうことによって、その十一世紀初頭という特定の時期における一回性的な成立の秘密は、ほとんど顧みられなくなる。その成立の時点の現実との関係が問われないのである。もちろん、文学的作品として定着したものの背後に分厚く生きつづける固有信仰を究明することは、たしかに源氏物語を古代性においてとらえるのに不可避の道であるにはちがいないのであろう。こうした観点は今後いよいよ重要さを増すことが予想されるが、伝承というものはそれじたいとして生きながらえる有機体ではあるまい。変わらないような形態をもちつつはげしく変化して行くのであって、というより変化発展の形式として不変的な性格をも保持しているのであろう。高崎博士が――折口博士もそうであるが――縦横無尽に古伝承の世界を遊弋されるとき、そこでは歴史的時間は静止する。かえって具体的な生きた生活史が捨象されてしまっているという印象をもたせられるのである。文学を信仰や伝承のくびきから解放させるものは何か。そうした場合の個人の役割は如何。伝統を媒介することによって新たなる伝統をつくりかえて行く人間の創造をどの様に歴史的に解明していったらよいのであろうか、等々の疑問にこたえてくれる民俗学的国文学の研究が期待されている（「源氏物語の歴史」―「解釈と鑑賞」昭32・10）。

おそらくこうした批判は、民俗学に対するもっとも一般的なそれであると思われ、またこうした欠陥に気付きつつ、民俗学的発想を歴史社会学的方法の中に吸収せしめようと努力した人にたとえば風巻景次郎氏や西郷信綱氏がある。前述の「源氏物語の成立に関する試論Ⅲ」における若紫巻の主題論において、それを「皇室家族圏の物語」で「雲上絵巻」とする理解のしかたには、折口氏の「王氏物」「紫の物語」などの把え方を修正発展せしめた跡が明らかに看取できるのであり、また西郷氏の『詩の発生』（昭35）の論考は主として古代前期を対象としたものではあるが、一貫してそうした意欲が示され、「源氏物語のもののけについて」の一篇も示唆的である。また高崎門下の室伏信助氏の「源氏物語の発端とその周辺」（「国学院雑誌」58の2）も「もののまぎれ」の考察を通じて、歴史的社会的諸条件への配慮に努めている点、民俗学の側からの新しい努力を見ることができ、そこに有望な将来を見通すことができるのではあるまいか。民俗学と国文学研究とは、さらに共同の討議と研究の場を広くするべきであろう。

5

作品論的研究の一面として、近来重要な問題として浮かび上がったのは、その享受の問題であろう。その開拓者は玉上琢彌氏である。

玉上氏は前述のごとく、成立論の初期に有力な発言をされたのであるが、戦後、それが、文献資料が乏しく根拠薄弱なものを頼りにしていた点を軽率であったと反省し、また、もはやそのような成立論には関心のないことを表明し、新しく、物語の享受が具体的にいかなるものであったかを考察することに、関心の重点を移されたのである。そこから氏独特の物語文学観が生まれた。「物語音読論序説」（「国語国文」昭25・12）、「源氏物語の構成」（「国語国文」昭27・6）以下の諸論文の要旨をいえば、物語は「文学」ではなく女子供の玩弄物で、現代でいえば通俗小説にすぎない。物語は絵とともに鑑賞される紙芝居のようなものなのであって、テキストからいえば、『源氏物語』

以前の昔物語では、話の骨格だけを記した真名本を、女房が用いる際にはテキストにない細部はばあいに応じて自由に話し変えていた。ところが『源氏物語』に至って、はじめて朗読者の女房が作者になり、ために話し手の自由領域の隅々まで文字で指定してしまった。ここに物語文学が誕生した。しかしそれは、右のような本質上、光源氏の外伝（私的世界）しか描かれず、正伝ともいうべき公的政治的生活は作品の背後に潜んで読者の暗黙の諒解のもとに外伝の事件全体を「支えて」いる——というのである。この骨子によって、氏はさらに、物語絵や屏風絵が逆に物語の文章を規定したり、語り手の女房の投入語的なものが草子地に混入したりする跡を見出そうとし、また語り手の意識に基づく敬語法の諸段階を刻明に分析したり（「屏風絵と歌と物語と」—「国語国文」昭28・1、「敬語の文学的考察」—「国語国文」昭27・3）され、それらの豊富な新説は『源氏物語評釈』にまとめられた。この説は門下の諸氏によって、文体論・人物論・語法論・構想論等さまざまの方向に発展せしめられ、とくに清水好子氏の「物語の文体」（「国語国文」昭24・8）、「源氏物語の作風」（「国語国文」昭28・1）以下の労作は有益である。これらの論には、とくに、物語が絵画の存在によって逆に規制されるという主張の中に、かなり大きな行き過ぎが見られ、その点、武者小路穣氏「物語と物語絵」（「日本文学」昭35・7）などによって指摘されたような欠陥もあるのではあるが、しかし総じて見れば、玉上説が右のように新しい研究領域を開拓した功は大きく評価すべきであるといえる。にもかかわらず、一方では、氏がこうして享受面に研究の重点を置かれたことは、勢い作者の主体的な側面を過度に軽視する結果をも生じているようであり、先に述べた物語は女子供の玩弄物で、今日でいう通俗小説であったとする規定は、それを明白に物語っている。そうした物語文学一般の有した社会的機能を、そのまま『源氏物語』の本質と重ね合わせるところに、やはり、ひところの歴史社会学派と同様の、個を一般に解消するという論理の飛躍が見られはしないだろうか。作者が読者の顔色をうかがいながら書き進める面だけを強調するのは、『源氏物語』というすぐれた個性的作品を、あえて凡俗の世界に引き下げるに近いわざであり、十重二十重の歴史的制約のもとにありながら、それに妥協し屈服し切らないで、魂の真実を語る作家の創造的主体の側面は、その追究がいかに困難に満ちていようとも、だからとて、それを回避したり、また頭から古代社会の共同体的構造という口実に隠れて、それを軽視するにはあまりに重大だと思われる。

秋山虔氏の二、三の『源氏物語』論（岩波講座『文学』第六巻、東京大学出版会『日本文学講座第四巻日本の小説1』、日本文学協会編『日本文学の伝統と創造』所収論文）や、これとやや視点を異にした安川定男氏の論（「源氏物語についての覚書」―「文学」昭29・2、「源氏物語における作者の創造力の進展について」―「中央大学文学部紀要」(1)12）などはこうした創造的主体の問題に力点を置いたものであるが、それらが玉上氏その他の論と対蹠的にさえ見えることは、けっして祝福すべきことではあるまい。それらが相互に謙虚に学び合うことによってのみ、新しい高次な作品論は生まれる可能性があるであろう。

6

最後に、我々はこの間において特筆すべき若干の出版物について述べねばならない。吉沢義則・木下正雄両氏著『対校源氏物語用語索引』上下（昭27）と、『源氏物語大成巻四巻五索引篇』（昭28）の二種の総索引の出現は、校本の完成とともに、『源氏』研究史に文字通りの画期をなす事柄であり、このことによって、以後、語彙語法論はいうまでもなく、構想論、表現論の万般にわたって、確実精緻な研究がはじめて可能となった。多年にわたって、その蔭にあって尽力を惜しまれなかった方々に対しふかく感謝しなければならない。またこれに続く北山谿太氏『源氏物語辞典』（昭32）、さらに多数者の協力による『源氏物語事典』上下（昭35）の両者が、語彙と事項の両側面から、主要な先人の説を含めて、研究史・有職故実・引歌その他あらゆる面にわたって豊富な資料を提供していることは、まさに今後の研究にとっての宝典が用意されたともいいうるであろう。またもし今後さらに、故池田亀鑑氏が生前完成されたと聞く『源氏物語諸注大成』が出版される日が来るなら、これに過ぎる学界の慶びはないのであり、国家なり公共団体なりによってそのことが積極的に支援されることが切望される。さらにまた、池田亀鑑氏による日本古典全書本『源氏物語』七巻の完成のほか、山岸徳平氏の日本古典文学大系本『源氏物語』五巻、松尾聰氏『全釈源氏物語』五巻（予定）等のすぐれたテキストや懇切な注釈の刊行が進んでいることについても、我々はふかい感謝を捧げなければならない。この世界的古典が原典のままでようやく真に国民のものとなる手がかりが与えられたように思うからである。

しかしともかく、こうして一〇〇〇年にわたる『源氏物語』研究史は、戦後一五年間において、やはりまぎれもなく飛躍的な進展を遂げたといえるのである。そして我々は、今や、こうした近年の研究の進展そのものすらも、新しい過去の研究史の重圧として感ずるほかないような宿命を背負っている。その重圧に屈せず、どこまでも自己の研究主体を堅持することは生易しいことではあるまい。それは、やはり、刻々に動く今日の現実あるいは人間問題を、研究者としての意識の一方にあくまでも見失わないことによってのみ、可能なのではないだろうか。もちろん日々の現実と古典研究の世界が直接的に結びつくわけではない。しかし、少なくとも古典研究という作業を支える主体的エネルギーは、けっして自己目的的、あるいは超越的無条件的なものとしては生まれ得ないだろう。それは多少とも本質的な意味での現実や人間に対する関心を裏返しにしたような古典研究であるはずであろうし、またそのかぎりにおいて、それは研究者の、いきいきとした主体的欲求に応じて、問題とその解決の方法とを次々に生み出してくるであろう。また、そのことを信じなければ、我々はもはや単なる職人的諸説紹介業者になり下がるほかはないのである。

源氏物語の作者——その研究史の概観

すでに、本誌「国語と国文学」では、昭和二七年一〇月の小特輯号で、池田亀鑑博士が「紫式部論の歴史と展望」と題して、式部論の問題点や方法について、深い考察を加えておられるのであるが、今、与えられた課題の意味は、やや別のところにあるらしい。つまり近頃、『源氏物語』の作者すなわち紫式部という公式が、いろいろの限定なしにそのままでは通用し難くなってきているので、作者がはたして紫式部なのかどうか、あるいはまた、その数は単数か複数か、また、複数ならばどういう意味でそうなのか、などという問題にまで遡って、そこから紫式部の伝記その他さまざまの論議にまで筋を辿ろうというわけであろう。しかし従来の研究は、古い伝説を含めて、そういう点では、実におびただしい豊富な材料をかかえ込んでいるわけで、以下の簡単な概観が、おそらく研究史全貌の一斑にも当たらないものであることを懼れざるを得ない。また、小稿は、問題を作者の伝記ないし人間論とでもいうべき面に限るほかなく、『源氏物語』という作品を材料とした作家論には立ち入らないことをあらかじめお断りしておく。

1

『源氏物語』の主要な作者が紫式部という実在の人物であることを疑う人は、古来まったくいないといってよいであろう。しかし、五四帖のことごとくが紫式部の筆かどうかになると、論はたちまち岐《わか》れる。

その第一は、橋姫以下宇治十帖の別筆説であって、古くは『細流抄』所引一説に、「文体前にはかはれり、紫式部が筆にあらず」とて、式部の娘の大弐三位なりとするのであるが、これは、『細流抄』の著者も、「是は態文体をかへたる也。時四代、年七十年余の事を書る故に、其間には人の詞づかひなども不レ知してかはりもて行、末代になるおもむきを見せたる也。尤式部が筆なるべし」と否定しているのをはじめとして、大勢としては以後長く取り上げられなかったが、その中で伊勢貞丈が、「源氏物語ひとりごち」において、宇治十帖に、匂宮・紅梅・竹河の三帖を加えて、やはり文体の相違を根拠として、別筆論を立てているのが、江戸末までの学者の中では例外といえよう。しかし明治以降では、与謝野晶子が、文体の悪化や和歌の減少を理由に、新しく若菜上巻以降別筆論を立て(「太陽」1号2号、昭3)、小林栄子氏は同じく、匂宮以下三帖は悪文であり、宇治十帖はなげやりのところがあって、それ以前と趣向の重複が多いことを理由とする(『源氏伊勢新研究』昭10)。また、近くは、五島美代子氏が、幻・匂宮・紅梅・竹河の四帖は一人ないし三人ぐらいの別人、宇治十帖はこれとは異なった人であるといい、理由としては、前記の文体等以外に、主題の相違や、巻頭巻尾の形式の相違などをあげている(昭和23年秋、東大研究室、金曜会例会の発表)。また阿部秋生氏も、素材と創作態度との関係から、宇治十帖は、素材の選択や検討において、正篇より曖昧で、「異質の粗雑な頭の所有者が書いたのではないかと疑へば疑へる」(「宇治十帖の作者」―「解釈と鑑賞」昭24・3)といい、さらに風巻景次郎氏もかつて別筆論をとっておられたと聞く等々、一筆とする通説にくらべれば、ほとんどとるに足らないくらいのものであるが、それでも以前に比べると、別人作の疑いは近来かえって強くなって来ている観がある。

今、ここでこの論の当否について論ずる余裕はまったくないが、こうした別筆論に対して反対する人々は、多くは、宣長の権威に隠れて、それを黙殺するか、あるいは島津久基博士のごとく、あれほどの大天才が同時代に二人も出るということは不可能だといった式の、かなり論理的でないいい方で軽く済まして来たことが多いように思われる。その中では、中村良作氏の別筆説否定の論（「宇治十帖の作者」―「広島女子短大紀要」第3、昭27）のごときが、もっとも正面切った立論といえよう。氏は小林・与謝野説に反駁して、(1)『更級日記』には別人作につきふれていない。(2)宇治十帖には前篇と緊密な構想上の連絡がある。(3)構想の類似はむしろ同一人であることの証である。(4)伏線の技巧も前篇と同じである等々数条の同一人説の根拠をあげている。しかし、たとえば五島氏の巻頭巻尾の形式の比較論のごときは、その後に発表された武田宗俊氏の方法にも似ており、なお別個に考慮すべき問題を孕んでいるようであり、最近、大野晋氏の直話によると、宇治十帖におけるある種の副詞の意義や使用法が前篇と相違しているよしであって、それがはたして何を意味するか、興味深い問題だと思われる。

次に、橋姫以下は式部原作と認め、とくに、匂宮・紅梅・竹河の三帖に疑いを持つ説としては、池田博士の説が第一にあげられよう。すなわち古系図の研究を手がかりとして現紅梅と古本巣守とを比較して、両者の祖本「原紅梅」の存在を推定し、現紅梅は別人作とする（「源氏物語古系図の成立とその本文資料的価値について」―「学士院紀要」九ノ2、昭26）。さらに、匂宮については、(1)新しい物語の展開がない。(2)末尾の文章が作為的である。(3)他巻と異なり漢文的修辞法がある。(4)紅梅・竹河二巻との巻序に古来から問題がある等を理由として別人説をとり、また文体や構想上竹河巻も、匂宮巻と同一人の手になったと見る（『新講源氏物語』(下)、昭26）。また、それより早く、武田宗俊氏も、官位の矛盾その他三箇条によって、竹河巻偽作説を、出している（「竹河の巻について」―「国語と国文学」昭24・8）。これらの論は、喧しい『源氏物語』成立論争の一環として、三宅清・岡一男氏らの反対論を呼んだことについては、ここにあらためて述べるまでもあるまい。このほか、藤村潔氏も丹念な内部考証によって、竹河偽作説を批判し（『源氏物語宇治十帖の研究』昭31）、岡氏は、池田博士の「原紅梅」推定説に対しても、最近反対している（「源氏物語の成立」―「国文学」創刊号、昭31）。同じく後人補筆説を出しながら、これらの文献学的方法に拠らず、民俗学に立っている説に、折口信夫氏がある。氏は語法その他からみても、全篇に書き足しの部分が多く、若紫とそれに関連のある巻々は紫式部の作だが、宇治十帖は作者が分からないといい、(「座談会、源氏物語研究」―「三田文学」昭26・9、10)、また、例の大弐三位説も否定すべき確実な根拠はなく、『河海抄』にいう「法成寺入道関白奥書を書かれて云、此物語……老比丘尼筆を加ふる所なり」の文字を引き、さらに、『袋草子』に伝える『源氏物語』中の為時の歌「我ひとりながむと思ひし山里に思ふことなき月もすみけり」(現存本にはなし)の存在、また式部一筆に疑いをもっている「寒川入道筆記」などの記述を併せあげて、中世隠者の手が加わっている証拠とし、たとえ式部一筆としても、古歌や古物語を集成した部分が多く、そういう意味で、作者の複数ということが考えられると結んでいる(国学院大学講義)。つまり、古代における文芸には、個人の創作的要素よりも、むしろ共同体的制作の要素が多いという見地から、紫式部を、女房階級から中世隠者の流れにまで拡大したものといってよい。この論を継承しさらに発展させたのが高崎正秀氏である。氏は女主人公紫上の見出されたのは北山の聖水の地で、それは同じく聖水の地紫野に関連があり、作者紫式部とは、そこに住む「紫の物語」の語り部の末流であるとする(「源氏物語の成立」―「日本文学論究」六号、七号)。この説は、あるいは桜井秀氏によって紹介された、畑民部の「四方の硯」にいう紫式部の名は紫野雲林院境内に居住したことによるとの説にでも示唆を得られたものであろうか(「紫式部伝」―「わか竹」3―10、大6)。近来、伊藤整氏・山本健吉氏等中堅的な批評家が、折口説に随って、古典の共同体的・没個性的性格を強調し、『源氏物語』もまたそのような成立をもったものとしているが、右のような、折口・高崎説にしばしば見える論理的飛躍についてはしばらく問わぬにしても、そのことが直ちに、作者の個性的創作主体を無視してよいということにはならないのであって、共同体的な制作と享受の場にありながら、一人一人の作者たちは、やはり古代は古代なりに個々に、それぞれの多少とも異なった諸条件のもとに、異なった主体を燃焼させていたことは否定できないと思う。共同体的といい個性的といい、その実体はそれぞれの具体的な歴史の諸段階に応じて目盛が読み取られるべきであって、一律に「古典」すなわち没個性的という烙印を捺して済ますのは、慎むべきであろう。また、平安時代中期はすでにそうした相対的意味における個性が、創作主体の中に充分成長していた時代でもあった。

以上、作者一人説、多数説について述べたが、その結論はもちろん急には出ないだろう。しかし、少なくとも、紫式部が終始ただ一人ですべてを書き上げ、後人の加筆もまったくないとはいい切れないことは、諸本の間に注釈的異文がかなりあることによっても想像できるのではあるまいか。今後の問題は、その加筆部分の具体的な指摘の方法を探し出すことにあると思う。

2

紫式部の伝記研究は、終戦前までの紫式部論の中心であった。紫式部の素姓などは、早く『河海抄』以前から云々されていたことであるが、それが学問的に組み立てられたのは、いうまでもなく安藤為章の『紫家七論』であった。それまで見捨てられていた日記を第一資料として用いることにより、為章は中世伝説の雲を破って見せた。『宇治大納言物語』にいう為時原作説や、前述の道長加筆説を斥け、生存年代にあらましの見当（天元元年―長元四年以前）をつけ、宣孝との結婚や死別（長保三年四月二五日）以後の寡居生活から、寛弘二、三年頃宮廷出仕前に『源氏物語』は成ったとした。式部伝の礎石はここに初めて置かれ、以後のすべての伝記研究はこの修正と発展にほかならない。

『七論』説の修正点の一は子女の問題であり、為章が大弐三位と越後弁との二女を認めたのに対して、石村貞吉氏が両者は同一人物であることを述べ（「紫式部と大弐三位」―「国語と国文学」昭2・12）て以来、それは定説となった。

第二点は彰子中宮への出仕年代である。この点が伝記の中でも、もっとも喧しい論争の中心になったのは、事柄が比較的些末なだけに今日では異様な感じを与えるのである。為章は、寛弘五年一二月二九日の条に「師走の廿九日にまいる。初めて参りしも今宵のことぞかし」とあり、かつ、寛弘六年夏の楽府進講の条に「一昨年の夏より」云々とあるので、初出仕は、四年夏以前の一二月二九日、すなわち、寛弘三年、もしくは二年の一二月二九日と考えたのであった。以後、壺井義知「紫式部日記旁注」、清水宣昭「紫式部日記釈」ともに寛弘三年とし、与謝野説もまた然りとする。これに対し足立稲直は、右に引いた五年末の「初めて参りしも今宵のことぞかし」の文によって、寛弘四年一二月二九日初出仕と断じ、これに障碍となる四年夏の楽府進講は出仕以前の臨時の出講であると弁じたが、この説は当時異説として影が薄かったのである。この稲直説を再び採り上げたのは今小路覚瑞氏であり、「紫式部宮仕年代考」(「国語国文研究」30号、32号)では、先に有力となっていた関根正直の書翰攙入説を稲直説に組み合わせることによって、例の楽府進講は書翰の部分にあり、その部分は寛弘七年以降の成立(大江匡衡を丹波守とするが、彼の丹波守叙任はこの年)であるから、「一昨年の夏より」進講を始めたとは、寛弘五年もしくは、それ以後の夏からの意であり、四年一二月出仕後のことで、支障がないとした。この説は、石村氏・島津氏等によって支持され、以後しばらく定説となった観があった。しかし、この今小路氏の説の種々の証拠は、後に益田勝実氏もいっているように、四年を必然とする積極的根拠になり難いものであったので(『紫式部日記の新展望』昭26)、やがて岡一男氏により、新しく寛弘二年説が主張されることとなった(「紫式部宮仕年代私考」『古典と作家』昭18所収)。すなわち岡氏は、一つには寛弘五年一一月の臨時祭の記事中、神楽の人長兼時が「去年まではいとつきづきしげなりしを」今年はいたく衰えてしまったと、あわれんでいるところから、紫式部はすでにその前年四年一一月の賀茂祭には宮仕していたはずで、とすれば、それ以前の年の一二月二九日の出仕でなければならぬとし、また一つには、『伊勢大輔集』中、「古の奈良の都の八重桜」の歌の詞書に、「今年のとり入れは今参りぞ」云々とあって、紫式部が大輔を自身と比べて新参者扱いしているが、大輔の出仕は『紫式部日記』や『伊勢大輔集』の詞書によって、寛弘四年四月と察せられるので、式部の初出仕はそれ以後の四年一二月はもちろんのこと、大輔よりもわずか四箇月早いくらいの寛弘三年一二月でも無理であって、結局、寛弘二年一二月二九日であろうとする。しかしこの『伊勢大輔集』を根拠とする推論過程中にも、益田勝実氏の指摘するような飛躍があるようであり、かつまた、池田博士によれば、『伊勢大輔集』中、古本系のものには、先にあげた詞書の中「今まゐり」云々の文章の無いものがあるとのことであって（益田氏前掲書）、『伊勢大輔集』の取り扱いについてはなお問題が多く、積極的に二年説が立証されたとするには至っていないのである。しかし、兼時の衰えたことを新しく材料としたことによって、四年説はほとんど致命的な打撃を受けたといってよく、そのため、今のところでは、再び為章二、三年説のふり出しに戻った形である。

伝記研究の第三点は生歿年時である。前述のごとく、為章は天元元年出生説の祖のように扱われているのであるが、彼の論旨は、日記の寛弘五年に、式部自ら「さだすぎぬるをかうにて」云々といっているのを手がかりとし、これを『栄花物語』殿上花見に、中宮威子が三一、二歳で自ら同様に「さだすぎ」と考えていることを思い合わすべきだといっているだけなので、もともとしごく大まかな見当だったのである。しかし、これをほかに拠り処もないままに、逆算して、堀秀成は貞元元年生まれとし（大日本史）、また与謝野晶子はそれより二年引き下げて、天元元年生まれとしたのが、それ以後の通説なので、石村貞吉、島津久基、中村良作、関みさをの各氏すべて、これに従っている。もっとも中には梅沢和軒のごとく、さらに一〇年ほど出生を遡らせる説もある（「清少納言と紫式部」但し筆者この書未見のため、その理由を明らかにできない）。ところが岡一男氏は、日記の記事や、家族の調査から式部を惟規の姉と考え、惟規の生まれた天延二年の前年の天延元年に生まれたとして、通説よりも五年、出生をくり上げ、このことによって、不自然なほどの宣孝との年齢差が、少し縮まるとともに、物語執筆の期間も二九歳以後、人間としての円熟期に入ってからといえるという新説を出している（「紫式部歿年新考」『古典と作家』所収）。

次に歿年についても諸説がある。『七論』では『栄花物語』万寿二年八月三日の記事中「大宮の御方の紫式部の女越後の弁」云々とあるのを、式部の生存を示すものとし、同じく長元四年九月上東門院住吉参詣の記事中に、他の女房の名のみあって、式部の名のないのを、その死去の証として、万寿二年（一〇二五）―長元四年（一〇三一）間の卒去を推定している。次いで与謝野晶子は「大宮の御方の紫式部の女越後弁」の文字は、弁の出自を示すだけで、紫式部の生存を示すものにはならぬとし、兄の惟規の死後、長和三年秋に、父為時が越後守を辞して帰京したこと（これは家集の「いづかたの雲路ときかば」の歌の詞書による）、および、長和五年四月二九日為時の出家のことを考え合わせて、この出家が惟規に次ぐ式部の死去によるものであろうと推し、よって式部の死を長和五年春三八歳とした。この説は、やがて、長和四年末までを卒時期の範囲に含ませることによって、石村氏、河岡新兵衛氏、島津久基博士等に支持され、その間には、石村氏の紹介された『日本世紀』長和二年五月二七日条の記事（実は『小右記』の紛れ込んだもの）によって、それまでの式部の生存が確証されることなどがあった。

この通説に対して、ここでも新しく長和三年四二歳卒の異説を立てたのは岡一男氏であった。すなわち岡氏は、与謝野説の根拠の一つであった「いづかたの雲路ときかば」の歌は、その家集中におかれている配列順序によって、実は長徳三、四年頃の詠であって、晶子のいう長和三年のものでないことは明白で、惟規卒去云々の証にはなし難いとし、次に、尾上柴舟蔵古写「三十六人集」の『平兼盛集』巻末の佚名家集（これを、岡氏は頼宗集と推定する）の一二首のうち一首の詞書に「同じ宮（彰子）の藤式部、親の田舎なりけるに、いかになどかきたりける文を、式部の君なくなりて、そのむすめ見侍りて、物思ひ侍りける頃……」とあるほか、他の一一首の成立年時をも考証して、式部が越後にいる父に歌を贈ったのを長和三年正月と推定し、翌二月四二歳で卒したとするのである。この推論過程は紆余曲折を経ており、とくに佚名家集を『頼宗集』と決定することについては、なお議論の余地が残るのではないかと思われるが、それにしても新資料によって、卒去年時の範囲をさらに追いつめたことは、大きな業績であった。

また、岡氏以外に、吉川理吉氏も与謝野説の長和五年死去説の根拠をいずれも理由薄弱とし、さらに石村氏が式部が父為時よりも早く死んだことの証としてあげた定家筆『四条中納言定頼集』中の「為時弁也、紫式部歿後祖父存生之間歟」（佐佐木信綱博士が「源氏物語の古写本」—「国語と国文学」大15・10に紹介したもの）とある文字も、定家筆に擬した後人の偽筆であろうと疑った上、『伊勢大輔集』の中、「心ざし君にかくるるともし火の同じ光にあふがうれしき」の詞書に、「紫式部清水にこもりたりしに参りあひて、院の御れうにもろともにみあかし奉りしを見て、しきみの葉にかきてをこせたりし」とあるのを検討し、これは彰子が院とよばれるようになる皇太后、太皇太后時代以後の作で、長和元年以後のものであり、また、大輔は式部より一〇歳ばかり年少らしいから、歌の内容からみて大輔も三〇歳近いと思われる（あまり若い女房に、式部がこのような歌を与えるとは考えられないので）。とすると、式部も四〇歳近く、また式部が大輔へおくった「おく山の松葉にかかる雪よりもわが身よにふるほどぞはかなき」の歌の落莫感も、そうした年代以後の年齢を反映しているといい、長和五年生存説を立てている（「紫式部の後年」—「国語国文」昭24・2）。しかし、この和歌をめぐる推論方法には多分に印象批評的なものが見え、疑問があると思う。また、中村良作氏も、史実の準拠を論じて著作時期を寛仁二年八月以後まで降らせている（「源氏物語著作時期考」—「国語国文」昭17・5、6）が、同じ方法で山中裕氏が異なった結論に達していられる（「源氏物語の成立年代に関する一考察」—「国語と国文学」昭26・9）のも参考とすべきであり、また、これらの障碍たるべき与謝野説や、岡説に対する反証も充分とはいえず、論証方法がやや一面的であるとの観を免れないのではなかろうか。

伝記研究の第四点としては、古来からの紫式部名義考がある。古く『袋草子』は(1)若紫巻のすぐれていること、(2)女主人公紫上の描写がすぐれていることの二点をあげ、『河海抄』では(3)式部が一条天皇の乳母子で、天皇が自分のゆかりの者であるから大事にしてやるようにといって、彰子へ奉られた、(4)藤式部の名が幽玄でないので、藤花のゆかりで紫と改めた等という、ともに「武蔵野の」の古歌に因んだ二説をあげている。この(3)と(4)とが根拠のないことは、定説となっているが、(1)(2)は萩原広道が、

この物語作り出でて後に、他より始めて紫とはかうぶらせつらんとぞ覚ゆる。もしくは公任卿の戯れたまへるなどや、その始めなるらん。よしさらずとも、他のつけて呼びたるが、何となく拡まれるなるべし（『源氏物語評釈』）

といっているとおり、当時の宮廷において『源氏物語』が好評を博したことのあらわれとして「紫式部」の名を見るところに、うち消し難い妥当性を持っているのであって、現在も、この広道の説はだいたいそのまま認められていると思われる。いうまでもなく、この「公任卿の戯れたまへる」とは、寛弘五年一一月五日条の、有名な公任が「あなかしここのわたりに若紫やさぶらふ」といって伺い歩いたことを指すが、最近、萩谷朴氏がこれにつき、『紫式部日記絵詞』の本文を参考にして、「若紫」ではなく「我が紫」であり、それまで藤式部と呼ばれた式部が、万人注視の中で、才人公任に「おれの紫はいるかい」と呼びかけられたことによって、こういう呼び名が生まれたといっている（「紫式部日記絵詞とその本文価値」『論叢紫式部日記』所収）のは注目すべきであろう。

また「式部」の由来も、従来は、兄惟規の官名によるとされていたが、島津博士は、これを惟規の式部丞叙任は寛弘五年七月一八日以後であるから、父為時の永観寛和頃の旧官名によるものとした（「紫式部名義考」『源氏物語新考』所収）。この説は、前述の惟規を式部の弟とする岡説とも関連のあるところで、動かし難いと思う。

3

以上のような個々の考証から、さらに進んで統一的な紫式部の人間論を試みたのは、やはり『紫家七論』が最初であった。中世の式部観があるいは観音の化身といい、あるいは好色の堕地獄者となし、いずれも非合理の中に伝

説化していたのに対し、『七論』では、初めて式部の人間を正しく掘り出そうとしたものであった。しかしすでに述べたように伝記考証面であれだけの画期的業績を挙げながら、肝腎の人物論では、やはり自らの儒教的観念に捉われないわけにはいかなかった。中世古註の好色者説や、『尊卑分脈』や、『岷江入楚』その他の系図にある「道長公妾也」の伝を排するに際し、日記中の道長との贈答歌その他を引き、式部は道長の誘惑を斥けた「其の貞節たふとむべくあはれむべき」女性で、そのすぐれた才学とともに「才徳兼備」の賢女であり、そうした人物を作りあげたものとして、七つの好条件——1、父の学者為時　2、聡明の資質　3、広く深い和漢の教養　4、宮廷行儀についての深い経験　5、時代が文化の全盛期であったこと　6、地方旅行による見聞の広いこと　7、中流階級に生まれたこと——をあげている。この後半の「七事共具」のことは、今日のいわゆる「環境論」ともいうべきもので、当時として、まことに卓見であったに違いない。しかし、その貞女説は、たとえ好色説に反駁するためのものであったとしたところで、やはり江戸儒者臭を遺憾なく発揮したものであった。しかし江戸時代にはこれに対しては、積極的な反論もなかったが、明治に入ると、藤岡作太郎が、「時流の弊を矯めんとして、已また時流の中に陥れるもの、なほ儒家の偏見を免れず」とし、道長を拒んだことについても、

後世のいわゆる貞操の観念より出でたりや（略）式部がその夫を重ねざりしは、後も遂げざる契に捨てられて、世の物わらひとならん事を恐るればなり。節義よりも深慮なり。（『国文学全史平安朝篇』）

と論じて以来、式部論もそうした儒教的見解から解放されていった。すなわち芳賀矢一は、式部が日記の中で、他人の悪口をいい、高慢心を蔵していることを指摘して、才徳兼備の人とはいえぬとし（『国文学史概論』）、これを受けて手塚昇氏は、式部の偽善者的謙遜、冷やかな観察癖、意地悪い敵慨心、暗い物の見方などを指摘し、道長との関係にしても「道長の恩恵が彼女の上にも及ぶことを心ひそかに待ち望み」「なびく風の弱きを怨み（略）逢ふ瀬を契るまでは一歩」であって、「道長妾」という古伝も、それに甘んじ得ない紫女の自尊心はあったとしても、な

お荒唐無稽ともいい切れないと、大胆な批評を加えている（『源氏物語の新研究』大15）。この手塚説の自由さと、新しい態度は、その斬新な執筆年時論やモデル論とともに、人の目をみはらせたのであって、後に次田潤氏に、そのまま受け入れられ、驕慢・嫉妬・自負心・虚栄心などの評語が紫女に、加えられた（『国文学史新講』）。とともに、他面では、それは手塚氏が当時作家たらんと志していたといわれることによっても察せられるように、あまりにも近代印象批評的な截断であり、異端を好む暴露的筆鋒が度を過ぎた傾きがあったことは否まれず、やがて石村貞吉氏などの反対論を招いた。

石村氏は、式部の神経質、厭世的感情、社交界への不適応性、またそれらを自らどうすることもできない内向性、あるいは自恃の心などを探り出し、他人に対する冷評悪罵の多いのは子女への戒めを旨とした書翰文の部分であるからで、陰険とか虚偽的とか評するのは不当であるとし、結論としては、藤岡説あたりの穏健なところへ落ち着いた形であった（岩波講座日本文学「紫式部」昭6）。そうした紫式部の人間は以後、河岡新兵衛氏によっても「反省的、自我的、内面的苦悩、複雑な性格」（「紫式部の人としての生涯」―「国語と国文学」昭4・10）と評され、また、吉川理吉氏は、複雑隠微な内向性と、そうしたものを統一する理智的性格を考え、その理智性は時代の中では退嬰的な守旧派に属し、時流に対する一部の批判や選択はあるにせよ、全般としては、むしろ時代通念に密着したところに、その思考態度の本質があったという（「紫式部について」―「国語国文」昭15・4）。それらは、島津博士の『源氏物語新考』（昭11）所収の諸篇や、『紫式部』（昭18）において、その作家としての多角的な天才的才能とあわせて論ぜられたが、それは結果としては、紫式部の人間論としては、やや焦点を失ったかの観があった。

しかし以上のような論文が、おおむね戦争中またはそれ以前に書かれたものが多かったことは、それらに決定的な一つの制約を背負い込ませる原因となっていた。天皇絶対制のもとでは平安宮廷貴族の性格を徹底的に追究することは不可能であって、藤原摂関体制と後宮文化の歴史的本質についての見解を曖昧にしたまま、そこに孕まれていた紫式部の思想や感情を明らかにしようということは、はなはだしく困難であった。だからそれらの論では、作者の人間論はややもすると、時代や歴史を離れて、個人心情の内奥隠微の心理の問題としてのみ論ぜられがちで、手塚氏のような近代的人間批評の直訳や、岡氏のようなフロイト的解釈を、時代も民族も階級もまったく異なるものへそのまま適用するという、若干の行き過ぎも見られたのであった。また、たとえば吉川氏の鋭い着眼である「守旧派」という位置づけも、実は何を基準としているかが曖昧であるために、説得力が乏しかったようであり、考証の綿密を以て鳴る島津博士が、『紫式部』の結語に、やすやすと「皇国中心主義と日本的自覚」をいい「皇国烈女」と称賛されたようなことも起こってくる。その点では、貞女説を述べた『七論』が、「七事共具」において、不充分ながら社会や階級の問題にまで触れたのだから、はたしてどれだけの進歩があったか。紫女に対する褒貶いずれの側にも、そうした欠陥は共通であった。もとよりこういう指摘のしかたは、おそらく、あの苛烈な時局のもとに研究を守った先輩たちの辛苦を汲まぬ、白い手の者の心なきわざであろうかと、自ら省みるところも筆者にはあるけれども。

戦後、天皇制の崩壊とともに、自由な研究が許されるようになると、「歴史社会学派」の方法がにわかに有力となったことは、すでに周知のことであり、私もかつてそのことについて述べたこともあるので（「戦後における源氏物語研究の動向」―「文学」昭29・2、本著作集本巻所収）、ここにはくりかえさない。そして紫式部論も、またそうした歴史の座標において捉え直そうとする試みがあらわれ始めた。このことはもちろんあくまで正しく好ましいことであったが、当初そこには新しい方法の陥り易い偏向もあったようである。『源氏物語』が紫式部論で代用され、紫式部論は受領子女論によって強引に間に合わせられる。藤原摂関制の本質を説くことから始まって、その中流貴族論へ発展し、その中の受領層の問題から、最後に当時の作家であったその子女の心情生活まで、いわば下部構造から上部構造へとだんだん追いつめて行って、さらに、中には益田氏のように受領の女を、「家の女性」と「宮仕へ女房」の二つのタイプに分けるところまで突っ込む人もあったが（「源氏物語の荷ひ手」―「日本文学史研究」11号）、だいたいは、そのあたりで、それがそのまま紫式部論であるかのようなことで論は終わった。奇妙なことに『紫式部日記』は『源氏物語』とともに、作家論の第一資料としては用いられなかったのである。それよりも重要なものとして、右のようなあまりに歴史学的な図式があったのであり、ある意味では『七論』以前への立ち戻りの観さえもあった。こうした中で、秋山虔氏「紫式部私論」（「国語と国文学」昭23・9）は、右のような歴史観によって日記を再び正面から捉え直し、それによって紫式部の人間と歴史的位層とを批評しようとしたものであった。他と自己とを同時的に捉える剔抉的な式部の眼に「本能的な時代批判者」を見出し、とぎすまされた「心」と現実の宮廷に生きる「身」との乖離から生まれる自己分裂の苦しみを、韜晦と放心のポーズによって遁れようとする式部であり、道長に対する讃美も、そういう放心のポーズに連なるものだという。それは、前に述べた理智・自尊心・謙抑・驕慢等と評される相矛盾する複雑な要素の意味を、表相的なものの裏側にまで歴史を媒介として立ち入って探ろうとしたものともいえるのであって、吉川氏の「守旧派」を裏返して見せたことにもなった。後に吉川氏に指摘されたような、和歌の取り扱いについての若干の誤りがあり、また道長への讃美をはたして近代的な匂いのつよい「擬態」といい切れるかどうか、問題はあると思われるが、些末主義に堕さず、新しい紫式部論として注目された。さらに石母田正氏は、平安貴族女性としての不幸な境遇が「偏執で憂うつな性格」を式部に与え、その中に在って「内省的」で「現実から強いて距離を保とうとする性格の冷酷さ」「妥協のない意固地さ」が「現実と人間内面の連関をさぐり考えながら、冷静に対象を分析観察することを必要とする物語文学の作家」たるにふさわしい個性の問題として認められるのであって、『源氏物語』は貴族社会の現実に対する「中流貴族の女性として許され得るもっともはげしい抵抗」を托したものだとした（河出書房「日本歴史講座」II、昭26）。これは石母田氏自身に発し、西郷、武者小路、益田、秋山各氏の論へと進んだ戦後数年間の新しい研究のいちおうの締めくくりといってよく、以後、式部の人間論としては、これを発展させるものは出ていない。

今後に残された問題は無数にあるに違いない。余白もほとんどないので、思いつくままにここでは、その一つだけをあげたいと思うのだが、たとえば紫式部の宮仕えの実態は、以上の数々の論議でも、やはり充分には明らかでないことが多いのである。道長との関係にしてもいったいどうなのか。

私は先に、小論「女三宮の降嫁」(『文学』昭30・6、本著作集第二巻所収)の中で、紫式部が夫の死後、「空閨を守って」云々と書いたところ、阿部秋生、大野晋両氏から、疑問である旨の批判をいただき、また風巻景次郎氏からも、当時の宮廷女房の生活はそうしたきれいごとでは済まされないものがあるに違いない旨の直話を伺った。大野氏、風巻氏の説の根拠は、帚木、空蟬巻その他の描写の裏にそうした式部の体験を考えられるもののようであるが、私も、今では、三氏のごとく、そうした可能性の多いことを考えている。日記の中にそのことの証拠があるわけではない。逆に寛弘七年正月一五日条に式部が仲のよい小少将と二人でいるところへ、道長が来て、「知らぬ間に、他に好きな人を作られたりしないように用心なさい」など、冗談をいっているところを見ると、少なくとも「道長妾」という公然たる関係が、二人の間にこの頃までにあったとは思えない。しかし、その後のことはもとより分からないし、人目を忍ぶ関係としてならば、当時としても、いろいろに想像できるかも知れぬ。東屋巻に、中君のもとに身を寄せた浮舟を、たまたま見つけた匂宮が、やにわにむりやり抱擁して離れないので、本人の驚きはいうまでもなく、傍の女房たちもヤキモキして「今はかひな」い、とか「いな、まだしかるべし」とか囁き合うところがあるが、古註は「実事」の有無についていうのだとしている。また、ずっと遅れて描かれたものではあるが、森川本紫式部日記絵詞中、親王誕生五十日の祝宴の席上、右大臣顕光の女房にしなだれかかる図も目につく。女房の肉体というものが、男たちにとってどのように見られていたか、想像はつこう。式部は、はたして道長に最後まで「槙の板戸を叩きわび」させることができただろうか。結局は、相手の出方によっては、空蟬や明石上のように拒み通せない身の上ではなかったか。また、男は道長一人ではないのである。宮廷自身は、女性たちにとって、自ら意識するとしないとにかかわらず、そうした泥沼にも似たところであったらしいこと、そこから身と心とに引き裂かれた女の悲しみや、それを代償とした、あの『源氏物語』の出現ということが、新しい意味をもって考えられはしないかと思うのである。

戦後二〇年の平安朝文学研究展望

1

戦後二〇年を、便宜上前半一〇年と後半一〇年とに分けることにする。理由はちょうど半分ずつということと、後述のように昭和二九年には、戦前の世代に属する大家の大きな業績が相つぎ、それ以後の期間との間に区切りを入れれば入れられる感じがあるからである。

この前半期の研究は、刊行物の量からいっても、また完成された学問としての質からいっても、いうまでもなく、おおむね戦前派の研究が優勢といえるだろう。しかし、その間に戦後特有の新しい研究が爆発的に出現したのも特徴的である。

戦前派の業績から述べれば、大家の著としては、島津久基氏の遺著『紫式部の芸術を憶ふ』(24年)・同氏『対訳源氏物語講話第六巻』(25年)・吉沢義則氏『源氏物語今鏡』(21年)・同氏『源語釈泉』(25年)・同氏『対校源氏物語新釈』(27年)などが比較的早く、山岸徳平氏『堤中納言物語評解』(29年)・橘純一氏『大鏡新講』(29年)・大津有一氏『伊勢物語古注釈の研究』(29年)・岡一男氏『源氏物語の基礎的研究』(29年)などがやや遅い。しかしそれらはいずれも戦前に引き続く長年月の研究の収穫であり、いわば古典的な業績と見なされるものである。たとえば、山岸氏の本文再建の画期的な方法、岡氏の広い視野と資料の博捜至らざるなき徹底した伝記構築の態度、大津氏の尨大な未開拓文献の整理調査は、それぞれ大家の模範的労作として感銘を与え、それは戦災にも微動だにしなかった国文学研究の伝統の立派さを物語るものであった。

一方、これらの方々よりは若干若い（必ずしも年齢的な意味だけではないが）方々の業績、たとえば三谷栄一氏『竹取物語評解』（23年）・今井卓爾氏『源氏物語批評史の研究』（23年）・阿部秋生氏『紫式部日記全釈』（24年）・萩谷朴氏『土佐日記 貫之全集』（25年）・同氏『へいちうのものかたり』（27年）・宮下清計氏『浜松中納言物語』（26年）・阿部俊子氏『校本大和物語とその研究』（29年）も、作業そのものとしては戦後に属するものもあろうが、やはりそうした戦前にひきつづく文献学・解釈学、あるいはその基礎に立った評論的研究であったといえようかと思う。しかし同時に、そこにはすでに、戦前のそれとはやや異なったより自由で柔軟な思考形式が見られたことも見のがせない。

しかし、この期において、もっとも新時代にふさわしい研究といえば、やはり西郷信綱氏その他のいわゆる「歴史社会学派」と呼ばれる人々のそれではなかろうか。

戦前からすでに、いわゆる日本文芸学派と歴史社会学派との間に論争のあったことは周知のことであるが、戦時中、文芸学派が日本浪漫派と一脈通ずるもののように受け取られる点があったに反して、歴史社会学派が鳴りをひそめていた事情は、今さら説明も要しまい。その間わずかに、文学環境論においてすぐれた業績を示した高木市之助・風巻景次郎の両氏があり、ことに風巻氏の『新古今時代』に続く『文学の発生』『日本文学史ノート』は、当時の若い世代に示唆ふかいものとして読まれたけれども、他はほとんど保田与重郎氏その他の国粋美論に流されるか、さもなければ池田亀鑑氏を統帥とする文献学に赴いたのが戦前戦中の状況であっただろう。あの天皇絶対制のもとでは、古代宮廷生活の実態を正しく捉えようとする努力はタブーであり、そのような研究が実る余地はなかった。

戦後、絶対制からの解放とともに、平安文学を歴史の基盤から捉えようとする研究は爆発的に起こった。それはよくいわれるように、石母田正・藤間生大・井上光貞・北山茂夫ら史学者諸氏の目ざましい業績に導かれただけではない。それについては当時の特殊な研究状況一般について、より具体的に触れておく必要があろう。

敗戦直後、憎むべき絶対制が崩れ去ったという基本的な情勢に加えて、ことに焦土と化した大都会では、一切の学問的権威が敗戦とともに無効証明を突きつけられたかのように見えた（それは大半は錯覚であったことが、間もなくわかるのであるが）。大家たちには追放の声が迫っていたし、文庫は焼け、研究室に本はなく、焼け残りの国文学書は二束三文で売り払われ、闇米に代えられる時代であった。国文学の伝統的方法であった文献学は、よほど例外的に恵まれた身の上でなければ成り立つはずもなかった。私どものような、講義もろくに聴けずに学校を出た若者たちは、仲間どうしでそこはかとなく集って語り合うことで、何とか研究法らしいものを探し出そうとあがいていた。落ち着いて考えれば、何百年の伝統を持ち、中世暗黒の時代にも耐え抜いてきた古典の学問の道が、いかにそれが苛烈な体験ではあったとしたところで、この僅々一〇数年の体験と敗戦・被占領という事実によって、しかく容易に崩れ去るはずのものではないと、察せられたはずであろう。しかし、いうなれば怒りの世代であったその頃の私ども青年にとっては、それを見抜くことは困難であった。

このような青年たちの合言葉が「反アカデミズム・反文献学」であったことは、ある程度自然なことであった。しかし、それは正にある程度までであって、そこにいわば十分な主観的理由はあったにせよ、アカデミズムに正面から対決するに足るだけの客観的理由には不足するものがあったといわねばならない。その上、私どもは激動する時代に特定の師につかえることも薄かっただけに、その思考は大きな振幅を示したが、そのまま豊かに実るかどうかは、むしろ今後のことに属するというほかはない。とにかく、そうした青年たちがもっとも強く心を惹かれたのが、反アカデミックな姿勢の顕著であった右の風巻景次郎氏や、氏に続く西郷信綱氏なのであった。世間では、平安文学の分野でいえば、すでに両氏のほか、佐山済氏・南波浩氏などをはじめ、さらに第二次戦後派即ち秋山虔・

益田勝実・難波喜造・杉山康彦・野村精一の諸氏に筆者らを加えて、日本文学協会の「歴史社会学派」と呼んだ。しかし、右のうち、秋山氏以下が協会に加入したのは、協会発足以後二、三年以上経った後であったし、反アカデミズムでは日文協に一致しても、文献学そのものは重視していた益田・難波・杉山の三氏が、「日本文学」とは別に「日本文学史研究」を刊行して、なおしばらく協会に加入しなかった事情などを見ても、理由はさまざまであるにしろ、少なくとも、日本文学協会やいわゆる「歴史社会学派」が、世間で想像しがちなほど単色に塗りつぶされていたはずのものではなかったことは明らかである。

その事情をいっそう具体的に述べるために、私はあえて、自身のことを引き合いに出したいのだが、大学卒業の翌昭和二三年に、私は物語の技法を論じた「古代小説創作上の一手法——垣間見に就いて」を「国語と国文学」にはじめて書いた。しかし、それは何の反響も得られなかった。その翌年、私は「明石上について」を書き、はじめて『源氏物語』の作品論を人物形象の問題にしぼって跡づけてみた。当時の社会状況下ということもあったし、また、対象が明石上であったから、叙述の方法は勢い階層論的角度から入ることとなり、自らは歴史社会学派などとはっきり意識しなかったにもかかわらず、結果は、そのような形で学界入りをしたこととなってしまった。前年かなり苦労して書いた右の「かいまみ」考よりも、この短時日の中に一気に書き上げた「明石上」の方が、友人のみならずかなり広範囲の同学の人々から好評を得たのを見て、私はもちろん嬉しくもあったが、半面やや意外でもあり、かつは労の少なかったことについて、ひそかにうしろめたさを感じてもいたことを記憶している。その翌年一二月秋山虔氏が、前年の「紫式部試論」に続いて「玉鬘をめぐつて」を「文学」に書き、それ以後数年間、二人でやや形の似た登場人物をテーマとした数篇を書き継いでゆく間に、世間からはおのずから第二次歴史社会学派の一つの方法と見なされていったようであった。

私はいたずらにその当時の私自身や周囲の未熟さあるいは混乱した学界の事情について、今さらひけらかしてみせようというつもりではない。私自身はともかくも、右に述べた諸氏すべて、真剣に勉強をしていたことはいうまでもない。しかしそれ以上に、右のような事情があり得たのは、やはり、それまでの国文学の方法が一般に頑なものであったためかもしれないし、時代そのものが、激動した戦後二〇年の中でも、ことに特殊な時期だったことを物語るものと思うのだ。

思わず私事にまでわたって道草をしてしまったが、ここでさらに、この時期における主要な動向の若干について述べよう。

『源氏物語』でいえば、昭和二二年に阿部秋生氏「源氏物語研究に於ける一問題」(「国語と国文学」一月号)が、同氏戦前の成立順序論を踏まえて、その主題的展開を論じ、戦後の最大の論争を生んだ成立論・主題論に先鞭をつけた。二五年には玉上琢彌氏「物語音読論序説」(「国語国文」一二月号)以下により音読論を骨子とする一連の作業が始まり、また同年武田宗俊氏と風巻景次郎氏とが、期せずして相前後して『源氏物語』の成立に関し玉鬘系の後記挿入を主張する新説を発表、翌年池田亀鑑氏が、文献学的見地から、この説に加担するに及んで、以後数年間、学界はその賛否両論に湧き返ったのである(それらの諸論は武田『源氏物語の研究』・風巻『日本文学史の研究』下・池田『新講源氏物語』上などに収められている)。また二六年には、北山谿太氏『源氏物語の語法』が刊行され、多年の沈潜による氏独特のふかいよみが感銘を与え、その後の語句語法解釈法の全盛期を生み出す一因ともなった。私はこれらの業績の中、たとえば『源氏物語』の成立論争があそこまで激しく論じ合われたのは、一つにはこの頃における研究者の主体的意識、とくに平安文学研究者として避けて通ることのできない平安宮廷貴族社会そのものに対する研究者自身とのかかわりかたや、評価のしかたに関係があったためだったように思う。が、それはともかくとして、この論争が『源氏物語』の純成立論に留まらず、主題の展開・紫式部の思想の発展・あるいは物語文学の本質、またそれに対する当時の享受様式、さらに、現代の研究者としていかなる態度で、それらに臨むべきか等の広範な問題にわたって深い反省を促したことは、成立論の問題を越えて、大きな収穫であった。玉上氏の提唱にかかる音読論は、右のような形での賛否の渦を捲き起こすことはなかったにせよ、与えた影響は同様に大きかった。もとより、それに対する修正的批判の声は現在に至るまでかなり強いといえるだろうが、今後の平安文学研究に氏の基本線を避けて通ることは、おそらく不可能であり、氏に続く清水好子・片桐洋一両氏の諸論文が、それをいっそう発展させているのは、慶賀すべきことといわねばなるまい。多屋頼俊氏の『源氏物語の思想』(27年)も、近代的解釈を排して、仏教思想の網が源氏物語を覆っていることを論じ、時期的にも意義ぶかいものがあった。

その他の論文としては、中田剛直氏「竹取物語伝本考」(「国語と国文学」昭23・5、昭24・9、昭28・1)・長谷章久氏「現存竹取物語の生成時代」(「国語と国文学」昭24・9)が竹取の伝本整理とその複雑な成立について述べ、益田勝実氏「上代文学史稿案」(「日本文学史研究」に四回にわたり連載)・阪倉篤義氏「歌物語の世界」(「国語国文」昭28・6)・福井貞助氏「伊勢物語生成考」(「国語と国文学」昭24・3)以下がある。これらの諸論文は、歌物語の性格について、益田氏はその地盤である「歌語り」の場の存在をはじめて明らかにし(益田氏の右の論考はそのほかにも多くのすぐれた考察が見える)、阪倉氏は歌物語の口承的性格を語法の点から明らかにし、福井氏は本来歌題的な編纂様式をもつ『伊勢物語』の数次にわたる生長過程を明らめようとするものである。また川瀬一馬氏「和泉式部日記は藤原俊成の作」(「青山学院大学紀要」二、昭28)の投じた波紋は大きかったし、片桐洋一氏「宇津保物語の構成」(「国語国文」昭28・1)の物語成立に関する巻々の集合論の提唱と、小西甚一氏「宇津保物語の構成と成立過程」(「日本学士院紀要」十二の三)のスポンサー説も、注目を浴びた。

また、戦時中廃絶のうき目にあった雑誌の復刊・創刊が始まったことも述べる必要があろう。日文協の季刊「日本文学」(月刊「日本文学」の前身)の創刊は昭和二四年六月、同年八月には前記「日本文学史研究」が始まり、その他「日本文学教室」なども出た。また「平安文学研究」が田中重太郎氏・宮田和一郎氏を中心として考証と資料紹介という地味な狙いをもって創刊されたのはやはり二四年である。しかし雑誌や学界が花盛りとなるのは、新制大学が発足して、一応落ち着きはじめた昭和三〇年以後のことであった。

2

後半期一〇年、現在に至るまでの概観は、困難極まることである。それを整理し、評価を加えるだけの距離が、私と尨大な数に上る業績との間にはまだない。ただ私は漠然と、この期間に入ってはじめて、戦後の業績の中、形質ともに真に本格的といえるものが収獲されるようになり、かつ、当然のことながらそれは今後さらに続くであろうというようなことを感ずるのみである。

以下、なるべく年代史的に述べてゆくことにする。

昭和三〇年から三一年にかけては、松尾聰氏『平安時代物語の研究』・田中重太郎氏『校本枕冊子』三冊（28年より）・池田亀鑑氏『源氏物語大成』八巻がそれぞれ圧倒的な重みをもって刊行された。池田氏の偉業について今更喋々する要はないが、その完成の直後急逝された同氏の生涯は、学に殉じたなどという月並な言葉を越えて、ふかく胸を打つものがあった。病苦に耐え、不慮の災害を忍んで功を成された田中氏も事情は同様であり、共に当代の代表的業績として仰ぎ見らるべきである。松尾氏は文献学・解釈学・語学・書誌学等にわたる広い学識を駆使して、散逸物語を復元、先人未到の領域を拓いた。氏の方法はその後の研究者に教示するところ多く、たとえば、『平安末期物語の研究』（35年）の著者鈴木弘道氏や、『源氏物語の研究』（32年）によって武田説を細かく批判した長谷川和子氏・新進研究家の北川大成氏らは、概ね松尾氏の方法の延長線上にある。

昭和三二年には、今井卓爾氏『平安時代日記文学の研究』その他が出たが、とくに一言触れるべきは、この年から日本古典文学大系が刊行され始め、この年松尾氏・寺本直彦氏による『落窪・堤中納言』、阪倉氏・大津氏・築島裕氏・阿部俊子氏・筆者による『竹取・伊勢・大和』の各物語、鈴木知太郎・川口久雄・遠藤嘉基・西下経一諸氏による『土佐・蜻蛉・和泉式部・更級』の各日記、また三三年には池田・秋山・岸上慎二の各氏による『枕草子・紫式部日記』が刊行された。この叢書は一般書よりはむしろ学術書に近く、信頼すべきテキストを広く提供したことと、精密な語注が附せられたことの二点は、この種の刊行物として他に類を見ない。この成功の因としては、国語学者の大幅な参加があげられる。そしてこのことは、右に述べた「平安文学研究」や、昭和三〇年創刊の「解釈」誌の語釈に重点を置いた編集、あるいは二五、六年頃から時枝誠記氏や北山谿太氏その他の著書に刺戟されて「解釈文法」が盛んとなったことなど、一般的な当時の動向のあらわれであろう。私はそれらが一面では、問題提起にのみ忙しく実証性に欠けるところがあった歴史社会学派に対する批判の意味をもっていた点も見遁せないと思うのであるが、ともかくも、この傾向が、かくして、主として部分的解釈において正確さを与えた功績とともに、一抹の不安も感じるのである。すなわち、限られた紙数において語注を旨とすれば、それだけ他の史実・風俗考証・発想・構想・技巧等に関する注記を犠牲にする結果となりがちの道理であるが、しかしそれはまた他の場において補えばよいのかどうか。

右のような傾向と関連するものとして、さらに索引類作成の盛行がある。昭和二七年『対校源氏物語用語索引』二冊刊行に始まり、現在に至る刊行索引類の名を概ね刊行順にあげれば、『更級日記総索引』（東節夫・塚原鉄雄・前田欣吾）・『紫式部日記用語索引』・『源氏物語大成索引篇』二冊・『竹取物語総索引』（山田忠雄）・『讃岐典侍日記索引』（馬淵一夫）・『和泉式部日記総索引』（東・塚原・前田）・『古本説話集総索引』（広島大学国語研究室）・『大鏡の研究本文索引篇』（秋葉安太郎）・『和泉式部全集（索引附）』（吉田幸一）・『伊勢物語に就きての研究 補遺索引図録篇』（大津有一）・『かげろふ日記総索引』（佐伯梅友・伊牟田経久）・『浜松中納言物語総索引』（池田利夫）・『校本浜松中納言物語（索引付）』（小松茂美）などである。これらの方々の労苦が学界にいかに大きな利益をもたらしているか測り知れないのはいうまでもない（しかし、反面、とくに若い研究者に望みたいのは、万一にもこの便益のために原作全体を読む習慣が少なくなるようなことがないようにしていただきたいことである。作品をとらえる作業は、何よりもまず作品全体をくりかえし読むこと以外にはない）。

昭和三三年に入って、石川徹氏『古代小説史稿』が出、手堅い考証とゆたかな文学史的洞察が魅力的であったし、『宇津保物語新論』（古典文庫刊）の充実した緒論文は、前田家本の翻刻（古典文庫）とともに、この物語研究の基礎的布石である。また、目加田さくを氏『平仲物語新講』『平仲物語論』があり、玉井幸助氏『弁内侍日記新注』『中務内侍日記新注』はそれまでまったく注釈のなかった作品だけに忘れがたい。

翌三四年には、阿部秋生氏『源氏物語研究序説上下』・萩谷朴氏『平中全講』・川口久雄氏『平安朝日本漢文学史の研究上下』が出た。萩谷氏の著書はこの物語の全般にわたる精緻な研究注釈で旧著の改稿版、前年の目加田氏の著と併せて『平仲物語』の研究は一挙に飛躍的な進歩を示し、川口氏の書も岡田正之氏の『日本漢文学史』以来三〇年の空白を埋めて余りある労作で、従来閑却されてきたこの分野に巨大な鍬を入れた。阿部氏の『序説』も『源氏物語』をめぐる環境・社会意識・身分と愛情の関係・信仰等の根本的な問題を多面的に深く掘り下げつつ、作品に体当たりをするものとでもいおうか。この研究態度と方法とは、その幅広さと深さ、また問題指摘の適確さにおいて戦後における源氏研究の一つの到達点を示すものといってよかった。また、これらの大著がいずれも、ほぼ各戦後の研究生活から生まれたものであることは、戦後の研究が、もはや単なる問題提起の段階を終わって、その発展と綜合・集成の段階に入りつつあることを示すものでもあった。しかしてこの戦後の新しい方法なるものが、三氏それぞれに行き方の相違はあるとしても、すべて特定の一方法や既成のレールを進むのではなく、多少とも文献学・書誌学・比較文学・史学・美術史・解釈学等さまざまの角度や方法を駆使して、総合的に作品やジャンルに対しようとしていることであり、対象の限界や方法の明晰性は犠牲にしても、なおかつ今後への発展の芽を育てようとしている点、特徴的だったといえるのではなかろうか。尖鋭な理論体系は失われた代わりに、より具体的な対象への肉迫や、ゆたかな包摂力が見られるともいえようか。

またこの頃から、一般に民俗学をその研究に取り入れる傾向が著しくなったことも気付かれることの一つである。戦後いち早く、折口信夫氏『日本文学の発生序説』(23年)その他柳田国男氏の昔話に関する著作などによって、戦前に比し格段の力をもって民俗学的方法は研究者の関心を喚んだが、後に折口氏・柳田氏の大部な全集が刊行され、あるいは刊行されつつあることもそれに対する一般の関心の強さを物語るものである。またそれには、師をつぐ高崎正秀氏『文学以前』(33年)・『古典と民俗学』(34年)等や池田弥三郎氏『文学と民俗学』(31年)・『日本芸能伝承論』(37年)のほか啓蒙的な著述の多くも与って力があろう。また歴史社会学派もそれまでのややもすると図式的に陥ろうとする傾向を自ら克服するために、努めて民俗学を摂取しようと努力した。たとえば南波浩氏『物語文学』(33年)は前著『物語文学概説』(29年)にくらべて著しく古代伝承の汲み上げに新しい特色を示しており、西郷信綱氏『詩の発生』(35年)の諸篇も『日本文学の方法』(30年)に比して、同様のことがいえる。また三谷栄一氏の民俗学的な物語論である『物語文学史論』(27年)はさらに新しく尨大な民俗信仰に関する考察を加えて大著『日本文学の民俗学的研究』(35年)となって現れた。この傾向は山本健吉氏のごとき評論家が『古典と現代文学』(32年)などで、古典の作者の集団性を強調したことなどによって、民俗文学講座や民俗民芸双書などの刊行に見られるように、一般ジャーナリズムにおいても拍車がかけられたようであり、平安朝の物語なども古代伝承の延長において理解しようという試みは、今もなお有力である。それはたしかにしばしば文献の限界に留まっていてはとうてい得られない示唆を生むばあいも無くはないが、同時にしばしばいわれる通り、明らかな文献上の反証を無視して武断に赴く危険も少なくないようであり、民俗学の汲み上げには、よほど慎重な手続きを要するように思う。

昭和三五年以降に入ると、物語一般では玉上氏『物語文学』(塙選書、35年)・佐藤謙三氏『平安時代文学の研究』

(35年) があり、前者は独特の物語観が端的明快に述べられ、後者には多角的な問題が含まれている。『源氏物語』関係には、三五年の『源氏物語事典上下』は池田亀鑑氏の門弟によって編まれ、学界に至便を与えるもの、同年岡崎義恵氏『源氏物語の美』は、同氏の源氏論のまとめである。昭和三六年の重松信弘氏『新攷源氏物語研究史』は、戦前の『新攷』の大幅な増補改訂版で、おびただしい最近の研究までも対象とした労作である。翌三七年の村井順氏『源氏物語(上)』も、戦前の『源氏物語評論』の改稿増訂版であり、仲田庸幸氏『源氏物語の文芸的研究』は、「非連続の連続」関係を『源氏物語』の文芸美構成の基本と認めようと提唱するもの。筆者の『源氏物語の研究』は、前述の作品論数篇その他に新資料紹介を合わせたものである。

昭和三八年には、山岸氏の古典大系本『源氏物語』五冊が完成し、明晰な注釈と、本文の再建に新機軸を開き、仏教的角度から切り込みつつ、みずみずしい感触を与える淵江文也氏『源氏物語の思想序説』もある。昭和三九年には石村貞吉氏『源氏物語有職の研究』・秋山虔氏『源氏物語の世界』などがある。後者は歴史社会学派の方法が社会基盤的環境論から作品分析の方向に向かって以後の典型的著作ともいうべきか。登場人物や局面の精密な分析を通じて、『源氏物語』が物語の世界内部に思惟と形象との相互媒介による自律的な発展を遂げているという、高次元の文芸性を有することを主張するものである。

源氏以外では、三七年に池田氏『伊勢物語に就きての研究』の改訂版が出され、増補・図録・索引の一冊は大津有一氏の手に成った。また論文でいえば、片桐洋一氏が「在中将集成立存疑」(「国語国文」昭32・2) その他によって、『伊勢物語』の成立に関する三段階説を立て、大野晋氏の国語学的見解と一致したこと、また同じく成立論をめぐって、山田清市氏との間に論争が見られたこと、また、山田氏は、昭和三四年に常縁本を複製刊行し、その解題において、池田氏のいわゆる古本系なるものにつき再検討を加えて、その優秀性を説いた。

また三七年の高橋正治氏『大和物語』(塙選書) も、氏が三〇年五月の「大和物語の原初形態に関する試論」(「国語と国文学」）以来しばしば発表された構成論・表現手法論に諸本論を加えて、その要点を簡潔にまとめた好著である。またこの年河野多麻氏により古典大系本『宇津保物語』が完結したが、それより前、昭和二六年に発表された細井貞雄書入九大本をよしとする河野説をめぐる論争も注目を集めたものであったし、同じくこの物語をめぐって、三七、八年の間、野口元大・片桐洋一両氏が「国語国文」誌上に、昔物語の作者と方法に関して興味のある論争を起こしたことも記憶に新しい。

末期物語では、関根慶子・小松登美両氏『寝覚物語全釈』（35年）が出た後、三八年「文学」誌上に野口元大氏によって島原本寝覚の紹介が行われ、それを底本とした古典文学大系本が阪倉篤義氏校訂によって刊行された（39年）。また山岸徳平氏『堤中納言物語全注解』（37年）は前の『評解』の増補版であり、『浜松中納言物語』に総索引および校本資料紹介等が刊行されたことは前述の通りである。三九年には、遠藤嘉基・松尾聡両氏によって『篁・平中・浜松』が、古典大系本として出された。前述の鈴木弘道氏その他の研究と相俟って、末期物語の研究はようやく本格化しつつある。

つぎに日記文学では、三五年に次田潤・大西善明両氏『かげろふの日記新釈』、三六年に玉上琢彌・柿本奨両氏『蜻蛉日記本文篇』、喜多義勇氏『全講蜻蛉日記』（増訂版）、三八年には上村悦子氏『蜻蛉日記板本・書入諸本の研究』と続き、ことに上村氏の作業の綿密さは、この種の伝本研究において他に類を見ないものであり、規範とするに足る。柿本氏の着実な本文再建の試みや木村正中氏の研究等重厚な研究も進められつつあり、この難解な作品も、やがて次の段階に運び込まれることであろう。その他の日記では、三六年池田亀鑑氏の遺稿が中田剛直氏によって整理された『紫式部日記』があり、日記・家集の伝本研究その他がまとめられた（一部は『論叢紫式部日記』中のものの再録）。また三八年には「文学・語学」誌上に、秋山虔氏によって従来の邦高親王本とは別系統の唯一の本である島原松平文庫本が紹介され、古典文庫に収まった。また、曽沢太吉・森重敏両氏による『紫式部日記新釈』

（39年）の精緻な解釈と明快な作品把握も貴重である。

『和泉式部日記』の研究は、尾崎知光氏『和泉式部日記考注』（29年）の刊行後、鈴木一雄氏・円地文子氏の評釈が昭和三四年から四ヶ年にわたって「解釈と鑑賞」に連載され、三六年には大橋清秀氏『和泉式部日記』が刊行され、自作説とともにこの作品が「日記物語」ともいうべき文学的性格を帯びたものであることが主張された。また遠藤嘉基氏も「国語国文」に連載された講義を三七年に『新講和泉式部物語』として刊行され、この作品のよみの具体的な方法が示された。これより早い吉田幸一氏『和泉式部全集本文篇』（34年）には、家集も含まれていて、和泉式部に関する基礎的文献の集成整理である。これに続く同氏『和泉式部研究』（39年）は、従来の研究史を展望しながら、伝本・作者・成立・史的背景・文学的性格等全面的に研究を掘り下げ、自作説を強調されている。前著とともにこの作品の研究も、一応達すべきところに達しつつある感がある。平安日記文学の研究は戦後の研究の中でもっともその進度が大きかったといえる。

歴史物語では、引き続き、松村博司氏の活躍が目立っている。昭和三四年には古典全書本『栄花物語』四冊、三五年には『栄花物語の研究続篇』と古典大系本『大鏡』、三六年に塙選書『歴史物語』、さらに三九年には山中裕氏と共著の古典大系本『栄花物語上』と、その業績が続いた。またこの山中氏も、史学者として、戦後間もなくの頃から、『栄花物語』の成立やその『源氏物語』との関係を説き、あるいは、『源氏物語』の史実考証を通じて、その成立論争に加わるなど国文学界に対し側面から有益な発言を行ってきたが、その他の論を合わせて三七年に出された『歴史物語成立序説』には『栄花物語』の史実性と虚構性・文学性があざやかに腑分けされ、その成立事情とともに、歴史物語の本質が抉り出されている。また岩野祐吉氏の栄花物語人物考証も忘れられないし、赤木しづ子氏「栄花物語人名索引」（「お茶の水女子大学人文科学紀要」十六）もありがたい。こうした史家と文学研究者との協力体制は、従来とかく軽んぜられていたところであり、文学と史学とが異なる本質を持ちながら、その対象なり方法なりにおいて、相重なるものが多いことを考えれば、右のような両者の協力関係は、今後もいよいよ推進すべきことではなかろうか。角田文衛氏の紫式部本名香子論の提唱（「古代文化」11巻1号）のごときも、その結論には私は賛成できないが、その着眼や方法の中に国文学者として学ぶべきもののあることを感じさせられるのであり、また坂本太郎氏の「六国史の文学性」（「国語と国文学」昭39・4）のごときも、文学研究者にとってゆたかな示唆を与えられた。

また田中親美氏・秋山光和氏・白畑よし氏ら美術史家、飯島春敬氏・堀江和堂氏ら書家の協力も活発でありかつ有益であった。中村義雄氏のごとき、自ら美術史家としての役割をも兼ねた国文学者の功も見落とせないであろう。なお『枕草子』の研究は、前記田中重太郎氏の大著の刊行後、しばらく目ぼしいものはなかったが、三九年林和比古氏『枕草子の研究』が出て、文体や跋文の分析を通じて、その本質が雑纂的であり、逸興の所産であることが丹念に論じられた。また昭和三三年一月以来現在に至るまで「国文学」誌上連載の萩谷朴氏の本文解釈も、その方法の透徹と明快とにおいて、範とすべき点が多い。

漢文学方面では、川口氏の大著の後、小沢正夫氏『作文大体の研究』（38年）が、この種の作品を対象とするものとしては数少ない伝本研究の基礎作業であり、漢文学研究もぼつぼつ和文学と同様、この段階にさしかかってきたことを物語っている。目加田さくを氏『物語作家圏の研究』（39年）は上代をふくみ、比較文学的方法を中軸としつつも、広汎な課題を追っている。また、小島憲之氏の堅実な比較文学的方法は定評があり、同種の方法による古沢未知男氏の『源氏物語』に関する研究も著書としてまとめられつつある。この分野は戦後しばらくはかなり安易な反漢字文化の風潮に災いされてか研究までも停滞していたが、近来ようやく未開拓の沃野として、新しい研究者の関心を集めているようである。その二、三のあらわれとして、早稲田大学刊行「漢文学研究」第十号（昭37・10）は日本漢文学特集であり、「国語と国文学」三三年一〇月号も同様に日本漢文特輯であるが、論文一六篇中、平安漢文は六篇を占める。また、同誌「文学史の新領域」特集（昭39・4）の一二篇の論文中、平安時代のものは、六国史・大江匡房・漢文日記・新猿楽記・往生要集の五つで、大半は漢文学である。古典文学大系第二期には、勅撰漢詩集・本朝文粋・菅家文草・菅家後集など、第一期には見られなかった漢文学が大幅に加わった。研究者としても、従来からの山岸徳平氏・松浦貞俊氏らのほかに、大曽根章介・松浦友久・増田繁夫の諸氏ら、中堅新進の顔が見える。松浦氏の勅撰漢詩集研究、大曽根氏の本朝文粋・本朝無題詩・大江匡衡らに関する研究の成果には刮目すべきものがある。平安漢文研究といえば、比較文学の対象として、中国の種本さがしに終始するのが一昔前の傾向であったが、平安京に生きた歴史的主体としてそれぞれの作者を捉え、その創作物として作品を解しようとする態度が生まれていることは、ようやくこれらが本格的な文学研究の日程表に上りつつあることを示すものとして心強い。

なおまた、戦後一般の現象として特筆すべきものに、優秀なテキストの刊行が盛んであることも逸し難い。平安朝に関係あるものでいえば、しばしばふれた古典文学大系を除いて、古典文庫・桂宮本叢書・古典全書・未刊国文資料・西日本国語国文学会翻刻双書などである。ことに古典文庫の栄花物語（富岡本）・有明の別・浅茅が露・寝覚物語（中村本）・とりかへばや物語・狭衣物語（蓮空本）・宇津保物語（前田家本）・浜松中納言物語末巻など、古典全書の伊勢物語塗籠本・大和物語為氏本・健寿御前日記など、未刊国文資料の勝命本大和物語・狭衣物語九条家本など、まことに有意義であった。また武蔵野書院より凸版複製本が低廉に出版されているのもありがたい。

3

戦後史を、現代史家がどのように捉えようとしているのかを私は知らない。しかし、少なくとも二二年二月一日のゼネスト禁止令と、二五年六月末の朝鮮戦争勃発、三五年六月の新安保条約通過の三つの時点は、大きな区切りとなりうるように感じる。そして、私はこの論を執筆中、そうした政治・社会の変動に応じた国文学研究の屈折や展開があるかないか、すこし気にしていたようだ。結果は、戦後すぐの数年間を除けば、そのような時代の影は研究業績の上には顕著ではなかったというほかはない。学問が時代の動きにあまりに敏感であることは、堕落のもとであるという意味では、それはやはり結構なことかもしれぬ。平和ムードの中で、大著が次々と刊行され、偉業を誇っていることについて、私は素直に慶賀しながら、しかし、心のどこかにそこには何かが欠けていはしないかと懼れるものがあった。戦前の業績は、今日からみれば、正確緻密の点ではお粗末なものが多いだろう。しかし、あの土井光知・津田左右吉・折口信夫・岡崎義恵・池田亀鑑らの諸氏が抱いた強烈な問題意識や真摯な方法論に匹敵するものは、戦後にはまことに乏しい。よくいえば前述のように多少少年じみた尖鋭な方法論は少なくなった代わりに、より具体的、綜合的な大人の研究態度が生まれてきたということかもしれない。しかし実はそれこそ逆にこの二〇年間の日本の現実の慢性的危機に対する不感症への増悪の証しであり、巨大な量の業績の内実も、その中には、ふやけた冗舌や、見てくれの体系や、手許のカード箱をひっくり返してみせたようなものもないわけではないという言い方も悪くすると出てきそうである。そういうことにならないためには、やはり不断に研究の目的と方法に関するきびしい反省と自覚を持ち続けることが大切だろう。このような憎まれ口が理由のない誣言にすぎないのならば、学界のためにまことに喜ばしいことなのではあるが——。

　最後に、戦後において、前述の山本健吉氏のほか、中村真一郎・室生犀星・円地文子・亀井勝一郎・唐木順三らの作家や評論家の諸氏が平安朝物語等を材料として用いたことは周知のとおりであり、そのことを論じた吉田精一氏の好著『古典と現代文学』（昭38）もある。右の中にはもとより学ぶべき新鮮な発言もあるが、学界の常識にすぎぬことを、ほんのすこし言い方を変えただけのものや見当ちがいも多い。古典を読み取る作業は、かなり年季のいる仕事なのである。専門の研究者は、それだけの自負心を持つべきであろう。

源氏物語における先行文学の影響

文学作品の読者が読者であることに留まっているかぎり、純粋に受身のいわば自己放棄の形における享受が、作品と彼とを結びつける基本的なありかたであろう。極端なばあいには、好きな作家は信仰の対象に近づくことさえできる。

しかし、読者がたんなる読者であることをやめて、自ら創作の筆を執りはじめると、彼はにわかに不遜になる。というより、不遜な精神が内に抑え難く生い育って、ついに自ら創作に乗り出すといったほうがよいかもしれない。そこでは自己放棄と帰依に代わって、我執に近い自己主張が生まれ、先人の作品はこころよく惚れこむべきものというより、それを相手にして闘い、それを克服すべき敵となる。模倣に甘んずる二流三流の作家と、一流の作家との相違は、まずこの自己に執する土性骨の強弱に由来するといってよいだろう。人一倍先人の作品を愛し、それらにはぐくまれて成長し、それらの作品はもはや自身の生活や思想とは切り離し難いものにまでなってきたとき、一日、彼は自ら筆を執ることによって、それらすべてのものを、いきなり他者として自己から截り離してしまう。そうしてはじめて彼は作家としての精神の自由をかちうることができる。先人の作品に対する愛情とそれを克服しようとする知識的な認識、さらにそれらを新しい自己の世界に駆使し奉仕させる意欲という重層的な精神の働きが、真の意味における作家のものでなければならぬ。だから、先行文学の影響ということも、読者一般におけるような受身の形だけで考えることは、作家を論ずるにはあまりに不充分であり、享受し理解し、さらにできうれば、作家自らの創作の中にいかに生かしていったかという点まで突っ込んで考える必要があるわけだ。

ところで紫式部のばあい――

『紫式部日記』の巻末に近く、消息文の一節に、自分の里居のありさまを述べて、

大きなる厨子一よろひに、ひまもなく積みて侍るもの、一つには古歌・物語のえもいはず虫のすになりたるむづかしくはひちれば、あけてみる人もはべらず。片つかたなる書どもわざと置き重ねし人も侍らずなりにし後、手ふるゝ人もことになし。それらをつれづれせめてあまりぬる時一つ二つひきいでゝ見侍るを（下略）

という。亡父為時の遺していった大厨子いっぱいの多くの書物が何であったか知るよしもないが、儒官のことだから、その大半が漢籍で、また曽祖父堤中納言兼輔以来、和歌をたしなむ者も多かった一族のことゆえ、ここにいう歌書や物語類も少なくはあるまい。紫式部の教養というものが、幼少の頃からすべてこういうひっそりとした親の家で和漢の読書によって得られたものであることは明らかだ。『史記』を諳んじて父にほめられた少女の時代から未亡人となって創作の筆を執りはじめる三〇歳近くに至るまでの間に、式部はどれだけの本を読んでいたものか。

以下に、玉上琢彌氏『源氏物語の引き歌』の索引によって、式部が引歌（引詩）に用いた作品名をあげると、（数字は引用度数を示す。数字なきものはすべて一回）

史記（6）、後漢書、毛詩注、古文孝経、老子、列子、陶淵明詩集、文選（3）、李嶠百詠、遊仙窟（2）、劉夢得外集、白詩（30）、法華経（4）、観無量寿経、観普賢経、心地観経、清信士度人経、不動尊立印儀軌、菅家万葉、菅家後草（2）、和漢朗詠集（53）、日本紀竟宴和歌集（2）、神楽歌（2）、催馬楽（41）、風俗歌（4）、古今和歌集（234）、後撰集（60）、拾遺集（62）、万葉集（45）、古今六帖（250）、寛平御時后宮歌合（6）、亭子院歌合、天徳四年内裏歌合（2）、日本書紀（2）、続日本後紀、土佐日記、伊勢物語（47）、大和物語（16）、柿

本集（7）、家持集、赤人集（2）、業平集（13）、小町集（14）、遍昭集（9）、大江千里集、貫之集（12）、躬恒集（5）、友則集（7）、忠岑集（2）、敏行集、兼輔集（6）、素性法師集（7）、是則集（7）、興風集（3）、伊勢集（23）、宗于集、頼基集、源重之集（4）、信明集（8）、元真集、忠見集、中務集、元良親王御集（2）、兼盛集、朝忠集、元輔集、清慎公集（2）、曾丹集（2）、義孝集（2）、為頼朝臣集、恵慶法師集（2）、公任卿集

右のうちには、同一引用箇所の典拠を二書以上にわたって重複計算しているものもかなりあり、またこれ以外に現在なお典拠不明のものも甚だ多く、また、『万葉集』や『古今六帖』・『和漢朗詠集』などの所出歌は、むしろ、当時流布の口承歌が直接作品に取り入れられたものとみた方が適当かもしれないが、しかし、このほかにも引歌（引詩）以外の作品名のみ記した例としては、『竹取』、『宇津保』をはじめ、交野の少将、からもり、こまの物語、正三位、住吉、芹川の大将、はこやのとじ、などの散逸物語があることを考えあわせると、右の数字に多少の浮動性のあることを認めたところで作者の駆使した資料のゆたかさはおのずから明らかであろう。また右の引歌を作者別に見ると、すべてで一二三名、そのうち異なった詩歌二首以上引用の者は次の通りである。

白楽天（24）、伊勢（18）、貫之（16）、業平（14）、人麿（11）、躬恒（10）、小町（9）、遍昭（7）、素性法師・紀友則（以上二人、6）、菅原道真（5）、藤原兼輔・壬生忠岑・中務・恵慶法師（以上四人、4）、坂上是則・平貞文・源重之（以上三人、3）、赤人・家持・大江朝綱・藤原興風・布留今道・藤原伊尹・源信明・大江千里・具平親王・清原深養父・在原行平・大中臣能宣・藤原義孝（以上一三人、2）

引歌が見えるということだけで、影響うんぬんということは慎しまねばならないが、右に見える引用数の多い作品、たとえば白詩・『史記』・『法華経』などの漢詩文や仏典、さらに『朗詠』・『古今集』以下の三代集、『催馬楽』・『古今六帖』・『万葉集』・『伊勢物語』などや、また作者では白楽天・伊勢・貫之・業平・人麿・躬恒・小町などは、紫

式部の文学的教養の核を形成し、作品執筆に際しても、程度の差こそあれそれぞれ影響力をもっていたと考えてよかろう。引歌の多いものについて見ると、寛弘から約半世紀を遡る天暦以前のものが大部分を占め、とくに人麿・六歌仙・古今集撰者という規範的系列に属するものが多い。これはもとより有名な古歌によって想を構える引歌本来の方式に基づくものながら、かかる古典主義的方法を数百回に及んで用いた作者にもまた古典主義者の一面があったと評してよかろう。それは延喜の御代に時代を託したことと通じ合うことがらであろう。また漢詩文の影響ということが、非常に重要なことと考えられているのは当然であるが、しかし、右のような引用例からみても、漢詩文引用は和文和歌引用例の十分の一にも足らないのであり、和歌や和文という本来の伝統的発想や素材に優位するものではけっしてない。

ついでに、そうした漢詩文引用の方法について、二、三の具体例をあげて考えてみよう。桐壺巻における長恨歌の影響の甚大さについてはいまさらいうまでもないことながら、その一巻の構想、事件の経過・措辞のすべてにわたって、ほとんど敷き写したかの観があるのは、神田秀夫・古沢未知男氏らの指摘されるとおりであろう。当時の宮廷では長恨歌はあるいは連作の屏風絵となり（伊勢集・大弐高遠集）あるいは物語となって（更級日記）、もてはやされたことは周知のことであるが、紫式部もまたそういう宮廷文芸の常道を踏んだものにすぎまい。受身の形における白楽天の影響をいうなら、式部と同時代人との間に何らの違いもなかっただろう。しかし、式部はそのまま一般の読者のように、白氏の世界に没して自己を失ってはしまわなかった。「温泉水滑洗二凝脂一、侍児扶起嬌無レ力」以下の息ぐるしいほどの官能の陶酔や、「六軍不レ発無二奈何一、宛転蛾眉馬前死、花鈿委レ地無二人収一、翠翹金雀玉掻頭、君王掩レ面而救不レ得、回看血涙相和流」といった豪奢でしかも荒々しいむざんさといったものは、桐壺帝と更衣とでは、きめこまかな情趣のヴェールに穏雅に包みかくされ、官能を昇華したやさしい愛情と感傷の物語に変じている。「太液芙蓉、未央柳も、げにかよひたりし容貌を、唐めいたるよそひはうるはしうこそありけめ、なつかしうらうたげなりしを思し出づるに、花鳥の色にも音にもよそふべき方ぞなき」と、更衣のなつかしさを、「唐めいた」貴妃の堂々たる麗容より以上に高く据えていることは、先学の一致していわれるように、式部の民族様式への自覚なくしては到底考えられないことであるとともに、そのつよい創作者としての主張を見るべきだろう。また、葵巻の、光源氏が葵上の死後、長恨歌に拠って悲しみの和歌を詠む条で、「霜華白し」と誦したとあるが、長恨歌の本文は「霜華重」であって、その喰い違いにつき、『河海抄』は、当時故人の句を書き改めて当座の景をいう例は他にあって珍しくないといっているが、当時文珠の化身（十訓抄）とさえいわれたという白楽天を向こうに回して、自己の創作のために、その珍重すべき語句さえも書き改めるということは、はなはだ興味ぶかい。自己の世界に違和するものは、いかなる権威であっても容赦はしなかったのであり、その装飾に奉仕するかぎりにおいて、それらは利用されたにすぎない。だからしばしば見える中国の故事の引用も、ほとんど余分のペダントリーを感ぜしめないのである。賢木巻で、頭の弁が「白虹日を貫けり、太子畏ぢたり」（漢書鄒陽伝）と口ずさんで、源氏を諷する条とか、同じく賢木巻で、藤壺が『史記』呂后本紀の戚夫人を引合いに出して、自分の将来を怖れる条、あるいは同巻、頭中将の韻塞ぎの負態《まけわざ》の折に、陽気になった源氏が自らを周公旦に擬して「文王の子武王の弟」と口ずさむと、作者は草子地でこれに対して「成王の何とかのたまはむとすらむ。それぱかりやまた心もとなからむ」と、すかさず口を挿む。成王は冷泉院にあたるわけで、光源氏と冷泉院の間柄は『史記』のいう叔父甥でもなく、さりとて事実通り父親と名乗るわけにもゆくまいしと、この場でやや得意気の光源氏を冷やかしている言葉なのである。同じ機智でも清少納言の「草の庵」や「香炉峯の雪」式のあさはかな洒落とは趣が違う。藤壺との不倫という作品の骨格にふれたところで、光源氏の油断を見すまして、さっと一太刀浴びせるとたちまち引き上げてしまうあざやかさである。事をこう運んだのはもちろん作者の作為だが、ここではそういうわざとらしさを感ぜしめないのである。

さらに一例。末摘花巻で源氏が雪の朝常陸宮邸から帰ろうとすると、みすぼらしい門番の翁が、火種を大切そうに袖に包んだむすめといっしょに、壊れかかった門を開けかねている。源氏はそこで従者たちに手伝わせてやり、自分は思わず「幼き者は形蔽れず」と誦すると、末摘花の姫君の「鼻の色に出でていと寒しと見え」たのを思い出して微笑したという条である。この詩は白楽天の秦中吟十首重賦の一節であるが、原詩は山中窮民の状を写し、「夜も更けて火種も尽き雪霰はまっ白に降り乱れている。子供はぼろを身にまとって肌があらわれ、老人は冷え切ったからだで温まることもできぬ。悲しげな溜息は身を切る寒気とともに鼻の中へ入ってぴりぴりとする」との意であるが、ここでは、紫式部は目前の貧しい老人親子の姿から白詩諷諭の詩の一節を思い起こし、その詩の末に至って「入二鼻中一辛」の語に逢い、再転して、今別れてきたばかりの姫君の、寒気にひとしお鮮かな鼻の色を思い出したというのである。連想は詩を媒介として一めぐりし、実に手が込んでいながら、しかも極めて自然であり、その裏に流れるあたたかな思いやりと上品なユーモアとは至上の絶品と称するに足るだろう。

このばあい、発想の基底にある白詩の影響力の大であることを否定できるわけはない。紫式部は彰子中宮に向かって新楽府を進講したという。それは社会の矛盾に心を痛めた諷諭の詩である。白楽天に民衆詩人の名を冠することがどこまで正しいかは私には分からないが、ともかく、紫式部についてよくいわれるところの、当時の貴族としては驚くに足る階級的偏見からのある程度の自由さ、その普遍的な人間性の発見ということが、どうして養われたかを物語る一つの材料ではあろう。漢詩文の影響というものも、こういう式部の人間形成に関わるところは大きかったに違いない。そのほか、詩文ではないが、孔孟の教え通り、女には三従ということがあるとか、中庸を尊ぶ思想とか、あるいは仏典の女性五障の論なども、式部は素直に受け入れているようだ。しかしこれらは、先行文学とはいえぬので、これ以上触れないことにする。

漢詩にくらべると、先人の和歌の影響、というよりむしろ重圧というものは、はるかに大きい。だいたい物語という散文形式自身がもともと和歌を発想の核として発展してきたようなところがある。また、物語という形式が当時の宮廷女房間の会話語による文構成であって、しかも女房語というものは、ほとんど和歌の世界に隣り合い、逆に和歌は律語形式による会話の一種でさえあった。有名な古歌は、ちょっと気の利いた会話にはつきものだった。『源氏物語』中でも、(空蟬)「よし、今は見きとなかけそ(それをだに思ふ事とてわがやどを見きとないひそ人の聞かくに)」(帚木)とか、(紫)「入りぬる磯の(しほみてば入りぬるいその草なれや見らくすくなくこふらくのおほき)」(紅葉賀)とか、(源典侍)「橋柱(津の国の長柄の橋の橋柱ふりぬる身こそかなしかりけれ)」(紅葉賀)とか、それぞれ古歌の一句をとって、意中を示す例は多く、また、とくに恋人相手に様子ぶったような折には、

八重たつ山は、さらに島がくれにも劣らざりけるを、松も昔のとたどられつるに、忘れぬ人もものしたまひけるに頼もし(松風)

などと、この短文の中に、

白雲のたえずたなびく峰にだにすめばすみぬる世にこそ有りけれ
ほのぼのと明石の浦の朝霧に島がくれ行く舟をしぞ思ふ
誰をかもしる人にせむ高砂の松も昔の友ならなくに

という三首の歌の意を込めているという。そしておそらくこうしたやりとりが、宮廷女房間の日常社交技術の最要なものと思われていたであろう。清少納言が当意即妙の返答を吹きがたりするわけである。もっとも紫式部自身はこういう点では、てきぱきと頓智よく返事をして、自分も悦に入っているという質《たち》ではなかったようだ。雨夜の品定めにおける左馬頭の長口舌にも「をかしき古言《ふること》をもはじめよりとりこみつつ、すさまじきをりをり詠みかけたるこそ、ものしきことなれ」とか、「よろづのことに、などかはさても、とおぼゆるをりから、時々思ひ分かぬばか

りの心にては、よしばみ情だたざらむなむめやすかるべき」などといっている。それほどにわざとらしいことのきらいな式部が、ではなぜあれほどまで多くの引歌を用いて文を作ったのか、それはたしかに一つの問題であろう。考えられる解答の一つは、作者が世の常識を利用し、日常会話の型をそのまま写すことによって、物語にレアリティを確保しようとしたということであり、また一つには、そうした言語の技巧も、時と場合にはすぐれた表現効果を持つものであることを、作者自身も疑わなかったことだろう。また事実、右にあげた紫上、源典侍などの例は、いかにもいきいきとその場の情景を物語っているといえるだろう。

また練りに練った美文として知られる須磨巻の「須磨には、いとど心づくしの秋風に」で始まる一節のごとき、古歌古詩をふんだんに引用して、むしろ虚飾に近いかとさえ思われるほどだが、それは、この条が謫地における八月十五日の一昼夜にわたる、さまざまの風雅を、いわば百科全書的に陳列して見せようとしたものであって、この際の引歌の濫用も、はじめから多分にそういう衒学的展示的狙いをもっていたからであると思う（拙著「源氏物語」上　一四六P参照、本著作集第五巻所収）。その点一般の記事とはやや趣を異にしており、教養主義知識主義がこういう露骨なかたちであらわれるのは、明白な評論的談義の部分を除くと、全篇にわたってみても、さほど多くはない。ともかく和歌の伝統が骨髄にしみこんだ物語文学において、古歌の世界が重くのしかかっているのは当たり前の話であるが、しかも作者はさまざまの状況に応じて、それぞれの方法でそれを自己の世界のものとして生かそうとしているのである。

しかし、先行文学といえば、いちばん重要なのは、同じ物語文学との関連である。しかしそれについてはすでに先学に多くの論があり、ここでは、ごく大ざっぱにつけ足しの程度にふれておくことにしたい。

個々の作品についていえば、『宇津保物語』との関係については、早く細井貞雄が玉琴において十数箇条をあげて、『宇津保』の構想上の影響を述べて有名であり、『落窪物語』では、例の面白の駒という白痴が末摘花の材料になり、継母の車が壊される条は葵巻の車争いを生んだといわれるが、帯刀や阿漕という従者階級の活躍は、惟光・良清以下の人物を生み出すものだったかもしれない。『伊勢物語』との関係も従来から初冠の段と若紫巻北山の条、六五段の宮女と「在原なりける男」との恋の物語と藤壺の一件、六三段のつくも髪の女と源典侍、三九段の源至の蛍の話とそれから『宇津保物語』を経た蛍巻の有名な一節等々それぞれの影響関係が指摘されてきた。また、最近石川徹氏の『伊勢』と『源氏』との関係についての全体的な詳細の論が発表されてもいる(「光る源氏と輝く藤壺」源氏物語講座中巻、紫乃故郷社)。『大和物語』でも一六〇段の大和の国の男女の話は夕顔の宿の壁越しの会話にヒントを与え、六段の朝忠が都を去ってゆく人妻に歌をおくる話は空蟬の伊予下りに似るともいう。しかしこうした類似の趣向や場面設定を算え上げれば、おそらくきりのない話ではないかとも思われるのである。

また近頃民俗学でやかましくいわれる貴種流離譚形式とか、三輪山説話の型(夕顔巻で源氏が覆面をして女のもとに通う条など)、あるいは色好みのモラルとか、水の女とか山の女とかの問題も、それらはもともと文字文芸としての現存物語文学作品のみならず、広く民間伝承の型を類別し、その古代的信仰や古代人の基本的な思惟形式にまで遡って論ぜられることなのだが、作品ということばを広く理解すれば、先行作品の影響といえなくもないだろう。また「まま母の腹ぎたなき昔物語も多かるを」と作者自身がいっている先行のまま子いじめの話の型も『落窪物語』のみならず、『源氏物語』にもまったく残っていないわけでもない。紫上の少女時代の面影にはその名残がすこしあるようだ(拙稿「兵部卿宮のこと」古典文学鑑賞講座、源氏物語、本著作集第二巻所収)。主人公のタイプでいえば、折口氏が古代的な「色好み」と特殊な意味をつけて呼ばれるすきものの主人公光源氏の中にすら、それと同時に、『宇津保』の仲忠や『落窪』の左少将のようなまめ人的一面があり、その面は薫や夕霧においていっそうはっきりしてくる。また、五十嵐力氏のいわれる雨夜の品定めの座談形式の祖先は『三教指帰』のそれであるというようなことも、対談形式という点からいえば、白詩や『本朝文粋』の髪落詞や詰眼文にも見えるものだ。——要するにこれもまたきりがない。しかしきりのないのはむしろあたりまえなのである。それは作者が歴史を背負って生きていたということであって、何の不思議もない。

しかしここで注意したいのは、こうして、歴史の重みを背負いながら、作者はそこから一歩抜け出ようとしていることだ。蛍巻の物語論は有名だが、そこでは、式部は通俗的なまま子いじめの物語や、仰々しい内容で人を驚かせようと狙いながら、けっきょく人に飽かれてしまうものの多いことをいい、虚構を借りながらしかも逆に「この世の外のことなら」ぬ直実な物語の世界の存在を主張する。また、あれほどたくさんのタネを『宇津保』から得ながら、『宇津保』の作者が漢学者らしいかたくなな筆で一心に書き上げたにちがいない貴宮《あてみや》を「すくよかに言ひ出でたる、しわざも女しきところなかめるぞ、一やうなめる」（蛍）と、平気で貶しめる。先人の作を愛し影響されながら、同時に、それゆえにこそまたはげしく反発してゆく作家の魂というものであろう。そして、その意味での作家の魂の問題にもやはり別様の先人があった。『蜻蛉日記』の作者である。

『蜻蛉日記』の直接的な影響は、例えば石山詣での風景描写などをめぐって、二、三指摘されてはいるが、しかし右にあげた作品のようにはっきりと目立つものではない。しかもその影響はもっとふかいところで甚だ大であったと思われる。『蜻蛉日記』の序文に書かれた荒唐無稽な古物語に対する告発と、以下の作者の直実な魂の記録とがなかったら、三〇年後輩の紫式部ははたしてあれほど堂々と、はじめから人間の心の物語を書きつづけてゆけただろうか。そのような新しい文芸の開拓者はあくまで道綱母であり、また彼女を典型とする、女の幸福を求めて苦しんだ同時代の多くの女性たちであった。（その中には一条摂政伊尹の室であった恵子女王などもある。拙稿「花山院研究（その1）」文学研究参照、本著作集第九巻所収）。紫式部は道綱母に比べると、古物語形式への依拠という、むしろ一歩後退した地点から出発しさえする。しかしその執筆の間に道綱母と似た明石上のような女を登場させ、その性格の意味もふかく追究されていった。そして古物語の形式は第一部の藤裏葉巻を区切りとしてあざやかに脱ぎ捨てられ、第二部以下は独自の式部の世界に入ってゆく。石川徹氏もいわれるように、第二部以下では、『宇津保』や『伊勢』の構想上の影響というものはほとんどなくなってしまう。もちろん引歌などは相変わらず多いけれど、古歌の影響の次元というものは、ここに述べたような作品の基調におけるそれとは比べものにならぬ表層的な技巧にすぎぬ。そしてどうやら、小論では、この末梢的なものと、本質的なものと論述の重点をとり違えたような結果に陥ったことを、残念に思わざるを得ない。読者のおゆるしを願いたい。

平安文学の制作者と読者

平安文学の主流は、いうまでもなく貴族の手にあった。といっても、一般民衆がまったく文芸をもっていなかったというわけではは、もちろんない。『今昔物語集』の伝える当時の民謡や、『梁塵秘抄』の今様などには、編纂者たる貴族や僧侶階級の手が加わっているにもかかわらず、やはり、いきいきと彼らの生活や欲求を映し出しているのであって、そのもとの口誦文芸が、それなりに美しいものであったろうと想像させるに足りる。ただ、こうした民話や民謡も、文学的形象化の上では、多くはいわばその原型に留まるものであったことは、否むことができないであろう。これらを、一歩進んで、完全な文芸として取り上げるには、形象方式や技術の問題を大胆に捨象し、その代わり素材の倫理的性格だけを、極度に重視するという偏向に陥るほかないのではないか。もちろん、多くの民話、民謡の中には、形象面においても、実にすぐれたものが少数ながら存在したことも充分想像できるが、問題は、それらが文字に写されなかったために、現在では、もはや、そのことを実証する手がかりがなくなっていることにある。遠い過去の口誦文芸が文学作品としての資格を荷う可能性を充分に持ちながら、文学史家にとっては、傍系の対象として扱われるほかないのは、もっぱらこの形象面の具体的追求が不可能だという点にかかっていると思う。

だから、確実な研究対象となりうるものは、現在まで、そのままの形で伝えられた文字文芸にほかならず、しかも、当時の文字化された作品は、ことごとく貴族の手を経ているのであって、平安文学が貴族文学の時代とよばれるのは、このためなのである。それは貴族だけが文学を産み出したという意味でもなく、また民衆の文学はあるにはあったがしかし文学というにまったく値しなかったという意味でもない。文学作品と呼ぶにふさわしい形をもっていたかどうかを、はっきりとたしかめうる作品は、現今では、当時の貴族の手によって書かれたものだけしか残っていないという意味においてそうなのである。

いったい九世紀から一一世紀へかけての遠い昔に、ことばが文字に写される条件というものは、我々の想像を超えたきびしいものであった。紙、筆、墨という、不可欠の物資は、まだまだ甚だしく貴重であった。料紙は諸国で産出され、別に図書寮直属の紙屋院という製紙工場のようなものが、官用料紙の生産に当たっていたが、『延喜式』に、年間の墨の製造量は四百廷《ちょう》といっているところを見ても、たとえ、それ以外に地方で作り出されるものがあったとしても、全体として、紙や墨の生産と消費がいかに少ないものであったか想像もつくだろう。この乏しい紙墨が、当時の一切の公私の記録、通信をまかない、さらに、その余をもって、作品の生産、書写に宛てられていたわけだ。天皇の御記などにも、文人に対する禄に、紙筆が給されている例が見えるが、それも、実は図書寮の管掌事項として明記されていることであり、また個人的にも、清少納言が定子中宮から料紙をいただいたりしたのも、紙筆の貴重さを裏書きするものであって、字をよみ、また筆をとること自体が、明らかな少数貴族ないしこれに準ずる階級の特権的行為であったと思われる。

こういう特権的位置が、当時の官僚機構または宮廷に直結するものであることは、いうまでもない。当時の作者ないし編者が例外なく、男子ならば受領層以上の官僚、女子ならば宮廷奉仕の女房か、あるいは中流以上の官人を身近に持つ家庭婦人であるのは、当然である。一般民衆はノッピキならぬ公式文書の制作の必要があるばあいにだけ、知りあいの地方官僚や、知識人に依頼して、自分の意中を代書してもらうぐらいのことで、それ以外には、文字によって自己を表現することは、まったくなかったであろう。『土佐日記』に出てくる船頭はよほどの幸運児であった。文字に馴れることから始まって、多くの作品を鑑賞し評価し、あるいはさらに進んで、自ら作家の側に立とうというまでには、こうした貧しさからの、絶対的な距離と飛躍とが必要であり、それを得しめるものは、古代国家の権力機構だけであった。だからこの時代の読者たち、また作者たちには、読者であり作者であることだけで、すでに一つの共通した選民的性格を具え、生活の同根性ともいうべきものを認めることができるのだ。作者と読者とは、同一の階級に属し、同種の生活を享受し、思考形式や感情を同じくする。しかもその貴族社会は、しばしばいわれるように、律令制の崩壊から摂関制の完成、さらに院政へと移ってゆく間に、おおむね固定、爛熟、頽廃、崩壊という足どりを進めていったのであって、そこに生きた人々に、例外なく、それぞれの時代の影を背負わせた。「もののあはれ」とよばれる理念は、いわば、こうした貴族の時代精神の最大公約数にほかならない。いわゆる反省的批判的なバラバラの個人主体の出現ということも、こうした一般的精神の同根性を前提とした上での第二次的なものであると思う。そこに、平安文学の数々の作品が、一面批判的に見えながら、それが、常に中途半端なものであり、しばしば逆に、現実の謳歌に奔りがちな理由もある。自己を官僚機構や宮廷から疎外するとき、彼らは、単に物質的生活的意味においてではなく、それが直ちに、自己の精神の基盤をゆさぶるものであるのだから、到底作家として生存し得なくなるであろう。紫式部は、ただ一人、そのことを身をもって体験した人であった。

しかし、一面この文学基盤の同根性は、作品の内容や素材が狭少であるにかかわらず、それなりに、読者たちの共感を直ちに喚起するに役立った。環境や教養をひとしくする作者と読者とは、いわば私小説的関係でもって連なっており、そうした暗黙の中に約束された伝統的発想と、周知の素材と、また方言的表現技法は、予め両者を安心させるとともに、そうした枠の内部で、いよいよ技術的な洗練を加えるようになり、和文史上に未曾有の発展をもたらしもしたのである。作者と読者との間に介在する等質感、協和感が、彼らの文学を、近代のそれから大きく差を生ぜしめている。

もうすこし具体的に話を進めよう。
平安文学の基盤の中核は、何といっても後宮を中心とした宮廷生活である。藤氏の政権慾という強力な支柱に支えられて、そこは絢爛たる調度のもと、よくいえば才媛美女と貴公子たちとの艶詞雅情の渦巻き乱れる世界である。廊で行きずりのひやかしの詞も、必ず三十一文字に綾なさねばならず、また、歌をよみかけられて、返しができなかったり、男の求愛をスゲなく拒むほどのヤボはない。桜花をありのままに、花とよむのが愚かしければ、男の身としては、心にもないお世辞の歌で女に言い寄るのが、むしろ礼儀だ。すべての人が、まず歌よみで、能筆であることが、宮廷人たる第一の資格だった。そして、歌よみとは、機智に富み、詞の技巧にたけ、虚構を以て、情趣を作り出す職人である。宮廷は、そうした意味の、創作者、即享受者の巣であった。そこには、作者と読者との差はなかった。

和歌の本質論として、『古今集』の序文をはじめとして、髄脳などにもいろいろなことがいわれている。「人の心をたねと」するとか、心詞の調和とか、余情とか。そして、こうした標準にかなった、さまざまの名歌の実例もある。それらは、いずれもこうした宮廷の風雅をいやますための、彫心の作でないものはない。恋歌などでは、今日もなお愛唱するに堪えるものが多い。しかし実は、こうした純文学的な評価基準が、そのまま当時の一般の鑑賞基準となっていたわけではなかったことも注意しなければならぬ。和歌が社交の具であったことは、その世俗的要素を抜き去り難いものとしており、余情とか優艶とかいう、抒情詩としての理想は、とうていそのまま実現できるはずはなかった。藤原輔相の家集に、

　このいへはうるかいりてもみてしがなぬしもさながらかはむとぞ思ふ

というのがある。「うるかいり」という題の物名誹諧歌であるが、それにしても、ここまで卑俗な発想に徹し得た当時の和歌の本質は、あらためて、問題にしてもよいのではないか。貫之の歌の過半が権門に献げた屏風歌であっ

たり、歌合の折には高貴な人が席につく左一番は、けっして負けにならなかったり、勅撰集には、つまらぬ歌でも貴人のものは、割合入っているが、歌がよくても、時の朝廷におぼえのめでたくない者は排斥されたりもする。撰者自体が、この際、貴人の俗権に叩頭したというより、むしろ、貴人の歌なるがゆえにめでたくあはれだと感ずる、非文学的な一般的社会理念に、彼自身支配されていたというほうが正しいだろう。宮廷の和歌のやりとりが評判になるばあいでも、その歌自身のよさや機智の好ましさによって噂になるばあいと、その話題の主が貴人顕官だったというばあいと両方あるようだ。歌物語や歌論書の伝えるものには、かなりその類が多い。またそうした世俗的関心の持続に繫がって、それらは勅撰集にまでも入ってくる。宮廷和歌の優雅さの中には、こういう世俗的夾雑物があることを見逭してはなるまい。だから、逆にいえば、真に抒情一途の和歌は、しばしば宮廷や世俗に背を向けた姿勢から生まれてくるわけで、業平、曾丹、和泉式部などの歌のよさの一斑は、彼らが多少とも、宮廷社交界に対する反逆児であったところに、原因が求められるのではあるまいか。

物語になると事情はより複雑である。和歌から発展した歌物語、古伝承を受けついだ作り物語の二系譜ともに、その作者すら明らかでないものが多い。一〇世紀前半頃を中心とした平安都市貴族社会の解体の中から、反省的批判的個人が生まれて来、彼らは主として時代の梗塞に直接さらされた中下層貴族であって、物語文学は彼らの現実に対する認識、批判の一つの形式であったという近年の古代文学史の常識も、作者と読者とを結びつけている前述のような古代的紐帯の存在を否定するものとはならない。歌よみと同じように、物語の作者も、やはり、直接あるいは間接に、官僚機構や宮廷に繫がらざるを得ず、普段は、学者あるいは家庭教師として奉仕しながら、時に貴人の注文に随って、作品を書いたのであろう。そして、その作品は、貴人の子女が傍らに絵を見ながら、侍女に朗読させて楽しんだものであったらしい。作家たちが執筆した場所には、無断で留守中に、他人が入ってきて、書きかけの草稿を持ち出してしまうようなこともあった。紫式部も清少納言もそんな目にあっている。必ずしも一人とは限らなかったであろう注文主に応じて、次々と作品を与えてゆけば、それが長篇連作のばあいには、前後の重複や矛盾ということも起こってくるだろう。小西甚一氏のいわれるように、『宇津保物語』のややこしい巻序の問題の裏には、そんな事情も想像されるかもしれぬ。読者は読者でまた、作者の著作権尊重などという観念もなかったのだから、読んでみておもしろければ、自らところどころに勝手に話を加えてみたり、時には、書きかえてみたりなどもした。現存物語のほとんどすべてが、いわゆる後人の補筆改訂の跡を云々されるのは当然である。『伊勢物語』のごときは、最初にあった少数の業平の歌稿をもととして、それが物語化され、さらに他人の歌がつけ加わり、次には全体が一代記風に整理改訂され、約一〇〇年がかりで、現存本の形に落ちついたという。つまり多数者の共同制作の産物なのだ。紫式部の作と思われてきた『源氏物語』の中にも、「竹河」巻のように、近頃他人の作であることが明らかにされたものが混じっている。しかも「竹河」の成ったのは、紫式部の生前だという。古物語に反発して筆をとったと、自ら宣言している『蜻蛉日記』の著者のばあいでも、彼女が読者を予想していることは、序文に明らかであり、その「日記」は、密室に置いて他見を許さぬ孤独な魂の記録ではなく、やはり公開を前提とした「身《み》ものがたり」なのである。

以上のような制作の条件を考慮することは、物語の内容を解釈する上にかなり有益であろう。物語の作者が、中下層貴族というその階級的性格からして、周囲の現実に対して批判的となっていたことは、作品を分析すれば、直ちに分かることである。が同時に他面に、それを裏切るような通俗性、啓蒙的教訓性、既成道徳的現実肯定的態度等々が厳存することも否定できない。この矛盾は、作者の右のような具体的な制作の場の状況から説き明かすことができるのではないか。周囲の読者たちの不断の監視と介入のもとにある作者が、彼らの日常的な道徳意識や価値観念に即して、筆を進めがちであったことは肯けるはずであり、また、物語が絵とともに鑑賞されたところから、場面本位のスペクタクル的構想が多くもなった。『落窪物語』のごときは、そうした通俗的家庭小説の典型であろう。「継母の腹ぎたなき昔物語も多」かったという『源氏物語』蛍巻の記事は、一〇世紀末の読者の嗜好を語るものである。しかも、当の『源氏物語』が、こうしたものを「心見えに心づきなし」と斥けた理由には、あくどく執拗な復讐を喜ばなくなった読者の成長とともに、作者自身の自然な情感を重んずる、レアリストとしての理想もあったにちがいない。そして事実彼女は、ああいう矮小な主人公の代わりに、光源氏という理想的人物を作り上げた。にもかかわらず、この主人公はたとえば、ドンジュアンやカザノヴァとまるで違って、一方では、いつもびくびくと世人に気がねをし、時代通念である中庸の徳を力説したり、女子には三従の掟をさとしたりしているのである。光源氏がロボットだとか、統一性がないとか批評されるのは、こういう、理想性と読者と妥協した通俗性との混在による点も大きいと思われるが、しかしそれも、ああした環境の中で、伝統的な物語形式に則って筆を執りはじめた以上、やむをえないことでもあっただろう。しかし紫式部の偉さは、遂に通俗的啓蒙性、娯楽性、楽天的世界観や処世談義、あるいは宮廷美論等々という宮廷風の精神の段階を抜け出して、より普遍的な高次の世界に達した点にある。それが天才の所以であろう。

ところで、ここで一つ気をつけたいのは、女流文学の問題である。とくに物語の歴史では、一〇世紀末の『落窪物語』を最後として、男性作家が姿を消し、以後『とりかへばや』を、おそらくは唯一の例外として、一二世紀末に至り、一三世紀初頭、藤原定家その他の男性作家が再び登場するまで、約二〇〇年間、ほとんどすべての作品は、女性の手によって成っている。物語を支える現実的意識は、男子官僚よりも、むしろその子女に生まれ、時代の重圧をよりなまなましく体認した女性の胸裡にこそ、懐胎されるものだという、一般的立言だけでは、このことは解きえない。『竹取』『宇津保』『落窪』と続いてきた男性作家が、梗塞の度を加えた一一世紀初頭、にわかに姿を消した理由は、ほかにも求めねばなるまい。また、物語は女性向きの第二芸術だったからだともいうが、それも律令の精神もまだ残っていた初期の物語の作者が男子官僚だったことについては、目をつむったいい方である。

臆測をあえてすれば、このことは、一〇世紀末、一条朝における後宮社交界が、はじめて女房間でおのずからに一つの批評の方法を完成したことと関係がありはしないだろうか。『枕草子』や『紫式部日記』に窺える当時の女房社会の批評意識は、その客観的冷静さ、苛責なき鋭い洞察等において、まことに驚くべきものを有しているが、とくに女性日常語の駆使による自在な表現は、漢詩文にまつわれ、故実有識に頭を休めるひまもなかった男子官僚たちの、とうてい及ぶところではなかったと思われる。だから少なくとも、散文の世界では、女房たちの評価は、その作品の運命を決するものとなったであろう。しかも女房の批評の基準は、あくまで宮廷風の優雅と感傷を重んじ、地方的庶民的な粗野と露骨とを排斥するものであった。『源氏物語』絵合巻や蛍巻の文章、あるいは『枕草子』の美論などは、そのことを明らかにしているし、こうした態度は後の『無名草子』以下の女房の評論にまで、一貫して残っている。男たちが好んだであろう『宇津保』や『落窪』の露骨野卑な部分は、こうして不評を蒙り、それ以後、作者たちはあえてこうした類のことは書かなくなったであろう。そして女性本位の評価基準の完成は、ただでさえ物語を軽視した男性作家を、そのまま自滅させたのではあるまいか。

末期の物語の作者が、『源氏物語』を模倣したとよくいわれる。創作主体に即してみればそれに相違あるまいが、彼らの創作の場について考えてみると、やはり読者の先入的な評価基準に迎合した点もあろう。いわば当時における大衆小説作家の道を歩いたのだ。表現技巧には腐心したが、思惟形式や世界観の上では、読者の一般的嗜好の水準を抜け出せず、むしろそこに密着してしまったことが、彼らを二流三流の作家としている所以である。平安末期物語のデカダンス、エロ・グロということも、一面では伝統的な『源氏』の重圧に対する反発という作家主体のあえていえば、積極面の現れでもあるが、同時に「永長大田楽」のランチキ騒ぎが象徴している、狂騒的風潮に動かされたものとも考えてよいだろう。しかし、たとえば院政期の古本『とりかへばや』のような作品も、『無名草子』が強く非難している上に、まもなく穏やかな改作が出て、好評を博しているところから見ても、少なくとも女房社会では、あまり受けがよくなかったらしい。しかし、とにもかくにも、「もとどりゆるがして子生」むとか、運命を鏡に映してみるなどという内容を含んだ物語が、女房たちの悪評を排して、世に出現したということだけでも、時代の動きをひしひしと思わせるに足る。この頃には、もう、女房社会の権威は幅広い末期物語のさまざまの動きを、ことごとく規制し了せるものではなくなっていたのかもしれない。だから、また一三世紀初めの動乱に当たって殺伐荒涼の風景が日々眼前に展開するようになると、定家のような人が『松浦宮物語』を書いて、むごたらしい戦闘の描写を試みたりもする。しかし『無名草子』の評を見てもわかるように、こういう点も、やはり、読者の女房たちには喜ばれていない。男性作家と女性読者には、いつも喰い違いがあったのであり、それが、物語全盛期を通じて、物語の作家に男性が現れにくい一つの原因だったのではあるまいか。

そして、こうした女房社会の評価とまったく無関係な作品として、『大鏡』や『今昔物語集』その他の説話文学があげられる。女房社会の全盛が摂関時代にあったことは明らかで、院政期にこれらの院政側近者や天台宗団の親近者が、女房に代わって新しい文学の荷い手となったことは当然であった。それらに共通する巷談性や、とくに『今昔物語集』に著しい民衆性は、「新猿楽記」のような変体漢文の作品とともに、明白にもっと異なった読者を予想しているのである。ただしそれがはたして、一般民衆とよぶにふさわしい広汎な層と考えてよいかどうかについては困難な問題が残っている。そのほか、純正漢文学作品が、平安時代全体を通じて、もっぱら男子官僚あるいは知識人の弄ぶところであったこと（初期には、有智子内親王のような例外もあるが）、女子もまたその読者とはなり得たが、作者にはなりえなかったこと等についても、触れるべきであったが、紙数の関係で省かせていただくこととする。

物語の享受

1　物語の日常的地盤

『源氏物語』の享受をいうまえに、物語一般のそれについて、少し触れておく。

いうまでもなく、「物語」は、広範な意義を帯びた語である。乳児が無意味な音声を発するのを比喩的にそういうのをはじめとして、日常の雑談あるいは、男女間の親密なかたらい、さらに「物いふ」「語らふ」等と同じく「物語す」が同衾を意味するばあいもある。たとえば、西本願寺本『貫之集』518の詞書の、「やよひばかりに物語りしける人のもとに、また人の消息すと聞きてつかはしける」や、また、同じく519の「しのびたる人に物語し侍りけるを、人目さわがしうなりにければまかりさりてつかはしける」などは、この最後の例であるが、同じく605の「泉の大将の失せ給ひて後、隣りなる人の家に人々いたりあひて、とかく物語りなどするついでに、かの殿の桜のおもしろく咲けるを、これかれあはれがりて歌よむついでに」や、606の「兼輔の中将の妻の失せにける年の師走の晦《つごもり》にいたりて物語りするついでに、むかしを恋ひしのぶるあひだによめる」などは、単なる思い出話の類である。そして、この二つの「物語」、すなわち、日常生活における会話談話と、男女の（時には同性間の）同衾とは内容的に大きな相違があるが、しかし、そこには同語として存在する以上は、それだけの共通点もあるはずである。たとえば、『順集』の屛風歌の一つに、

八月十五夜、人の家に蓮あり、木のはうかぶ、つきかげおちたり、男をんなこころごころにあそぶ、すだれの

とに居てものがたりするもあり

とあり、これは簾越しに、男が女に睦まじく話を交わしているのである。ここでは「物語」は単なる雑談というよりは、むしろ、男女の情を背後に潜めた「むつごと」の類に近づいており、そこに多分に気分的、情趣的な要素が加わっている。この種の「物語」の例は平安文学にすこぶる多い。そして、先に掲げた故人の思い出話のごときばあいの「物語」にも、やはり一種の情緒が纏綿しており、女流日記に多い、同僚などとしみじみとあわれに物語していたなどという例は、多くこれである。そこには一つの観照的、あるいは感傷的な要素が介在しているといってよいであろう。物語という語には多くのばあい、こういう基本的な性格が附属してはいないだろうか。乳児などの発声を「物語す」と呼ぶのは、あくまで比喩にすぎまい。

ところで、当時の貴族たちの多くは、この種の「物語」が大好きだった。たとえば、物語で徹夜する例がしばしば見える。『枕草子』「あはれなるもの」の一節に、九月末の一夜、夜通し人と「物語」して暁を迎え、山の端にかすかな月かげを見やったときのあわれふかさを述べており、同じく「雪いと高うはあらで」の段にも、雪の夜、気の合った女友達二三人で火鉢を囲んで夜通し「物語して」楽しむありさまが書かれている。『讃岐入道顕綱集』にも、「五月雨のころ、夜ごろものがたりなどしてあかすを、かかるはよけれども、なき名たつなんわりなきといひければ」云々とか、「ある宮ばらの女房のつぼねの前に、柳の枝をうゑてみけるに、よひにかよひて、ものがたりなどしてかへりにける、つとめて」云々とあり、『基俊集』にも「よもすがら物ごしにて人とものがたりし侍りしに」云々、また同じく「九月十三夜、同じそうづのもとにまかりて、よひとよ物がたりして侍りしつとめて」云々、『出羽弁集』にも「二月つごもり、とうの弁まゐりて人人の物がたりなどして、あしたにうたよみてまゐらせんに」云々などとある。

これらは、相手は男女いずれのばあいもあるが、しばしば性の牽引をかなり強く感ぜしめながら、しかも肉体関係には立ち至らず、その手前の情趣的な享楽の段階に留まっている。ほのかな燈火のもとに、時の経つのを忘れて、しめやかにむつまじく物語り交わすその楽しさが本旨であり、そこには、おのずから浪漫的な詩情の昂まりがある。

また、物語は、これでみても、幽暗な夜のものであり、身もふたもない散文的な昼間のものではない。『津守国基集』に、「ひるなりとものがたりせん、といふに、みぐるし、なほよる、といひ侍りし女に」と詞書にあり、『馬内侍集』にも、

ものがたりする人いづこにかあらん、わがやうにたえてねぬ人はあらじものを、たれとかたらはんとおもひつつねられぬに、夜ふけてほととぎすのこゑひとたび鳴きてやみぬれば、いづこならんとおぼえて

やどやどになくねは夢か郭公ねぬわればかりきくよしもがな

とある。これらの「物語」は、あるいは共寝を内容とするものと解し得るかもしれない。しかし、その主眼は、どこまでも「物語る」ことにある。昼は親密な話に向かないし、眠られぬ夜はひとしお気心の合った話し相手がほしいというのであろう。

こうしてみると、貴族にとって、日常生活における物語、すなわち会話、雑談、思い出話等の類のものですら、それが興ぜられるのは、主として薄明あるいは夜であったらしいし、またそれゆえに、それは、いわば散文的な実生活の次元に属さず、本質的に観照的、詩的な世界のものだったと一応いえるだろう。

2　物語文学と絵画

ところで、物語文学は、文字文芸であって、右のような日常談話としての物語とは異なったものではあるが、その生活的な基盤は、まさに右のような、物語と同じ日常経験そのものの中にあることも疑えない。それらが一定の古歌や今歌の伝承と結びついて、宮廷内に自然発生したものがいわゆる「歌語り」であるし、「物語文学」の基盤

には、この「歌語り」が大きな領域を占めている。(1) 文芸としての物語文学の前史には、こういう歌語りの場のほかに、民間伝承と漢文伝奇との流れがあるけれども、(2) それらとても右のような日常の物語の場と無縁なものではあり得ず、その基底においては共通のものがあるはずでもある。日常の物語は貴族にとってはなかば芸術化された体験であったし、一方、形の上では芸術の領域に属している物語文学も、現実生活の中に深く根を下ろしていた。(3) 両者は、文化段階では明らかに次元を異にしながら、発生的・歴史的に不可離の関係にあったといえよう。

だから、たとえば徹夜して話し合う人々は、それと同様に物語に読み耽る人々でもあっただろう。『枕草子』の「つれづれなぐさむもの」の中に、「碁・すぐろく・物語」と並べているように、物語本は、碁やすぐろく等の遊戯と同様、消閑の娯楽として無二のものと考えられていたのである。

しかし、彼らの鑑賞享受のしかたには、今日の小説の読者とはたいへん相違する点がある。そのことについて、画期的な説を立てられたのは玉上琢彌氏である。氏の『源氏物語研究』所収諸篇によれば、氏はそれをあくまで一つの仮説であると断りつつ、一般に物語の享受は朗読と聴取との協同作業から成り立ち、その間に絵画がその鑑賞に参加協力したとされる。いわゆる音読論である。氏はこれについて若干の資料をあげておられるのであるが、小論でもあらためて少し述べていきたい。

第一は玉上説の朗読という面である。『紫式部日記』の中に、一条天皇が『源氏物語』を女房に読ませて、それを聞いて感心されたという記事があり、『源氏物語』の中にも、紫上は、源氏が女三宮のもとに出かけた夜は、「宵居したまひて、人々に物語など読ませて」(若菜下) 聞いているし、宇治の中君は浮舟とともに、「絵など取り出させて、右近に詞読ませ」て聞いている。『枕草子』にも「物語をもせよ、昔物語もせよ、さかしらにいらへうちして、こと人とものいひまぎらはす人、いと憎し」(能因本独自) とあるのも、物語を朗読するのを聞いている中の一人が、さかしらに口をさし挿み、他の人と私語して妨げをなす様をいうのである。また「にくきもの」の中に

「物語するに、さし出でして、われひとりさいまくる者」というのも、あるいは、その類か。朗読聴取が宮廷のみでなく、貴族社会一般に行われていたことは玉上説の通りに違いない。

他の面は絵画である。『枕草子』にも「心ゆくもの」に「よくかいたる女絵の詞をかしうつけて多かる」とある（この詞は何かが問題である。後述）。『公任卿集』にも「だらにゐざうし」（続国歌大観一二八三四）・「絵物語」（同前一二三一〇七）などという文字が詞書に見え、『恵慶集』にも「さうしのゐに須磨の浦のかたをかきたるに」と詞書にある（もっとも「さうし」は障子かもしれないが）。また『源氏物語』では、蛍巻で玉鬘が読み耽っているのが「絵物語」である。また、末摘花は「唐守、藐姑射の刀自、かぐや姫の物語の絵に描きたるをぞ時々のまさぐり」にし（蓬生）、女一宮は静かな雨の日「御絵など」を開いて見ている（総角）。宇治の中君と浮舟が朗読を聞きながら、絵草子を見ているのは前記の通り。後世のものながら『忍音物語』や『石清水物語』にもこれと似た絵草子を見ながら朗読を聞く場面がある。物語における絵画の同時鑑賞ということも一見疑いを挿む余地はないように見える。

しかし、問題はこれで終わったわけではなく、最近ではこの享受の実体をさらに細かく当時の社会における階層に即して考察が深められてきた。

物語の鑑賞の主体が女を中心とすることは、たとえば、『三宝絵』の「物語トテ女ノ御心ヲヤル物也」という文字にも端的に示されている通りであろう（そこになお問題があることは後述する）。しかし、この「女」の実体は何かである。それについては、玉上氏自身が早くから注意しておられることである。すなわち、氏によれば、物語享受には二つの方式がある。一は最上層の姫君のそれで、彼女らは女房が朗読するのを聞き、その内容に対応する絵草子の各部分を見て楽しむ。二は、より下層の、たとえば『更級日記』の作者のごとき女性であり、宮廷にあればおのずから聞き手の一人ともなるが、里にあれば、あのように、ただ一人自分の部屋にとじこもって、物語本文のみを夜昼となく読み耽る。ただしかし、大切な点は物語享受の本道はあくまで前者上層姫君たちのそれにあり、中流以下の女性のそれにはない。従って物語の制作に当たっても、それは朗読に都合よく、かつあわせて鑑賞される絵画の存在を前提としたものであらねばならず、それゆえ物語のテキストはそうした享受方式に逆に強く規制されている——こう玉上氏は説かれるのである。

しかし、これに対して、私自身も『源氏物語』の制作と鑑賞の中心となるものは、むしろ圧倒的多数を占める中流貴族の女性たちであったろうと述べたことがあったが(4)、その後武者小路穣氏は、当時の屏風絵・紙絵・絵巻などを精査し、物語の発想が屏風歌や紙絵等によって基本的に制約されるという点を否定し、玉上説を行き過ぎとして批判されたし(5)、さらに、中野幸一氏は、前述の東屋の巻の物語本文に見える朗読者が手にしている「詞（ことば）」の意味は、物語本文そのものではなく、それを年少者向きに縮約改訂したものであり（それをなしたものは、姫君の教育に当たっている中年の女房層であろうという）、絵草子を見ながら、そのようなものを聞かされている姫君の鑑賞のごときは、「ダイジェスト版による第二次的な享受法であり、全く受動的に終始して、物語を享受する主体とはなりえず、それを担うものは中流貴族女性であり、物語は彼らを対象として書かれた(6)」と断じ、物語創作のエネルギー源は人生経験も豊富で思想感情もゆたかな中流女房層だとされたのである。氏の論の核心の一は「詞」の意義の解釈の当否にあること明らかで、その用語例がやや乏しいことが気にかかるのであるが、先にあげた『枕草子』の「女絵の詞をかしう」云々も絵詞らしく、氏の説に有利な材料かと思われ、かたがた私としては、前記のような考えも抱いていたので、中野氏の明快な論を得て、問題の前進を喜ぶとともに、やや意を安んじたわけであった。

そのほか、物語に関係ある現存絵画資料について見ても、美術史家の秋山光和氏の見解によれば、伝隆能筆源氏物語絵巻のごときは宮廷の公式企画に基づく超豪華版であって、『源氏物語』の味読に日常役立てることを目的とする類のものでもなく、それ以後現れた一二世紀後半の久能寺本「目無し経」の下絵、あるいは扇面法華経冊子の扇絵なども、『源氏物語』を材料にしてはいるが、それ自身いずれも最終的な形態では物語絵としての鑑賞を予想したものではない。物語絵としての機能を明らかに持っているのは、わずかに鎌倉時代に入って成り、五枚の挿絵をもつ「白描絵入浮舟冊子」（大和文華館・徳川美術館分蔵）のみであり、またさらに降って一五世紀以降に成立した『源氏物語絵詞』（清水好子氏によって紹介された。大阪女子大学本・書陵部本）のごときは二八一図という多くの絵画場面を指示したものではあるが、これはそれまでに幾度か絵画化された場面を取り集めた源氏絵のレパートリーであって、注文に応じて源氏絵を作る画師たちの便覧のごときものであり、これをもって平安時代の物語絵を類推するわけにはいかないとのことである。(7) 右の中、やや通常の物語絵としての機能を有している唯一の「浮舟冊子」にしても、第一紙の詞書は葦手をもって散らし書きにし、料紙も墨流しの文様があり、格別の美術的意匠をこらしたものであって、尋常の物語草子の体裁とは厳密にはいい難い。いずれにせよ、これらの資料は、後世において『源氏物語』が美術史の上にどのような影響を及ぼしていったかという点では貴重であるが、遡って、平安時代の享受の実体を類推させる材料とはなり難いのである。しかも、これらの資料を除けば、平安末から鎌倉へかけて写された『源氏物語』古写本は、その数は数十本にも及ぶけれども、すべて別冊の絵冊子はもとより、一葉の挿絵ももたないのである。とすれば、絵画の湮滅しやすいことを考慮するとしても、なおその決定的な原因は、物語絵の絶対量が少なかったことにあろう。テキストの書写の速度に絵の複写が追いつくはずもなく、よし追いついたとしたところで、その時の数量が、かりにたとえば右の「浮舟冊子」の一巻五枚が標準としたところで、それらが、浮舟巻全体の物語の転変する多くの場面の中、どれほどのパーセンテージをカヴァーすることができようか。物語絵があったことは疑えないが、それは、主として、最上層の少数の姫君や奥方の愛玩用であり、しかも、物語全体を覆うにははるかに不足するものである。要するに、当時の絵画の存在を物語の享受に結びつけて考えることは必要ではあるが、逆に物語の享受が絵画を必要とした度合いは低いといわねばならず、それを『源氏物語』享受における第一義的問題とするのは、いささか警戒を要すると思う。

ところで、論点を元にもどして、問題の中流女房社会における物語の享受は、それではどうか。その実体については前掲中野氏の論文に詳しいが、氏が引用された多くの材料の中でも『枕草子』堺本「若き人の」の段のごとき、家集や物語のもっとも熱心な享受層が、宮中の若女房をはじめとして、殿上人の奥方、受領やその他官人の北の方にまで及んでいるさまを知るのに絶好の材料である。また紫式部もその日記の中に、出仕前の夫を失ってやもめ住みのころ、友人たちと物語を作って見せ合って、日々の慰めにしていた様子を記しているが、その際、日記の消息文中の別の箇所に、同僚の女房を品評しつつ、上流出身の上﨟女房が総じて世間知らずで、訪問客の応待ひとつうまくできないのに対して、自身を含めて中流出身の女房たちこそ、その点でも有能利発であると述べているのも参考とすべきであろう。そのような紫式部がまだ出仕前のやもめ暮らしの中で、何の理由があって上流姫君のためにと志して物語に筆をとろうか。もしそうであるならば、特別の外部的事情がなければならないし、大斎院注文伝説の類以外にそれが証明されぬ限りは、少なくとも『源氏物語』については上流の姫君のために制作されたということは考えられない。式部は自ら蛍巻にいうように、ただ「見るにも飽かず聞くにもあまることを、後の世にも言ひ伝へさせまほしきふしぶしを、心に籠めがたくて言ひお」きたかったのである。

3　男の読者たち

以上、物語の読者層が、『三宝絵』のいう通り女を主体とすること、かつその「女」の中心となったのは中流貴族女性であったことを述べたわけであるが、しかし、ここで一つ注意すべきことは、だからとて、物語の読者には、男は一人もいなかったように考えてはならないということである。多数の女の読者にまじって、実際は男の読者もかなりいたらしいし、その存在は、時が経つに随って、相当に重要な意味を持つようになっていたことを見落としてはならないのである。

この当時、男が物語を読んだ形跡がかなり認められる。そもそも、この『三宝絵』の序を書いた源為憲にしてからが、「伊賀の太平女、土佐の大臣、今めきの中将、長井の侍従」はもちろんのこと、いわゆる鳥虫擬人物、恋愛物の類をかなり読んでいたればこそ、あのように内容にわたって言及することができたわけであろう。仏道をすすめる書物の性格からして、ああいって俗書を貶めるほかはなかったにしても、為憲が頭から物語類に縁なき衆生ではなかったことは明らかだと思われる。初期の物語作者がいずれも漢学者らしいという事実は、彼らが消閑の余技としてではあっても、とにかく、かなりの時間をかけ興味を物語に注いでいたことの何よりの証拠であろう。作りはしたが、読みはしなかったということは考え難い。

男が物語を喜んだ若干の例をあげると、源順が『宇津保物語』の作者であろうとは近頃の定説であるが、その不遇時代に物語の習作を試みていたであろうことは、石川徹氏[8]が指摘されている。

また、『公任卿集』に、「絵物語」や「絵草子」の語のあることは前述したが、そのほか、

ゐ融院の御時にや宇都保のすゞし仲忠といづれまされるとろじけるにしのはしはすゞしが方にやありけむ女一宮は仲忠が方におはしけるにやいづれをいるゝなどあるに物ないひそと仰せられければともかくもいはでおはしけるをいひにおこせ給うければ

沖つ波吹上の浜に家ゐして独すゞしと思ふべしやは（二二三一五）

とある。この文意の大体は、殿上で『宇津保』の涼と仲忠優劣論があったとき、女一宮（冷泉第一皇女、宗子内親王か）と「しのばし」とは意見が分かれ、青年の公任に意見が求められたので、彼は歌をもって答え、涼にいささか難癖をつけて、仲忠を勝としたものであろう。「しのばし」は「ひとし」「たかし」のたぐいでたぶん男の名と思われるが、とすると、この殿上の物語論議には男たちも積極的に参加していたわけであり、公任がその場に出席していたかどうかは分からないが、わざわざ意見を求められるくらいだから、『宇津保』は読んでいたことはもちろん、

周囲から物語好きの人と目されていたことも容易に想像できる。

また曽禰好忠についても、似たようなことがいえる。『曽丹集』巻末に、

物がたりつくる所にて詠める

我事はえも岩代の結び松千年はふ共とけじとぞ思ふ（続国歌大観二三六二八）

この歌詞が『万葉集』巻二有間皇子の「岩代の浜松が枝を引き結びまさきくあらばまたかへり見む」を踏んでいることは、『標注曽丹集』にいう通りであろう。ところで、鎌倉初期建久九年（一一九八）に成った『和歌色葉』五撰抄時代者付私集口伝物語には、当時の物語名を列挙して、

在原中将の伊勢物語、在次滋春が大和物語、宇治大納言、狭衣の大将、山蔭の中納言、有馬の王子、海人しらゝ、孔雀の御子、すゞりわり、宇治のはしひめ、住吉、源氏、世継、しのびね、かやうなる物語しなじなに侍り。

とある。右のうち、散逸しているものは、「山蔭の中納言」・「有馬の王子」・「海人しらゝ」・「孔雀の御子」・「すゞりわり」の五篇であるが、これらも平安末鎌倉初頭以前の成立は疑いない。また『八雲御抄』一にも、物語を列挙して、

宇治大納言隆国、浜松中納言、狭衣大将、山蔭中納言、有馬王子、海人シラ、（以下前記『和歌色葉』にほぼ同じ）

と記している。この両書に見える「有馬王子」は、あるいは『万葉』にいう「有間皇子」ではなかろうか。これはやや臆測に近くなるが、右の『曽丹集』の詞書と結びつけて考えると、あの悲劇的な最後を遂げた皇子の物語が「物語作る所」（その実体は、寛和元～二年にできた『大斎院前の御集』に見える擬制官としての「物語のかみ」の類か）で作られていたか、あるいはたまたま立ち寄った時に、そこで目に触れたかして、曽丹はこの歌を詠んだものではなかろうか。その歌意も、「私のことは、口ではいえないような苦労ばかりで、永遠に心がとけて安まるというこ

とはあるまい、結び松で前途を占って死んだあの有間の皇子のように」というのであろう。皇子の物語に託して自己の不運をかこったのである。曽丹も物語に関心を抱く一人であったといえよう。

その他、三十六歌仙の一人、藤原仲文は官位は上野介、従五位下どまりであるが、家集に「いにしへはとねりのねやのものがたりかたりあやまつ人ぞあたらし」の歌がある。「舎人の閨の物語」も物語名であろう。

一条天皇が『源氏物語』を女房に朗読させて聞いていたことは前述したし、公任も『源氏』を読んで「若紫やさぶらふ」と、紫式部の局をうかがったことは記すまでもない。道長のごときいい年齢《とし》をした最高の権力者が、式部の留守中にその局に入り込んで、『源氏』の草稿を持ち出すようなこともしている。寛弘二、三年頃彼が集めた多くの書籍の中には、「仮名本」と日記に記したものもある。歌集ならばそうは書くまい（たとえば「集〈しふ〉」などが普通）から、散文のつまり日記か物語の類であろう。道長自身も物語に縁は少なくなかったともいえる。

また書陵部本『為信集』の成立は、私見によれば、寛弘六年（一〇〇九）夏から間もない頃と思われるが、その中には、『源氏物語』から材料を得たとおぼしきものが二〇首近くも見える。この頃にはまだ宇治十帖は書かれていないらしいが、為信がいかに熱心な『源氏』の読者だったかはよく分かる。(9)

それよりやや時代が下れば、康和五年（一一〇三）に死んだ讃岐入道顕綱の家集には、

　源氏を人にかりて、かへしやりける

いかばかりそでのぬれけむむさしののわかむらさきのつゆのきえがた

と、なみなみならぬうちこみかたである。院政期になれば、定型化した歌題の中に「寄二源氏一恋」が生まれ、清輔・頼政・小侍従・忠盛・俊成らが、それぞれの家集にその歌を残している。頼政の「人しれず物をぞ思ふ野分してこすふく風に隙は見ねども」は歌林苑での作というから、これも当時の歌壇的風潮だったのである。また、それ以外にも「花散里」「若紫」「帚木」等の語を用いた歌が、『基俊集』・『清輔集』・『定頼集』らに見え、たとえば

『皇太后宮大弐集』の一首「へだておほみうちばかりにもすぎやせむわがまだしらぬしきしまのみち」は、夕顔巻の「いにしへもかくやは人のまどひけんわがまだ知らぬしののめの道」の本歌取りというべきもの。『河海抄』の料簡の末尾に「中古の先達の中に此物語の心をは歌には詠べからず、詞をとるはくるしからずといふ一義あれど心をとりたる歌撰集の中にあまた見ゆ」として、以下に俊忠・典侍親子・頼実・後嵯峨院・小侍従・光俊・鷹司院帥等鎌倉時代の歌人の作例を引いているのは、やや時代が下る。

平安末になればすでに早く、俊成の「源氏見ざる歌よみは遺恨の事なり」（六百番歌合）の言葉が聞かれ、良経も「紫式部が源氏・白氏が文集、身にそへぬ事はなし」と自らいっていたという（小夜のねざめ）。それと前後して、順徳院の「源氏物語ハ不可説ノ物也」云々の語が続く。ここまで時代が下れば、男がどうの、女がどうの、というまでもなく、『源氏物語』は仰ぎ見るべき古典としての確たる地位を占めてしまったというべきであろう。

もっともしかし、右にあげた男たちがすべて熱心な『源氏』の読者だったとまでいうわけにはいくまい。たとえば、清輔は「寄二源氏一恋」の歌を作り、ほかにも『源氏』の用語を用いて歌作していることは前述したが、正治奏聞状には「のりなかもきよすけも源氏を見候はず、ともにうたてきことに候也」（河海抄料簡所引）とあったという。大体は『源氏』流行の風潮が歌壇にあったということなのであろう。

以上のごとく見てくると、女のものといわれる物語を、男が弄んでいることも案外多かったのであり、『源氏』についていえばなおさらである。そういう実際上は男女を問わぬ広範な鑑賞享受層の中から、例の為時原作説とか道長加筆説とかいう中世の伝説も発生し得たのであろう。

4　女の鑑賞と男の研究と

男も事実上は少なからず物語を楽しんでいたが、彼らはそれをおおっぴらに人に吹聴する気にはなれなかったであろう。やさしい話ことばで、女手で書かれた作りばなしが、いかにおもしろくとも、それを経史詩文の学とひとしなみに論ずるのは、官人の風上にも置けぬ愚かしいわざであろう。だから男たちはそれを口にすることを避けがちであったし、それだけよけい物語などは女子供の慰みものだという顔付きをしていた。それゆえ物語のことを正面から口にし、熱を上げることが許されたのは、やはり女たちだったといわねばならぬ。

女性たちを、益田勝実氏に従って、家の女性と宮仕え女房とに二分すれば[10]、家の女性では周知のごとく、前述の孝標女がその好例である。少女時代から物語にとりつかれて、『源氏物語』の夕顔や浮舟のような身の上になりたいと願い、『源氏物語』の読み残りを早く読ませてほしいと祈願した。上京して伯母から櫃入りの一揃え五四帖を貰うと、部屋に一人とじこもって、夜昼となく読み耽ったという。また、紫式部の家居の頃のことも前に記した。

一方、宮仕え女房たちの間では、今日でいえばサロンとでもいうか、おのずから宮廷には仲間同志のおしゃべりの場ができていたから、にぎやかな物語の論議が湧き上がる。『大斎院前の御集』に見える「ものかたりのかみ」などの擬制官の記事は、彼女らの物語への耽溺ぶりをよく表していよう。『枕草子』の例もすでに述べた。『身のかたみ』には、大要、「高松女院（二条院中宮）の女房の大納言の君が、ある時大勢の人の中で、『源氏物語』について滔々とまくし立てた。それを聞いた女院はいたく恥じ、彼女を作法見習いのため内裏に遣わそうとされたので、大納言の君は恥ずかしさのあまり出家してしまった。女はこのようなことを得意顔にしゃべってはならぬ」とある。けだし、大納言の君のような女房は珍しくなかっただろう。平安末鎌倉時代に多く現れた評論書類、たとえば、『無名草子』・『物語二百番歌合』・『源氏人々の心くらべ』・『伊勢源氏十二番女合』・『源氏四十八番物たとへの事』などには、彼女たちの鑑賞のあとが如実にうかがえる。『無名草子』に例をとっていえば、それは、基本的には個々の場面や状況設定について、自然なしみじみとした情趣を尊重するとともに、かなり日常道徳的、常識的と思われる批評が多い。しかし中にはこれとやや矛盾するかたちで、男の主人公が浮気しないのはもの足らぬ（海人の刈藻）とか、復讐が気持よい（岩うつ浪）と賞めたりするなど、気分的なものもあって、いかにも女房らしい。

そして、こうした点は『源氏』以後の物語作者にもある程度共通している。ここでその点に深入りする余裕はないけれども、簡単にいえば、末期物語が『源氏』の重圧から逃れようと、さまざまに趣向を珍しくすることに努力しながら、結局は『源氏』の持つ抒情性・内面描写・性格造型にとらわれてそれを乗り越えることができなかった。というより、むしろ、それらは『源氏』の到達した地点からはるかに手前のところに留まり、紫式部の思考の軌跡は彼らには十分には理解できなかったのではないかと疑われる。それは要するに新しい創作主体の弱さ、主題的把握と構想力の不足に帰せられるわけだが、その基底には、右のような物語鑑賞者と同様の、場面本位のこま切れ式の鑑賞と創作のしかたがあったからではないかと思う。

ところが男の読者たちはやや異なった傾向を示した。男のすべての読者についてそういえるかどうかは問題であるが、やや臆測をまじえていえば、女性読者には見られない研究的な作業が新しく男の読者層の中に現れてきたのである。

『幻中類林』の序に当たる「光源氏物語本事」に、異本『更級日記』には、先述の伯母から貰ったものについて「ひかる源氏の物かたり五十四帖に譜くして」とあったと記している。この「譜」の実体は何かについて、鎌倉末当時も分からなかったらしく、「この物語さたする人」として名があった衣笠内府家長・三位入道知家・葉室光俊・源具氏などに尋ねて、あるいは系図といい、あるいは目六、あるいは氏文とするなど各様の解答を得ているのであるが、最近では稲賀敬二氏が、譜とは「巻名プラス若干の条目の巻序一覧表」[(11)]とされている。私も大体稲賀氏の説に従いたいと思うが、ただ一つ気をつけねばならぬことは、これが別冊仕立てとするに足るだけの分量を備えたものだったという点である。巻名列挙だけならば一、二葉で済むのであるから、結局、稲賀氏のいわれる「若干の条目の巻序一覧表」が少なくとも二、三〇葉以上の量に達したと考えられ、とすればこれは、今日いうところの年立、もしくは系図に近い量といわねばならぬ。何にしても、かなり細かく内容に立ち入ったもので、ある程度研究的なものということができるのである。このことは譜は系図との説をとる家良が「系図はむかしより物語にそひたるよし所見あれは」といっていること、あるいは、阿仏尼も「源氏をば難義目録などまでこまかに沙汰すべきものにて候へば、おぼめかしからぬ程に御覧じあきらめ候へば、難義目録同じく小唐櫃に入れて参らせ候」（乳母の文）といっていることも参照されよう。これらの文も、系図がかなり早くから物語本文に附録されて伝写されてきていたこと、また「難義目録」が物語本文とは別冊で、それに添えられているものであることを明らかにしている。ということは、それらの初期の研究的所作が平安末期には別冊の分量を占めるに至っていたことはもとより、右の異本『更級日記』の記述を照らし合わせると、治安元年、すなわち『源氏物語』完成後一〇年という早い時期にすら、すでにその兆候を示していたということになるのである。

また系図の問題についていえば、現存古系図は『源氏』研究の初歩を示すもので、最古のものは正嘉本のごとく鎌倉初期まで遡り得、さらにその推定成立年度は平安末期までは十分に遡らせ得るとのことである。(12)これらの仕事が男の手に成った明らかな証拠はないが、系図のごときは、正史や家記編纂に準ずる類の作業であって、女の手にはじめて成るということは考え難いであろう。さらに最近門前真一氏は「並び」の巻について詳しく考察を加え、それが漢詩にいう「并序（アハセテ・アハセタリ）」の訓読に発し、平安末期において漢学者流の手によって、『源氏物語』の構成を説明するための語として利用されるに至ったと述べておられる。(13)この漢学者流の参加を想定することは、『源氏』研究史において示唆的であろう。初期の注釈として有名な釈の著者伊行は、漢学者ではないが、世尊寺流文人の一人であり、『河海抄』のいう河内本の校本七本、また、「光源氏物語本事」があげる十数本の平安鎌倉の諸伝本のうち、その所蔵者として男子の名を記したものの数は十数本に達するが、女子の名をあげたものは式子内親王本・上東門院本・按察局本・陰明門院本・大斎院本のごときにすぎず、しかもそのうち上東門院本、大斎院本のごときはかなり伝説臭が強いのである。これらの本に名の挙がるほどの善本の所蔵者に男子が多いのは、経済的に見ても当然かもしれないが、またそれだけ熱心な研究者には男が多かった証とも解しうるであろう。『光源氏物語本事』に「物語さたする人」として、光俊、具氏ら五人の男子をあげ、『弘安源氏論義』の出席者もまた男だけであることも、もって平安時代の事情を察すべき一ではあるまいか。情緒的な鑑賞に終始しがちで、本文の善悪や筋立てなどさまで気にもしなかった女性読者とはかなりの相違があったのではあるまいか。

5　中世における享受の一面

鎌倉時代以降の『源氏物語』の享受はどんなものか。よく引かれるのが飛鳥井雅有の『嵯峨のかよひ』に記された為家の源氏講釈である。文永六年九月一七日から一一月二七日まで、ほとんど連日、雅有は為家邸に通って、『源氏』全巻を通読した。その第一日目には、昼頃に邸へ着くと早速、為家は妻の阿仏尼を「講師」として招きよせ、簾の中で朗読させたが、「まことに面白し、世の常の人の読むには似ず、ならひあべかめり」というわけで、その夕方までに若紫巻まで読みおえたという。朗読はかなりのスピードらしいから、おそらく講義ぬきであろう。その朗読のしかたには世間一般とは異なったものがあったというのであるから、裏からいえば、すでにこの頃、世間では、そうした一定の朗読の型ができ上がっていたものとみえる。

しかし、この朗読様式を、一条朝の女房の朗読といきなり結びつけるわけにはいくまい。為家はこの初音巻の講釈の折には、本文の通り、萩の枝に小鳥を結んで席上に置くという凝り方であった。似た例は『とはずがたり』にもある。建治三年後深草院での一日、「六条院の女楽をまねび」管絃が催された。院自らは光源氏、亀山院は夕霧、以下女三宮、紫上、明石上などの配役を定めて、楽器・服装・調度に至るまで若菜下巻の記述そのままにしつらえたという。『源氏物語』が書かれて以後二百数十年、その間にこれだけの古典的権威が確立していたのである。

この権威はどこから来たのか。『源氏』のすばらしさだけで説明できることではあるまい。一つには、鎌倉時代に入ると、『源氏物語』の受けとめかたに、平安時代とは違った面が加わってきたらしい。平安末から、例の仏教的附会、たとえば狂言綺語の罪による紫式部堕地獄説や、その裏返しである観音化身論・誨淫説などが現れたのは周知の通りであるから、(14)ここには省くことにして、前述のことと関係づけていえば、まず注目されるのがこの時代に入って盛んとなった王朝文化の亀鑑として聖視する論である。先述の順徳院の「源氏物語は不可説ノ物也」云々の語はそれに続いて「誠ニ諸道諸芸皆此ノ一篇ニ縮マル」とある。承久の乱後、衰弱しきった末期貴族たちにとっては、『源氏物語』こそは、祖先栄光の書であり、仰ぎ見るべき王朝全盛期の文化芸能が凝って書となったものであり、観念的には、それによって惨めな彼らの存在理由を証明しうる聖書であった。前代には女子供の読物として生まれてきたこの物語が、ここに至って一切の文化の歴史的淵源として聖化拡大されたのである。

この原因は、すでに遠く『源氏』の成立前後、一条天皇が「日本紀をこそ読み給ふべけれ」と評したとき、そのような見方の萌芽があったといえようが、しかし、この聖像の拡大にはやはり公家の没落と末法の時代を迎えた人々の心情が重要な契機となったと考えねばなるまい。

そして、この線上から、中世における教育書、教養書としての役割が生まれてくる。たとえば阿仏尼の『乳母の文』以下、室町初期頃までに現れた女子教育書と称されるものには、左の類の文字が見出される。

源氏のものがたりにも、紫式部は義理を本とたてて候へ。(乳母の草子)

紫式部などふかく歎きたまひて、上たる人は下をあはれみ、下たるものは上に仕へ、家を治め、身を立て侍るべきことをこまぐ\と書きとゞめ給ひしなり。(同)

げんじの物語は大かた和歌のはんがく(意未詳)と見え候、いにしへ人もさこそ申をかれ候し。この物語に漏るゝ事は候はず候。この物語をごらんじても、女房の進退、御立居に御心がけ候べく候。(身のかたみ)

尋常しき人は必ず光源氏の物語、清少納言が枕草子などを、目をとゞめていく返りもおぼえ侍るべきなり。何よりも人のふるまひ、心の良し悪しのたゝずまひをしへたるものなり。それにておのづから心の有人(ママ)のさまも見しるなり。(竹馬抄)

また、これらの書物では登場人物について、たとえば、女三宮のたしなみのなさとか、紫上の心くばりなど、もっぱら、女子の日常のしつけの上からかなりくわしく論じて、褒めたり貶したりしている。熊沢蕃山が『源氏外伝』において『源氏物語』を王朝の礼楽を教えたものと評したことから、これを近世儒者流の考えかたと見ることが多いようだが、もともとは、ずっと古く、中世の公家たちの祖先の栄光の日々に憧れる気持から尾を引いているのである。これも、誨淫説などと同様に中世的な功利主義的解釈といえばいえるけれども、物語の人物をわが身にひきくらべて読む人々の心には、どの時代にも多少ともこういう態度はあり得るものであり、今日でも、機能的角度からみれば、小説の社会的功罪論は十分に意味を持っているのである。ある意味では、そこに実生活の座標を失わない健康な読者がいたわけでもあり、また、『源氏物語』はそういう人々の要求にも十分に応じ得る内容を持っているのである。

注

(1) 「歌語り」の問題については、阿部秋生「物語の形成」—「国語と国文学」昭25・10、益田勝実「上代文学史稿案」—「日本文学史研究」4号 昭24・6、難波喜造「大和物語の素材」—「日本文学史研究」13号 昭26・6、高橋正治『大和物語』第四章、など参照のこと。

(2) 拙稿「物語文学論」—「日本文学」昭34・8(『王朝文学の研究』、本著作集第一巻所収)

(3) 詳しくは、西郷信綱『日本文学の方法』、南波浩『物語文学概説』・『物語文学』、秋山虔『源氏物語の世界』など参照。

(4) 「源氏物語」岩波日本文学史講座第一巻(『源氏物語の研究』、本著作集第一巻所収)

(5) 武者小路穣「山水画の発達をめぐって」—「日本文学」昭35・4、5、6

(6) 中野幸一「古代物語の読者の問題——音読論批判——」—「早稲田大学教育学部学術研究」12号　昭38

(7) 秋山光和『平安時代世俗画の研究』。以下氏の説はすべてこの書による。

(8) 石川徹「物語作者としての源順の作家的成長と蜻蛉日記との関係」—「国語と国文学」昭33・11

(9) 拙稿「為信集と源氏物語」—「語文研究」20号　昭40・4(『王朝文学の研究』、本著作集第一巻所収)

(10) 益田勝実「源氏物語の荷ひ手」—「日本文学史研究」11号　昭26・4

(11) 稲賀敬二「中世源氏物語梗概書の諸相と周辺」—「国文学攷」40号　昭41・6

(12) 池田亀鑑『源氏物語大成七、研究資料篇』

(13) 門前真一「源氏物語『幷びの巻』原義考」—「山辺道」12号　昭40・12

(14) 重松信弘『新攷源氏物語研究史』、今井卓爾『源氏物語批評史の研究』等参照

物語の鑑賞

1

日常生活としての「物語」は広い意味をもった語で、乳児が無意味な音声を発するのを比喩的にそういうのをはじめとして、日常の雑談、男女の親密な語らい、さらに「物いふ」「かたらふ」などと同じく、同衾の意味で用いるばあいもある。しかし、比喩的用語を除けばそれらには共通して、一つの観照的、あるいは感傷的な要素が介在しているといえるようである。当時の貴族たちは、この日常生活としての「物語」のために、徹夜して興ずるような例が、『枕草子』「あはれなるもの」や、『讃岐入道顕綱集』・『基俊集』にあり、『津守国基集』や『馬内侍集』には男女同衾をその中に含むものながら、やはりことばとしての主意は、親しい徹夜のはなしあいにあると思われる例が見える。「物語」は日常の雑談・会話であるが、それが特に興ぜられるのは、薄明もしくは夜であったらしいし、それだけに散文的な実生活の次元よりは、むしろ観照的・詩的な世界に属するものだったといえるようである。

2

物語文学としての「ものがたり」は、文字文芸であって、日常談話としての物語ではないが、その生活的な基盤は別のところにあるわけではない。日常談話としての物語が古歌や今歌と結びついて、口伝えに伝承化されれば「歌語り」となり、いわゆる歌物語の素材となっている。文芸としての物語文学の前史や基盤としては、そのほかに民間伝承や漢文伝があるが、それも右のような日常性と無縁なものではない。日常談話としての物語は貴族にとっては半ば芸術化された体験であったし、一方、形のうえでは芸術の領域に属している物語文学も、現実生活の中に深く根をおろしていた。両者は文化段階では次元を異にしながら、発生的・歴史的には不可離の関係にあった。だから、たとえば徹夜して話し合う人々は、それと同様に物語に読み耽《ふけ》る人々でもあったろう。『枕草子』の「つれづれなぐさむもの」には、「碁・すぐろく・物語」と並べており、物語は清少納言にとって最上の娯楽であった。

しかし、貴族たちの物語文学の享受のしかたには、今日と比べてかなり異なるところがあったらしい。玉上琢彌『源氏物語研究』(角川書店、昭41) 所収諸篇によれば物語の享受は朗読と聴取との協同作業から成り立ち、その間に絵画が参加協力したとされる。いわゆる音読論である。

玉上説は重大な問題の提起であり、小論でも順序としてまずこの説をめぐって論を進めることとしよう。

物語がしばしば朗読されたということは、玉上の説のとおりであろう。周知のごとく『紫式部日記』の中に、一条天皇が『源氏物語』を女房に読ませて、それを聞いて感心されたという記事があり、『源氏物語』の中にも、紫上は、源氏が女三宮のもとに出かけた夜は遅くまで起きていて、「人々に物語など読ませて」聞いているし、中君も浮舟とともに、「絵など取り出でさせて、右近に詞読ませ」て聞いている。『枕草子』にも、「物語をもせよ、昔物語もせよ、さかしらにいらへうちして、こと人とものいひまぎらはす人、いと憎し」(能因本独自) とあるのも、物語の朗読を聞いている中のひとりが、さかしらに口をはさみ、ほかの人と私語して妨げをなす様をいうのである。同じく「にくきもの」に、「物語するに、さし出でしてわれひとりさいまくるもの」というのも、その類か。朗読と聴取が行われていたことは疑いがない。

他の面は絵画の問題である。『枕草子』には、「心ゆくもの」の条に、「よくかいたる女絵の詞をかしうつけて多かる」とあり、『公任卿集』にも、「だらに絵草子（続国歌大観一二一八三五）・絵物語（一二三一〇七）」などの文字がみえ、『恵慶集』には、「さうしのゑに須磨の浦のかたをかきたるに」と詞書にある（もっともこれは障子絵かもしれない）。『源氏物語』では、「蛍」巻で玉鬘が読み耽っているのが「絵物語」であり、末摘花は、「唐守、藐姑射の刀自、かぐや姫の物語の絵に描きたるをぞ時々のまさぐり」にし（「蓬生」巻）、女一宮は静かな雨の日「御絵など」を開いて見ている（「総角」巻）。宇治の中君と浮舟が絵草子をみているのは前記のとおり。後世のものながら、『忍音物語』や『石清水物語』にも、絵草子をみながら朗読を聞く場面がある。物語鑑賞にしばしば絵が伴っていることも、玉上説のとおりに違いない。

しかし問題はこれで終わったわけではなく、最近ではさらに細かく、当時の社会階層に即して考察が深められてきたので、そのことについてもつけ加えねばならぬ。

いったい物語の鑑賞の主体が女性であることは、たとえば『三宝絵』の「物語トテ女ノ御心ヲヤル物也」という文字にも端的に示されているとおりであろう（そこになお問題があることは後述する）。しかし、この「女」の実体は何か。それについては玉上もはやくから注意している。すなわち、物語の享受様式には二種あり、一は、最上層貴族の姫君のそれで、彼女らは女房が朗読するのを聞き、その内容に対応する絵草子の各部分を見て楽しむ。二は、より下層の、たとえば『更級日記』の作者のばあいのごとく、宮廷にあればおのずから聞き手のひとりともなるが、里にあれば、ひとりで部屋に閉じこもって、本文のみを夜昼となく読み耽るのである。しかし、大切な点は物語享受の本道はあくまで前者上層の姫君たちのそれにあり、中流以下の女性のそれにはない。したがって、その制作にあたっても、それは朗読に都合よく、かつあわせて鑑賞される絵画の存在を前提としたものであらねばならず、それゆえ物語のテキストはそうした享受方式に強く規制されている——こう玉上は説くのである。

しかし、これについて、わたし自身も『源氏物語』の制作と鑑賞の中心となるものは、むしろ圧倒的多数を占める中流貴族の女性たちであったろうと述べたことがあった（岩波日本文学史講座第一巻「源氏物語」昭33、『源氏物語の研究』、本著作集第一巻所収）が、武者小路穣も屛風絵・紙絵・絵巻などを精査して、物語の発想や表現がそれらによって基本的に制約されるという点を否定し、玉上説をゆき過ぎと批判した（「山水画の発達をめぐって」―「日本文学」昭35・4、5、6）。さらに最近中野幸一は、前述の「東屋」巻の物語本文に見える朗読者の右近が手にしている「詞」の意味は、物語本文そのものではなく、それを年少者向きに縮約改訂したものであり（それを作ったものは、姫君の教育にあたっている中年の女房層であろうという）、絵草子を見ながらそのようなものを聞かされている姫君の鑑賞のごときは、「ダイジェスト版による第二次的な享受法であり、全く受動的に終始して、物語を享受する主体とはなりえず、それを担うものは中流貴族女性であり、物語は彼らを対象として書かれた」（「古代物語の読者の問題――音読論批判――」―「早稲田大学教育学部学術研究」12号、昭38）と断じ、物語創作のエネルギー源は、人生経験も豊富で、思想感情も豊かな中流女房層だとしたのである。中野の論の核心の一は、「ことば（詞）」の語義にあり、その用例がやや乏しいことが気にかかるのであるが、『枕草子』の「女絵の詞をかしう」（前掲）も絵詞らしく、氏の説に有利な材料であろうし、かたがたわたしとしては前記のような考えを抱いてもいたので、中野の明快な論を得て、問題の一歩前進を喜ぶとともに、やや意を安んじたわけでもあった。

なおつけ加えれば、例の「東屋」巻の物語朗読の場面を含んでいる伝隆能筆源氏物語絵巻をはじめ、白描絵入浮舟冊子（大和文華館・徳川美術館分蔵）、さらに源氏物語絵詞（大阪女子大学・書陵部蔵）など現存絵画資料はそれぞれに広義における『源氏物語』鑑賞の一側面を示すものではあるが、しかし、それらが『源氏物語』本文の味読に日常直接役だてる類のごときものではなく、もっぱら美術的な意図によって成ったものであることは、秋山光和の著『平安時代世俗画の研究』（吉川弘文館、昭39）に詳論されている。鎌倉末以前の現存古写本『源氏物語』は数十本の多数に及ぶようであるが、右の浮舟冊子一冊を除けば他はことごとく絵は伴わない。それは絵画の湮滅しやすいことにのみは帰せられないことであって、その主因は当時における物語絵の絶対量が少なかったことにあるとすべきであろう。本文の書写の速度に絵の複写が追いつくはずもなく、追いつこうとするならば、その枚数は少なくならざるをえない。たとえば右の浮舟冊子のばあい、白描でさえ、その絵は一巻わずかに五枚にすぎぬ。「浮舟」巻の物語の転変する多くの場面のうち、それによってどれほどの割合を絵がカバーできよう。絵画は要するに最上層の少数の姫君や奥方の愛玩用で、しかも物語全体をおおうにははるかに不足するのである。

絵画の存在を物語の享受に結びつけて考えることは必要であるが、逆に物語の享受が絵画を必要とした度合は低く、それを物語享受の第一義的な問題とするにはよほど慎重を要するであろう。

論点をもとにもどして、問題の中心たるべき中流女房社会における物語の享受の実体については、右の中野の論文中に引かれた多くの例がある。中でも『枕草子』堺本「若き人の」の段のごとき、その最も熱心な享受層が宮中の若女房をはじめとして、殿上人の奥方、受領やその他官人の北の方にまで及んでいることを知るのに絶好の材料である。また紫式部もその日記の中に、夫の死後、友だちと物語を作って見せ合い、日々の慰めとしていたよしが見える。そういう中から、式部は作者として成長していったのであるから、その『源氏物語』執筆の動機に、他から強制された何かが証明されないかぎりは、特別に上層の姫君のために文をつづり、絵画を予想して筆を運ぶということは考えられないであろう。

3

物語は女のものだとよくいわれる。しかし、それならば男は物語にまったく無縁だったかといえば、実はそうではなかった。このことはひと言断っておく必要がある。男も実際はかなり物語を読んでいたのである。例の『三宝絵』の作者源為憲にしても、「伊賀ノタウメ、長井ノ侍従」をはじめとして、いわゆる鳥虫擬人物・恋愛物・歌物語の類をかなり読んでいたればこそ、あのように内容にわたって、言及できたのである。仏道を勧める書物としての性格からして、ああいって俗書を貶《おとし》めるほかはなかったにしても、とにかく物語類をたくさん読んではいたのだ。

『宇津保物語』の作者として定説化した源順が、不遇時代に物語の習作をしていたことは石川徹に論があり(「物語作者としての源順の作家的成長と蜻蛉日記との関係」―「国語と国文学」昭33・11)、『公任卿集』に、「円融院の御時にや宇津保の涼と仲忠といづれまされると論じける」とき、公任にもその意見が求められたことが見えており、その論争は女一宮(宗子内親王)と、「しのばし」の間で起こっていたらしい。「しのばし」はどうも男の名らしいから、彼にしても公任にしてもよほど物語好みの男であり、また、世間からそう見られていたのである。『曽丹集』にも、「ものがたりつくるところにてよめる」と詞書して、「わがことはえもいはしろのむすびまつちとせはふとともとけじとぞおもふ」とある。これは、『和歌色葉』や『八雲御抄』に、散逸物語の中に名を出している「有馬の王子」の物語を、好忠が宮廷の「物語作るところ」(その実体はわからないが、『大斎院前の御集』に見える擬制官としての「物語のかみ」などの類か)でたまたま見かけたのであろう。「有馬の王子」は『万葉集』に出て有名な悲劇の主人公「有間皇子」で、歌意は、「私のことは、口ではいえないような苦労ばかりで、いつまでも心がとけて安まるということはあるまい。結び松で前途を占って死んだあの有間の皇子のように」というのではあるまいか(あるいは恋歌で、「私たちふたりの親しさは、とうてい言い表わしようがなく、その仲はいつまでも疎くなることはあるまい」の意かもしれない)。また『藤原仲文集』にも、「いにしへはとねりのねやのものがたりかたりあやまつ人ぞあたらしの歌がある。

一条天皇が『源氏物語』を女房に朗読させて聞いていたことは前述したし、公任も『源氏』を読んで、「若紫やさぶらふ」と、紫式部の局をうかがった。道長までが式部の留守中にその局にはいり込んで、『源氏』の草稿を持ち出すようなことをしており、『紫式部日記』における道長の言動を見ると、どうも彼も『源氏物語』の内容をかなりよく知っていたらしいところがある。寛弘二、三年（一〇〇五―六）頃の彼の集書の中には「仮名本」も含まれており、これも散文の、つまり日記か物語であろう。また書陵部本『為信集』の成立は寛弘六年頃、『源氏物語』の第一、二部が書かれた直後と思うが、そこには『源氏』から材料を得たもの二〇首近くが見えており、彼の『源氏物語』への傾倒ぶりがうかがえる。

やや時代を下って、康和五年（一一〇三）に死んだ『讃岐入道顕綱集』にも、「源氏を人に借りて、返《かへ》しやりける」と詞書して、「いかばかりそでのぬれけむむさしののわかむらさきのつゆのきえがた」とある。院政期にはいれば「寄二源氏一恋」の歌題が定型化したほか、『源氏』を材料としたかなり多くの歌がある。『河海抄』料簡に引く俊忠以下の源氏の歌は、さらに下った鎌倉時代の作例である。

平安末以降にはいれば、例の俊成の、「源氏見ざる歌よみは遺恨の事なり」（六百番歌合）のことばがあり、良経も、「紫式部が源氏、白氏が文集身にそえぬ事はなし」と自らいっていたという（小夜のねざめ）。順徳院の、「源氏物語ハ不可説ノ物也」云々も有名で、ここまでくれば、それは『源氏』の古典的権威の確立ということであって、読者の男女の問題とはやや異なろう。

しかし、要するに平安時代でも、事実上は男も物語を読んだのであり、その中から、たとえば『源氏』の為時原作説とか道長加筆説などの伝説も生じうるわけであった。しかし、男たちは、それを大っぴらに吹聴《ふいちょう》する気にはなれなかったし、官人としての表芸である経史詩文の学に比べるととるに足らぬもので、要するに女子どもの慰みものだという顔つきをしていたのである。

4

それでは、男の読みかたと女の読みかたにはどんな違いがあったか。

まず女たちについていえば、たとえば前にも引いた孝標女が好例だ。少女時代から物語にとりつかれて、『源氏』の夕顔や浮舟のような身の上になりたいと願い、残りを早く読ませてほしいと丈六の仏像をつくって祈願をかけた。上京後伯母から源氏の櫃入り一揃い五四帖をもらうとひとりで部屋に閉じこもって、夜昼となく読み耽ったという。紫式部の家居の頃のことは前にいった。宮廷に仕える女房たちの間では、群れをなしているだけに、さらにはなやかである。おのずからおしゃべりの場ができていて、物語は絶好の話題である。『枕草子』の定子中宮の宮廷の例は前述したが、『大斎院前の御集』に見えて名高い「物語りのかみ」のごとき擬制官の出現は、耽溺娯楽の昂じたものであろう。高松女院の女房だった大納言の君は、衆人の中で滔々と源氏物語論をまくしたてたので、行儀見習いのために内裏に遣わされそうになって、恥ずかしさのあまり出家したという話もある(身のかたみ)。鎌倉時代に多く現れた『無名草子』以下のいわゆる物語評論書の類には、女房たちの鑑賞のあとがよく現れている。それは基本的には、個々の場面や状況について、自然な、しみじみとした情趣を尊重するとともに、かなり日常道徳的・常識的あるいは気分的と思われる批評が多い。また、この点は『源氏』以後の物語作者にとってもある程度共通することである。

ところが、男の読者たちの中にはやや異なった傾向を生じた。女性読者には見られない研究的な作業である。最初の注釈書として著名な伊行の釈ができたのは平安末であるが、初歩的な系図もすでにこの頃にはできていたらしい。現存最古の古系図は正嘉本のごとく鎌倉初期のものであるが、池田亀鑑によれば、さらに平安時代にまで遡《さかのぼ》りうるらしい(『源氏物語大成』七、研究資料篇)。また、門前真一は「並びの巻」の語が漢詩にいう「幷(アハセタリ、アハセテ、「幷序」と用いる)」の訓読に発し、平安末に漢学者流の手によって、『源氏物語』の構成を説明するための語として利用されるに至ったと述べている(「源氏物語『幷びの巻』原義考」—「山辺道」12号、昭40・12)。また『光源氏物語本事』にいう異本『更級日記』には、治安元年(一〇二一)孝標女が入手した『源氏物語』は、

「五十四帖に譜具して」いたとあったという。この「譜」も問題だ。鎌倉時代に「物語沙法する人々」と評判された衣笠内府家良・三位入道知家・葉室光俊・源具氏などは、これの実体について、あるいは目録、あるいは系図、あるいは氏文とまちまちなことをいっている（拙稿「光源氏物語本事」―『源氏物語の研究』未来社、昭37、本著作集第四巻所収）。右の書きかたからみて、「譜」は別冊であることは確からしいから、とにかく、紙数で二、三〇枚以上に及ぶとすれば、巻名一覧のほかに内容についてのかなり突っ込んだ年表か系図式のものとは察せられる。『源氏物語』成立後わずか一〇年でこのようなものが生まれていたというのは、ちょっと早すぎる気もしないではないが、とにかく研究的・分析的な作業がすでにこの頃に始まったとはいえよう。これらがすべて男の手に成ったものという明徴はないが、系図の作成などという仕事が、正史や家記編纂に準ずる作業であることを思えば、これが女の手にはじめて成ったとは考えがたいであろう。また、平安から鎌倉時代へかけての定評ある善本につき、河内本の校本七本、あるいは『光源氏物語本事』に記載する十数本として、その所蔵者名があがっているが、そのうち女子の名は従一位麗子本・式子内親王本・上東門院本・按察局本・陰明門院本・大斎院本の六本にすぎず、しかも、上東門院本や大斎院本のごときは伝説臭が強い。経済力のある男に所蔵者としての名が多いのは当然かもしれないが、それだけ書写や保存に熱心で、本文のよしあしにも気をつけたともいえよう。情緒的な鑑賞に終始しがちで、本文や筋立てなどさまで気にもしなかったであろう女の読者とはかなりの相違があったのではあるまいか。

源氏物語の上演・上映

ご紹介いただきました今井でございます。実はこちらへ参ります前に何か題をいえ、という話でございまして、「源氏物語をめぐって」としておけば、何とでも融通がつくであろうと思いまして、「めぐって」という変なごまかしのようなものをつけたわけでございます。

ご承知かと思いますが、私は『源氏物語』をとくにやっている、というように世間からいわれております。またいわれることがたび重なりますと、自分でもそんな気にいつやらなっているという点もございまして、どうせそんなことしかいえないならば、それも仕方あるまい、と実は腹をくくって出て参った次第でございます。

「めぐって」と致しましたが、自分の平素の『源氏物語』研究の結論といいますか、私なりのこれまでの考え方、雑感みたいなおしゃべりになることでお許し願いたいのであります。

雑感と申しましたが、実は最近ご承知のように私どもの大学に、例の飛行機が落ちまして大騒ぎをしております。それにつきまして学生となるべく接触を保たなくちゃいけない、というわけでいろいろ話をするんですが、そういう時に三派の学生が、質問というか叱責を致します。「我々は日本の危機を救うべく、平和のために戦っているのであって、現に警官に頭を叩かれてこぶを作ったし血も流した。それなのに先生がたは、毎日本読んでごはん食べて寝てるだけじゃないか。それで恥ずかしくないのか」というわけです。棍棒を持って東奔西走している実感のもとに、我々教師がいかに空虚であるか、ということを面詰し、面罵するのであります。

そういうことをいわれても私たちは別にひどくたじろぐわけではありません。しかし、毅然として、盤石の自信をもってはねかえせるか、と申しますと必ずしもそうはいかない。その時、ふり返って考えるというのは、甚だ意気地のないことではありますけれど、自分の学問と、現実の生活というものに、どういう結びつきがあるんだろうか。自分が勉強し、講義していることで絶対の自信を持っているか、ということを考えさせられてしまう。で、私なんかそういうばあい、一生懸命ごまかそうと思いまして――それをするほど、私たちにとって学問はもはや生活の手段になっている面もあるでしょうが――「僕たちがやっている学問は、比較的ごまかしの少ない仕事、真実なものを真実それ自身のために追求する仕事である。それに従事することが、自分にとって心の奥深いところで自分を支えているように思う。そしてこれは単に僕自身の私生活の上での心の支えということではなく、あらゆる現実というものを動かしていく一番根本的なところで、そういう真実というものが最後にはものを動かすのではなかろうか。そういう真実というものを考える学問に従う、ということは今の自分自身にとって、のっぴきならない生き方だと思うんだ。そしてそういう生活の中にこそ、今の日本の現実に対して真実に発言できる根拠もあるのだろうと思う」といいまして、内心おまえ本当かな、こんなきれいごとだけではいかんのではないかとも思うのであります。しかし、この学生に答えたようなことが実際問題として支えになっていることは疑えないと思うのであります。

最近、熊本の細川家にある幽斎自筆の『源氏物語』を調べているのでございます。ご承知のように、幽斎は足利末期名門に生まれ、信長・秀吉・家康に仕え、七〇歳を越える長命の間に幾多の人生の波瀾、危機をきりぬけた人であります。また、晩年田辺の城を守って石田三成の軍勢を六〇余日持ちこたえ、古今伝授が途絶えることを惜しまれたために命を全うし、智仁親王に伝授した文雅の士でもある。その幽斎が『源氏物語』の、一帖を除いた五三帖を一筆で書いている。相当に長い『源氏』を、当時のそうそうたる文人であり、武将でもある人が長い日時を費やして、おそらく家臣が寝静まった夜遅くでありましょうが、毎日写したということ、しかも行間や余白に細かい注を施したということから、よほど好きだったんだろうということがわかる。しかし、単に好きということではなくて、戦国の激しい浮沈の中で明日をも知れぬ毎日を送りながら、古典を守り続けていったということ、それはもう何かを守るというのではなくて、戦国時代の生活あるいは自分の命というものを支えておったのだろうというふうにしか思えない。おそらくそれは幽斎だけでなく、『源氏物語』というものが今日まで伝えられてきた背景には、そういう一人一人の学者たちの日常をとりまいている散文的な厳しい生活の中で、それを乗り越えるための一つの支えとして『源氏物語』はあったのだろうという気が私はするのであります。たとえば藤原定家がそうでありましょうし、一条兼良という人もそうでありましょう。そういう人たちの心というものが、最近そくそくとしてわかるようになってきた、というのは三派の騒動で思わされたということなのであります。

続けて個人的な体験を申して甚だ恐縮なんですが、昭和一二年、私は高等学校に入りまして病気になり、田舎へ帰り療養かたてまに谷崎源氏を読み始めたわけですが、それは非常におもしろかった。病を養いながら、自分の家で毎日一巻ずつ読むのは大層楽しかった。ところがその年の暮に風邪をひきまして再発し、ひどくなって二度三度と喀血し、痩せてまったくの骨と皮になりました。二一の若さで毎日の喀血と高熱で苦しみながら本当に死にたくないと思いました。と同時に文学というものに対して激しい憎悪、呪いを感じた。というのは私の生命の危機というものに対して、それまで読んだ文学書はまったく無力で、読めば熱は上がりこそすれ、下がるわけじゃない。読めば読んだで、もう死にかかっている病人に対してうそうそとはかなく感じるのみである。もののあわれなんていうものは病気に何の役にも立ちません。そういうわけで文学というものはうそであり、インチキであり、ペテンであると思いまして、文学はいっさい読むまいと決心したわけでございます。もののあわれを嘆いたって死ぬばかりだ、と文学を呪詛し、もののあわれを克服しその結果健康を回復したのでございます。そのためそれからずいぶん長く文学に対する不信感というものを抱き続けたのでございます。そういうことでやっと死を免れまして学校にもどった時は、第二次世界大戦の最中で本屋にはろくなものは置いてないし、映画館に入りますと、必ず「撃ちてし止まん」と書いてあって戦闘精神を旺盛にするようなものばかりやっている。ラジオを聞いておりますと精神訓話などに引かれますのは、「今日よりはかえりみなくて大君のしこの御盾と出でたつ吾は」というような歌ばかりである。

で、私思いましたのは本当にそうなんだろうか。病中に読んだ印象では、骨肉に対する切々たる思い・愛情というものが『万葉』の精髄だろうと思うのです。それが、ああいうふうにまったく違った人殺しの道具に使われているということは、たまらないことであります。そういう荒涼とした時代の中で、私は『源氏』を原文で読み始めたのであります。周囲の状況がさつで、かさかさしていたためでしょうか、『源氏』が持っている深い人間というものをひしひしと感じたわけであります。『源氏』の中の人物たちのなんともいえない切なさ、あわれさ、また優雅な非常に高度な文明社会というもの、その中にかぎろっている人間の心のなんと深い真実なものであろう、と思ったわけであります。

それまで、病気以来、文学はうそのかたまりだと思い、人間をいざという時見捨ててしまう恥知らずなペテンだと思っていた。しかし、文学以上のペテンが世間には実際ある。そして、そういうペテンにかけられて、私の友人はたくさん死んでいったのであります。そのペテンの中で、彼らがどんなに死にたくなかったか胸をうつものがあります。

その時思いましたのは、うそならうそでいい、文学なんてものはどうせいざという時には役に立たないうそだろう、『源氏』がもしうそならうそでいいじゃないか、それにだまされることがこんなに切々として同感を呼ぶならそれでいいじゃないか、という気持になったわけであります。またそのうそがとにかく一〇〇〇年続いてきたうそであるからには世間にはびこっているインチキやペテンよりははるかに立派だろうと思ったのであります。つまり、文学の虚構というもの、フィクションというものが持っているうそ、フィクションなるがゆえにかえって現実そのものよりも真実であり得る、という文学の構造をおぼろげながらその時感じていたのかもしれません。文学の虚構というものが、逆にその時代の真実性あるいは虚構をあばくための有力な武器となり得るものだと思うのであります。

細川幽斎があの権謀術数をめぐらす戦国時代に生きて、激しくも厳しい現実に取り囲まれていた。その中で生涯を全うし得た幽斎を支えたものは、『源氏』の持つ純粋な人間性の世界であったろうと考えたいのであります。書かれてから一〇〇〇年の間、そういう意味で、そういう人々の心で伝えられてきたものだといっていいのじゃないか。すばらしい作品だということより、心の支えとして糧としてあり得たからだと思うわけであります。

だから三派の学生に対する時にも自信を持っていっていいだろうと思う。彼らは、古典の研究が今日の日本の危機に何の役に立つか、と開き直って尋ねます。これは、私が病気の時に、自分の役に立たないと呪ったのと同じ次元でしかものを考えていないのだと思う。しかし、本当に人間とは何であり、何を求め、何を感ずるかということを根底から教えるものが古典である。それによって真に守るべきものの内容、もし三派の学生が人間を守り、日本の平和を守るというならば、その人間や平和というものの内容・実体というものを『源氏物語』が教えてくれるだろうと思うわけであります。そういう意味で『源氏』ひいては古典というものは受けとめられると思うのであります。

ところで今日、「源氏ばやり」ってことがいわれています。谷崎さんの『源氏』などは、出ればいつでもたくさん売れると聞いています。それはそれで結構なんですが、最近非常に低俗な商業資本と結びついたのがはびこっているので、喜んでばかりもいられないと思うのであります。

たとえばテレビとか映画・歌舞伎とかいろんなものがございます。そのどれを取りましても、私どもは原作のイメージをたえず思いうかべておりますので、それと比べますからどうせ悪口をいうに決まっているんですけれども、それにしてもひどいと思うのがずいぶんございます。

最近テレビで伊丹十三がやりました『源氏』の試写会にひっぱり出されまして、あとの座談会で黒柳徹子なんて人にしゃべりまくられたことがございました。これなんか最初に清涼殿が出てきまして、貴婦人の後から男が追っかけてきて、いきなり手籠めにするわけですが、実にひどいものだと思う。またメーキャップがえらく陰惨で、監獄から今出てきたばかりのような顔をしている。この暗い恐ろしげな顔は監督の方針で、タフでニヒルな源氏を作る主義だと説明するのでございます。一〇人も二〇人も女がいるからタフでなくてはならないし、若い時母をなくしてひがんでいるので、ぐれたところを出さなくちゃならない、そういうニヒルな奴が近ごろの女性は好きなんだ、とこういうんです。それで結構でしょうが、『源氏』でないことだけは確かだから、「新版ニヒル源氏」とか何とか銘打っていただけないか、と申したわけでございます。

また、藤村志保が夕顔を演じているのですが、実によくしゃべる。原作では、おっとりとして、ろうたげで、おいらかであるのですが、まことによくしゃべる。「助けてよ。ウァー」とわめいたりする。なんともあわただしい、せわしげな源氏でやりきれない思いを致しました。これが東京あたりでは好評であったというので、さすが流行の最先端を行くのであろうか、と恐れおののいたのであります。もっとこわいのは、あれを『源氏』だとお思いになる方が実際いらっしゃるだろうということです。それが非常にこわい。

映画のばあいでもひどかった。長谷川一夫が扮しまして、えらく首の太い源氏なんですが、原作では「首ほそしとてあなづりたまふ」とありまして、まるでイメージの違う源氏となっております。これが淡路の上なる京マチ子を「成敗じゃ。成敗じゃ」と追っかけてきます。ほかの男と密通したから許せぬというわけであります。それを紫の上が「あなた様が前になさったことをお考えあそばせ」と止めるわけです。だいたい淡路の上ってのは原作には出てまいりません。これに関して久松潜一先生のお話なんですが、おもしろいことがあったよとおっしゃる。女子大生にレポートを書かせたら、「淡路の上について」というのがあった。これは何だろうと考えていたら、あれは映画に出てくるんだってね、ということなんです。どうもひどいものだと思う。

歌舞伎のばあいが私の見たので一番よかったように思います。衣装がきれいですし、ラブシーンにしても直衣の大きな袖で女を抱きますとすっぽりと包まれてしまって、頭だけがちょこんと出ている。実に上品で、ふくよかで、ふんわりして好ましい。いいもんです。私もああいう恋ならいっぺんやってみたいな、と思うほどいいんです。感じがでる。

ただ歌舞伎には必ず所作事ってのがあり、道行きがある。若紫の始めのあの有名なところを「源氏北山道行きの段、紫と源氏でござります」と口上をやる。だから雀の子が逃げちゃったのよと泣くような女だと、道行きの相手になりませんので、一挙に二二、三のおとなにしてしまう。それも女形がやるから大柄の紫の上ができてしまう。それが北山の段では、庭先を通りかかる源氏を部屋の中から見て障子を少しあける。ふり返って源氏が見るので、また少しあける。そうして、さそい出されて、ふらふらと出て来ましてふにゃふにゃと例の踊りをしまして、手に手をとって山の方へ行く。どうも、北山の段のかれんな少女の面影はまったく失せてしまっている。何ともいやらしいわけであります。

所詮、映画にしろ歌舞伎にしろ、商業主義のため、原作に忠実であろうということはほとんど考えていないことだけは確かだろうと思います。これを原作通りには商業演劇では上演できるものでないだろうとは私も思います。

しかし、今述べたようなものが『源氏物語』という形で上演され、多くの人がそれを『源氏』だと考えるのは、やはり非常に困ったことだと思うわけです。

江戸時代なんかは、まだ良心的でありまして、柳亭種彦なんかでも『偐紫田舎源氏』というふうに、非常に筋は『源氏』に忠実に追っておりますが、にせ紫ということはちゃんとことわっております。今の時代でも、そういうふうなことが多少でも配慮されれば、と私は思うのでありますが、商業主義と結びついた形の『源氏』に対するゆがめ方というのは今後もなくならないでしょうし、むしろひどくなるかもわかりません。これに対して、我々古典をやっている者は守っていく立場から発言すべきじゃなかろうか、と思うわけでございます。

この「源氏ばやり」、古典ブームというものが昭和二七年頃出てきた、というのは占領時代の末期にいろんな矛盾が露呈されてくる一方、社会的、経済的に興隆してきて、ナショナリズムというか民族的独立意識と軌を一にした、と思うわけです。今の歴史ブームなんかも、やはりそういうものだろうと思います。私は、日本人が日本の民族的な自主性というものを意識するのも、またそういう意味で、古典がかえり見なおされるのも当然だろうと思います。ただこれが行き過ぎると非常な危険をはらむ反民主的なアナクロニズムに堕する恐れがあると思う。そういう意味で保田与重郎さんが「解釈と鑑賞」にお書きになっていること、たとえば敗戦というものをどう受けとめていらっしゃるのか、私にはよく納得できません。

今一つ、歴史的な関心でもって古典をみる立場があろうかと思います。これは先ほど述べたナショナリズムと似ている面もあるかと思います。が、そういう我々が日本人であるということを意識して読むということよりも、客観的歴史的な所産として、それをつき放してみる立場じゃなかろうかと思います。つまり『源氏』という作品を生み出した平安朝の歴史的な諸条件は何であったか、何がどんな意味をもって書かれたか、それがどういう形であれだけ高い文学的価値を担い得たか、ということだろうと思います。

これを拡充していけば、民族性、さらには人間一般というもの、人間性についての歴史的展望の一環として『源氏』を見ることができるだろうと思います。そして一〇〇〇年も前にあういう高い文明社会が出現しておったということで、日本人にはいや人間にはそういう可能性があるということを確信できると思うのです。今日我々の機械文明は、日一日と人間性が疎外される方向で進歩しつつあります。そういう時に我々は、自分たち人間の原型を古典の中に、全的な人間としてあり得べき姿で見いだせる。そうすることで今日の我々は、人間性に対する信頼を確かめることができるし、ことに同じ民族の作品であるならば、よけい自分自身に自信を持てるのじゃなかろうかと思うわけです。

たとえば源氏の恋の場面にしろ、いかに高い精神の作用を持っているか、ということを思わざるを得ない。夕顔巻の一節に六条御息所を訪れるくだりがございます。朝源氏が帰る時に女房の中将が見送りについて参ります。この女房がたおやかで上品なものですから、源氏がちょっかいを出しまして手を握る。御息所はまだ臥せっておりますので格子に隔てられて見えない。そこで「咲く花にうつるてふ名はつつめども折らで過ぎうきけさの朝顔。いかがすべき」といいますと、中将が「朝霧の晴れ間も待たぬけしきにて花に心をとめぬとぞみる」と答える。そして地の文に「公事にぞ聞こえなす」と出てまいります。

「咲く花すなわち御息所に対しては、私の心がほかに移ることは慎むものであるけれども、手折らないで通り過ぎることのつらい中将の今朝の顔の美しさであるよ。どうしたものだろう」と源氏が手を握ると、中将は「朝霧もまだたちこめているうちにお帰りになるようなご様子では、この屋敷の花には心をとめていらっしゃらないように思われます。あなたは美しいから折りたいとおっしゃるけれどどうそでございましょう。きっと花にはお気持がないから、こんなにそそくさとお帰りになるのでございましょう」とうまく主人筋の六条御息所のことにすりかえてしまうわけです。

今どきの女性が、男性に手をとられて「今夜どっか行かない」といわれたばあい、こういう見事な切り返しができるのだろうか、と思うのです。恐らく黙って顔を赤らめるか、もじもじするか、「うれしいわ」とか「いやだわ」とか、まことに簡明素直な、味もにおいもないような言葉で受け答えすることしかできないでしょう。それ以上のことができるとは、僕には思えない。こういう言語生活というものは、もはや影も形もなくなっている。今日ではまともに、ありがとうございましたということさえいえなくなっているような人種がふえている。平安時代はこういう言葉の使い方、心の働きができる生活様式があればこそ書けた、と思うのです。こういうふうな高い心の働きを持っている人間が生きていた時代というものはめったにあるものではない。

これも夕顔巻の例ですが、「夕露に紐とく花は玉ぼこのたよりに見えしえにこそありけれ」といって源氏が覆面をとり「露の光やいかに」と夕顔に見せますと、「光ありと見し夕顔の上露はたそかれ時のそらめなりけり」とほのかに夕顔が答えるところがございます。

「今まで顔を見せていなかったが、この夕方の露のおりている夕顔がつぼみを開いて顔を見せるのは、以前道の行きずりであなたに見られた縁なのですよ。私の顔の美しさはいかが」と源氏がいいますと、夕顔が「あの時に美しいと思いましたあなた様の顔は、夕方時分でわかりにくくて私の見まちがいでございました」と尻目に見ながらいうわけです。これが本心でないことははっきりしているのでして、夕顔はあきらかに源氏が好きなんで、まあすばらしいと思ったに違いないのですが、それを「それほどではありませんわ」といって尻目にウィンクしてみせる。それは一つのコケットリーといってしまえばそれまでですが、こういう高度な言語技術というものは、やはりたまげたものだと思う。

変な恋愛のばあいのみ申しあげましたが、『源氏』のこれらの話の背後には、人間の精神の高さというか、言語修練、それを支えるような社会というものの高さを持っていたということだけは疑えないと思うのです。

アメリカの人が、今ああいう国はじまって以来のジレンマの中で苦しんでおります。ああいう目にあっても、歴史的にふり返ってあの時はこうした、こうして乗り越えたという経験がないわけです。そこにあの人たちのやりきれなさがあると思うのです。

その点、私たちは幸いに、いろんな体験を民族として味わってきております。それが、単に長いというだけでなく、人間としての可能性の中で高いものを我々の祖先が持っていたということを実証しているということです。そして、それがどうして今日、我々の力にならないのか。真に私たちを支えてくれるようなある一つの現実の力として、古典が我々の中に生きていていいのじゃないか、などと私は思うわけであります。

三派学生のつきあげがありましたものだから、こういう理屈を考えてみたわけでして、皆様がたのご批判をいただければ幸いでございます。

平安文学研究の現状

本日お集まりの先生がたは、日本文学の研究をなさっていらっしゃる方々と承っております。ということは、私の専門でございます平安朝文学以外に、近代文学、江戸文学とさまざまのご専門の方々がいらっしゃるわけで、どうも本日の演題の「平安文学研究の現状」というのは、あまり適当ではないのではないか、と懸念いたしております。第一に、こんな田舎にいつも住んでおりまして、私に全国の学者のご研究の現状を鳥瞰できるわけもございませんし、また皆様がたのほうでも、平安文学という特殊な領域の細かい研究のことなどかえってご迷惑かと案ぜられるのであります。

それで、勝手に本日は〝大学における文学研究と教育についての雑感〟というふうな話にすり変えさせていただきまして、お話をさせていただきたいと思うのでございます。

私、はじめから引き合いに自分のことを申し上げますのはたいへん恐縮でありますが、どうも生まれつき、あまり正直一途なはなしは好きでないのでありまして、もちろん悪質なのは困りますが、ほどのよい、ホラばなし、あるいはちょっとした罪のない作りばなし、というのがたいへん好きであります。私自身は器用にそういう洒落たふるまいができるわけではありませんが、そういう方が近くに一人でもいらっしゃると、皆とても明るく楽しい。要するに気ばらし、娯楽としてその種のはなしは存在するわけで、もとより、平安朝の言葉でいえばまことに〝はかない〟ものではありますが、それは生きてゆく上に欠かせないものに思われるのです。

文学というものもしょせんは、その種類のものでしょう。とすれば文学研究も、その一つの変型にすぎないので、あまりいかめしく厳かな顔付きで正面から立ち向かうものでもなさそうに思えます。だから、その研究のいろいろの局面について、いかめしく真理探究などとかしこまるのも、悪いとはいわないにしても、何だか肩が凝ってかなわない。文学の初心とは志が違ってしまうのじゃないかな、などと思ったりするわけです。

学問は、もともとはレジャーから生まれたというのが西洋の考えだそうですが、我々のばあいでも現実には、そうであることもあり、そうでなく、せっぱつまったところから出てくることもあるにしても、別段、日常生活と無縁なところに成り立つものではないでしょう。

いくら高尚な学問であっても、生きている人間の行為である限りは、日に三度の食事や睡眠、家族との泥くさい関係などと切り離すことはできないので、たとえば健康保持も学問の一つというのは、その中でも一番切実な課題です。しかし、そんなことをここでお話しするわけにもまいりませんので、もう少し学問らしい話に移りますと、よく文献とか資料とかいうことがいわれます。学界では「文献学」とか「書誌学的研究」とかかぎがつきます。これも大切な分野なのですが、しょせんお金がなくては手が出せません。若い頃私は不幸にして、貧乏な上に病弱でしたから、はじめから縁なき衆生とあきらめて、「おれは虫喰い本は好きじゃない」など、なまいきにうそぶいていました。しかし、これはつまるところ貧乏人の負け惜しみでありまして、つまらぬことでしたが、しかし、私にとっては、実に止むを得ないことでありました。もしその時無理算段していれば、きっと家庭的にも、健康上も破綻を来していたでしょう。あれでよかったと思っているのです。

しかし、そのうちに、どうもそういってうそぶいているだけでは済まなくなってきました。ボツボツと自分なりの研究を進めてゆくうちに、見なければならない資料や文献が浮かび上がってきます。どうしても自分の懐ぐあいと睨み合わせて、資料を見に出かける、という必要が生じ、それを少しずつ実行に移したわけです。その頃「今井は文献学者になって変節した」という評をいただいたことがありますが、私は、私の条件に合わせて生きていただけでした。

世間でときどき、自分は学者としてこういう出発のしかたをした、そしてこれこれの学派の一人であるというように世間から認められた、だから、自分はそれにロイヤリティを尽くさなければならん、そう思っておられる学者はまさかないでしょうけれども、もしあれば愚かなことだと思うのです。

私は「方法」ということをあまり信じないし、少なくともあまりこだわりたくないのであります。自分の学問的な方法というものに関して世間から判子を押されることを私は好みません。

私も若い頃に人様から何やら判子を押されたことがあります。それもとり立てて不愉快だったというわけでもありません。おれもこういうグループの中の一つに数えていただいたか、というような一種の安心感もあったわけでありますけれども、しかし、それは同時に白々しい思いでありまして、あまり愉快ではなかったことも事実であります。

人間は、さほど人様にご迷惑さえかけなければ、昨日の自分のしたことについて今日の自分は責任を負わない、そういう立場もあり得ると思うのです。人殺しをしておいて責任を負わないわけにはいかないけれども、学問的なことでは、自分は、昨日までにいったことについて、明日《あした》からもその言葉を守る、というのはナンセンスです。日に日に新しく、というようなことは、もちろん私にはかなわぬ夢ですが、しかし、ふり向くな、ということは、あってもよさそうに思います。

学問が日常性と連続しているということのつながりでもう少し、低次元な卑近な話題に移ることにいたします。その一つに字が読めるか読めないかということがございます。文献学の続きのような話でありますけれども、字が読める読めないということは学派とか学問の方法などとは何の関係もないことであります。草体の文字が書いてあって、それが活字を読むような調子で読めるか読めないか。読む者にとっては、それは読めるか読めないかのどっちかでしかないわけでありまして、読めないけれども、おれは学派が違う、文献学をやってないから読めなくていいのだ、という理屈は私は成り立たないと思うのです。やはり読めたほうがいい。非常に素朴なことであります。しかし、その素朴なことが実はそうたやすくはない。そのためにはこつこつと職人的な修業をしなくてはいけない。字を読めるようになるためには、先生について教えてもらうとか、吉川弘文館で売っているような『古文書学演習』というような本で勉強してみるとか、そういうことが必要なのだろうと思います。そういうことも明らかに学問の体系の中に入ってきているわけで、逃げられない。そういうたいへんに素朴だけれど大切で、しかも何だか「学派」や「方法」次第で免責可能と誤解されているようなことがいろいろあるのではないかと思います。

よく「読み」ということを申します。これも同じなので、読みということができなくて論ができるはずがないのであります。私もたまにそういう方にお目にかかるような気がいたしますが、優秀だといわれる方々で論文は非常に華やかで切れるのだけれども、本文を読む段になると、危なっかしい、そんな方があります。もっとも誰しも若い頃はそうでありまして、私などももちろんその口でした。高校で教えていました頃に、生徒を前にして古典を講読するのに、すらすらとは通釈できないのです。前の晩に参考書や口訳本をちゃんと読んできていましても、教室でいざとなるとなかなかスムーズにはいかない。途中で何度も何度もひっかかってしまって非常にへどもどいたします。皆様もおそらくご同様の体験をお持ちだと思います。そういうことに割合に困らなくなったのは、私が四五、六歳過ぎてからではないかと思います。小学館の『源氏物語』全訳の仕事で一〇年ばかり苦労しまして、あれで私はやや半人前に近づいたかなと思ったのでありますが、ああいうことを自分でやってみない限り、力はなかなかつきません。

それは、何でもないようだけれども、そういう通釈が一応できるようになる力をつけるということもやはり必要だろうと思います。平安朝のことについていえば、そういう段階がどうしてもあって、文字、文章が読める読めないということは学問的方法あるいは論文のスタイルのいかんを問わず逃げ場のない問題だろうと思うわけです。

それ以上の、作品研究とかいう高度のものももちろんいろいろあるわけで、それについてどうのこうのということは私があえていうべきことではありませんし、また、それぞれの方法とか文学史観とかによって、それぞれの観点からアプローチなさるわけで、さらに、評価の問題とか、いろいろな文学史的な整理の問題とかがありますけれども、それについてここで何か偉そうなことを申し上げられるような資格はもちろん私にはございませんので、きょうは差し控えさせていただきたいと思うわけであります。

要するに研究とは、そういう固定したものではないと思うわけです。固定すれば、そこから一つの堕落が始まる危険があると思うのであります。しかし、そういうものとは別の意味で、いつも絶対に不可欠なものはやはり厳として存在するし、それについては、やはり「方法」を口実として、逃げてはならないと思うのであります。

さて、さきほど「卑俗な」と申しましたが、研究、あるいは教育上のいくつかの具体的な問題点みたいなものを、思いつくままに述べさせていただきまして、それについて皆様がたのご批判もいただきたいと存じます。

そのひとつは、大学の卒業論文というものについてでございます。私は何年か前に『国文学やぶにらみ』という、小さなパンフレットみたいな本を出したことがございまして、その中にも書いたことでございます。

私も二〇数年、九州大学に勤めまして、卒業論文を毎年毎年見ていたわけでありますが、九州大学の学生の学問的レベルがはたして他大学に比べてどのくらいなのか私は十分に存じません。本日お集まりの先生がたは短期大学の先生がたでいらっしゃいまして、短期大学で卒論を書かせていらっしゃるところがどの程度おありなのか、存じませんでしたが、卒論を課されているところが比較的多いというように伺いまして、そう不適当な話題でもないと安心させていただいたわけであります。

いったい、大学が卒論を課すときに、私どもよく問題にしたのでありますが、二つの考え方があると思います。一つは、卒論も論文であるからには学術論文でなくてはならない。学術論文である限りは新しい業績を出さなくてはおかしいという立場であります。今まで言い古されたようなこと、どこかで盗んできたりするのは論外だけれども、先行論文があるということを知らなくて、同じ結論に達したばあいもこれはまったく価値がないということになります。実はそこが一番難しいわけでありますが、先行の研究者が同じことをすでにいっているということに気づかないで、既発表論文を見落としていて、営々として二年間ぐらい努力したその揚句、卒論提出一箇月ぐらい前ににわかにそのことに気がついて、あわてふためいて駆け込んできまして、「先生、実は、こういうつもりでこういうふうにやっていて、大体こうなると思っていたら、あにはからんや、五年前にすでに何とかという人がこういう論文を書いていることを、昨日知りました。どうしましょう」と顔色を変えてやってくる。こういうケースはしばしばございます。とくに、平安朝のばあい『源氏物語』などは厖大な点数に上る論文がありますから、「これをやるなら、こういった系統の論文のリストをよく見ろよ」と助言はするのですけれども、見落としはある。これを全部見ろといったって時間の制限もあり、学生ではなかなか難しい話でございます。

あわてて駆け込んできたばあいに、二つの対応の仕方があって、「これは君、だめだから一箇月のうちにテーマを変えて書け」というか。これはとてもできっこありません。彼らは過去二年間ぐらい営々として『源氏物語』を読み、論文もかなり読んだということも間違いないのでありまして、新しい業績が出せないことをもってそれをすべて無駄にするということはいかにも忍びない。そのばあい、私は目をつぶるわけです。そのばあい、他の先行論文を模倣あるいは引き写したかどうかというところに難しい問題があるわけでして、引き写さなかったということの保証はないのです。しかし、営々としてとにかく勉強してきたという実績自身は、かなりの程度判断することはいろいろとできるわけです。そういうことで、かなり曖昧ですけれども、どこかで目をつぶるということを私はやってまいりました。

しかし、非常に厳しい立場に立てば、今まで努力したとか何とかということは本来的に関係ない。要するに問題は結果だという立場に立って、結果においてともかくも新しい結果が出なければ一文の値打ちもないというのが論文の宿命だといえば、それはまさしく理論上はそうであります。しかし、現実的にはそれはそうはいかないと私は思います。要するに卒業論文というのは教育のためのものですから、教育の実績というものがそこに込められ、教育上効果があるということが主眼であって、学界に新しい業績を提供することができるかどうかということは今日では二の次だと思うのです。その辺、私のような論がはたしてどこまで妥当かどうかということはわかりません。

しかし、そうしないと今日の学生はつぶれてしまうでしょう。

もし、本当の意味の新しい業績を出さなければ認めないというのなら、学生はおそらく、今まで研究文献の少ない作品を手がけるに違いない。研究文献の少ない作品というのは文学的には二流、三流の作品でありまして、小さい作品であります。そういう比較的つまらない作品の研究に追いやって、『源氏物語』と取り組んで一苦労したいという学生のせっかくの情熱に水をさすのは非常にもったいないと私は考えるのです。

卒論というのは本質的に学術論文ではないのだということをいちおう認定すれば、あとはやり方はいくらもある。たとえば、本人が一生に一度しか論文というものを書かないのが大学生の大半であります。短期大学あたりではとくにそうだと思いますけれども、そういう人が、一生に一度、自分が好きだと思った、あるいは感動した作品に取り組み、それを論文にまとめた、あとのことは二の次としていいではないかと思ったのであります。あまりにも厳しい学問的、学術的なものを卒論に当てはめることは非常に困難だと思います。

しかし、このことと、一般の論文とは明らかに峻別すべきであると思います。私のような考え方で卒業論文を扱う先生がかなりいらっしゃると思いますが、そのばあいに、結果として、学生が先行文献を知らないで論文を書いたけれども何とか通してくれた、ということが実績となる。そうすると、そういったいわば大目にみてもらった癖を、研究者として学んでゆくコースの中まで持ち込んでくると大変なことになる。もし、その学生が大学院まで進学してなおそうした甘やかしに会えば、これは大変なことでありまして、そのために学術論文というのが崩れかねないと思うのです。

最近の若い方々の論文の中に、十分に研究史を調査しないで論文を発表なさる方がある。卒業論文というのは世間に発表いたしません。だからあまり罪はないのであります。しかし、いったん活字にして世間に出すということはどうしても社会的責任を負わなければならない。そのばあいに、評論ふうに景気よく元気にお書きになって、自分の研究が研究史の中でどういう位置づけになるかについてあまり顧慮するところがない。しかもそれほど自分で気にしておられないのではないかという節がある。それが、私はむしろ痛ましい感じがしてならないのです。あのままではいつまでも通らないでしょう。どこかで決定的な報いを受けるのではないでしょうか。

文学研究のばあい、大学院の教育は学術研究の最後の砦だろうと思うのです。今日学部で学問を守ることはもはやできない。残念ですがこれはかなりはっきりいえるだろうと思うのです。学部でも学問の基礎を教えることはできます。字を読むことを訓練するとか、基礎的な文法とか、そういう教育はできますけれども、さっきのような学問のスタイルをきちっと守るということは、大学院でなければ不可能でしょう。何とか最後の砦として大学院を守っていかなければならんのではないか、と思います。

第二の、現代語訳の問題ですが、これも卒業論文などと絡んでかなり大きな問題かと思うのでありますが、これにも二つの面がございます。

先ほど申しましたように私は小学館の仕事とそのあと『我身にたどる姫君』の口語訳でかなり苦労したわけです。『源氏物語』というのはいろいろな先人の業績がありまして、通釈もいろいろありますから、それを参考にして、ベターなものをつくる、それがかなり骨が折れるという程度のことでありまして、それほど本質的な問題ではない。しかし、あの仕事で私は古典というものをやっと自分のものにしたという感じがいたしました。それまでは何か自分と作品との間が離れているわけです。現代語訳をつけるまでは、その作品と自分とが他人であって、その他人をじろじろみて、あちらこちらと目をつける。この人は髪の毛が黒いとか、いい着物を着ているとか、そういう感じでありますけれども、現代語訳をやってみると、何か自分のそばにいて抱きかかえられるような感じになってくる。何となく恋人じみてくるわけです。それは実感として非常におもしろいもので、作品を相手に初めて相互に血が通ってくるような気がいたします。そういう意味で、研究者にとって、非常に意味のあることだと思うのであります。

そのことと別にもう一つの問題として、口語訳の取り扱いをどうするか、ということがあります。実は、私なども、作品を読むのに口語訳を読まずにいつも原文だけ読むかというと、実はそうもいかないわけです。何といっても早く読めるのは口語の訳文ですから、忙しい時など、これについて何か書いてほしいと注文が来て、止むを得ず口語訳でひととおりさっと読んで、書く時にこの人物はどうだったっけなどと原文で確かめるというようなことはあります。ひととおり読むには原文で読むよりそのほうが早いわけです。時とばあいによるわけですがそういうやり方はいくらもあるので、作品を読むには絶対に原文でなくてはだめだという必要はない。

そういうことで一般的に現代語訳も便利なものだと思うのですが、それを研究対象の中に持ち込んでくるということはもちろんできません。第一、古典作品としての存在は表現と不乖離のものですから、これを切り離して口語訳だけで作品論を展開することは本質的にあり得ないことです。

だけれども、それを全然切り離して全面的に口語訳を否定することができるかとなると、そうもいかない。我々自身のことをふりかえってみましても、西洋の文学を翻訳で読んで随分身になったものです。西洋の原文を知っている人などごく少数しかおりませんから、日本の近代化というのはほとんど翻訳によってでき上がったのだろうと思うのです。我々だって若い頃は日本のものはあまり読みませんで、岩波文庫の赤帯ばかり読んでいたという経験がございます。

『源氏物語』などもそれと同じことがありまして、最初に読むとき口語訳で読むのは当然で、皆様、どなたもご同様でいらっしゃると思います。ご年配の方ならば大概昭和一二、三年に出た谷崎源氏の初版をお読みだろうと思います。私などもあれで非常に感動したわけであります。ところがあの現代語訳は実際は皇室関係の大事なところが大分省かれております。それでも我々は非常に感動して、古典への何よりの手引きになった。そのほかの与謝野源氏だとか、円地さんの源氏だとか、谷崎さんの改稿版だとか、それぞれにその役割は大きく、古典の普及の上でたとえ間接的にせよそれなりの効果をあげていることは間違いありません。

しかし、これが研究となるとまったく問題が違って、先ほど申したとおりであります。ところが近頃では、『源氏物語』について論文を書きたいという学生に、原典で読んだかと尋ねますと、一巻だけ読んで、あとは口語訳で済ませたとか、頭注と本文と通釈があっても、下の現代語訳のところだけすっと読んで、本文は読まず、本文を引く必要があるときだけ、そこをさがすというようなことを現実にやっている。時間に追われてそうでなければ間に合わないという事情もあります。口語訳を読むだけでも三、四箇月かかりますから、私なども、学生にはまず最初に口語訳で読め、ただし三箇月以内で読み通すこと。半年もかかるようではだめだというのです。第一回目に口語訳を三箇月で読んで、おもしろいと思ったら、その次に本文を読み、意味がどうしても分からないところだけは、頭注や通釈を読む。しかし、それも必要なところだけに限って、あまりたくさんは読まないこと。あの頭注などを全部読んでいたら読み終わった頃には初めのほうを忘れているに違いない。『源氏物語』は一つの世界なのだから、最初の印象を記憶の中に持続しながら最後まで読まなければおかしいので、そうなれば、一々上の頭注に構っていないでどんどん先へ読み進むことが先決だ。分からないところはくりかえして本文を読んでいればひとりでに分かるようになる、などと乱暴なことをいうのでありますが、そのようにしないと作品として読むことは難しいのです。

そういう意味で現代語訳も古典への手引きという点ではまことに結構なのですが、ただ、最近の大学生あたりの論文というのは往々にして極端なことになってきました。これは大分以前のことでありまして、私が久松潜一先生から直話《じきわ》で伺った。久松先生はうそをおっしゃる方ではありませんので事実だろうと思うのですが、先生のご存知のさる大学で、卒業論文かレポートかに、「源氏物語の淡路の上について」という論文が出てきた。先生はびっくりなさって、「淡路の上という人物はいないよ」とおっしゃったら、「そうですか。私はこの間、映画で見ました」と答えたというのです。なるほど、大映の『源氏物語』には淡路の上という女性が現れます。これは明石の上のなぞりでありまして、皆様、ごらんになった方がいらっしゃるかと思いますが、長谷川一夫が光源氏で、まだそれほど老い衰えていなかった頃の、かなり厚化粧で、その光源氏が刀を抜いて御殿の中をこの淡路の上を後ろから追いかけるシーンがありました。――淡路の上は、女三の宮をもじっているのでしょうか、何だかわかりませんが、前を逃げていく。光源氏は「成敗じゃ、成敗じゃ」といって刀を振り上げて追いかける。密通したというのです。清涼殿かどこかの廊下で追いつめられた女は「お許しくださいませ」などと叫んでいる。とっつかまって、あわやというときに――ほかの一人、あれは藤壺に当たるのでしょうか、光源氏の袖にすがり付きまして、「あなた様が昔なさいましたことをお思い出しあそばせ」。こういうと、ハタと思い当たりまして、「ああ、そうであった」。その次はがらりとシーンが変わり、「愛する者は結ばるべきであろう」などというせりふが入って、淡路の上なる者が恋人の良清と一緒に朝霧の中を淡路かどこかをさして帰って行く。――これでジ・エンドで、大変めでたくできている。途中、源氏がもう一回刀を抜くところがありまして、これは、須磨の浦に源氏が逃げ出しますと、朝廷の意を受けた刺客がにわかに海岸でかれを襲うのです。源氏もさるもので打打発止と受けとめます。ところがやはり源氏のほうが少し弱いので、しりもちをついてあわやというときに横に払った刀に敵が倒れる。源氏はへとへとになって横になっておりますと一人の女性が現われまして——今にして思うと、これが京マチ子の淡路の上らしいのでありますが、源氏が腕にけがをして血が出ているのを見て、そこにやさしく口をつけて血をぬぐいとる、それで当然二人は卑俗な言い方をすればアジな気分になって、結ばれる。そんなお話で、実に奇妙奇天烈でありました。

余計なことですが、映画の『源氏物語』というのはえてしてこうした類のものです。奇妙奇天烈だけれども、資本主義の世の中の営利企業である限りは、しかたのないことでしょう。

ただ、それに比べると昔の人ははるかに良心的でした。柳亭種彦のように『修紫田舎源氏』と、上に「田舎」をつけ、おまけに「偐《にせ》」という言葉を加えた。うそであるということをちゃんと二重に断っている。ところが今や「にせ」とか、「大映源氏」とか、いっさい断らない。臆面もなく「源氏物語」と看板を出して、あんなフィルムを作って何百万人という人に見せている。あれを見た人の大部分はおそらく原作を読んでいないわけですから、『源氏物語』には淡路の上が出てくると思うのは当たり前であります。せめて種彦にならって「虚」とか「偽」とか本物とは別だということを表明するような文字を看板の上に加えてほしいのです。古典の冒瀆などと力むのもばかばかしいけれども、非常に不愉快でならないのです。

お調子に乗って、もう少し、映画のことを申します。その後、今からもう一〇年以上前になりましょうか、伊丹十三さんが光源氏を演じられた映画がありますが、そのとき伊丹さんといっしょに黒柳徹子さんも福岡に来られまして、試写会を開くから私に見に来いといわれまして出かけました。黒柳さんは皆様ご存知のように、立派な方だと思います。伊丹さんも大変な才人で立派な方かと思います。ただ、その映画には私はあまり感心しなかったのです。全体に陰気な感じでありまして、伊丹さんの顔ももともとあまり幸福そうな顔付きにできていらっしゃらないのだけれども、その上メーキャップで、どす黒く隈がとってあるわけです。これまた開幕劈頭のシーンは御殿の中で女を手込めにするところから始まるのです。陰惨な顔をした源氏が後ろから女——これは藤壺中宮らしいのですが、それを追いかけていって手込めにして、そこで幕が開く。「僕にはどうも分からない。白昼御殿の中の、廊下の片隅であんなことはあり得ないのだけれども」と私がいったら、今の人はあれがいいのだという返事です。「とにかく先生、源氏は皇子さまだからいつもいいものを食っているのでしょう」「何をですか」「チーズか何か食べているんじゃないですか。一人であんなに何人もの女性を相手に体が続くというのはよほどタフですよ。だからああいうことだってあるんじゃないですか」というわけで、「あなたがた、随分想像力が豊かで結構ですな。それにしても、あのメーキャップはどうしてあんな顔に作るのですか。もうちょっと晴れやかにうららかにしてくれると僕は楽しいんだが」といったら、「ところが先生、そうじゃないんです。博多は健康な土地だから女性も健康でいらっしゃるだろうけれども、東京はそうじゃない。東京はニヒルがいいんです」とのこと。東京ではニヒルで暗い陰のある男性を女性はお喜びになる。「ああ、そうですか。今はニヒル源氏のタフ源氏ですか」といったら、「まあ、そんなもんですな」という結論に落ち着きました。

私は今さらのように福岡という田舎に住んでいることを非常に幸福に思ったわけであります。

最近では漫画本の『源氏物語』というのができて、これが大変売れているそうでありまして、それもまことにうらやましいのだけれども、こういうことになりますと笑い話では済まされないのであります。我々はどこかでけじめをつけなければならない。しかし、けじめをつける場が非常に困難になりつつあるということです。

第三にお話し申し上げたいのは、話がいきなり変わりますが、ペーパーによる業績評価の方法ということについてであります。最近、教員、教官を新しく自分の大学に迎えるというばあいのやり方に公募という方式が非常にふえました。公募方式というものが出てくる理由というのもよく理解できるのでありまして、学園民主化の一つのあらわれでしょう。戦前だと、人事には学閥が絡んで、その間にボス的な存在の発言が強くなりまして、どうしても不公平な人事に陥りやすかった。それを避けるために、オープンな討論の場を設けて、人事の不正妥当を期するということが公募方式の趣旨だろうと思います。その結果いちおうそういう場ができたということは疑いないわけでありまして、もし、公募方式ができていなかったら、相変わらず学閥万能、あるいはボスが健在ということになったに違いないと思います。また現在もなお学界にボスがいるかいないか私はよく分かりません。あまりいないのではなかろうかと思いますが、少しはいるかも分かりません。しかし、戦前に比べますと大分つつましやかになったのではないかと思うのであります。

しかしその一面、公募の方法というのは大きな弱点ももっていることを注意する必要があると思います。公募には多数の応募者の中から、まずは書類で選考をするわけです。書類選考で大体決めて、本人を呼んで面接云々ということは、ほとんど内定した段階でなければしにくいというのが実情だと思うのです。

その書類選考なのですが、選考委員会というのを作ってそこで決めるわけです。選考委員会で大体内定して、それを教授会にかけて正式に決めるというのが普通なのだと思いますが、教授会でひっかかってだめだというばあいも例外的にはありましょうが、大部分はこの委員会で決まるわけです。問題は、その選考委員会の構成でありまして、大きな大学で、たとえば国文科に先生が七、八人もいらっしゃるということになりますと、新任すべき人と比較的接近した分野の専門家がいらっしゃる可能性がある。しかし、そうでないばあいのほうが多い。私が長くいました九州大学文学部は貧弱な陣容のところでして、私学のスタッフに比べて非常に少ないのです。文学担当の教官は一講座で助教授一人と教授一人の二人しかいない。それで古代から近代まで全領域をカバーしなくてはいけないのです。あとは非常勤講師で講義を若干埋めるわけです。私が近世・江戸文学などについて知っているはずがないので、その方面の人事選考となると、独力では難しく、いろいろ人に聞いてということになります。

選考委員会ができましても、今必要としている新任教官の学問分野についての専門的な知識は選考委員の中にはまずないのが普通であります。そうすると、それを補うためにいろいろな方法をおとりになるでしょうけれども、しかし、最後は大体投票数であります。委員の中のドイツ文学の先生や西洋史の先生が日本文学の特定分野の論文の評価について十分に分かるはずがない。

論文を読んでもあまり分からない人——文章の意味は分かるけれども、これがオリジナルな研究であるかどうかを識別することはかなり難しい。ほとんど不可能といっていいでしょう。そうなりますと、結局、よく分かるのは極端にいえば論文点数だけということになる。つまり勝負に勝つためには、一点一点に力を注ぐよりは、一点については多少力を削っても、点数を多くするほうが有利ということになりがちです。目先の利いた人は、こま切れに近い論文をたくさん書いて業績をかせぐ、ということになる。これは大変困る。

私も九大におりました頃に、そういう競争に勝てるようにある程度学生に助言せざるを得なかったわけです。本来、研究というものは長期的なものでありまして、結局は棺を覆って決まる、というものでしょう。一生にたった一冊、最後に大きなものをドカーンと出す、これがいいのだという説もあるぐらいで、『国歌大観』のようなものは一年や二年でできるものではありません。三〇年、四〇年、長ければ一生かかるものであります。しかもあんな大業は途中の経過報告で点数かせぎはできません。私はあれをみるたびに松下大三郎さんという人はすごい人だと思いますが、時代もよかったということでしょう。ところが今や、こま切れの小さいものをちょこちょこ出すということが研究者の職に就くためにはぜひとも必要なので、教師もそのように指導せざるを得ないわけです。「君の一生を賭けても悔いのないような長期的な目標をとにかく作ってくれ。さもないと学者としては失格だ」と学生にはいちおうまともなことをいうわけでありますが、同時に、「それだけでも実はだめなのだ。これはいいにくくて、自分としても不純だと思うけれども、一年二本ぐらいはとにかく書くようにしろ。質はいいに越したことはないけれども、ちょっと自分でつらくても、後で直す時も来るのだから、あえて二本ぐらいは出さないと、卒業しても失業ということになりかねないよ」というわけです。学生は不満そうな顔をします。不満に違いないわけです。だけれども、それをいわなければ、後で困るに決まっていますから、強いておしりを叩いて論文を書かせるわけです。

東京の大学の方々などはそういう情報に通じておられますから、事情は学生さんのほうもよく知っていて、自分で率先して同人誌を作って、あっちこっちにちょいちょい書いて、三年間で一〇篇以上というふうに業績を出されることもあるわけです。

研究はそれぞれの人によることではありますが、こういう傾向が一面では、しばしば、若い研究者や学生からしっかりと腰を据えた仕事を奪ってしまったということもいえそうです。要するに形の上の業績、それも、量さえあれば通りやすいということをもう少し何とかしなければならない。こうなると今の公募方式というものについて相当大きな疑いを持つわけです。似而非《えせ》民主主義と申しますか、そういうものを感じてならないのです。

公募の持つもう一つの問題は、それがえてして民主的公開を装うための見せかけの仕掛けにしかすぎないばあいがかなりあるということです。委員会あるいは当事者の間でいろいろの事情もあり、当初から特定の人をひそかに内定しておきまして、その結論は最初に出ているにかかわらず、公募方式をとらないと世間が納得しない、非民主的だと非難されそうだという惧れがあると、それを免れるためにわざわざ手間をかけ公募の手続きをとる。当然応募書類が集まってきますが、実質的な選考の必要はないのですから、簡単に二、三回、会議録にとどめる程度に、選考委員会開催の形式だけ整えておいて、あとは、「残念ながら、あなたは選考の結果ご期待に添えなかった」と、何も知らない応募者にしかるべき時期に回答する。それで万事形が整うわけです。しかし、それに何も知らずに応募して落とされたほうは、要するにあて馬にすぎず、まことにひどい目にあうわけです。

教師の側で、いちばん困るのは、その公募が、はたして、本気なのか、また今いったようなあて馬作りのそれにすぎないのかということが、直ちには分からないことです。まさか直接電話か何かで、先方に「今度の公募は、本気なのか」と聞くのは失礼です。それでひそかに八方、手を尽くしまして先方についての情報を求めるわけです。

それであて馬でないと分かると学生に応募させるということになります。

しかし、それでもあて馬かどうか最後まで分からないことがあります。あて馬になって落とされてばかな目にあうのは学生に限らない。現在どこかに勤めていて、勤め先を変わりたいという人もあります。そのばあいには、応募にともなう心労は、勤め先との関係もあって、学生の比ではないでしょう。落とされたばあいの傷のつきかたもそれだけ深いわけです。

近頃、大学生を抱えている先生がたの中には、軽々しく公募には応じない。ただし、公募の書式を研究室かどこかに張っておいて、学生が見られるようにしておいて、学生のほうから、「先生、あれに応募させてください」といってくれれば、「いいだろう」といって推薦書も書く。「しかし、実情はどうなっているか知らないよ」と念を押しておく。そうしないと、あとで恨まれてこっちがひどい目にあう。そういっておられる方もあります。

中にはまた、優秀な人は公募には出さないという先生もあります。確実な保証の乏しい公募に応募させて、傷つけることが心配だからです。これはまことにもっともな話であって、したがって公募ではかえって最優秀な研究者を入手しにくいということがありそうに思います。自分で探して、名指しでぜひ来てほしいと頼む昔の方式のほうが、いい先生が得られる可能性が多い、そのように思われてなりません。

また、この問題はどこにも文句をもっていきようがないのです。公募は別に文部省が発案したわけでもないでしょう。戦後の大学の民主的な運営の一環としてそうやっているわけで、それに自分で逸材を探し出す面倒が無くて良いという便宜を旨とする発想も加わっているでしょう。しかし、そういう安易で欺瞞的な要素を含み得る方式のために、現在、相当の弊害が出つつあるということもやはり認識しておかなければならないでしょう。といって、戦前のようなボスや、学閥の横行ということを許すわけにはいかない。その監視はもちろん相変わらず必要だろうと思います。ともかくも真に実力のある若い研究者が素直に育ってゆけるような制度や方法を真剣に考えるべきだと思います。

その次に申し上げたいことは、研究者の世代の交代について、といったことであります。いつの時代にも新しい世代があり、それに属する新しい研究集団が次々と生まれて旧世代と交代してゆく。これは当然大変歓迎すべきことで、世代交代がなければそれこそ大変であります。新しい世代には、その世代でなければいえないことがある。また、その世代特有の学風というものもある。これは明らかだと思うのです。我々自身のことをふりかえってみても、私など戦前はほとんど学生として過ごしましたけれども――、国文学の中でも日本浪漫派と似たような、国粋主義的なものが相当盛んでした。「上ご一人のご聖徳」というようなことであがめ奉る、それが学術論文としてもてはやされていたわけであります。平安朝の文学研究でもそれは著しい現象でして、王朝文化は皇室の庇護領導のもとに栄えたというようなことで、王朝文化を憧憬・讃仰する論です。それを今頃とやかくいうつもりはないのですが。

それから理念史というようなものも非常にはやりまして、上代から「まこと」「あはれ」「さび」「をかし」そういうものをたどり、美的理念で日本文学史の展開を説くというようなこともあったわけです。久松先生などがそういう論をお立てになっておりましたが、戦後に先生はそれは観念論に偏っていた、今後はもっと歴史の実体を踏まえなければいけない、というような趣旨のことを、何かにお書きになっておられます。その点私は、先生は大変お偉かったと尊敬しているのです。

戦後になりまして四〇年経った今、たとえば敗戦間もなくのことなども、今ではかなり距離ができましたので、半ば人ごとのようにふりかえられるようになりました。戦後の一時期、今では死語になった「歴史社会学派」、それも第一次とか第二次とか――。ある方の批評によれば、私は第二次の中の一人だったそうでありますけれども、そんなことをいわれたりしました。これの羽振りのよかった時代が一〇年ぐらい続きましたでしょうか。左翼の理論というものは私自身はあまり好きではなかったのですけれども、時代が時代だということは確かにあったと思います。

一方、社会風潮などから無縁を標榜するかのように戦前から文献学というものがありましたけれども、文献学というのはいわば常識の学であって、別段学派を作って争うほどの問題ではなかった、という気がします。また常識の学だからこそ、いつまでも永続きすることもあるのでしょう。その後、昭和三〇年を越えましてからいろいろな反省が起こってきまして、ご承知のとおり、民俗学的方法やニュークリティシズム、あるいは享受面を重視する方法、さらに最近では、例の構造主義とか、フォルマリズム、記号論など——私にはよく分かりませんけれども、さまざまの動きが出てまいりました。これらの諸説や運動の背景に現代史の世界的な規模の上での、政治的、経済的、文化的な諸情況が介在していることはいうまでもなく、ほとんどすべていわば必然の産物といえるのでしょう。新しい世代の目の前に立ちはだかる旧世代と闘い、それを克服するための武器として発案されたのでしょう。

それら諸々の現象を必然として受け止めた上で、さて、問題は、そこから先の若い世代の出方であります。これは私なども戦後に似たような経験をしたわけでありまして、今、顧みて何か人ごとのようにお話しできる立場では実はないのです。若気の至りということもたくさんありまして、みずから顧みてあの時はまずかったというように思うこともあるのでありますけれども、そういうことがあえてできるのはやはり若者の特権だということもあるでしょう。

たとえば問題を、先生と学生という卑近なところに絞ってみてもいいのですが、若い研究者が、研究者として世間に出るために先生の師説を祖述するとか、師説を継承していくとか、そういうことは今日ほとんどなくなった。折口信夫先生のお弟子さんの池田弥三郎氏などは折口先生の説を祖述する人間であることをもって自認しておられましたが、これはおそらく例外だろうと思います。今日そういうことは美徳でも何でもなくなってきた。むしろ文字通りに、師を乗り越えて師から自由になる。先生から自由になって、それをさらに乗り越えて初めて一人前扱いされるというのが現在だろうと思うのです。

私は師という言葉はあまり好きではありませんが、ほかに適当な言葉がないので、今あえてそのようにいわせていただきますが、宣長が皆様ご承知の「師の説になづまざること」ということをいっている。あれは私は永遠の真理だと思います。まさにそうでなくてはならない。しかし、それは師の説になずまざることであって、一部でよくあるような、積極的に師の説に背くべきことということではないと私は思うのです。封建的と誤解されては困るのですが、私は教師と教え子との関係は、ちょっとだけ父親と息子の関係に似たところがある、という気がします。父親と息子は憎みあうようにできているというのがエディプス・コンプレックスの原則だと思いますが、たとえば子供がおやじの悪口をいって、「うちのおやじはばかやろうだ」などといっていることはよくあって、しかし、その実腹の中でどこかほのぼのとした安心感を抱いていることも多いでしょう。おやじと目が似ているとか、歩き方がどこか似ているとか、年取ってくると、「だんだんおれはいやなおやじに似てくるのでかなわないよ」などと冗談によくいうことがあります。かなわないということばの中に、彼が、自分の存在というものについて、いわず語らずに父親との間に共有するアイデンティティを感じているのだろうと思うのです。研究者のばあいには、そういう父子の間のエディプス・コンプレックスみたいなものとは別でしょうが、それがもし本当の意味の師弟の間柄なら、アイデンティティというものは親子のばあいよりも精神的にもっと多いだろうと思います。

同じ学問——もし平安朝文学ということでいえば、年齢はかなり違うけれども、同じ研究対象を共有した者どうしの間で、しかも頻繁に顔を合わせていながら、一方が一方をはたしてまったく無視できるか。

第一に両者には共通の厖大な研究対象がある。それぞれが目の前に置いて日夜格闘している書物は同じということは、日々二人の精神が似たような軌跡を描いている、ということであり、精神が人格の現れの一部とみれば、二人はある程度人格を共有する部分があるともいえます。同じ場面で感動し合い、同じようにおもしろがるということは、異なった二人の人間としては、けっしてありふれたことではなく、それだけでも、一種運命的な繫がりを考えたくなるような事柄です。その二人の一方を師と呼び、一方を弟子と名づけるのも、年齢の多少の隙を埋めるための便宜かとも考えられてきます。二人の関係は純粋に精神の領域に属するものであるだけに、この地上、あるいは人生には珍しく貴いものといえましょう。

親と子の間の話は普通なかなか弾みません。心の交わる領域が乏しいからです。しかし、教師と、同じ対象を扱っている学生とは、話はいくらでも弾むようにできているのです。『源氏物語』のことを間にして話していれば種はいくらでもある。話し合えるということは心が通うということであり、その話し合う間に年長者が多少の経験知識を年少者に語り伝えることがあるのはむしろ自然です。

それを年代的に置き換えてみれば、リレー式に自然に受け渡していく荷物も多いということかと私は思います。私は先ほど、学問を支えるいろいろな過程の中に、たとえばごく初歩段階として字を読むということがあると申しました。そういう作業というのは確かにつまらないようにみえるけれども、実はそうではないのです。字が読めるか字が読めないかどちらが良いかとなれば、文句なく、字が読めたほうがいいに決まっている。ところが字が読めるようになる場は、ほとんどは大学の教室以外にないのです。自学自習ということはありますけれども、能率よく学ぶ、あるいはこの写本がいつ頃の書写年代であるかとか、この紙のばあいには気をつけろとか、そういうことは何らかの意味で先生あるいは先輩に教えてもらわなければどうにも身につけることのできないものです。

こういういわゆる職人的な技術を例に挙げたのは、卑近で分かりやすいからですが、学問の諸相や段階に応じて、これに類したことは数限りなくあるはずです。学問も時代とともに動く、あるいは進みますから、老人の学問はすべて役に立たぬと、若い人は思うかもしれませんが、しかし、学問研究の中にも、不易の部分と流行の部分がある。

文学のばあいにはとくにその不易の部分が多いと思うのです。そう受け取らないで、流行というか、変わっていく部分ばかりを追いかけていくことは大変危ないと思います。

近頃外国人の方で日本文学を研究される方がふえて喜ばしいことですが、それらの方が出席されることの多い国際学会などでは、研究発表の題目に「物の怪《け》」を取り上げる外国人がかなりある。「物の怪」というのは、歴史が新しいアメリカなどにはないのです。日本の文学で『源氏物語』などに出てきて、あれがエキゾティックで非常におもしろいからでしょう。またもちろんそれだけでなく、宗教学とか文化人類学からみて興味があるからでしょう。しかし、日本人もアメリカ人も変わらない大部分を占める人間としての共通性、人間存在としての普遍的な部分は領域が非常に大きい。それでなければ『源氏物語』が世界文学になり得ないのです。『源氏物語』は「物の怪」があるから世界文学になるわけではない。親子とか、男女とか、そういう人間感情が、アメリカ人にもそのほかのどこの国の人にも通ずるような部分が非常に大きく、しかもそれが微妙に、こまごまと書かれているから、世界文学の傑作とほめられるのです。非常に特殊な「物の怪」にばかり目をつけていては、なかなか文学研究としては本物になりにくいでしょう。

お話を元に戻すことにしまして、要するに、先生とか学生さんとか、師弟というものはいわば共同研究集団なので、あるいは運命的といってよいほどにかなり強い共同体的な存在だろうと思うのです。それは必ずしも意識上に精神的に相互の信頼と愛情で結びついているとはいえません。そういうことはあまり当てにならない。しかし、今いったような、現実に日々の心のはたらきにおいて共通せざるを得ないような事情が非常に多い。そこで日々、共通の対象と取り組み、共通の目標に向かって歩んで、その遺産をそれぞれ次代へ受け渡してゆくというゲマインシャフトリッヒな存在だということです。

文学研究の世代的変遷というものも、ある程度は分かります。後からの新しい世代は、自分の前に立ってよぼよぼ歩いている前の世代の背中を見ながら、早く、それを乗り越えなければならない。それを打ち倒さないことには、学者としての市民権を得られないような学界の今の情況がある。背番号をつけるためには、先生の悪口をいったり、ほかの人の悪口をいったりして自分を売り出していくというのも止むを得ないでしょう。私なども若い頃、非礼を承知しながらそういうことをいささかやりました。しかし、その時に、こういうことを十分意識しておかなければぐあいが悪いだろうということです。論争は要するにポレミークであって、それが普遍の真理であるかどうかはちょっと分からない。先に行く者が右に動いたのに挑みかかって左に揺り戻させるという意味においてポレミークは有効である。発想にバランスを保たせる限りにおいてはそれは結構なのですが、それは直ちに先行者を乗り越えたということになるかどうか。揺り戻して左のほうに動かしたということはあっても、事態は止揚されたとまではたしていえるかどうかは問題だと思います。止揚ということは、両者に共通した大きな部分また両者の相反する部分をすべて飲み込んだ上でなおかつ統一体として完成しなければならない。その両者に共通して大きな部分というものを勘定に入れていくと、結局一つの時代の特徴的な動きは一つの流行にすぎなかったということにならないとも限らない。その次、また二〇年たつと、あれも一過性の流行の一つだったということになるかもしれません。それがまったく値打ちがなかったということではないにしてもです。

私は擬古物語について三〇年ぐらい前からぼつぼつ書いたものがありまして、それを最近一冊の本にまとめたのですけれども、それをまとめる時につくづく思ったのです。擬古物語というのは非常につまらんとよくいわれるのです。だいたいは鎌倉・南北朝の作品ですけれども、昔の平安朝のまねをしているというのです。たしかに『源氏物語』や『狭衣物語』をまねしているということにおいては間違いない。窃盗罪に当たるような文章がいたるところにあります。ですけれども——まねであろうが何であろうが、読むとかなりおもしろいのです。結構読ませるところがあるわけです。読者がもし、種は『源氏物語』『狭衣物語』だということを知らなければ、これは人間の心を微妙に書いたおもしろい、楽しい作品だと思うでしょう。『源氏物語』などではよく子供の姿が出てきます。「泣きべそをかいて顔をこすって赤くなっている」などというのが北山の若紫のところにありますけれども、ああいう子供が泣きべそをかいているところを少し変えて、「目にごみが入っちゃったといって目をこすっている」などと書いてあったりする。そうすると、若紫巻を読まなかった人は、この子供は大変かわいいなと思うに違いないのです。我々が「あれは擬古だ、つまらん」というのは、『源氏』『狭衣』というものを前提にして、それを頭の中にいつも置いて読んでいるからそう思うのであって、あの頃の素朴な一般の読者というのはそう思わなかったに違いない。もしそう気が付いても、それを咎め立てはしなかったでしょう。『源氏物語』と同様の材料が出てくること自身に親しみをおぼえて、楽しんだに違いない。

歌舞伎もそういうものです。これも昔から同じことばかりやっていまして、「忠臣蔵」でも同じような作品がいくつもあって、世界は同じだが趣向は次から次と変わるのです。世界を同じにしておいて趣向が変わるところがいいので、世界も趣向も変えてしまったらお客さんが来ない。私なども年とともにああいうものが好きになりまして、「水戸黄門」などは、毎回見るわけではありませんが、見る時には最も喜んで見ているほうなのですが、あれも、「この印籠が目に入らぬか」とやらないとまったくつまらない。印籠が出てくると初めてやれやれというわけです。文学の効用というか、娯楽物にはそういうものがあるわけです。水戸黄門が文学かどうかは問題でしょう。クリエーティブではない、というようなことをいえば、もちろんこれは、ひとたまりもない。しかし、これを擬古物語に当てはめてみたばあい、そのことをいくらいかめしくわめいてみても、その当時の作者も読者もそんなことは我関せず焉で、おもしろいからそれでいいのだというに違いないのです。そうでなければ、ああいう作品が『源氏』『狭衣』の後一五〇年ぐらいの間に、『風葉和歌集』によれば百数十篇も書かれたという理由が分からないでしょう。

鎌倉の末から南北朝で擬古物語の歴史が終わったというのは、人々にとってそれがおもしろくなくなったからではないので、結局あいうものを楽しむ世界がつぶれたということにすぎないと思うのです。あいうものを楽しむ余裕のある世界、つまりお公家さんなどは最後まであれを楽しみ、それが今日まで何とか細々と続いてきた。お公家さんはみんな貧しくなり、とくに物語の荷い手だった女性たちをめぐる環境は最悪でしたから、もはやああいう作品をつくるということはできなかったけれども、そのかわり『源氏物語』の注釈書を次から次と出し、あるいはたくさんの王朝物語の梗概本が書かれました。

『源氏物語』の写本でも、たとえば幽斎本が熊本の細川家にありますけれども、これは五四巻全部一筆で、それにたくさん注がついています。『岷江入楚』のもとになったらしい形の注ですけれども、幽斎というのはおそらく壮年期に田辺の城に籠城した頃に書いたのだと思います。田辺の城中にあって、敵の大軍に包囲されながら、あの武将はよくこういう仕事をなし遂げたものだと思います。彼の情熱を支え続けたものは、『源氏』という作品のおもしろさだけでしょう。そうでなければ、そういう作業――さらに広くいって中世における「源氏学」があんなに盛んになり長期間続くはずがないでしょう。

だから、擬古物語がつぶれていったということは、人々が読んでおもしろくなくなったからということではないだろうと思うのです。擬古物語はたしかに古くてものまねが多く、新しい味は少ないということは事実だけれども、それでは、開き直って尋ねるけれども、一体人間はそんなに新しい存在なのでしょうか。そういうと私は大変反動的なように思われるか分かりませんが、私は人間にとって流行という部分があることを信じてはいるわけです。それがなければ現在の社会に生きていけないことも分かっているつもりです。だけれども、文学が扱う領域というものは不易の部分に関わるところが非常に多い。

人間の文明史はおそらく五〇〇〇年だろうと思いますが、ギリシア彫刻なり、エジプトの彫刻が今日我々を非常に驚かせる。実にみごとな人間そのものを彫り上げてある。彫刻はともかくとして、古典というものがいつも我々を打つのは、そういう共通の部分において我々を打ち続けるのです。『源氏』もそうです。我々と同じような人間の気持が一〇〇〇年も昔によく書けたものだという思いが我々を打ち続ける。さらに今から二〇〇〇年さかのぼって縄文時代から今日まで、人間の基本的な種と個の存在にかかわる重要な部分——食欲や性欲に関するもの、それにともなう恋愛感情、親子・夫婦の愛情、死の恐怖、そういうものにとくに著しい変化があるとは思えないのです。社会的な条件で多少の変化が見られるかもしれませんけれども、基本的にはあまり違わないのではないでしょうか。

事柄を平安朝の文学、とくに物語に局限しますと、物語は主題をほとんど男女関係に絞っているわけです。擬古物語も当然ほとんどそれしか扱わない。食欲はあまり出てこないのですが、ほかのものはいっさい扱わずに、人間の性欲とか、恩愛、そういうものに絞って書いておるわけで、それはまさに人間の不易性の部分だけです。それが、王朝の末あれだけ時代が崩壊してしまっても、なおかつあんなにたくさん次から次へと書きつがれていったゆえんだと思うのです。

そういうことを考えますと、あまりせっかちに新しく新しくと目ざすことについては相当慎重を要するし、また一見新しく見えても、新しくなり得ないものがたくさんあるのだということ、しかもそれを引きずっていかなければ、文学者としては完成しない、一人前になれないというように思うわけであります。

最近、年がいもなくと申しますか、年だからと申しますか、朝の寝覚めに変てこりんなことをいろいろ考えたりいたしまして、今日は、まったく愚にもつかないようなお話で、皆様のお耳を汚しました。

ご静聴ありがとうございました。

源氏物語と現代

「源氏物語と現代」という題でお話しするわけですが、私は古典を学ぶ者としてまず古典の世界の中に自分をすっぽりと入れてみるというのが、その第一歩ではないかと思っております。本日はまずはじめに、つまらぬ話で恐縮ですが、あえて私小説的に、自分の体験を、古典との関わりの中でお話ししてみようかと存じます。

昭和一三年から一六年にかけて、私は肺結核で休んでおりました。それは次第に戦争が深まってくる時代でしたが、療養生活の中で、『万葉集』を読みふけりました。当時は、『万葉集』といえばすぐに、防人の歌ときまっていたようで、それもその中のごく一部に過ぎないものをとり出して、軍国主義的な、忠君愛国的な一色であるかのようにいわれていましたが、防人の歌にしても、けっしてそのようなものではなく、故郷を発つ悲しみ、夫を送る妻の嘆き、また時には徴兵官への恨みなどが歌われており、私は『万葉集』を病床の友とし、一首一首暗誦しながら古典のもつやさしさ、したたかさをくみとったものでした。

大学に入りましてから、島津久基、池田亀鑑両先生の講義に出るとともに、『源氏物語』を『湖月抄』などを参考に読みはじめました。それ以前から読んでいた当時のベストセラーであった谷崎源氏も、当局の検閲を怖れて、源氏と藤壺の密通というような物語の骨格ともいえる筋が省かれていて、ショックさえ感じていました。また当時、吉沢義則先生の源氏擁護論、たとえば『源氏物語』では情事の場面になると敬語が省いてある、けっして不敬の書ではないという説が出たりしましたが、それも、今日からみれば大変窮屈な誤った論だったというほかありません。

私は、ただ『源氏』の本文をすなおに私の目だけを頼りに読んでいこうと思いました。『源氏』には原典から受けとるしたたかな印象がありました。そこにまぎれもなく生《なま》な一人一人の人間が生きているということなのです。

次第に激しくなる戦争の中で、私はそれとはまったくうらはらの世界である『源氏』に読みふけりましたが、心に疚しいものは少しも感じませんでした。『源氏』の中でも、人が生き、また死んでいきます。それは、『源氏』についてよく評されるこの世ならぬ夢のようにロマンチックな世界である以上に、もっと生々しい世界です。『源氏』の絵巻物のような美しさというよりは、その中にあるあの人間の実在感こそが、私を惹きつけもし、また『源氏』を古典として生き続けさせてきているものだと思ったのです。

戦争も終わり、私は卒業論文を書くことになりました。当時は防空壕の中の穴蔵生活の二箇年でしたが、文献も資料もほとんどなく、粗末な本文だけと取り組んで論文を書かねばなりませんでしたが、猫が頭の上を走り、朝にはかぼちゃの花が入り口からのぞいている、そんなことも何か楽しい、思えば充実した日々でした。そのような論文の書き方は、戦前でしたら論文の資格ゼロでありますが、その時代は、そのようなことが許された稀有な時代だったのであります。私は、先にいった、物語の中の一人一人の人物の実在感を確かめながら、作品の成立に即してその契機を尋ねようとしたのでありますが、これは秋山虔さんのお仕事とともに、その後「登場人物論」と呼ばれ、戦後の研究の出発点というふうに評価されました。気恥ずかしさを隠していえば、そこに一つの時代の動きと古典研究の方法との関係の秘密がわがことながら感じられるともいえましょうが、それは、あの稀有な時代だったからこそ可能だったのでありまして、今日ではやはり、学問研究は長い伝統との連関の中で進められねばならないのでしょう。

さて、今日の題になっております「源氏物語と現代」の話に入ります。本屋さんにいわせますと、『源氏』はちょうど芝居でいえば忠臣蔵で、出版すれば必ず当たるそうであります。谷崎源氏はもとより、たいていの古典全集でもまず『源氏』を第一巻に出すわけであります。と申しますのも、これはやはり多くの読者の関心が古典の代表作といわれる『源氏』にあるからでありまして、同時に『源氏』もまた十分その期待に応えうる作品だからでありましょう。

では、この古典に対して現代がもっている要求とはいったい何なのでしょうか。

その一つは、古典の世界に現代と共通する何ものかを見出そうとする期待、古典において自己確認をしたい、遠い過去にまで遡る自分の実在感を確かめたいという要求であり、もう一つは、現代人がもはや完全に喪失しているよきものを古典に見出したいという願望であります。

しかし私は、このような古典への要求に、いくらかの気がかりを抱かないではおれません。たとえば第一の期待ですが、『源氏』なら『源氏』を読んで、ああ、人間はいつも同じだという驚きや認識があります。それは、古典を読むことの第一の関所ではありましょう。しかしそこから、直ちに現代の風潮などと短絡して、『源氏』の時代が自由恋愛の時代だった、などと軽薄な類推が生まれてくるとしたら、これは大変な間違いです。

ご承知かとも思いますが帚木の巻に有名な雨夜の品定めという箇所がございます。その中の左馬頭の体験談として、指喰いの女の話があります。この女は、左馬頭の若い頃の相手です。左馬頭は信頼できる妻だとは思いながら、女の目を盗んで浮かれ歩きます。女はそれで、ひどくやきもちをやくのであります。女は不美人ながら心は非常に実直でよく左馬頭も女のまごころに心を打たれてはいるのですが、ただこのひどいやきもちだけはたまりません。そこで一番、切れてやるぞと脅しあげて、懲り懲りさせてやきもちをやめさせてやろうと、わざと薄情な仕打ちをしてみせます。争いの果て、女は我慢できなくなって左馬頭の指を引き寄せて食いつきます。男はそれでは別ればかりだといって出ていきますが、本気で切れるつもりでもないまま、長らく便りもせずにほっておきます。ある夜それは霙の降る冬の夜でありますが、役所を出てから同僚と別れて、さて町角に立って考えてみれば、やはり温かく迎えてくれそうな行く先は、その女のところ以外には「またなかりけり」です。行って一晩過ごせばきっと怨みも解けるさ、というわけで、女を訪ねるのであります。女の家に来てみると、灯は薄暗くして壁に向け、暖かい夜具の仕度も整えてあって、彼の訪れを待っていた様子。左馬頭は、さてこそといい気になるのでありますが、肝心の女は里のほうへ行ってしまって姿がありません。愛する夫のために気を遣って世話をしておきながら、浮気をして歩くのは許せなかったのです。その後、左馬頭とはついに逢わぬまま、悲しみの果て、女は死んでしまいます。左馬頭は後になっていつまでも、いい女だったのに、若気の過ちで可哀そうなことをしたと心から悔んでいるのであります。

この話は、女にとって地獄の時代がどうして男にとって天国でありうるか、ということを考えさせます。霙の夜に寒い町角に立って行く先をあれこれ考えている男の姿こそ、まさにわびしい限りであって、自由恋愛だの、男の天国だのといえたものではないのであります。

『源氏』の作者は、このような男の惨めな姿や、女の心の傷口の一つ一つをけっして見逃さずに描いております。たとえば、多くの愛する女に囲まれて円満幸福に暮らしたかに見える源氏の六条院の生活は、ほんとうにそうだったでしょうか。一人の大貴族と、かれをとりまく大勢の女性という伝統的な色好みの図式にのっかって書いているところも多いのですが、そのような生活の中にも、光源氏の払わされる代償は少なくありません。彼はたとえば、コキュの恥辱をしたたかに味わわねばなりません。ただ救われるのは、この人間に避け難い老年の悲しみをじっと我慢する光源氏が、それを補ってあまりあるだけの豊かな人間性をあたえられていることであります。

もっとも、このような男性も光源氏だけで、第二部、第三部でのほかの男性たちは、主人公であっても、皆、薄手の人間になっていきます。

第二の要求になりますと、これはもう現実性がないと申さなければなりません。古典の世界にあこがれその世界を再現することは現実にはまったく不可能です。あらゆる文化の様式というものは、一回的なものですから、王朝文化もまた一〇世紀から一二世紀へかけてのものでしかありません。ただしかし、私たちには、物語を読み、その影像《イメージ》を思い描くことはできます。それははなはだ贅沢な楽しみでありますが、しかし、それは純粋に精神の領域にのみ止めておいて、けっして現実の生活の上には再現しようと試みないほうが賢明でありましょう。

しかし、それにはただ一つだけ例外があるといえるかもしれません。それはことばです。たとえば『源氏』に「逃げ目をつかう」ということばがあります。注釈書などには「逃げ腰になる」などとしてありますが、「逃げ目をつかう」ということばのニュアンスは大分違います。心理も動作もひっくるめてもっと品がよく、表情ゆたかでデリケートな表現なのであります。このようなことばは、心して探せば古典の中にはたくさんございます。こういうことばは、今日復活させてもいいのではないでしょうか。死語も時にはよみがえらせてもよかろうと私は思っております。

源氏物語との五〇年

私、本年で、定年を迎えましてから、早いものでちょうど一〇年でございます。こうして先生がたや卒業生の皆様のお顔をしばらくぶりに拝見いたしましても、もちろんよく存じあげております方々も大勢いらっしゃいますが、存じあげない方々のほうがやや多いようでありまして、あらためて月日のたつ早さに驚く思いがいたします。

ところで、今回、久しぶりに同窓会で何か話してみろとの学部長や同窓会の中村質先生からのお話でございますが、では何がよかろうかとお尋ねしましたら、お前長年『源氏物語』をやっているそうだから、それでもどうか、とのことであります。長年といわれましても、実はあまりこれまで年数を数えたわけでもありませんが、そういわれまして、あらためて思えば、研究といえるかどうか、甚だあやしげな期間も含めてよろしければ、四〇年から五〇年近くという勘定にはなりまして、その質はこの際問わないことにして、時間の長さだけならば約半世紀、きんさんぎんさんほどではないにしても、我ながら飽きもせず、馬鹿みたいに長々とやってきたものだという気もいたします。で、それではと居直りを決め込んだ次第でございます。

私はもともと、若くして文学に志し、文筆をもって世に立とうなどと思うような素質のある人間ではございませんし、またそういう道を自然に歩き出すような環境もいっさい無い育ちかたをいたしました。いってみれば、私の青少年時代は、昭和初年から二〇年代の後半にいたる間、時代も悪かったのですが、当人もただぼうっとしていた、というしかなかったのであります。楽しみとて何ひとつ無かったのですが、幸いすぐ近くに町の図書館がありましたから、日曜などにはそこに朝から入り浸って、小説とは限らず手当たり次第に本を読んでいた、というありさまでありました。

その上、青年期には高等学校在学中に肺結核で長患いをしまして、数年間は生きているだけがやっとという状態でしたから、なおさらのこと、その日まかせの暮らしでありました。読書も、旧制の中学や高校の頃は日本の古典文学は大嫌いで、あんな老人じみたものをという気持が強く、小説なども岩波文庫の赤帯ばかり読んでいました。

そんな頃、病気の療養中に、たまたま古本屋で買った『万葉集』の巻一一〜一三の恋歌に目を見張る思いをしまして、それ以来、次第に古典の世界に引き入れられるようになりました。当時昭和一〇年代の初め、町は野蛮なミリタリズムが横行しはじめまして、『万葉』といえば防人の歌の中でも「今日よりは顧みなくて大君の」とか、その類のものばかりが軍部の宣伝に使われる時代でした。『万葉』の恋歌はそれとはまったく違ってみずみずしく、青年の心をゆさぶるものがありました。

『源氏物語』を初めて読んだのも、そんな頃です。昭和一四年だったかと思いますが、谷崎の現代語訳が初めて出まして、寝転がって読む病人にはちょうど手頃で、美しい装丁の本を秋晴れの裏庭にベッドを持ち出し、一日一冊ずつ読むことで、ほんとうに慰められました。それは一〇〇〇年も昔の作品でありながら、そこに登場する人々の微妙極まる心のすがたが今日の我々とほとんど違わない。そのことに強い衝撃を受けました。その頃しばらく、私の家の向かいには神社がありまして、その森の梢から昇ってくる月を見ながら、宇治十帖の月の夜を思い起こしたりしたものでした。

大学を昭和二二年に二九歳で卒業しまして、別にすることもないものですから、当時の文学部の卒業生の多くと同様に、そのまま大学院に進みましたが、まだとくに古典文学の研究者になろうという気持でもなく、高校の非常勤講師をつとめながら、相変わらず大学に通って、単位もとらず、あれこれの講義、それも美学とかフランス文学とか筋違いなものをのぞき歩いていました。我ながらいい年をして呆れたものだと今でも思いますが、結果からみると、あれも自分にはまんざら損でもなかったように思います。病気の間も含めて、遊び半分に多少の本は読みますから、出発はおそく、出来の悪い落ちこぼれには違いないけれど、それなりに多少は脚力はついているわけですから、年若くて脚力も不十分なうちにスタートさせられる秀才よりも、かえって有利な点もなきにしもあらずです。もっともその後が問題ですし、社会的な効用とか近頃はやりのニーズとやらからいえば、もってのほかの考えということになるかもしれません。

大学を卒業した前後、敗戦直後の数年間は、日本の歴史の上でもこんな興味津々たる時代は二度と再び来ないのではと思われるような、今から考えてもおもしろい時期だったと思います。時代が転覆していて、我々のような若造が自由に物がいえるという実感がありました。その半ばは盲蛇のたぐいだったでしょうが、少なくとも主観的には我々は幸福でした。

私もそうした僥倖に恵まれた一人だったでしょう。卒論に平安朝文学を扱ったものですから、大学院を出る頃には、いやおうなく次第に国文学研究の道に入った人間として扱われるようになり、東大の「国語と国文学」という雑誌に昭和二三年と二四年とに一つずつ論文を掲載されました。前者には「かいまみ」という王朝物語の手法について、後者には『源氏物語』の登場人物の「明石の上」についてそれぞれ書きました。「かいまみ」も一部には評価されたようですが、当時はむしろ「明石の上」論のほうが反響が大きかったようで、とくにそれに付けた短い序文を買ってくれた人が多かったと思います。

この序文の内容について申し上げるにつきましては、その前にそれまでの国文学界の情況について簡単に触れさせていただく必要がありそうです。

戦前から戦中にかけて、日本は狂気の軍国主義・国粋主義に支配されていたわけですが、国文学研究の世界は、対象が対象だけにそれとは無関係にはいかない面があったようです。当時の研究方法としては、そういう流れに結び付いた日本浪漫派に通ずる部分もありました。が、それは必ずしも主流とはいえなかったと思います。学問として優勢だったのは、実証的な狭い意味の文献学と東北大学を中心とする日本文芸学だったでしょうか。文献学は、近代の国学を受け継ぐというよりも、ドイツのそれを持ち込んだ技術論でありましたし、日本文芸学もドイツの観念論美学の流れだったといえるでしょう。

学派はともかくも、学界全般にわたって、あの当時の野蛮な思想統制下に自由に物もいえない重苦しい気分があったことはいうまでもありません。たとえば例の谷崎源氏にしても、先ほどお話ししました戦前の訳では、源氏が父帝の皇后の藤壺と密通すること、またその間に子が生まれて帝位につく、あるいは朱雀帝が、その愛妃が源氏に心を移しているのに嫉妬して泣くところなどはことごとく省いています。憲兵隊の目が怖かったためです。そのほか、歴史学などはことさらひどくて、古代国家の政治や権力構造にかかわる議論、とくに天皇絶対性に触れるものは、津田左右吉氏の例でも分かるように、容赦なく弾圧されたわけです。

私はその頃まだ学生でしたし、療養のために故郷の田舎にいたことが多くて、そういう事情もよくは分からなかったのですが、ただ学界の論文でも評論でも、その頃は、王朝文化は、聡明で文事に志の厚かった歴代天皇の庇護のもとに花開いた、というふうな議論が大変盛んだったのですが、そのことにいつも変な気がしていました。王朝の宮廷のことを書いた『大鏡』や『栄花物語』に出てくる天皇たちは、多くはごく幼いか、あるいは精神病か、また壮年で即位しても、じきにいやがらせを受けて退位させられてしまうというふうで、ほとんど帝王の名に値しないほどにひ弱な人ばかりでありまして、華やかな王朝文化なるものを演出した原動力はすべて、外祖父藤原氏たちの政権欲によるものであることが明らかでした。

おそらくは誰しもが、こういう深い疑いを持ちながらも敗戦を迎えまして、一挙に吹き出してきたのは、戦中に弾圧されてきた、当時の歴史と社会の実態に即した考察を重んずる、いわゆる歴史・社会学派と呼ばれる人たちの論文でした。この論はそれまでの神がかりにも近いようなものとは格段に進んだものであることは疑いありません。しかし、敗戦直後のその論には、かなり公式的な枠にはまった点もあったことは否定できません。その論の源にはすでに昭和初年に盛んだったマルキシズムの影響もありまして、下部構造論・社会階層論などが焦点に据えられていました。その中に、俗に「受領の娘論」と呼ばれたものがあります。平安朝の作品の作者はほとんど当時の中流貴族である国司・受領たちの娘に生まれている。父親の受領は貴族社会の矛盾を集中的に受け止める階層にあり、その娘たちも父親を通して、その事実を体得し、その間に作家として必須の客観的な社会的・人間的洞察力を備えるようになるという説です。

この論は歴史に昏かった当時の国文学者の啓蒙に大変有効でしたが、難点はそれ以上作家の個人差や資質について説明できないことでした。『源氏物語』と『枕草子』とのあれほどの作品としての違いをまったく説明できないのです。作品がその内容からではなく、すべて外部資料をもとにして論じられるというのも奇妙なことでした。

また一方、さきに申しました日本文芸学は、戦後になって、歴史・社会学派から抽象的な観念論にすぎないとして厳しく非難されるようになりました。それに対して文芸学派からもマルクスボーイが時勢に乗って何をいうか、芸術を守る王道はこちらにこそある、とでもいったような言い合いが始まりました。この論争は、一時期学界を賑わせたものでした。

さきほど申しました私の「明石の上」の序文は、そのことについて、私なりの批判をしたものです。といっても至って素朴な理屈なので、文学体験とは哲学や社会学のような抽象的な理論ではなく、人間個々の生の体験あるいは感情を追体験するところに基盤がある、文学的形象の単位は個人にあり、登場人物像を分析し、その意味を追究するところに文学研究独特の領域がある、といった趣旨のことです。これは詩や歌には当てはまりにくいのですが、以上のような論争に不満の気持をもっていた戦後の若い人々の共感を得たということだったのでしょう。

また、こういう反省はその頃歴史学のほうにもあったようでして、昭和二〇年代の中頃だったかに出ました岩波新書の『昭和史』について、この本には政治や経済についてはいろいろ書かれているけれども、歴史を動かす個人の契機にもっと筆を費やさなければ、血の通った歴史叙述は生まれないという批判が出まして、それをめぐって論争が起こり、それがその後の「人物叢書」(吉川弘文館)の刊行につながったと聞いています。

それはともかくも、以来この登場人物論は、『源氏物語』研究の一つの方法として学界に市民権を獲得したようでして、いろいろな論文がたくさん出ました。その論によって従来見過ごされてきた多くのことが新しく気付かされたということも確かにあったのですが、しかし、いっぽうでは、本文の記述を幼稚な言葉でなぞってみせただけで、新しい発見というべきものはほとんど無く、学術論文とはいえないものも多かったように思われます。人物像の分析は、それ自体が目的ではないというわけではありませんが、それよりも、それを一つの手段として、必然的にさらに主題論・構想論や技術論・表現論・思想論などにも発展する性質のものですから、人物像を素朴にまとめる段階で停止してしまっては作品論としてのより高次の発展性はなく、収穫は乏しいわけです。今日も素朴な印象批評にすぎない登場人物論が、相変わらず毎年たくさん発表されているのですが、いつもこういう苦い思いが消えないというのが正直な感想です。私自身としては、この方法を出発点として、その後今日までぼつぼつと、今申し上げたようないろいろの方向で論文を書いてきたつもりであります。

次に私のやりましたこととしましては、紫式部の伝記研究がございます。後にも申し上げるつもりでありますが、『源氏物語』研究と紫式部研究とは車の両輪のようなもので、当然のことではありますが、なんといってもまず作品を読むのが順序ですから、若い頃はそれほど紫式部の伝記について勉強しなかったのですが、九大に赴任して数年後に、人物叢書の『紫式部』執筆の依頼を受けました。なにしろ予期しない突然の注文でしたから、書きあげるまで数年間はかなり苦心しました。

この伝記では、若干新しい見解を出しているのですが、その一つは、紫式部出生年度の問題です。私は、作者の書いた日記の寛弘七年の条に「いたうこれより老いほれて、はた目くらうて経よまず、心もいとどたゆさまさりはべらんものを」とあるのに注目し、その他の記述も考えあわせて、その年に三九歳で、従って天禄元年（九七〇）生まれだろうと推定したのです。これは従来の通説よりも八年、また岡一男氏の説よりも三年繰り上げたわけです。その年数自体よりも、その推定の方法に新しさがあったわけです。というのは、従来は当人自身のことに直接もとづいて論を立てるのではなくて、親や兄弟などの年齢関係という間接的な材料を総合し、推定に推定を重ねて結論を導くわけで、そこにかなりの誤差範囲を考える必要があります。私はこの論を立てる時に、幾人かの医学部の先生にご相談にあがりました。そして、老眼の現れる年齢は、人種・性別・栄養の良否などに関係なくほぼ四五歳である、ただし個人差が大きい、ということを教えていただきました。もちろんその筋の本も少しは読みましたが、直接専門家の助言を仰ぐことができるのは心強いことでした。問題の日記の文の意味は、（一行一七字が普通の）お経を読むのもそのうちには億劫になって、というのですから、かなり老眼の危惧は濃いといえます。それを控え目に見て、その条執筆の寛弘七年に四一歳としたわけです。私のこの説は「目くらうて説」などと、からかい半分に呼ばれていますが、それでも、岡氏の九七三年出生説と並んで、今も生きているようであります。

紫式部の伝記では、もう一つ、その晩年、とくに藤原道長との関係について、いろいろと書きました。その一つは、長和二年（一〇一三）の秋から数年間、式部は道長の宮廷から退いていただろうと推定したことです。『小右記』の記事に、藤原実資《さねすけ》が上東門院（彰子）を訪れてくるときの対応係はいつも紫式部である、そう推定されることを手がかりとして、その紫式部らしい女房の言動をたどってゆきますと、ついにそれが道長の忌むところとなり、数年間宮廷から退いていたが、寛仁二年（一〇一八）に至って再び復帰した、そういう趣旨です。私が試みたのは、

『小右記』の記事から具体的な人間関係を分析したことです。その推定内容について賛同されない方も多いのですが、方法としては当時かなりの刺激を学界に与えたと思います。

もう一つは、紫式部が道長の妾であったという、学界でもしばしば主張される論に対して、それを否定したことです。それも、今申しましたことも関係が深いのですが、そのほかにも、その推定の唯一の材料になっている道長との贈答歌や、それについている『新古今集』の詞書、あるいは道長の健康状態、中世には真偽を問わずスキャンダルが好まれたということなどから、両者の情交関係を否定したものです。

しかし、実は、こうした実証をいくら積み重ねても、そのまま作家論にはなりにくいのであり、作者の創造の力学や秘密を説明するには、作品論をもとにした別次元の方法が必要ということも、あらためて痛感させられたことでありました。

ここでついでながら、余計なことを一言付け加えますと、近頃とくに平安朝文学の若い研究者のなかに、作家論を作品論に持ち込むなという意見が強くなっています。そこまでは私にも分かるような気がするのですが、それを越えて「作者不在論」が唱えられたり、作者の個性などを云々するのは馬鹿げているというような論になりますと、とてもついていけません。テキストの読解や分析が重要であることと、作者が現実に生きていて、筆をとって文章を書いたということとはなんら矛盾しません。こうした論の根底には作品は要するにパターンとしての言語の集積にすぎないという論があり、作った側ではなく、読む者を主体として作品は存在する、という考え方があるのかと思いますが、そういう哲学の認識論に類する問題を、ごく日常的な常識的体験にすぎない文学体験に持ち込むのもどうかという気がします。

「けれども地球は動く」と誰かがいったそうですが、「けれども作者はいた」という事実は、動きません。「作者不在」は事実ではなく、少なくとも平安朝の作品に関しては、ただの比喩にすぎない。作者不在論が当然陥ってゆくアナキズムは、論理を混乱させるばかりでしょう。

こうした風潮が世界的なものであることは私も知っているつもりですし、それにはそれなりの理由があったかとも思います。震源地となったフランスでも、事の起こりはカルチェ・ラタンの学生の騒ぎからだったと聞きます。日本でも、あの長期にわたった大学紛争が、教師と学生の人間関係をずたずたにしてしまった。「専門白痴」のいうことなど聞いてやるものか、といったことが、今日まで陰に陽に尾を引いているのではないでしょうか。もっとも私ども九大の国語国文学科のばあいには、少なくとも大学院ではその心配は皆無でした。そのことは、この席を借りまして、あらためてその頃学生だった方々に、感謝の意を表したいのであります。

感謝の気持ということでいえば、どうにも申し上げなければならないのは、昭和三〇年代の中頃から一〇年ほど、九州各地の文庫の調査と整理に携わったことであります。これは本日ご出席の方々の中にそれに参加された方もかなりいらっしゃるかと思いますので、詳しいことは申し上げません。文庫の調査とか整理とかいったところで、立派に整理済みの所では、ただ見せていただき、写真をとらせて貰うだけということにすぎませんし、また我々の手で一冊ずつ詳しく調査して蔵書目録の刊行まで漕ぎつけた所もあり、簡単なメモをとったという程度の所もあるとかで、調査の度合はいろいろですが、その間の体験は、苦楽を含めてほんとうに貴重なものでした。これで自分もやっと古典学者としての形が少しはついたか、と内心ほっとするところがありました。

総じていえば、九州には当時未整理文庫がまだ多く残っていたこと、関係者が九州大学を信用してくださったこと、また指導者として中村幸彦先生という巨人を得たこと、調査に参加された方々が九州大学以外の方々を含めて、熱心かつ人柄の良い方々ばかりで、和を得たことなど、いろいろと好条件が積み重なって良い結果を生んだといえそうですが、私にとっては、今も、まことに楽しくありがたい思い出ばかりなのであります。また、幸いにも、調査の間に『源氏物語』関係の資料も若干見つかりまして、学界に紹介することもできました。

次に申し上げたいのは『源氏物語』の注釈であります。昭和四〇年頃から、小学館で「日本古典文学全集」の企画が持ち上がりましたが、折からの大学紛争のために刊行はのびのびになり、結局四五年から始まったのですが、その中の『源氏物語』六冊を阿部秋生・秋山虔の両氏とともに三人で引き受けることになりまして、昭和五一年まで準備期間を含めて前後約一〇年間、その仕事に追い回されました。私はその頭注と現代語訳を全体の半分足らず受け持ったのですが、最終的な文体の整理は秋山氏が行うというやりかたでした。

この仕事は実につらいものでした。それまでに『源氏物語』に関する論文はかなり書いていましたが、注釈は『大和物語』の注釈を五年ほど続けた以外にこれといって書いたことがなかったものですから、勝手がずいぶん違います。論文は一定の問題意識がこちらにあり、それに関係のありそうな材料をかき集めて、一つの結論を導くということです。プロジェクトに基づく探し物といった感じです。しかし、注釈はその種の問題意識やプロジェクトが優先してはならないし、色眼鏡は絶対禁物です。毎ページに現れる文章・語彙あるいは段落などのすべてにわたって、当時の人々がそれについて考えたままの意味を現代語に移してゆくということに尽きます。それについては、先人の業績の重圧を堪えきれないほどに感じることも多いのですが、しかしそこから逃げ出すわけにはいきません。それに要した時間もたいへんでした。あの本の一ページを書くのに平均五時間は要したでしょう。

しかし、この苦しく長いトンネルをようやく抜け出して感じたことは、これでどうやら『源氏物語』をひととおりは自分のものにしたらしいということでした。それまでの読み方は虚心に作品の世界に溺没、味読したというものでなく、注釈に比べると得手勝手な探し物だったという思いも深いのです。といっても論文独自の役割があることはいうまでもありませんが。

最後に、近頃私が考えたり、また書いたりしていることについて、まことにお恥ずかしいのですが、お話しさせていただきたいと思います。

私は、そろそろ定年に近付く頃から、それまでとくに論文として取り上げる気にならなかった男と女のことが、妙に気になり始めたのであります。若い頃に全然そのことを考えなかったはずはありませんが、今頃になって、これまで気付かなかったことが少し見えてきた、といってもいいかもしれません。では何が見えてきたのか。即座に古典に見える女の気持だといえば、いいすぎでしょう。しかし、昔は気がつかなかったことが、ほんの少しだけ、ということです。

『源氏物語』は女性が物語の作者となった最初の作品です。それが女心を綿々と訴えたものであることは誰しも知ってはいるのですが、肝心の男と女との関係について深く立ち入って探るという点では、従来の研究は不足していたという気がするのです。五〇代の半ばを過ぎる頃から、私はいささかいかがわしい題目の論文を次々に書きました。「人妻を盗む話」・「僧侶の恋」・「平安宮廷の裸踊り」・「王朝のそらごと」・「前渡りについて」などといったものです。もっとも私の若い頃の論文第一号である「垣間見について」などにもその気があるかもしれません。ともかくも、老年に近づくにつれて、女流文学、とくに『源氏物語』以降の物語にこめられた女のメッセージの意味をもっとふかく追究したくなりました。

それらの私の論文は、女の書いた作品だけを取り扱ったものではなく、ほかの種々の材料も含めて、女が貴族社会で男からどのように好色や快楽の対象として扱われ、また女たちはどのようにそれに対応し、また自らを鍛えなければならなかったか、また、文学作品はしばしばそうした社会慣習をパターン化することででき上がっていた、といったようなことを書いたと、全体としてはいえるでしょうか。最近の「女の書く物語はレイプから始まる」とか「物のまぎれの実体」などは、『源氏物語』とそれ以降の物語を対象として、それらの物語の発端に位置する男女関係の大半は、男の暴力による女の征服であり、とすれば、男女の情交をさす「ものの紛れ」ということばも、あたかも当事者の男女の相愛を前提としたもののような、共犯者のニュアンスがある限りは不適当だというような趣旨のものであります。

老境に入ってから、こういう論文を書かずにいられないのは、どうも我ながら男として、あまり楽しいことではありません。私は大正半ば生まれの男でもありまして、ひところのウーマンリブや近頃のフェミニズム論など、一方的な女の側の要求ばかりに見えてあまり愉快ではないのです。男も多くはこの社会の犠牲者であることは、いつの時代でも似たようなものかという気がするのです。平安時代にも一夫多妻の慣習下、男もけっして真実に幸福ではなかったのではないか。男か女かによって幸・不幸を測るよりも、個々の人間の具体的な条件や、彼を取り巻く環境、あるいは彼自身の身に備わった知恵とか能力が幸・不幸を分ける度合のほうが大きい、そんなことを考えたりもします。

しかし、そのことと、当時の物語があしたことを強くアピールしている事実とは別の問題であり、私が古今の女流文学やフェミニズムについて全面的に同感しようがしまいが、それは関係ないことです。私は今、自分がジレンマに立たされていることを感じるのですが、研究者としては、この際私心を去るべきでしょう。私は自分のささやかな発見を、これからも大切にしてゆくつもりです。

以上、長々と老いの繰り言じみたことになりまして、まことに恐縮でございます。それでは、これで失礼いたします。

私の源氏物語研究

近頃、ちょっとした必要があって、これまでの自分の国文学研究者としてのおおよその足取りを確かめてみたいという気持になって、にわかに自分の執筆論文のリストを作ってみた。それで、真っ先に目に付いたのは、私が、最初の論文を書いたのは、三〇歳を越えてからだということである。これは、絶対に出来の良い学生ではない証拠であり、まずは落第を重ねた人間と相場が決まっている。

事実、私はその通りなのである。若い頃病身だったせいもあって、研究者としては至って奥手だった。しかし、事情にもよるけれど、世の中、「至って奥手」ということは、案外損とは限らぬのである。学友らしき者をほとんど失った寂しさはあったけれど、それをカバーするに足る貴重な体験もかなりあったと、今にして思う。

二〇歳代の数年間に、人の命のはかなさをいやというほど思い知らされた。フィリッピンのバターン半島で、米軍に逆に包囲され全滅した万に上る戦死者の中には、私の中学の級友の三分の一に当たる数十名がいたし、また病気友達の中にも死者は多かった。特効薬のストレプトマイシンがまだ無かった頃で、肺結核は発病したら最後まず助からないものとされていたが、その通り私の学友も大半が死んだ。昭和二〇年の初夏、東京の目白で大空襲を受け、焼夷弾の下を無事に逃げ出すことができたのも幸運であった。総じて、私が今日八〇歳を越える年齢まで生き永らえたのは僥倖に近く、信心深い人ならば、必ずや神仏あるいは祖霊の加護に感謝するはずのところで、私の胸の中にも、今それにやや近い感情が動くことも確かである。

要するに、世間に出る出発点が遅いか早いかなどはまったく問題にならないような、生命の危機の連続から、かろうじて私は逃げ延びたのである。

こうした私個人の危機的状況と存亡も危い祖国やその社会の深刻な危機との間に、私は一種の奇妙な類縁性あるいは融合性を内心で楽しんでいたようであった。暗い夜の新宿や池袋の闇市などを時々うろつきながら、私自身と国家との解体と崩落を予感していたが、それがそのまま精神の解放に繫がる可能性を楽しむ気持もあった。

私は戦後もしばらく焼け跡の防空壕に住んでいたが、そこから山手線の池袋駅まで、隙間もなく建て込んでいた大小の家屋はことごとく焼け失せて、ただ真っ青に澄んだ秋空の下に一望の、畑か何か、青い草原が拡がっていた。その眺めは大変に明るく快かった。また、本郷の大学には自転車で通学したが、小石川沿いの広大な焼け跡に、私と同様防空壕暮らしの人々が住み、時々、年若い美しい女性が防空壕の出入り口の板を押し上げて、突然地上に現れる姿を見た。その鮮烈な印象は今も脳裏から消えない。――その頃私は坂口安吾・織田作之助・田村泰次郎、さらに太宰治を読み耽っていた。

そのような私にとって『源氏物語』はいったい何だったのか。この作品、とくに古典作品がその当時私にとって直接励ましになりうるはずがなかった。この物語の人物はすべて私とは別世界の住人である。私は故実や有職の学問には興味がない。その知識が学問として必要であることは重々承知しているつもりであるが、根っからの庶民に生まれた私の感覚はそれらを拒否する。それらのフウタイを除いた後に、内実として何がいったい残るのか。それが私にとっての問題だったのだ。

要するに、残るもの、私にとって肝心なのは人間の心の在り方である。そう思う理由の一つは、人間の心の相、喜怒哀楽などすべては、その基本的に古今東西を通じてさほど変わりはないのではないか、という点にある。人間の心こそが普遍的であり、いわば永遠に通ずる何物かではないのか。それが結構なものなのか、それほどの代物ではないのか、それはどうともいえぬ。人間という枠内のものであるならば、たいしたものではないというのも事実かもしれない。しかし、それ以外に人間を人間たらしめるものがない、というのが事実ならば、人間はそれに縋るほかない。

歴史学は人類の数千年にわたる変遷あるいは、よく言えばその発達の歴史を明らかにしてきたらしいが、それは、主としては物的側面についていえることであって、人間の精神のありかたに関しては、それとは比較を絶したほど微々たるものではないのか。我々の日常の体験としても、人間個体の生存や種の保存・継続にまつわる本能的欲求、あるいは日常生活におけるさまざまな規範が、少なくとも基本的には変化することなく、長く生き続けてきたことを認めるほかないだろう。ほぼ三、四〇〇〇年このかた、人々は生きる喜びや死の悲哀を共感しあい、男女の愛や親子の情を時代や人種などを越えて、共感しあってきた。洋の東西を問わず、古典が人間の規範として長く尊重され続けてきた理由がそこにある。

こんな分かりきったことを今更らしく書き続けるのも気がひけるが、実は初めに述べた、敗戦前後の私の個人的体験と多少かかわりがあるからだ。さきほどの私の論文に話をしぼれば、大学を卒業した翌々年昭和二三年三月に、「国語と国文学」に掲載された「古代小説創作上の一手法—垣間見に就いて—」がその第一号、その翌年に書いた「明石上について」が第二号である。それ以前、在学中に書いた卒業論文三〇〇枚は「権威と人間との交渉」という妙な題名で、もとより一冊の参考書もなしに、わが家の焼け跡の庭先に残った防空壕の中で書いた。六国史の記述や『大鏡』・『栄花物語』を使って、平安中期の皇族の意識のようなものをあげつらったが、もとより世間に出せる代物ではなかった。坂下門に「米よこせ」のデモ隊が押し寄せ、徳球こと徳田球一の、議会での「資本家・大地主云々」の威勢のいい演説が話題になった頃である。私がこのテーマを取り上げた動機には、それらの巷の声の中に、これら当代の記録や物語類に見える天皇の印象と掛け離れたものがあることに気付いたからだと思う。平安時代の歴史物語や作り物語に見える帝像は、概して不思議なほど柔弱で心やさしいのである。当時私には天皇制を賛美する気持はなかったし、今もその気持に大きな変化はないが、平安時代の天皇像の印象は別だということをいいたかったのである。しかし、要するにすこぶる稚拙な論に過ぎなかった。もしこのテーマに固執するなら、歴史学に転向する必要があり、私は以後このテーマを簡単に断念した。

さきの「垣間見」を論じた論文も、これまたほとんど参考書無しで書いたが、実はこれは卒論の副産物ともいうべきものである。私は、卒論を書くために次々と物語のテキストを読み漁りながら、そこに「かいまみ」という語彙が頻出することを発見した。私は、今日では軽犯罪にもなりかねない覗き見が、主人公の行為としてこんなにしばしば現れることに不審と興味を抱いて、できる限りに材料を集めて、これを当時のとくに虚構小説である作り物語に特有の創作上の手法であると論じた。『源氏物語』ももちろんその多くの用例を提供してくれた。

しかし、この論文は、私の周辺では当時格別の関心を引かなかったように見えたし、私もそのような様式上の問題を、それ以上追究する熱意もなかったので、以後は人物論に方向を定めた。というよりも、卒論を書きながら『源氏物語』の簡単な人物索引を作っていたので、それを利用して手っ取り早く書ける論文をと思った、というような事情だったかもしれない。「てっとりばやく」という意味では、明石の上が最適であった。人物造型の跡が生涯を卑下と忍従で貫いたという単純明快さがあったからである。枚数は六〇枚に達したが、さしたる苦労もなく短期間に書き上げることができた。にもかかわらず、若い世代、あるいは私の周囲からはかなりの好評を得た。中には、戦後の業績として一つの画期的な作業だという過褒もあった。私は何となく後ろめたさを感じたものだ。とくに、この論旨の中に、明石の君の性格について、受領層の娘という階層的な身分の問題を絡ませ、その卑下と忍従の性格を論じたために、それ以後、当時流行した左翼的な社会階層論を主軸とする「歴史社会学派」の一員と見なされるようになったのは、迷惑とはいわないけれども、多少意想外ではあった。私自身は瀕死の重病に陥った体験から、社会的救済はもちろんあるに越したことはないけれども、その人間救済の度合はタカが知れていると、以来一貫して思っているのである。

登場人物論を学問的方法として認知する態度は、戦前は乏しかったと思うし、その意味で新業績として多少とも認められたのはありがたかったが、それ以上の党派的な編入にはなじめない気持が、今も私にはある。

それ以後も、惰性のように、『源氏物語』の人物のあれこれ、夕顔・女三の宮・浮舟、あるいは他から求められて光源氏や紫上・兵部卿宮などについて論じたが、その全体像をまとめるよりも、その人物にかかわる特殊な問題点を取り上げるばあいが多かった。学界の反応は、いちおうそれなりにあったとは思っているが、この人物論という方法は、秋山虔氏も早くから指摘しているように、それ自体完結したものとはなりにくく、他の構想論や成立論・主題論などと絡んで複雑な問題を抱え込むものであり、人物論自体無意味ではないにしろ、その意味付けには慎重を要するものであって、私の人物論は、むしろそうした他の要素や問題を気づかせる性格が強かったかと思う。ここにもおのずから、問題設定には常に当然の限界があることに気づかせられることが多かった。

その間に、私の問題意識の中に次第に大きな比重を占めるようになったのは、漢文学との関係であった。漢文学は若い頃から好きだったし、在京時代に宇野精一氏を長とする高校の漢文教科書の編纂に加わった経験もあって、教材を選ぶために、平安漢文の『本朝文粋』その他など一通り目を通すなどしていたが、とくに、昭和三二年に小学館の『図説日本文化史大系』の平安時代を分担執筆して、無理矢理に平安漢文を通読する羽目に陥ったのが勉強になったし、やや後に友人たちと一〇名ほどのチームを組んで『平安朝漢文学総合索引』（昭62）を散々苦労して出版したのが、何よりも良い薬になった。そんなことから、次第に中国文学にも目を通すうちに、小学館の『新編日本古典文学全集』の『源氏物語』には、各巻末に付録として「漢籍・史書・仏典引用一覧」をつけることとなり、私が引き受けることとなった。時間も不足し紙幅も制限されているなかで、『河海抄』の記述の検証が半ば近くを占める作業ではあったが、これまた、大変おもしろかった。『太平広記』を読んだり、『芸文類聚』などの類書や仏典のあれこれを調べるのもおもしろい。そんな遊び半分のなかでも、帚木巻の巻頭の一文が「好色賦」と「鶯々伝」から翻案されたものであることを指摘できた（解釈と鑑賞、平6・3）など。

しかし、ここで、私は平安時代文学を対象にした日中比較文学研究の基礎に、次のことは忘れてはならないと思う。紫式部はけっして無条件に漢文学に心酔傾倒しているのではない。それどころか、彼女は生半可な漢文好き、あるいは、とかく海彼の知識をひけらかしたがる手合いの滑稽さを遠慮なく嘲笑しており、彼女の漢籍引用には、中国文学を和文学の文脈の中に消化し血肉化する過程があり、すべては、そうした日本人としての主体性を確立した上での作業なのである。

私の『源氏物語』研究のうち、比較的最近学界の話題となった論文に、俗に「レイプ論」と呼ばれるものがある。従来、『源氏物語』論に頻用されてきた「もののまぎれ」の内実は大部分はレイプ（強姦）であって、その実態を曖昧にするこの用語は、従来数百年にわたって『源氏物語』研究を独占してきた男性の発案にかかるものである。本来の物語原典の「もののまぎれ」の語義は、「なにかのどさくさまぎれに」であって、強姦の意味ではない。レイプ・強姦は男性の暴力的な威圧のもとに女性に性交を強いる意味であり、光源氏はその道の達人である。他の多くの物語にあっても、この語はまったく同義に用いられ、主人公の男性は光源氏と同様にふるまう。しかも当代女性の手に作られた物語では、その筋立てがほとんど共通している。女主人公たちは、いずれも男主人公に垣間見された後、寝所に侵入され、強姦され、そのために妊娠し、周囲に知られることを恐れて、多くは、人目に立たぬ僻地に姿を隠してひそかに出産し、秘密の出産後はさらに苦悩が募る。子供の父親はそのことに気がつかず、女の苦悩は、そのような男とわが子への愛憎によって果てしなく続く――というのである。『源氏物語』以後の平安末期物語の多くが、この『源氏物語』の跡を追って、同趣の筋立てを飽きることなく繰り返したのは、この悲哀に満ちた構想がいかに女性たちの共感を得たかを物語るものである。男たちはその間、暴力による女性の征服という印象を和らげるために、このモチーフに「もののまぎれ」などという、それこそ実態を曖昧に見せかける工夫を凝らし、その企ては数百年間にわたって見事に成功してきたのだ。——以上がその論の要旨である。

この論は、国文学界のみでなく、フェミニズムの運動家にも取り上げられたようであった。しかし、その領域での成果は私の関心の外にある。私はただ平安朝の文学の問題としてのみ考えている。

座談会　『源氏物語』をどう読むか

中村真一郎
今井　源衛
大　野　晋

『源氏物語』へのアプローチ

大野　戦後の源氏学にはいくつかの大きな節目があると思うのですが、こんなことが問題になった、こういうことがある、現在の源氏学の全体の流れはこうだというお話を今井さんにしていただき、後で、中村さんにお話をしていただこうと思います。中村さんは、『源氏』を読んできた立場からは、われわれよりずっと早い時期、とにかく昭和一〇年に一高の国文学会を創設されたんですから、その頃から日本の古典文学に関する関心を持っておられます。単に日本国内だけではなく、ヨーロッパの文学の流れに対する『源氏物語』の影響という観点を交じえて、『源氏物語』を取り扱うという方面から、お話をしていただき、そこから出てくる問題について話し合っていきたいと思います。

中村　今、『源氏物語』のいろんな翻訳が出ていますので、いろんな国の翻訳の話をしたいと思います。翻訳は比較文学ですので、それをさせていただきます。翻訳の話と、『源氏物語』が外国に導入された話は、つながってはいるけれど、それぞれ別な話としてしたいと思います。

大野　お話をしていて思い出しましたが、私が戦争中、雑司ヶ谷に住んでいたとき、今井さんは一〇〇メートルくらいの所にお住まいだったんです。

今井　ええ、大野さんの『湖月抄』を借りていて五月の空襲で焼いてしまったんです、それ以来負い目になっているんです。

大野　それは覚えていませんが、今井さんと今道友信君と三人で『源氏物語』の「宇治十帖」を（多分、吉沢義則先生の『対校源氏物語新釈』だったと思いますが）読んだ覚えがあります。

今井　いきなり、こんなことをいうと申しわけないが、それで僕は国語学者にはなるまいと思ったんです（笑い）。僕は高等学校に入ったのは大野さんよりも一年先だったんですが、身体を悪くして遅れたため、大学に入ったとき、大野さんは特別研究生で、古字書の引き方からはじめて何から何まで教えてもらったんです。あの時の『源氏物語』の輪読は楽しかったが、ずいぶん呑気な読み方でした。

大野　今、思い出してみると、僕は単語の細かいことばかりいっていたと思う。

今井　そうそう。「宇治十帖」を読んでいて、僕がいい気分にひたっていると、大野さんは「けり」だったか、何だったかが出てくると、「あった、あった」という（笑い）、また少しいくと「あった、あった」という、出てくるたびに「あった、あった」って感心するので、興をそがれること甚だしい（笑い）。それで国語学者だけにはなるまいと思った記憶があります。

中村　僕はまったく反対の感想があるんです。学生時代に『源氏物語』を読みましたが、その後、戦後になって大野さんが平安朝の言葉の個々の単語について書いた文章を見ると、今までの『源氏物語』のいろんなテキストの頭注などに書いてあるより、ずっと深く、またよく分かる。それを分かって読むと、今までのテキストの読み方のニュアンスがえぐれたようになってくるんです。大野さんが全部の単語をそのようにやってくれたあとで読んだら、『源氏物語』というのはもっとおもしろくなるはずです（笑い）。

実は二〇年くらい前に、ユネスコが世界中の古典を全部原文からフランス語に翻訳する叢書があって、それで『源氏物語』をやらないかという話があった時に、大野さんの平安朝の字引ができていないと、今、翻訳してもすぐまた変わってしまうと思い非常に困りました。大野さんが全部言葉を洗い直したあとで『源氏物語』を読むと全然違うんで、だから、僕が学生時代に読んだのは何であったのか、今までの、いわゆる『源氏物語』を読んでいるという人がいったい何を読んでいたのかと。大野さんが早く言葉を全部洗い直してくれたあとで『源氏物語』を全部読み直して、それをユネスコでフランス語で出せば、世界中の人がウェーリーの訳と違った、より正確な翻訳ができると思って非常に期待している。大野さん待ちの状態です。

今井 大野さんは一三〇歳まで生きなければ(笑い)、……

大野 いや、まあ、いくつかの大事な言葉があるかも知れませんが、そういう言葉をどう読むかです。それはまた、学者なりの意見があって……。

今井 中村さんは若い頃、『源氏物語』は何で読まれましたか。

中村 金子元臣さんの『定本源氏物語新解』だったと思いますが、あれは読むのは楽ですよ。その後では吉沢さんとか、それぞれの時期でより正確なものにも目を通しましたが、初学者がいきなり全体を現代の小説を読むようなつもりで読むには金子さんのはいいですよ。

大野 あれは代表的でしたね。時枝誠記先生も金子さんの本で読まれた。あれが普通の流布本だったのではないんですか。

今井 外国人はあれが多い。

中村 あれはほかの学者のものより読み通すには楽です。とても先へ行きやすい。

今井 多少分からなくてもどんどん行ったほうがいい、それは大事なことですね。

大野さんの今度の岩波の『源氏物語』ですが、中村さんのいわれるとおり、特に、その言葉の問題を扱っている部分に非常に感心したんですが、たとえば「帚木」巻、特に巻頭の「言ひ消たれたまふ……」の解など、あんなにピタッと言い定められると、さすがだと思いました。

中村　それをちょっと説明してください。

大野　「帚木」の最初のところに、「光る源氏、名のみことごとしう、言い消たれたまふ咎多かなるに」という文章があって、その「言い消たれ」というのを普通「非難される」と訳すんですが、「言い消つ」が「非難する」という意味のことものちの時代になるとあることはあるんですが、宮廷で光源氏みたいな位の高い人が身分の低い女房たちに「非難される」ということはあり得ない。そのつもりで「言い消つ」という言葉をよくみると、「言い消つ」というのは「言葉を消す」という使い方がある。つまり途中で言葉をいいかけてやめてのんでしまう。そういう例がいろいろあります。だから女房たちは「光源氏さまはこんなことが、……」と、途中で言葉をのんでしまうようなトガが多い。女房たちがみな口には載せないが「実は、何々と、女房たちが知っているいろんな秘密なことがある」つまり言葉尻を濁すという意味に、あそこをとったほうがいいのではないかということです。

宮廷関係の人から聞いたんですが、宮廷の中で光源氏のような皇子の秘密のことを公然と口に出すことはありえないということです。

中村　いわないけれど、それで分かるわけですね。

大野　そうです。

戦後『源氏物語』研究の動向

今井　正直いってここ数年くらいの論文はあまり身を入れて読んでいないのです。こちらの頭が年齢のせいで硬くなったことはたしかなのですが、むやみに難解なものが多いものだから、つい……。だから私のいうのはたぶん、一ポイントも二ポイントも古いといわれそうなのですが――、研究も戦後に限っていえば、昭和二〇年から三〇年頃までが一つの節目でしょう。その後一〇年、昭和四〇年を過ぎる頃にまた一つの新しい節目があるかと思います。

最初の一〇年というのはいわゆる、俗に「歴史社会学派」などと呼ばれたものが盛んだった。これは私自身を含めての話ですが。戦争中に弾圧されていた藤間正大さん、石母田正さんなどの、伏せられていた仕事が戦後に一斉に咲き揃って、それに触発されたように、西郷信綱さんや武者小路穣さんが先頭を切り、そのあと益田勝実君などもいい論文をいろいろと書き出した。その中でさらに細かく区切れば二四、五年が一つの区切りだと思います。二三、四年まではいわゆる受領の娘論というものに集約されるような直接的に歴史的条件、社会的条件というものを作家や作品に結びつけるという、かなりナイーブな点があった。それから二四、五年頃から秋山虔君や僕などが作品論というかたちで、もっと文学形象自身に研究の中心をもっていかなければおかしいということをいいだして、作品分析を主としてやりだしたが、その理論付けとしては、やはり歴史社会学的な発想を離脱できなかった。私など唯物史観にはついてゆけなかったのですが、こういう点で、やはり左翼というふうに誤解されて心外な気もしたが、それも止むを得なかったと思います。そういう時期が数年続いて、その後、二〇年代の後半に武田宗俊、風巻景次郎、池田亀鑑三氏の成立論が出て、それに伴うかたちで、主題論から構想論に進んでいったわけです。

しかし、昭和三〇年を過ぎる頃から、それらに対して強い批判が出てきました。一つは玉上琢彌さんの学派であり、ほかは民俗学でしょう。玉上さんのは、いわゆる音読論として有名ですが、平安朝当時の享受の実態を視座の中軸においた理解のしかたです。

中村　その「音読論」というのは？

大野　『源氏物語』は紙に書いたものをただ黙って読むものではなくて、声を出して読み上げ、それをみな集まって聴いたんだという。あれは台本を読んだというのではなく、作品として読み上げたものという意味なんですね。

今井　もともと戦中の出発点では玉上さんは「昔物語」の様式という次元で論じておられるわけで、『源氏物語』

そのものを論じる次元とはちょっと違うところがあったのですが、『源氏物語』との関係になると、そこは若干曖昧だったと思います。当然、この論に対してはその点での批判がかなり強かった。

中村 音読するということになると、今までの源氏物語論と。

大野 従来の人はやはり『源氏物語』というものを、われわれが小説を読むように黙って読んでいった、書かれたものだというふうに受け取っていたわけですが、それに対して玉上さんは、当時物語というのは、誰かが読み上げて女、子供が集まって聴く、『源氏物語』というのはそういうものだったということを考えにいれるべきだといったんでしょう。

今井 玉上さんの説自身、後にかなり修正的発展を見せていまして、結局のところは、『源氏物語』というものは一つの作品で、事実上誰かが物語を語ってそれをほかの者が書きとめていったというものではない。しかしそれまでに尾をひいている物語の歴史ということからいうと、形の上では相変わらず、そういう古い様式を留めているというとことではないかと思われます。発生的な歴史を背負ったかたちで常に物語は書かれているのだということでしょうか。

もちろん、この説に対する批判はいくらもあり、学界が玉上説に地滑りを起こしたということではなくても、しかしこの説には無視し難い重要な指摘があるということが、その時点でみなに気付かれてきたわけです。玉上説の支柱は二つあり、一つは朗読であり、一つは絵です。物語には絵がつきもので、絵本の挿絵のようなものがふんだんにあったと。だから、その文体も時に絵解きのようなものになる。物語を読む者も絵を見ながら読み、あるいは朗読を聞くから、絵本を見る場合のような享受のしかたがあるという。

大野 玉上さんはここがそうだという実例を挙げたんですか。

今井 必ずしもそれは十分ではないと思います。具体的に例を挙げて説明するのはかなり難しいのではないでしょうか。

大野　当時の物語が、絵があって、お姫さまが絵を見ていて、脇で女房が読んで、それで理解するというのが物語の初めの頃の受け取りようだったとしても、『源氏物語』という作品は全体としてそんな作品ではない。もし絵が必要だと受け取っていたら、まったく間違っていると思いますがね。

小説は耳で聴く「物語」

中村　絵が先にあるのではなくてテキストが先にできて、それを読んで絵描きが挿絵を書いた。今でいう小説の挿絵みたいなものがあった。お姫さまは挿絵をみながら原文を聴いたかもしれないが……。

　西洋の近代小説と日本の近代小説の違いは、西洋の近代小説は中世から一直線に発達しているものであって、これは一人で読むものではなくて、サロンで読んでみなで聴くもので、それは一九世紀の自然主義の時代でもそうです。つまりフローベールの小説などでもそもそも朗読するために書かれている。だから、耳で聴いて会話なんかが誰が喋っているか必ずわかるように書いてある。日本は西洋から遅れて入ってきたから、大急ぎでやったからもっぱら活字で読んだでしょう、だから小説を活字で一人で読むものだとして書いた。西洋では今に至るまで小説は読んで聴くものだという伝統はある。

大野　そうすると、物語というものは読んで聴くものだというのは、洋の東西を問わないんですかね。朝鮮がそうです。一五世紀半ばに朝鮮の王様がハングルを作ったが、男はあの一種の仮名文字を嫌がって使わなかった。喜んだのは女で、日常の会話に近い文章でどんどん書いてそれを読む。すると女、子供が集まって聴いた。日本で平仮名を「女手《おんなで》」といいますが、朝鮮にも「アムクル（女文字）」という言葉があるそうです。世界で女性用文字を持っているのは日本だけかと思っていたら韓国でもそうなんです。今、伺ったようにヨーロッパでも読んで聴くものだったとすれば、いわゆる小説とか物語というものは本当に「物語り」だ。

今井　その点は間違いないですね。玉上さんの論は、絵の問題は物語本文との関係では無理に逆立ちしているところがあるが、朗読の問題をはじめて正面切って主張された功績はたいへん大きいと思いますね。そのことを長い間それまでの誰ひとり国文学者はいっていなかった。玉上さんの論ではじめて気付かされたということはたしかに多いのです。たとえば、地の文は散文だといっても、朗読を前提として考えないとはっきりそのリズムが分からないような文章がかなり多い。たとえば「桐壺」巻頭の、

いづれの御時にか、女御、更衣あまたさぶらひたまひける中に、いとやむごとなき際にはあらぬが、すぐれて時めきたまふありけり。

の一文でも、大人が胸いっぱいに息を吸った上で朗読すると「たまひける中に」で大きく息を継《つ》ぎ、末尾の「ありけり」で再び胸中の空気はなくなっている、というわけで、この文体は成人の健康な呼吸のリズムにもっともふさわしいかたちなのです。朗読を抜きにして、この文体は成り立たないでしょう。また「花宴」巻の、花宴の夜、源氏が朧月夜と一夜の契りを交わす、この巻のクライマックスのところでは、

酔ひ心地や、例ならざりけん、ゆるさむことは、口惜しきに、女も若う、たをやぎて、強き心も、知らぬなるべし

と、ほぼ七五調のリズムに整っている。そういうところは探せばいくらもあります。これもやはり朗読の効果を考えた文体に違いありません。

中村　宮廷で『源氏物語』を朗読する伝統というものがあって、それが今もって伝えられ、坊城伯爵の家はやっていて、坊城俊民氏は今でもそれができるということです。一度聴いてみたいと思うが、正月三日とかに必ず源氏物語絵巻の一枚を写すという書初めを、室町時代以来先祖代々やっている。坊城家は『源氏物語』がずっと伝えられ

ていて、彼も『源氏物語』は音読しなければ分からんという説のようですよ。

大野　阿仏尼が御簾のうちで読んできかせたことが日記にありますね。

今井　中世の公家たちも元旦は「初音」巻の巻頭の一節を朗読するのが習わしだったといいます。もっともこれは落ちぶれた公家たちが祖先の栄光を回顧して現状をなぐさめる一つの手段であって、『源氏物語』が生まれた頃の問題とはちょっと外れるかもしれませんが。

中村　それに縋りついたものですよ。

今井　今いったような朗読に自然にマッチしている文体と、そうでない文体が明らかにある。「桐壺」を読んでから、「帚木」に移ると、あれはなかなか朗読しにくいですね。「帚木」の特に雨夜の品定めの部分は文体がかなり違うから、抑揚をつけて朗読しようとしても滑らかにいかないところが多い。つまり『源氏』には多様な文体があるということでしょう。

中村　僕は「帚木」の座談会は、女房たちが戯れにみな役割をもっていて、ラジオドラマみたいに台本でやりあって遊んだのではないかと思う。そういういろんなことをやったんだと思う。あれは座談会ですよ。

表現論・構造論

今井　昭和三五年以降になると、研究がより立体的、多角的になってきた。三二、三三年から歴史社会学派が唱えたリアリズム論に対する学界の風当たりが強くなっていき、たとえば、主題論といったところで、『源氏物語』にははたして「主題」と名付けるべきものがあるのか、といったようなことや、あの喧しかった成立論争の中で、それに伴う構想論もまた四〇年代には行き詰まってしまい、その頃からしだいに重点は表現論に移ってきたように思います。

大野　表現論というのは何なんですか。

今井　玉上さんの物語様式論も、もちろん、表現の問題を大きく取り上げているわけですが、それと絡んで、例の世界的な流行を見た構造主義の影響もあって、文学空間や時間の問題がうんぬんされるようになり、空間論と絡んで一時は「幻視」などという言葉が大流行しました。近ごろの「語り」の研究、草子地の問題もそれに関係があるのでしょう。私が書いた最初の論文にとり上げた「垣間見」がその見地からでしょうか、四〇年もたった今頃何かと論議されるようになったのには苦笑しています。それらの新しい研究が今後どれほどの成果をあげるか、私には皆目見当がつきません。ちょっと意地の悪いことをあえていえば、これには例の大学紛争の世代が関係あると思う。あの一〇年間くらいアカデミックな習練が不足した人々です。

中村　基礎抜きでやると何でもいえてしまうから。

今井　ただ僕は、それをマイナス面だけでは見たくないのです。実は紛争の世代は、われわれ戦中から戦後世代に似たところがある。僕なんかも、大学の授業は正味一箇年ですよ。明らかに欠陥商品として世の中に送り出され、それは生涯の負い目であると同時に、一方完全な自由のあかしでもある。苦しまぎれにしろ大胆で自由な発言を工夫してゆくうちに何か新しいものを生み出す可能性もあるのじゃないですか。僕らの世代がそうだったかどうかは別として。ただ当面構造主義についていえば、僕の偏見かもしれないけれど、「作者不在」とか、作者の伝記的研究を強いて排除する姿勢に小児病的な未熟を感じます。いくら声高に、作者の研究なんて無意味だと叫んだところで、しかし「地球は動く」ということですよ。

五十四帖配列の謎――「成立論」を考える

中村　戦前から続いている「成立論」はどうなっていますか。

大野　僕の目では、武田宗俊氏がいった成立論はやはり『源氏物語』の学問の中ではかなり大きな問題の一つだと思いますね。

今井　あれは大きい。あれは学派とか方法論とかを超えていて、問題が非常に具体的で影響が大きいですからね。だからいろんな人が発言している。その中心だった池田亀鑑先生、武田宗俊氏、風巻景次郎氏の三人、それぞれ学問の態度や方法は違うけれど、作品の生成をダイナミックに捉える点では共通している。その点は時代はややずれるが西郷信綱さんにも通ずることでしょう。

大野　だけど「成立論」に関しては、武田宗俊氏と西郷信綱氏はまったく逆ですね。西郷氏は現在では成立論をまったく認めていない。

今井　西郷氏はピカソみたいなところがあるわけで、刻々に自分を脱却していかれる。そこはほんとに偉いと思う。西郷氏がそういうことをいわれたのはもっとあとでしょう。

大野　ごく最近の本の中でです。「成立論」などということをいったのは和辻哲郎が張本人だというようなことをいっていますね。

僕の考えでは武田氏の成立論というものは、三三番目の「藤裏葉」までを二つに分けようというのですね、A系1、5、7、8、9、10、11、12、13、14、17、18、19、20、21、32、33という系列と、B系2、3、4、6、15、16、22、23、24、25、26、27、28、29、30、31という系列の二つに分けてみる。すると、Bの系列の話はAの系列の話を承けて書かれているけれど、Bの系列の話でAの筋に影響を与えているものはないということなんですね。Aの中間に点々と挿み込まれたかたちになっているものが、Aの筋には、影響を与えていない、それは一つも例外がなく確かだと思う。今日のように極度に小説の技術が発達している時代、いろんな技法で小説を書こうという時代であれば、わざとそういうことをやろうとしたというばあいもありうるかもしれない。しかし、平安時代に、ようやく物語という形式が成立したばかりの時代にあんな長いものをトリック的に作ろうということは考えられないことでしょう。それのみならず、最初の話として武田さんのいう「紫の上」系、つまりA系が一つのストーリーをちゃんと持っていて1の「桐壺」で課題が設定され、33の「藤裏葉」で自己完結的に完結していることは確かでしょう。それに対して足したとされているB系は、それなりに一つの共通性と脈絡を持っている。それが三三番目の終わりのところで大団円みたいになっているということは、やはり重きをおいて考えるべきことだと思う。

秋山虔君も昭和二〇年代にはその筋にのった論文を書いていたし、今井君もかなり理解を示していたのではないかと思う。それがどうして源氏物語研究の中心から外されてしまったのか。

今井 今でもどちらかというと理解といえば理解しているほうかもしれません。さっきの大野さんの本についてはその意味でも関心はありますが、ただ僕はその論に全面的には乗っかっていけない。たとえば、玉上さんがいわれる巻名の問題。紫式部のしわざとしか思われないほどのそのすぐれた命名方法と巻名配列が作品内容とふかく調和しあっている文芸性の高さということですが、あれはなかなか反論できない気がします。また、武田説に即して考えると、後記の巻々をすでに世間に出ている巻々の間に挿み込むというのは具体的にどういう順序と方法によるのか、仮定の問題としても、私にはなかなかつかめないのです。

大野 あの頃は書物は巻物だから、まずA系列の話が一七本書かれた。そこへ一六本別の巻が書き足されて、A系列を中心として、B系を並びの巻というかたちで読む。そういうことはありうると思うけど……。

今井 そこがはっきりわからない。書いた巻々は手もとにじっと残っているわけではなく、次々と人の手に移り書き写されて、「藤裏葉」まで書いた頃には、おそらく、数多くの巻々が世間に流布していたわけですから、自動車の欠陥部品をとり換えるから、もう一度みな集めるというふうにはいかないでしょう。その辺がどうも……。

大野 しかしA系B系の分離は古い時代、鎌倉時代とか、南北朝時代には逆によく知られていたことで、むしろ江戸時代以来分からなくなったことでしょう。例えば『河海抄』にしても、南北朝の『拾芥抄《しゅうがいしょう》』でも『源氏物語』が三七巻になっている。五四巻としては扱われていない。つまり、B系並びの巻は、正編ではないという意識がちゃんとある。むしろ五四巻からB系一六巻を外して、巻名を列挙している。つまり、後から足したB系列は江戸時代本居宣長以後になってからA系と対等に一本の筋の中に組み込まれたわけだ。

今井　「並びの巻」の語が現れるのは平安朝最末期らしいけれど、すでに『源氏物語』ができてから一五〇年以上たっているわけで、あれを原作の問題にまで遡らせるためにはその間の難しい物語本文の問題がある。「並びの巻」とは次元が違って、もっと大きなガタガタした問題がたくさんある。鎌倉時代に『源氏六十三首歌』などという本があって、追補作を含んでいるとしても現実に六三巻仕立ての本があったことは明らかですし、続編を入れての六〇巻説もある。いま陽明文庫に一つ残っている別本の本文も、僕らがびっくりするほど違う。現存本文として論じるに値する量が残っているのはほとんど鎌倉時代以降だ。定家本と河内本以外はほとんどないでしょう。絵巻の本文などは微々たるもので、本文的にそこから紫式部の原本に遡るということは絶望的だと思います。今、肝腎なことは、定家の青表紙本というものをどうやって明らかにするかということでしょう。

大野　武田宗俊氏があとから足したといった分は、一六巻で、五四から一六抜ければ三八になる。五四巻だったものを一五〇年たった後で、研究者が勝手に三七にするでしょうかね。

鎌倉時代に今の順序が

中村　「宇治十帖」は入ってるんですか？

大野　はい。阿仏尼は今の巻の順序で読んでいますね。鎌倉時代になると確かに今の順序で読んでいるけれど、定家の注釈の中には「並び」という言葉がしきりに使ってある。並びとは、つまりあとから足して並べたもの、あるいは主人公の年代記の部分に並ぶ巻ということでしょう。

中村 定家は並びも入れながら読んでいたわけだ。

今井 亡くなった門前真一氏が中国の詩の題詞に「序ヲ弁《あわ》セタリ」という書き方があって平安末期の知識人が、それにヒントを得て「並び」という文字を使いはじめたといっています。『源氏物語』の成立から一五〇年ぐらいたってしまっているから、「並び」の巻を原典の成立の問題にまで急に結びつけるのはもっと慎重でなければならないと思う。

大野 それは巻別に書いているのだから、あとから一六巻書いたものを、「何とかの並び」とすることはできるでしょう。『宇津保物語』でも並びということをいうわけだから、そういうことはすでに例があったわけだから……。

今井 『大和物語』にも「並びの段」というのがあるが、やはりそれも中世の研究の産物だと思う。

大野 『大和物語』の場合はそれが特別な意味を持っているようには見えないと思う。それはことがらが違いますね。ああいうバラバラな話ならあとから足したとか何とかいってもあまり意味がない。『伊勢物語』でも最初に二〇数段がまずあって、あとから相当多く足したという意見もある。『伊勢』や『大和』は話が本来、小話の集成だからそれは可能だと思う。しかし『源氏物語』は長篇の物語で、一貫した筋をもち、時間的な展開をしているのだから三三巻を順序通り置いて、その中から一六巻を抜いてしまって、なおかつ残りの一七巻が、何の不自然もなく読めるということは変だと考えないほうが変なのですよ。しかもA系なるものと、B系なるものとを分けてみると、A系というものの一個の作品としての性質がそこにくっきりと出ている。A系には男と女との関係のことだけが扱われているわけではなくて、宮廷における政治の権力争いがちゃんとバックにおいて話が作られている。ところがB系は「夕顔」にしても「玉鬘」にしても政治の話は何もなく、ただ光源氏と女たちの密か事だけでまとまっている。そこがきちんと分けられる。B系の中心人物はA系には全然顔を出さない。ところが34の「若菜上」巻からは、

A系B系の人物がちゃんと全部そろって登場してくる。それにA系の最後である「藤裏葉」には、A系の女たちが全部登場して大団円になるのに、その直前の一〇巻にわたって中心的役割を演じた「玉鬘」が出てこない。これはまったくおかしいことで、これは大きい問題だと思う。A系、B系分離説に賛成できないという源氏学者は、このことについて自分の考えを明らかにしなくてはならない。その玉鬘が34の「若菜上」で、とたんに登場してくるのはなぜか。それは最初にA系が完結し、次いでB系が書かれて足されたから、B系に初登場する玉鬘は、A系の「藤裏葉」に登場しないのであって、それが、AB両系を承ける「若菜上」以降には登場するのだと考えなくては説明がつかないでしょう。

今井　僕も、さっきいったように、その可能性を全然否定するわけではない。阿部秋生さんが、三〇年ほど前、成立論々争が一段落した頃に、「唐傘の紙はぼろぼろになったが、骨だけは残った」といわれたが、今でもやはりそれに変わりはないでしょう。

大野　AB分離する見解が認められるというのなら、その先はこれはもう読みかたの問題だからいろいろ見解が分かれても当然ですけどね。

今井　大野さんのいわれるA系（若紫系）はシンプルだが、B系（玉鬘系）は比較的そうではないというのは、僕はすこしいい過ぎじゃないかと思う。「桐壺」巻の靫負の命婦が更衣の母に話をするところで、帝の悲嘆に沈んだ姿を伝えて、「人も心弱く見たてまつるらんと、思しつつまぬにしもあらぬ御気色の心苦しさに、うけたまはりもはてぬやうにてなんまかではべりぬる」というが、この文など、悲しみの中にも、毅然たる態度を保とうとつとめる痛々しい帝の姿やその心、またそれを見る命婦の気持など、こまやかに行き届いた筆といえますよ。

大野　靫負の命婦のところなどのことは、主観的な問題だからどうでもいいけれど、すっぽり抜くとちゃんと前とつながるところですね。

今井　だけど、えてして「成立論」で、武田説を取る人はその「すっぽり抜くと」ということを持ち出す。具合の悪いところはすべてあとから挿入したという論になるような気がするのですけれど……。

大野　そんなことはないでしょう。それよりも33「藤裏葉」に、なぜ玉鬘が登場しないかという点などは、分離説をとらないと理解できないでしょうね。

今井　それも、髭黒は玉鬘をあの場に出すのをいやがっただろうし、いっぽう玉鬘が好きだった冷泉帝に顔を合わせると、帝のほうも彼女が好きだからまた厄介な問題に発展しそうで、第一部のいちおうの結末をつけるためにわざと避けた、というふうに考えることもできるでしょう。

大野　では、B系の一六帖のはじめにある「帚木」はA系の第一の「桐壺」と話がつながっていないことはどうですか。

今井　僕も一見したところは、うまくつながり難いと思う。だから「帚木」が一ポイントおいてあとからできたという可能性もあるかもしれないけれど……。

大野　和辻さんがあそこは変だといったのは読み手としては素直な読み方だと思いますね。

今井　最初読めば、そういう印象は誰でも与えられる。それは間違いない。

大野　『源氏物語』の文章を読む人は、誰でも古文にあまり自信がないから、変だと思っても自分が読めないからだろうと思ってしまう。

今井　ただ、それもやはり解釈のしかたによることで……。たとえば、「帚木」巻頭の「光る源氏、名のみことごとしう」と出てくるが、それは「桐壺」の最後の「光る君」という名は「高麗人のめできこえてつけたてまつりける」に直接連なると見るのは極めて自然です。しかし、これをもしあとから挿み込んだという立場に立てば、あとから「桐壺」巻末にうまくつながるようにそう書いたのだということになる。解釈は、この部分に即してみれば、五分五分で、玉虫色なのです。

また光源氏は、「帚木」巻頭に「言ひ消たれたまふ咎多かなる」とあるのに、それに先立つ「桐壺」巻には、その「咎」を裏付ける記事は何もないのはおかしい、というが、これも、その「咎」を、以下の記事の先取りと見れば、理屈は通ります。「帚木」・「空蟬」・「夕顔」が三帖一セットであることは、「帚木」巻頭と「夕顔」巻末の文章で明らかだが、その頭と尾のところで内容をしめくくったとすれば、右の「咎」も、この三巻の内容をあらかじめ先取りして指示したということもできる。これも玉虫色です。僕自身は全体に今いったようないろいろと不安があるから、後記挿入説に全面的には賛成しかねているわけです。

作家が『源氏物語』を読むと

中村 僕は創作家の立場からいうと、素直に読むと、小説家は誰も僕と同じ意見だと思うが、「桐壺」というのは元は短編ですね。あれはあれだけで書いたものだ。「帚木」も別な時に短編で書いた。「空蟬」も「夕顔」もそれぞれに別な短編です。それぞれに一つのアイディアで書いて、そうやって小手調べに書いているうちに、もっとちゃんとしたものを書きたいので、「紫の上」系のものをずっと書いて、かなり小説家として自信がついて、あるところまで行った。そこでこれを首尾一貫した長編にしたくなってきた。そうすると今まであるのを出してきて、「桐壺」は一番初めに書いたと思う、それをまずプロローグに置いて読み返しながら後につなげるようなのを間に入れて書いた。ともかく「空蟬」とか「夕顔」は非常に上手だ。あんなに上手だというのは小説家の私から言えば、あとで直したものとしか思えない。ああいうふうに上手に仕上がるには元があって、直すとうまくなるんです。いきなり書いたものではない。「若菜」などの大河のようなものはいきなり書いたものでしょう。「空蟬」や「夕顔」は下手だったころの習作を出してきて、直してあそこへ挿んでいるからうまい。新しく苦心する必要はなく、文体だけを工夫して洒落たふうに書けばいいのだから、あそこばかり、むやみやたらとうまいということがあるのは、あれは初期のものに手を入れた証拠だと思う。あのようなやたらうまいということは「若菜」などにはない。「若菜」などはもっと普通の流れです。「空蟬」や「夕顔」のうまさというのはうまくなってからつなげるために手を入れたものだと思う。並びの巻とか何とかいうのは、あとで意識的に紫式部自身が、もしかすると道長に雇われたために長編『源氏物語』を作らなければならないので、自分で持っていた今まで書いたものを全部入れて、長編にするために修繕をしたのではないか。僕らが文学賞の選考委員として今の長編を読むと、この部分は前に書いたものに手を入れた、ここはどうだと分かりますよ。それで読むと『源氏物語』で、「桐壺」は古い物語の真似だ。あれはウェーリーもこれだけは文体が別だから、全部こうだと思わないで我慢して読め、あとになると小説になるからという脚注をつけている。あれは『竹取物語』など古いものの真似ですよ。「帚木」の座談会、あれはエッセイだ。あのあとの「空蟬」「夕顔」というのは前に書いてあった独立した短編を修繕して入れて、そうやって長編を作ったというふうに、今の小説家としての感覚で読むとそう思います。

だから武田氏の成立論を読むと、まったくそうだと思うけれど、ただ、学者とわれわれが違うのは、われわれの勘で、これは古いものに手を入れたのだとか、これは新しく書いているということですが、「若菜」以後は大長編作家がずっと書いているという気がする。それが「宇治十帖」へいくと、「宇治十帖」の前の数帖は、いつかどこかでどうかなったもののようだ。あれは何ともいえない。「宇治十帖」があんなに洗練されているということは、何だかおかしい。今の小説家の創作心理からすると、元のものに誰か後の人が手を入れて添削して引き締めたとしか思えない。

今井　五四帖以外に何か、想定して考えなくてはいけないことになりますね（笑い）。僕は中村さんのおっしゃったことはおもしろいと思うが、立証できないから困る。

僕は、紫式部は「帚木」・「空蟬」・「夕顔」の登場人物に対して自分の階層に属する者に対する共感があり、そのために、いっそうのびのびと書けるのではないかと思う。紫式部はその日記の中でも上層貴族のお姫さま出の女房は、あまり役に立たないけれど、中流出の女房はそうでもない、といった口吻がある。「桐壺」以後ずっと上層貴族の世界を書いていくが、それはいわば当時の物語の世界の約束ごとです。しかし一介の女房に過ぎない紫式部にとって、その人々に対する共感は不十分だから、何となく筆は縮かんでいるということがあるのではないでしょうか。

「玉鬘」系、大野さんのB系の話というのはやはり紫式部にとっては自分自身の階層の世界ですよ。だから筆はのびる。例の雨夜の品定めだって、いっていることは何ひとつ花やかなことはなく、突飛なこともない、実に日常的な平凡で堅実な生活の知恵みたいなものが多い。だから、そこの筆ののびやかさというのはそういう日常性に裏付けられた面もある。必ずしも成立事情や執筆の前後関係を持ち出すまでもない。それに中村さんがおっしゃったように、五四帖以外の若い時の習作というものを考えれば、その間に筆が上がるということもあるだろう。女友達どうしで、物語を書いて取り交わして、見せあったり批評しあったといっているのだから、そういうことを考えれば、主題や素材次第で、物語執筆の初期からある程度巧く書ける可能性はあるでしょう。

中村 今の通りの配列順に一つの巻を書いて、この巻を終わった、次は場面転換というふうにはちょっといかない。「若菜」以後はいくが、あの前の変わり方は、今日この巻が終わって明日からは次の巻というふうにはどうも無理だと思う。別々に書いたものを並べたという気がする。創作心理的にいって違うときに書いたものだという気がする。

「桐壺」問題設定の意味

大野　「桐壺」巻の大事なことは、新しく生まれた皇子が「帝王の位には着かないが臣下の位にはならない」という、まことにおかしな位置にある。これを三人の予言者、日本流も、中国流も、インド流も同じことをいったとわざわざ念を押している。つまり、そこで問題を設定したわけだ、それがちゃんと第三三巻で実現するというふうに仕組まれていると読むべきだと思う。

今井　それは間違いないと思う。一つ一つではなくて、最初から一定の構想を持ったということは間違いない。

大野　場合によってはもっとあって、「藤裏葉」巻で栄華の実現に達し、そのあと没落し、死ぬところまで書くということを、あるいは考えていたかもしれないと思う。三三巻で一応終わっていることは間違いないが、それで終わりと最初からきめていたかどうかはわからない、ともかく最初の巻は33「藤裏葉」とはるかに呼応するようにちゃんと設定してあるので、そこのところは読まないといけないと思う。

今井　少なくとも「紫の上」系に関してはそれは間違いない。

大野　そういうA系的構想というものは最初から確かにあると思う。

今井　ただ、中村さんがいわれたように、はめ込んでいく場合、それが必ずしも邪魔になっていない。

大野　A系は全体として年代記なのだからだいたい年齢で合わせようとすればできるわけで、一六歳から四〇歳までのこととして、およそこの辺の出来事として足そうとすればできることと思う。

今井　臆病じみているけれど、武田説のように書いていった場合、どこかでもっと異質な感じで具合の悪いところが出てくることはないでしょうか。かりに武田説に従うとして、執筆順序がどうという問題とは別に、作者自身あのA系の間にB系を挿み込んで欲しい、そしてなるべくスムーズに「桐壺」「帚木」「空蟬」「夕顔」「若紫」というふうに読者に読んで欲しいと思っているのか、それとも「藤裏葉」まで書いてしまって、それから後一六帖くっつけたけれど、それはくっつけたものとしてその後で読んで欲しいと、読む時にこれはただし一七歳から後の話であると、それを心得てくれというふうに思っていたか、その違いがあるかもしれない。作者の意はもちろん前者ですよね。

だから、大野さんが書いておられるように「藤裏葉」まで一応読んでみろ、矛盾はないだろう、その後で続けて読め、するとよくわかる、というおっしゃりかたについては、やや抵抗を感じるわけです。

大野 僕のいいたい意味は、A系とB系を分離できるということは明瞭だということ。だからA系ならA系というものが読んでみたらちゃんと首尾一貫して読めることを実感してごらんなさいというんです。普通は三三までその順でずっと読まなければいけないと思っているようだけれど、その中から一六抜いてしまってごらんなさい。抜いて読んでもちゃんと読めます。三三のうち一六を抜いて、残りの一七が一貫して読める。そういうことは変ではないか。それはなぜだということを考えることが、『源氏物語』を全体として理解する上で必要なことだということがいいたいんです。

今井 わかりました。しかし、大野さんのはちょっと舌足らずで、僕のように、あわてて誤解をする人がほかにもいるかもしれない。紫上系と玉鬘系は分けて読んではいけないんだ。あれは分けて読むと作品としては崩れる。

大野 ともかくA系とB系と分けて読める。三三のうち一六も抜いてしまう。しかもそれが前半だけ抜いて後半だけ読むというのではなく、点々と抜くんですね。2、3、4、15、16というように。そうした残りが一貫した作品として読める、変ですね、これは何でしょう。そこから考えて欲しいということなんです。

今度『源氏物語』を通して読み直してみて思ったことは、『源氏物語』という作品は「宇治十帖」を、中村さんは後から誰かが足したのではないかといわれたが、僕も実は長らく「宇治十帖」はどうも文章が違い過ぎる、だから誰か別人が足したのではないかということは戦争中からずーっと疑っていたんです。たとえば亡くなった石垣謙二さんは助詞「は」「の」などのすぐれた研究をした方ですが、彼は〝『源氏物語』の「宇治十帖」は助詞の使い方という面からみたら簡単に別人の筆だというほどの違いは指摘できないよ〟と私にいっていましたね。やはり読んで前のほうと確かに違うという印象はあると思うが、それを立証しようとなるとなかなか骨が折れる。それでも僕はずっと疑ってきました。文章の長さが違うとか、いろいろ統計的にはいえることがある。だけど、今度全体を通して読み返して思うことは、あれはやはり、今の「藤裏葉」までをAとBというい方で分ければA、B、C、Dと分けるとすると、Dは分量の割合では明らかにA、B、Cの全部の合計とはアンバランスに少なくて、違うが、内容上はA、B、C、をひとまとめにしたものとDとでちゃんと対応している。つまりA、B、Cは光源氏の光のある時代の話ですね。ところが光源氏が死んでしまうと世の中に光がなくなった。この世は光のない世界になった。Dはその光のない世界の物語であるということを作者ははっきりといっており、Dはきちんと前と照応した内容を扱っている。『源氏物語』は、筋は論理的に実にきちんと組み立てられている。紫式部という女の人は、ふんわりした、柔らかいデリケートな、細かいことがよく感じ分けられる実に細やかな人で、そういった意味では清少納言よりはるかに柔軟な繊細な神経を持った人だと思うけれども、その一方、頭の軸は実に論理的で、筋がきちっと通っていて、まるで理屈で固まっているみたいに、頭の整った人だと思いますね。「宇治十帖」はちゃんとそれ以前の光源氏の生きていた光の時代と照応した闇の世界、前をプラスとするとこちらはマイナスであるということを実に確実に書いている。それを今度非常に感じました。

抜き読みで講じられる『源氏物語』

大野　大袈裟ないい方をすると、日本の『源氏物語』理解は非常に危険な状態にあると私は思っています。なぜかというと『源氏物語』の研究を維持しているのは大学の先生、国文学者ですよね。ところが国文学者が大学で教えている、その現状はどうか。今年は「夕霧」巻を講義するとか、今年は「総角」巻を演習でやるとか、今年は「若菜」をやるとかいう。「若菜」を扱ったとして、それを全部読むかというと、最初の三分の一か、十分の一を読んで一年が終わりになる。翌年は改めて「松風」をやるというふうにやってしまう。そういうふうにみなバラバラにして講義をしたり、演習をしたりしている。僕の書いた『源氏物語』を批評してくれた若い人のものを読んでそう思ったのだが、『源氏物語』の専門家といわれる人でも、武田さんのいうA系の一七巻だけ通して読んだことはないんですね。世間にはA系一七帖だけを通して読んだことのある源氏物語学者は確かにいるにはいるが実に少ないのではないかと思う。みなこっちを読んだり、あっちを読んだり、つまみ食いをして読む。

中村 僕の立場で言うと、小説として読んでいない。

大野 だから作者が、この五四帖を通じて、結局何をいおうとしているか、書いているうちに作者のほうでどういうことになっていったのかといったようなとらえ方について議論ができない。みなどこかの巻は知っているけれど、1の「桐壺」から54の「夢浮橋」まで全体としてどうなったのか。紫式部は「桐壺」を書き始めた時、「夢浮橋」を想定していたのかいなかったのか、ということを考えてもみないんじゃないか。最後のほうは、作者が書きついでいった揚句に書いたんだ。書きながら生きていって書いたんだと思うんですね。最初に紫式部はどこまでを想定したかといえばせいぜい「藤裏葉」まで。あるいは光源氏が死ぬところまで書こうとは考えたかもしれない。しかし実際的には死ぬところまでは作品が具体化されてはいなかったと思う。まして「宇治十帖」なんて前からはまったく計画されていなかったと思う。にもかかわらず、できあがったものを読めば、ちゃんとそれぞれがAに対してはそのマイナスとしてBがあり、AB合わせたもののマイナスとしてCがあり、ABC合わせたものに対してDがあるという、ちゃんとそういう仕組みが作りあげられている。ということは紫式部が生きていき、いろいろな個人的なことに出逢い、人生を経ていき考えさせられていくにつれて、次々に前に書いたところに対するマイナスをおいて、書き上げていくという、そういうやり方として全体が仕組まれていると思う。

中村　小説を書くというのはそういうことだから。

大野　そうなんですね。だから、そういうふうに読まなければいけないわけだ。『源氏物語』を書いた時、絶対、紫式部は「いづれの御時にか」を書いていて、これが最後「夢浮橋」で「落としおきたまへりしならひにとぞ」と終わるところを見通してはいなかった。

今井　希有な大きなスケールを持っているから部分的な批評というのはどうみてもあまり役立たない。今、話が出たように、部分を積み重ねて、全体をとらえるという方向と、同時に不十分でもいちおうとらえた全体像からさらに部分を見直してみる、そういう相互作用の積み重ねが必要でしょう。

大野　だから、『源氏物語』の専門家といわれる人々は、年上の人たちは当然のこと、中堅、若い研究家は、『源氏物語』を全部通して読んでみて、どういうふうに内容が展開しているか、A系だけ読んでみたら本当に話がつながるのか、つながらないのか、おかしいところはほかにないのかとか、そういう読み方をしなければ全体としての『源氏物語』が見失われる危険があると思いますね。

今井　大野さんの今いわれた危機という問題ですが、僕には若い人たちの研究のしかたははっきりわからないが、もし大野さんのいわれるようなことだと、これは大変なことだと思います。ただ訓詁を主とする大学の演習は実際問題として、あれ以外はどうもやりにくいということがありそうです。演習をはじめる時にいつも学生に断るんですが、「夕顔」巻なら「夕顔」巻だけが『源氏物語』ではない。必ず別に全巻を、現代語訳ででも読み通すようにというのです。それと、注を必要以上に読むな、大事なところで、どうしてもわからない時にだけ注はゆっくりと読め、あとは多少わからなくてもどんどんと先へ進んで、三箇月か四箇月で読み通せ。夏休みなら楽なものだというのです。

大野　僕がいうのは、『源氏物語』を支えているのは大学の先生で、大学の先生というのは論文を書かなくてはいけないとか、学会に出て何かやらなくてはいけないとか、そういうことのための材料として『源氏物語』を見てしまって、文学として、とにかく全部自分なりに受け取って、その上で『源氏物語』を論じ、注釈し、細かいところへ入っていかなくては……ということが見失われている……。

今井　研究者の現状については僕も似たような感想を持っています。もっとも多少の情状酌量の要はあるのでしょうが……。昔のように大ぼらばかり吹いていては、学界で通用しないから、細かい作業をするのも、ある程度はやむをえないでしょう。しかし、その人の心構えに、大野さんのいうような、それなりの志を持していなければ危ない。今の学生で、『源氏物語』を論文にとりあげるというにはかなり勇気がいるでしょう。ほんの二、三箇月で、遊び半分、要領よくこぢんまりとまとめるということは、いちおう諦めた上でしょうから、怠け者にはできないことです。よしんば現代語訳が大半としても、あの長編を一、二回通読してしかもおもしろいと思ってのことだから、見るべきところがあるわけです。もちろん、『源氏』相手にいきなり業績と名の付けられるものが出せるわけではないけれど、その意気ごみだけは買えるわけです。「桐壺」一巻だけ読んで、『源氏物語』を書く者はまだいないだろうから（笑）。

大野　でも、僕はどうも何かそういう危険を感じているわけだ。こういうおばあさんに会ったことがあるんですよ。「私は学校に行ったことがないので、『源氏物語』を読みたいと思って、まず一日に二行読みました。その二行に出てきた単語全部古語辞典を引いて、赤い棒を引きました」と持ってきた古語辞典は真っ赤になっていましたね。「一日二行読んでいるうちに三行読めるようになりました、三行読んでいるうちに四行読めるようになって、とうとう読んでしまいました」ということでした。あまり長いことかかっていないらしい。あるところまで行けばもうどんどん全部読めてしまう。これは古典を読もうという読み方の極意に近いのではないかという気がしますね。

中村　文芸評論家の青野季吉さんがある時、発心して『源氏物語』を読んで、やはり初めの数帖を読んだら、あとはもう現代小説と同じだったといっていた。小説というのは読むスピードがあるんですよ。だからあるスピードで読まないと分からない。

今求められる紫式部論は

中村　それから、今まで、さっき大野さんがちょっといったけれど、紫式部論というもので一つも出会ったことがないのは、『源氏物語』というのは長編小説なんだ、しかも大河小説で、これはずいぶん長い間かかって書いたものだと思う、そうすると、書きながら作家が成長し、変化するもので、それが作品に現れているわけだ、作品が変化しているわけですよ。それがおもしろいということは、作者が変わっているということで、それを一つの紫式部像として書いたら、それはだめなんです。つまり、一生かかって変わっていった紫式部の変化というものを書かないと、紫式部論にならない。なんか、どこかの時期の紫式部をポンと書いてしまって、大概「空蝉」みたいな人だとか、なんとかいうんでやってしまっていて、「桐壺」を書いていた夢みる乙女から、最後の絶望的な「夢浮橋」に至る紫式部の、半生を実際に生きた女として、その変化を可能な限り、実証的という意味ではなくて、追体験としてとらえるという姿勢でないと、紫式部論というのは成立しないと思う。ただ、実証的に材料がないからできないといっていたら、それはわからないということをとても感じる。『紫式部日記』にどうだこうだというが、『紫式部日記』はあれを書いている時の紫式部であって、あれだけでやられたらかなわんですよ。

今井　戦後の研究では、そういう点、以前よりもかなり『紫式部集』を資料として用いることが多くなった。それは大きな収穫だと思う。戦後二五、六年までは『紫式部集』は本文も悪かったし、また本文批判の上でも、いい加減な使われ方しかされなかったが、最近は良い本ができてきて、本文的にはまず問題がなくなったし、それの解釈も大分進んだのではないですか。

大野　僕は『紫式部日記』を前半と後半で分けられるのではないかと思うけれど、どうですか。

今井　僕は必ずしもそう思わないのです。大野さんの説を読んでおもしろいとは思ったが、問題の一つはやはり日記のあの巻頭のことです。あの「憂愁」はそう簡単に無視できないと思います。もう一つは親王が生まれる頃以前の大野さんのいわれるネアカの記述ですが、あれは宮廷日記の性格として、親王誕生を寿ぎむかえる気持が持続されているというスタイルがあるのではないでしょうか。そこまでは、音楽でいうクレッシェンドの感じで書いていって、親王誕生から五十日《いか》の祝いあたりが極点となり、それを過ぎる頃から再び巻頭と同じく普通の鎮静したネクラ的な状態に戻るというふうにも考えられないでしょうか。

中村　あれ、脱落はありますか。

今井　寛弘六年のところは、これは大野さんもいわれているがガタガタなんです。今の日記の元の材料と思われるものが別にあったと考えるよりしかたがないのではないか。それも現存本の欠落というふうにストレートにはいかない。もうひとつ元のものを想定するよりしかたないと思う。

大野　「宇治十帖」の文章は、書いた時期が前と離れていると思うけど。

今井　『栄花物語』によると、寛弘六年に伊周が呪詛事件で酷い目に逢い、その翌年の春、娘をあとに遺して死ぬ時にあわれな遺言をのこしているが、それが宇治十帖の八宮の遺言と実によく似ているのです。『栄花物語』が逆に『源氏物語』の真似をした可能性もないとはいえないが、それに似た事実があったことは間違いないと思う。伊周の遺言が世間に漏れたことは間違いないし、それがヒントとなって、紫式部は「宇治十帖」を一気呵成に書いたと思う、その前に「匂宮」・「紅梅」・「竹河」という変な三帖がありますね、あの女一宮の物語は、はじめに今上の女一宮を主人公にした物語を書こうとし、次にそれでは具合が悪いと、冷泉院の女一宮を主人公にして薫などを絡ませようとした——そういう彷徨、模索の時期の作品だと思う。それですっきりといかない。いろいろな人に源氏の死後の続篇を早く書け書けといわれて主題構想の熟さぬうちに書いたのではないか。そうしているうちに伊周の死があって、これだというわけで書き始めたと思う。「宇治十帖」はスピードが早い、七月まで半年くらいで書いたのではないですか。

大野　だけど「宇治十帖」の浮舟の登場は問題がありそうに思う、無理をしていますね。

今井　早くから森岡常夫さんなんかもいっている。

大野　そうなんです。あれは恐らく最初は薫という人物と、匂宮の二人を立てて、それに対して大君と中君という二人を立てて、大君は男に逢わないで死んでしまう女。中君が匂宮と結ばれていたはずなのに、薫が大君の死後、中君に迫り、中君はそこで身を投げるというかたちが最初においてあったのではないか、ところが書いていくうちに薫と中君との間を緊迫した状態におくことに無理があることが作者にわかってきた、そこで中君に入水させるということは無理だということから、諦めて浮舟が東国にいたといって無理して連れてきて、その役をさせたのではないかと思いますね。

中村　どうして二人姉妹なのに中君かと池田亀鑑先生に伺ったら、初めはもう一人いたといわれて、浮舟は妾の子で、それを別にして「宇治」には初め三人いた。三人目はのちの人がダイジェストするときに落としたんだと、あっさりいわれた。もっともダイジェスト論は折口信夫先生が初めいい出して、ボキャブラリーを研究すると今のテキストは鎌倉時代の男性の言葉で、そうなんですということだった。

今井　私は言葉のことはあまりわからないのですが、姉妹二人の場合は大君と中君に決まっている。そういう例を何かで見たことがある。（補記・「伯仲」の「仲」の訓という説がある。）

まだある未開拓分野を

大野 「外国の文学に与えた源氏物語の影響」という話を中村さんに伺いたいけれど、それはそれとして、翻訳の言葉の話にいきたいと思いますが、ちょっと僕に単語の話をさせていただきます。

『源氏物語』という作品は単語の数でも、平安朝の物語の中で一番多くて、一二、〇〇〇～一三、〇〇〇語の単語のバラエティがあります。それだけの単語のバラエティを持っている作品はあまりない。奈良と平安朝の単語のバラエティ全体で二五、〇〇〇くらい。多く使う単語は非常にたくさん使うが、使用度数というのは急に低くなって、用例が一、二という単語が多いのだが。

『源氏物語』がほかの物語と隔絶して違うと思うのは、こっちが本気になって単語調べをやって細かいニュアンスを知ろうとしてやれば、必ずそれに応え得るだけのちゃんとした使い方をしていることが多い。そういう意味では、どの時代でもそうだろうけれど、普通の字引で書いてある程度のことで古典を理解しないで、この言葉の意味はこうだとわかるまで手をつくしたことをやりたいと私は思っています。そういう点では『源氏物語』は本当に精密な、こっち側の作業に耐える作品であると思いますね。

これからもまだ『源氏物語』のいろんな言葉の研究の余地は相当あると思う。

中村 もちろんそうでしょう。

大野 そういう意味では、さっき今井さんが現在において『源氏物語』を学問として専攻するということは骨が折れるといわれたが、それでもまだ『万葉集』などに比べると、研究の余地が大きいと思う。

中村 『源氏物語』のほうが未開拓のところが多い。

今井 それはそうでしょう。

大野 そういう点では、まだ『源氏物語』はやればいっそうおもしろくなるのではないかと思っていますね。現代語に翻訳してみなければならないとしても現代語にならない単語がたくさんありますね。「あいなし」「あぢきなし」などは現代語に直すとどうも違ってしまうところがある。そういった意味では翻訳というのは相当難しいものだとは思うが、中村さんはよくご存じのように、外国の人たちが、この頃、『源氏物語』をいろんなかたちで翻訳を試みている。われわれはそういうものをよく見ることはできないが、そういうことについて中村さんがいろいろお感じになっていることを……。

『源氏物語』の翻訳——ウェーリーの英訳とシフェールの仏訳

中村　まず最初に小説家の秦恒平さんが試みに今の京都弁で一部分をやったら、何と『源氏物語』が実に辛辣なものになった。今の日本の口語というものは歴史のない人工的なもので、表現力が実に貧弱だ。文語のほうが歴史が長いから文語にかなわない。そうすると、『源氏物語』の原文の表現力に比べて、今の口語というのはあまりにも弱い。今の京都弁というのは、『源氏物語』に匹敵するかどうかはわからないが、今の東京の標準語に比べるとずっと広い。それで訳したのを読むと、秦さんは「位取り」といっているが、一々の言葉に「位取り」があって、さっき出ていたいいかけて黙るというような、全部がそれなわけで、だからいわなくても全部にニュアンスがあって、それは実に辛辣というか、大宮人の意地の悪さというものが、一つ一つに出てくるので、なるほどこれは宮廷の女官の書いた文学だと、もう油断も隙もないようなものだとわかる。それが与謝野晶子の訳とか、谷崎潤一郎訳で読むと、そういう危険さは、近代的理知で透明になるから全然ない。だから、僕は秦さんの訳のほうが、本当に薄氷を渡るような感じだし、あれがもしかすると『源氏物語』というもの、つまり大宮人はそういうふうに読んでいたのではないかという気がして、それは非常な驚きでした。

それから、ヨーロッパの翻訳では、最初の翻訳がアーサー・ウェーリーですが、それは二〇世紀の初めにイギリスの女流作家ヴァージニア・ウルフとか、E・M・フォースターとか、経済学者のケインズとかのグループで、洗練された優雅な英語を使った連中の、ブルムスベリー・グループ（現在でもロンドン大学の近くはブルムスベリーという）の英語で訳しているので、ただ正しい英語に直したということと全然違い、ブルムスベリー流の文学に直したということで、これは大変なことです。

これはたとえば、西洋の小説を日本語に直す時に、泉鏡花の文体で直したというと非常に特殊ですが、それくらい特殊です。だから、アーサー・ウェーリーの英語で『源氏物語』を読むということは非常な文学的体験だ。今の西洋のインテリたちがみなウェーリーの『源氏物語』を喜んで読むのは、これは二〇世紀のヨーロッパ文学の最大傑作の一つで、あれぐらい優雅なるヨーロッパ語はちょっとないわけで、それで『源氏物語』は非常に優雅なる文学であるという評判がヨーロッパに行き渡っていて、ヨーロッパの文学読者はウェーリーの訳が出てから『源氏物語』はほとんど誰でも、つまりわれわれが『戦争と平和』『赤と黒』『千夜一夜物語』を読むのと同じように『源氏物語』を読んでいます。

これはわれわれが想像しているよりもはるかに広く読まれていて、それは自分らの文学的財産として読まれている。

ところが比較的最近になって、フランスのシフエール教授が新しく『源氏物語』を訳した。これはベンル教授のドイツ語訳とか、サイデンスティッカーの米訳とか、いろいろあるが、（中国語訳、ロシア語訳もそれぞれおもしろいが）シフエール教授のフランス語訳は真面目に検討するに値すると思う。これはフランス人のために『源氏物語』を訳したもので、フランス人のために訳したということは、まず基本的に、つまり一一世紀初頭の平安朝文明の爛熟期に、フランスの歴史のどの時代が対応するかということを考える。そうすると、一七世紀の半ばのルイ一四世の、ヨーロッパ全体を支配したルイ王朝全盛期のフランスのベルサイユ宮廷が、一番一一世紀の京都の宮廷に近い。

その宮廷のあり方の近さということは、心理の近さを現すであろう。心理の近さを現わすということは、言葉の表現の類似を現す。そこでこの『源氏物語』はどう訳すべきかというと、現代語に訳すべきではなくて、ルイ王朝のフランス語にしなければならない。ルイ王朝のフランス語にするためには、一つは女流作家の『クレーヴの奥方』を書いたラファイエット夫人、これが『源氏物語』に非常に近いということは日本人もいっているし、フランス人もいっているから、この文体を参考にする。

もう一つはこれは西洋人がみないっているのだが、『源氏物語』に一番近い文学というのは現代のマルセル・プルーストの『失われし時を求めて』だと。ところがマルセル・プルーストの小説の文体の手本は、一七世紀のルイ王朝の古典主義時代のサン＝シモン侯爵の『回想録』です。プルーストの小説は回想録の振りをして書いた小説ですから、プルーストがフランス文学の中の代表的小説を書いたというのは、フランス文学の一番頂上だったものの伝統にのっとって書いたから、正統だから、プルーストが現代最大の小説家になったということがあるわけです。根無し草ではだめなんです。そこでプルーストが一番『源氏物語』に近いのなら、プルーストの元であり、かつルイ一四世時代のサン＝シモン侯爵の『回想録』の文体とラファイエット侯爵夫人の文体とを付き合わせた文体で、つまり一七世紀の宮廷の文体で『源氏物語』を訳すというのが第一の原則。

第二の原則は紫式部は、当時の人たちは和語と漢語を使って生活していたのに、『源氏物語』を書く時に、あえて漢語を全部追放した。だから訳者もあの時代のフランス語、一七世紀のフランス語は、フランス語の直接の祖先であるラテン語源の言葉と、それから外国語であるギリシャ語源の言葉があるが、ギリシャ語源の言葉は全部追放してラテン語源の言葉だけで、つまりフランス語の和語だけでやる。そういう原則で訳した。それだからフランスの普通の読者は、あんなものは読めないという人もいる。つまり非常に優雅なフランス語で、あたかもルイ王朝のフランス語を読むようだと喜ぶ人もいるが、僕らが読むと、光源氏が銀色のかつらを被って、銀粉をつけてパッチみたいなのをはいていたり、紫の上は天井まで蠟燭みたいな髪を結って、長い裾を引いて出てくるという感じで、一番凄いのは帝が行幸ということになると、主語がなくて、「六條院に行幸したまふ」というとフランス語では主語がなければいけないから、「みかど」にあたる言葉は一七世紀のフランス宮廷では英語なら「ヒズ・マジェスティー」となるところが、「サ・マジェステ」となって、これは女性形で、従ってそれを受ける代名詞は「エル（彼女）」になってしまう。そうすると帝は女になって形容詞が全部女性形になってしまう。しかし一七世紀のフランス宮廷では女性形で王や王族が出てきてもそれは男だということはわかっていて、それはそれで優雅というわけ。だけど、今、僕らが読むと、六条院に帝が行幸するところが彼女になって出てきてしまう、一七世紀のフランス語に慣れているフランス人は優雅だと思って読む。そこまで考えるということは、翻訳というものの一つの徹底した形です。

日本でヨーロッパの文学を翻訳する時に、そこまで考えるということはほとんどなく、ただ一つ、それに対応する例は今あげたラファイエット夫人の『クレーヴの奥方』を生島遼一さんが訳した時に、与謝野晶子の『源氏物語』訳の文体を使って岩波文庫で訳した、だから実に優雅なんです。生島さんとシフェール教授はラファイエット夫人と紫式部の文体の類似に対する同じ感覚でそれぞれにやったので、これは非常におもしろいと思う。これは翻訳というものの言葉の一つの、驚くべき実験だと思います。

大野　私のところに神話学の吉田敦彦さんというパリで一〇年ぐらい勉強していた人がいますが、この人の話では、ギリシャ・ラテンに関する学問は大陸はだめでイギリスのほうがずっと詳しいということでした。イギリスの大学の試験問題は「以下のなんとかをキケロの文体で訳せ」とかというふうに出るそうです。今の話を聞いて、そういう伝統というのはどこかにあるんだと思いますね。

中村　フランスのエコール・ノルマールの入学試験がそうだ。

大野　われわれだって、これから「次の文章を枕草子の文体で仮名文字で書け」とか……。

今井　それは僕も何回かやったことがある、「今の教室風景を清少納言の文体で作文せよ」などと出すと、その答案はたいてい「教師の靴音我が机に近づく、いとにくし」などというふうなものですが、それでもいい訓練になると思います。それを今はやらなさすぎる。

大野　『枕草子』の文体と『源氏物語』の文体の違いが書けるように。

今井　それは学生には難しい。

中村　フランスのそういうのは、日本に直すと〝清少納言が『源氏物語』の完結を祝って書いた手紙を書け〟という試験問題になる。そうすると、『枕草子』の文体で『源氏物語』論を書かなければいけない、そういうことをやる。

雰囲気を表わす訳者の語学力

今井　中村さんにちょっと伺いたいのですが、そういう翻訳の場合、私も多少ウェーリーさんのものを読んだことはあるが、僕の英語力はもちろん貧しいけれど、確かに流れるような美しさのあることはわかります。それはそれとして、第二部から後のほうになると大省略などあってひどいと思う。それは別ですが、こういうことはどうですか。『源氏物語』を読んでいると言葉の裏をたくさん使う、表面の言葉のかたちだけをたどっていると分からない。われわれだって親しい者同士で「お前、馬鹿だなぁ」といえば「お前は良い奴だ」ということになる場合がある。そういう言葉の使い方が『源氏物語』にもかなりある。たとえば、「帚木」巻の雨夜の品定めの中で、式部丞がしたひる食いの女の話が済むと、ほかの二人があきれかえって、「そらごと」とて……爪はじきをして、……あはめ憎みて、「すこしよろしからむことを申せ」

というと、式部丞が、

「これよりめづらしきことはさぶらひなむや」とてをり。

と書いてある。ああいうところは非常におもしろい。「憎む」は憎まれ口を叩くのであって、憎むのではない、そういうところがうまく訳せるのかという気になる。「「そらごと」とて……爪はじきをして、……あはめ憎みて」というが、けっして爪弾きをして非難しているわけではない。「嘘つけ、この野郎」といって、あれはまさしく「これはおもしろい」という気持です。平安朝ほど、「そらごと」を愛用した時代はほかにはない、それはやはり文学の問題にかかわってきていると思うが、それはさておき、今いったような雰囲気をうまく訳せるんですか。

中村　それは訳者の語学力の問題だと思う。ウェーリーなんて三月《みつき》で平安朝の言葉をマスターしたといっている。それはやむを得ない。それで現代日本語は読めなかったんだから、現代語の注釈は使えなかったわけで、だけどもあの英語は凄い。

　全体をつかむという点ではあとの翻訳と比較にならないくらい『源氏物語』の良さというのが分かるわけで、翻訳には誤訳がいくらあってもということで、森鷗外の『ファウスト』のほうがあとのものより良いということがある。誤訳の問題、あるいはニュアンスの細かい問題になれば、これからどれくらい平安期の日本語ができる人が出てくるかという、将来の問題だと思う。ただ、ウェーリーの訳についてはいろんな批判が戦争直後にヨーロッパで出ていて、あれは原文より優雅過ぎていけないという意見がいろいろ出て、だから、その後の訳が、ウェーリーに対する誤訳指摘ではなくて、全体の調子でいろんなものが出てきている。

　それと、『源氏物語』の中の歌の訳はドイツ訳のベンル、彼はもともと連歌の専門家だから、ドイツ語で五七五七七で訳している。フランス語も五七五七七にして文語体で訳しているのがあるが、それとくらべても、ベンルの詩の訳は良いと思いますね。

『源氏』だけを睨んでいてはわからない——研究の指針

大野　今井さん、専門家として、これからの『源氏物語』学について話をして下さい。

今井　ただじっと『源氏物語』を睨んでいるだけでは発展性は少ないということが一つ。それは時代を知るということかもしれません。『源氏物語』だけ見ていて『源氏物語』がわかるはずがない。すべて比較関係だから。でも『源氏物語』には独自の相対的な比較関係を絶したところは確かにある。しかし、それすらも周囲を読んだ上でなければ、わかるはずがないでしょう。

中村　周囲というのは、具体的に何ですか。

今井　当時の作品のみならず、（これは学者の問題ですが）やはり雑多な歴史資料、日記類、主としてそういうものです。また、文学関係ならばもちろんのことです。私家集なんか、今までほとんど訳されていないようなものがたくさんあるわけだから、もっともっと読まなければだめだと思います。私家集に出てくるのは半分くらい恋の歌ですが、ああいうものが今、ほとんど研究材料化されていないわけで、研究するとしても直接的な語彙さがしに終始しがちです。言葉でこれとこれが同じだから、これが『源氏物語』の種だなどという、浅はかなところでしか物をいわない。もっと勅撰集や私家集の世界に溺没しなければだめだ。さまざまな私家集や漢詩集を通じて、あの頃の時代、社会、また文学の雰囲気を捉えるというのが一つ。それが今なさすぎる。読まれない口実としては、伝本とか本文の整理が不十分だからというのですが、そんなものはあとから補ってゆけばいいので、本文として当座たえ不十分でも、とにかく手に入る作品は読んでゆくという心構えが必要でしょう。

そこから浮かび上がってくるいろんな問題がある。たとえば、近頃物語構成の重要な手法とされている「垣間見」などは『源氏物語』だけ睨んでいてもわからない。これは女流日記の中にも出てくるし、ほかの物語にもたくさん出てくる。圧倒的に多いのは物語で、日記は比較的少ないとか、日記に出てくればこういうことがあるとか、そういうことから、物語、あるいは『源氏物語』の中での、その役割が刻み出されてくる。比較関係というのはそういうことです。

大野さんもいわれているが、『源氏物語』はあくどく汚ならしいことは書かない。そのマイナス面を明らかにしなければいけない。たとえば僧侶の恋は『源氏物語』には一つも出てこない。ところがあの頃の物語、説話には坊主の恋が出てこないものはないといっていい。いたるところでそれが出てきて、またそれが皮肉にもえてして好色で人間臭くて、なかなかおもしろい話となっている。それが『源氏物語』には一つも出てこない。紫式部はそれがあまりに生臭いから故意に避けているのです。大野さんがいわれる汚い言葉を使わないということと対応する問題です。『源氏物語』はちょっと当時のノーマルなレベルの作品とは違うところに成立している。人間性の深みに、そういう特異な角度から突っ込んでくる、そのユニークさをはっきりさせなければいけないでしょう。

周辺のたくさんの文学作品その他を読まないで、さっき大野さんがいわれたが、「若菜」巻ばかりやっている人とか、一年かかって一つの巻の論文一つ書いて、学者なんて顔しているようなのはやはり情けないと思う。それが『源氏物語』論になるかならないかということは別だけれど。要するに素養の問題だと思う。また、日記を読まないから、変体漢文がだんだん読めなくなってきている。

たとえば『小右記』『御堂関白記』とかというものも、できるだけ読みこなす努力が必要でしょう。これらはごく最近まで研究者も、種探し、字探しという読み方ばかりしていました。「紫式部」という文字があるかどうか、「為時の女」という文字があるかどうかということだけで、本文そのものはあまりに読まずにただ文字を探すわけで、兄弟とか、親類とか、同輩、友人関係などから総合的に人間関係を組み立てて、そこから追究してゆくということをしない。漢文日記を、その書き手の生活の軌跡として読まないから大事な可能性のあるところを見落とすとか、すっとばすということになる。日記なんかは現代の日記、『木戸日記』とか樋口一葉の日記を読むようにおもしろがって読んでいかなければいけない。その労を惜しんでいる。

今後の源氏物語研究のといっても、今ぼくは、鮮やかな方法論をうんぬんするつもりもないし、その力もないのですが、乱暴なことをいえば、そんなものは実はどうでもいい。方法論というのは一〇年の命は持たないと思う。せいぜい五年ぐらいではないですか……。

大野　それは学会の話題でしょう。

今井　昨年まではAが課題だったが、今年からはBに移ったという、学問はそんな季節の流行に動かされるものではないでしょう。ぼくは新しい「方法」などはあまり信用しない。人間は個体発生をくりかえすほかない存在だし、人間を扱う文学や、その学問に、進化論はあてはまらないでしょう。学問方法の新・旧などということは、資料が新しいか古いかということを除けば、あまり意味があるとは思えないのです。

大野　テキストを文章としてとにかく読み下して、何が書いてあるのかということがわかるという、ごく初歩的なことをもう少しやる必要があると思う。

今井　大野さんだって『源氏物語』は小指の先でやっておられるんで、古代の広い言葉についての歴史と、具体的な言葉の知識と、それがあるから『源氏物語』を相手にしても、やはり新しい発見がいろいろおありのわけで、そこが大野さんの値打なんです。古典語学者の中でもだんだんそういう方がなくなってきているだろうし……。

大野　『万葉集』と『源氏物語』と両方読むという人がいない。『万葉集』をやると『源氏物語』を読まない。これはおかしい。それにおもしろいことはその両方にわたる論文を書くと誰も何もいわない。

中村　分からないわけか。

大野　いいようがないんだ。そういう経験がある。どうも日本の学問は一般にそういう傾向がある。

今井　一つは、僕などもそうだが、小心なのでしょう。

日本人の語学力

大野　さっき翻訳の話で、誰々の文体、どこの文体ということで向こうの翻訳は考えるということでしたが、ところが日本の場合はそこまでいかないのは、日本人というのはどういうわけか知りませんが、一般的にいって、基本的に、平均して語学の能力が弱いのではないか。

中村　それはこの頃でしょう。戦国時代の日本人はすごいでしょう、みなラテン語は読み書き自由だったし、ポルトガル語も、スペイン語も自由だし、幕末から明治の初めにかけても、日本人は非常に外国語ができた。近代になってだめになった。日本人は外国語ができるとカトリックの坊主がローマに報告している。

大野　僕は西園寺公望のフランス語のノートを見たことがあるが、きれいな字でサァッと書いてあって驚き、かつ感心しました。

中村　井伊直弼のオランダ語のノートもすごい、彼は完全にヨーロッパの国際情勢を理解してやっていたわけだから、ノートが一杯ある。あのころの連中は死物狂いでやらなければ日本が滅びるという覚悟で勉強したんだ。

大野　すると国語学者がなまくらで、その結果だめなんだろう（笑い）。

中村　それを今はやらないで済むようになってしまったのが……、だから、上田万年博士の頃はみな西洋の言葉をやっていたでしょう。

今井　やらなければ学者にはなれないから……（笑）。

大野　日本語を覚えるのが一番良い、なぜならば日本語だけ覚えれば世界中のものが読めるという笑い話がある。

今井　僕らの子供の頃に学校の先生が書いた本は日本語のそばに必ず英語の原語が書いてあった。

中村　本当に日本人は外国語がだめになった。もっともフランス文学では僕らより一〇年か、二〇年くらい後輩にはできる連中が多い。僕らは日本人に向けて日本語でフランス文学の論文を書いたが、しかし一〇年から一五年くらいあとの連中は、フランス語の論文をフランスの学会に書いて、パリ大学でフランス人にフランスの学問やギリシャ・ラテンの学問の講義をしている人も十指に余るほどいる。それからあとはまた落ちるらしいが……。

今井　韓国の人もよくできますね。

大野　インドでは四箇国ぐらいできる人がざらにいる。

今井　日本みたいに孤立しているのは珍しいことかもしれません。

大野　さてもう一度『源氏物語』に話をもどしましょう。

女三宮事件と紫の上の懊悩

中村　光源氏の六条院というのは六条御息所の住んでいた屋敷跡ですか。

今井　そういうことになっています。

中村　あれは光源氏は玉鬘の世話をする条件で貰ったわけですか。

今井　あれは玉鬘が出てくる前です。

中村　なぜ光源氏があそこを取得したのですか。六条御息所と恋愛関係にあって自然に相続したわけですか。

大野　六条御息所との関係はちゃんと天皇公認で本当はもっとちゃんと……。

中村　認知しろといわれたわけですね。

今井　あれはやはり源氏が御息所の遺児秋好中宮の世話をしているからということでしょう。

中村　紫の上が女三宮が降嫁した時に非常な衝撃を受けたということは、女三宮が降嫁したということは、すごい財産を持ってきたということを意味するのですか。

大野　北の方の位置を奪われたということではないでしょうか。

中村　もちろんそうですが、それと同時に降嫁するについては凄い財産を持って……。

大野　ともかく内親王だから。

中村　若紫はそういうものを何も持ってこなかった。自分の家がなくて源氏の家で暮らした。女三宮は凄い財産を持ってきたという、北の方の地位を奪われるということは、心理的なことだけではなくて、実際上の圧力があったということはないんですか。

今井　それは書いてないですね。

中村　紫式部が書かなくても読者は全部わかるという、そういう圧力というか、源氏はそれまでに自分の財産を全部使ってしまって、女三宮を貰わないと財政的に行き詰まっていたので……。

今井　それはどうかな。

大野　紫の上の心理的な問題だということは間違いない。心理的というのは単に個人的な心理ではなくて、社会的に「据えられた女」だからということはあったのではないですか。据えられる人間は地位が低い。女のもとに男が通ってくるのが普通ですが、それも時によっては来なくなる恐れが重々ある。それが「据え」られれば、そういうことがなくなるから心理的には女は楽なわけですが、その代わり当時の一般的な社会的な目から見ると、そういう女は据えられた女だというふうに見られるということはあったと思う。

今井　まるごと抱え込まれるわけだから、主体性がなくなるということですね。

大野　嫁入りだから、最初はそういうことだったが、だんだん自分の地位が確立して自分はもう大丈夫だと思うに至った時に、女三宮事件が起こったということではないんですか。

今井　据えられた女は財産権はないのではないか。普通は娘に財産権がある。

中村　紫の上には北の方の位置を奪われるということに、普通の人以上の不安がある。

今井　あの場合は寝殿から追い出されて、対屋に移される。

大野　女三宮の降嫁のときに、紫の上は光源氏に対して、「めざましく、かくてはなど咎めらるまじくは」（私がこうして居ては失礼だなどと女三宮からお咎めをうけることがございませんでしたら）と紫の上はいっていますね。こういう人間関係というのは、社会的に当時類例が多くあったのではありませんが、危険は感じているわけでしょう。

中村　普通の場合に、別な細君ができたというのとは全然違うわけだ。

今井　普通だったら寝殿の奥に自分の部屋がある、そこに女三宮が入るから対屋に移れといわれたのだから辛いでしょうね。

中村　細君だったのが女中扱いになる。普通の場合とは全然違うわけですね。

謎の女性「夕顔」――作家からみた「夕顔」の実像

中村　もう一つは夕顔が、男に頼って優にやさしき女のように書いてあるのに、最初のときに女のほうから歌なんかを詠んでチョッカイを出す、最初の夕顔の態度と後の夕顔の態度が非常に違う。しかし、それはもっぱら源氏の立場からだけあれは書かれているから、もしあれを客観的に第三者が見ると、夕顔は生活に困っていてカモを捕まえたという、高級な娼婦だったのではないか、非常にうまく源氏を誑らし込んで、源氏はうまくやられて優にやさしき女と思って受け取った源氏の目で書いているから艶にやさしき女ができあがったけれど、あれは客観的に冷酷に見ると、売笑婦なのではないか。源氏向けにうぶな演技をしているのではないか。

今井　そうです。僕もそれを論文に書いたことがある。売笑婦とは書きませんでしたが、今おっしゃった「うぶな演技」というより、源氏の目にはただうぶに見えただけ、という線で書いています。夕顔の基本的性格は、光源氏の目に映ったようなうぶな女ではない。光源氏のあとを家人に再三つけさせるなどして、必死でその身元を探索している。また「帚木」の中に、自分が苦しんでいることを男に悟られることを、一番いやがったとも書いてある。あくまで自分の心を男に見せないんです。非常にしたたかだ。

大野　中村さんの勘が当たっているのではないかな。

今井　娼婦というのはちょっと……、娼婦ならもう少しほかのところにもそういうことを匂わせるところがあっていいと思う。夕顔の花の歌のところだけでしょう。

中村　紫式部はすごく綺麗ごとで書いている。夕顔は源氏好みに演技をしていたことを含めて、後世のわれわれには分からないが、当時の読者はああいう書き方で分かってしまうのではないか。

大野　ここで「B系の仕組み」ということで考えると、B系に出てくるのは、一人は人妻で、もう一人は血筋は高い醜女で、もう一人は友人の娘だから、類型的な四人を考える時に、夕顔のようなのが入ってもいいわけだと思う。

今井　意識的か、無意識かは別として夕顔の演技であることは間違いない。あれはリアルに読んでいくとチグハグな面が多くあって、あそこのところは、妙に生活の匂いがしない書き方だし、全体的にいって、雰囲気作りの操作がいろいろあるようだ。

大野　『源氏物語』は実に偏った美意識で書かれた物語で、今井さんもいわれたように大体が汚ならしい事柄は扱わないし、言葉も実に凝った選択をしている作品ですよね。

中村　あの時代に横行した泥棒なども出てこない。

今井　夕顔は売笑婦ではないと思う。乳母子の右近が、源氏を夕顔に手引きしたのは惟光かと疑っている。というのも、悪い男だと思っているみたいでどうも素人くさい。夕顔自身はおとなしくおっとりした女のように見えるが、源氏がいくら名前を明かせと迫っても、最後まで拒んだまま死んでゆく。源氏は不可解に思って、夕顔の死後に右近にそのわけを尋ねると、右近は、「夕顔は、あなたのほうが身許や名を隠していたから、これは行きずりの戯れ心に違いないと心を痛めて、とうとう名を明かさなかった」と答えます。夕顔には少将の娘という誇りが残っているのです。娼婦ならあそこまで強く名を隠すでしょうか。

中村　名前をいわないということは身分を、すなわち本性を明かさないということだから、娼婦だったらいわない。娼婦は経歴を隠すもんですよ。

今井　そうかなあ。でも「夕顔」は一応借り住居にしろ、家もあるんだから……。

中村　あれは家とはいえないでしょう。下町にいるということは身分の賤しいことだし……。

今井　それほどの下町でもない。乳母もおり、侍女もいますし。もっとも、名前を明かすと頭中将のほうに知られる危険はある。

中村　神秘めかして男を惹き付けるとか、あれはどうも娼婦のように思えるなあ。

今井　あれは謎の女として読者を最後までひっぱっていく謎解きのおもしろさだ。光源氏がうぶな女と思って溺れてゆく。それを引っ繰り返すわけで、最後の日常的な意外性がおもしろい。

初出一覧──第一論文集から第六論文集に既収の論文については、次頁の論文集一覧に付したA～Fの記号を用いて、「A所収」のように注記した。

源氏物語五十四条　解釈（昭57・7～59・11、原題「連載　源氏物語五十四条〈1〉桐壺～〈15〉蓬生」（未完））

源氏物語論の歴史──現代　解釈と鑑賞（昭32・10、原題「源氏物語論の歴史　これまでの人々は源氏物語をどう評論してどうみてきたか　現代まで」）

戦後における源氏物語研究の動向　文学（昭29・2）A所収

源氏物語の作者──その研究史の概観　国語と国文学（昭31・10）E所収

戦後二〇年の平安朝文学研究展望　国語と国文学（昭40・4、原題「平安朝文学──物語・日記・随筆・漢詩文」）

源氏物語における先行文学の影響　国文学（昭33・5）

平安文学の制作者と読者　解釈と鑑賞（昭30・7、原題「平安文学の作者と読者」）F所収

物語の享受　解釈と鑑賞（昭42・1、原題「隣接諸学　史学・社会学・民族学・文化人類学等を総合した新しいアプローチ9　源氏物語〈参考V〉享受の問題」）B所収

物語の鑑賞　『源氏物語必携』（学燈社、昭42・4、原題「享受の問題」）

源氏物語の上演・上映　佐賀県高等学校教育研究会国語部会大会講演（昭43・10・9、原題「源氏物語をめぐって」）『紫林残照　続国文学やぶにらみ』（笠間書院、平5・10）所収

平安文学研究の現状　昭和61年度私立短期大学国語国文担当者研修会報告書（昭62・3）『紫林残照』所収（ただし、抄出）

源氏物語と現代　新風土7（昭49・11）『紫林残照』所収（ただし、一部）

源氏物語との五〇年　九州大学文学部同窓会講演（平4・9・20）『紫林残照』所収
私の源氏物語研究　湘南文学15（平14・1）
座談会『源氏物語』をどう読むか　解釈と鑑賞別冊（昭61・4）

論文集一覧

A『源氏物語の研究』（昭38　未来社）
B『王朝文学の研究』（昭45　角川書店）
C『紫林照径――源氏物語の新研究』（昭55　角川書店）
D『王朝末期物語論』（昭61　桜楓社）
E『源氏物語の思念』（昭62　笠間書院）
F『王朝の物語と漢詩文』（平2　笠間書院）

解説

辛島　正雄

前回の配本（第12巻「評論・随想」）が二〇〇七年一〇月のことだったので、それからすでに十年以上、あまりにも長い中断期間を作ってしまい、本巻編集担当者として責任を痛感している。企画の進行を滞らせたことへの批判は甘受しつつ、ここに、『今井源衛著作集』第6巻をお届けする。

「源氏物語の鑑賞・研究二」と題された本巻の目玉は、いうまでもなく、著書未所収であった「源氏物語五十四条」が一括採録されたことである。昭和五七年七月、「解釈」誌上で始まったこの連載は、今井先生が同年三月に九州大学を定年退官後、梅光女学院大学（現在は梅光学院大学）に在職しておられた時期の仕事である。連載が始まる前、先生は、各帖ごとにどこを取り上げるか、楽しそうに話しておられたが、そのいっぽうで、各帖につき一条というのは、自身で決めた約束事ながら、どこを選ぶかに苦心されたであろうことは、容易に察せられる。残念ながら、第十五回「蓬生」をもって連載は中断してしまったが、その後も、掲載分以降の各帖についても独自の視点で解説・完結させる心づもりであることは、生前に直接お話をうかがっていた。つまり、残りの三十九帖分を、この『著作集』のために一気に書き下ろそうというのであり、たいへんな仕事ではあるものの、逆にそれを楽しんでやろうと意気込んでおられた。きっと、この帖ではこの条をと、いろいろ考えをめぐらしておられたに違いない。しかしながら、結果として、雑誌に掲載されて以降の文章が、ひとつもここに追加できなかったのは、編者として無念の極みである。とはいえ、十五条のみではあるが、先生の〈源氏学者〉としての蘊蓄が随所に披瀝されつつも、明快な語り口で、各条、さらには物語全体に及ぶ読みの勘所が説かれていて、じつに愉しい。読者各位には、先生一流の名調子を、ぜひご堪能いただきたい。

さて、そのような次第で、完全版「源氏物語五十四条」を収載するという大目標もあり、当初この巻の編集には今井先生ご自身が当たることになっていた。そして、編集の手助けを、先生は教え子である白石京子氏（故白石悌三福岡大学教授の令夫人）に委託され、原稿の本文チェック等も、白石氏のもとでなされた。ところが、二〇〇四年八月、先生が長逝されたことにより、ご自身での編集も夢と消え、やむなく辛島が本巻の編集を引き受けることとなり、そのおりに、白石氏が預かっておられた原稿も、辛島が引き継ぐこととなった。

「源氏物語五十四条」が未完の状態での編集作業は、正直にいって、かなり悩ましいものがあった。完結していれば、これだけで本巻の二五〇頁ほどを占めるはずであり、読者の関心も、もっぱらそこに注がれるに違いないことから、研究史や享受についての諸論文は、いわば添え物のような扱いで済ますこともできただろう。しかし、現実には、目玉となるはずのものが十五条で中断したまま追加できなかった影響は測り知れず、一巻を充てるには全体の分量がやや寂しいことから、急遽、中村真一郎・大野晋両氏との座談会を追加し、その他の論文——とくに研究史については、もとになっている情報の確認にも手を抜かないように努め、なんとか『著作集』の一冊として出版するに堪えるだけのかたちを整えようと、腐心したのであった。

ただ、この情報の確認という作業が、いざ本腰を入れて始めてみると、思いのほかの難事であった。調べれば調べるほど情報の齟齬が見つかるし、突き止めきれない情報元も少なくなかった。できるだけ正確な情報を提供できるよう確認・修訂をつづけたが、力及ばず、満足のゆくものとはとうていなっていない。そんなこんなの悪戦苦闘がつづくなかで、やがて、この巻の編集に携わることにすっかり消耗してしまったわたしは、校正ゲラを前に置きつつも、原稿との突き合わせにすら堪えられない気分に陥ってしまっていた。長い中断期間ができたのは、ひとえに、そうしたスランプからわたしが抜け出せなかったことによる。その間にも、いつまで待っても埒の明かないわたしを見かねて、笠間書院編集部のみなさんが、できるかぎりの校正作業に当たってくださったお蔭で、なんとか今に到っている。お礼の申し上げようもない。

また、わたしの怠慢による刊行の遅延のせいで、最初に本巻の原稿の確認・整理をされた白石氏にも、刷り上がりの本をお見せできない仕儀となった。白石京子様、平成二九年七月三一日永眠との連絡をご親族からいただいたのが、今年に入ってのことであった。胸が痛んだ。奇しくも、先生が退官を迎えられた年を、わたし自身が今年迎えている。ところが、弟子として先生の学恩に報いることができなかったどころか、諸方に迷惑をかけどおしの体たらくである。さぞかしあきれ顔で見ておられるのではないかと、恥じ入るばかりである。

解説の用をなさない弁解に終始してしまい、はなはだ面目ない次第である。それにしても、先生の人と学問とを思うとき、あの「戦争」がいかに深刻な暗い影を落としていたかが、本巻所収のいくつかの論文からも、切実に胸に迫ってくる。そんなとき、本『著作集』未収の随想を見つけたとの情報が、東京大学の田村隆氏よりもたらされた。メールにはコピーをＰＤＦファイル化したものが添付してあり、一読、埋もれさせるにはもったいないと感じたので、全文をここに紹介したい。

往事茫々

今井源衛

私は昭和十二年の春に入学、クラスは文二である。その点は他の諸君と変わりはないが卒業したのは、なにしろ昭和十八年の九月で、まる六年半も在学した勘定になる。一年次は無事だったが、二年の一学期の試験中に、忘れもしない、亀井高孝先生の西洋史と立沢剛先生のドイツ語の試験のある前夜、終夜電灯のつく寮務室で、明け方までにわか勉強をして、南寮二十三番の組選部屋に戻り、ベッドに入ったとたんに喀血したのが病気の始まりである。

以来、入院生活やら自宅療養やらをまじえて、一時はほとんど絶望的な状態に陥りながらも、どうやら命びろいをした。その間、学校の方は、二年次・三年次とも、初年度は休学、次の年は通年欠席、三年目には期限切れとなるから、最小限度出席してすれすれの線でお情け及第にあずかる、という手を重ねた。一高在籍年数の長さでは、たぶん私がその記録保持者だろう。長い休学のあと、学校に戻る度毎に、級友は皆卒業してしまっているから、いつも浦島太郎である。そのころ作った私の歌に、

　かがやく《（ママ）》昔の友は並みをりてわが名のみなし同窓名簿

というのがある。そんなわけで、私にとっては、一高の友情というものも、他の人たちのように、深く味わうすべはなかった。正直いって、死ぬか生きるかの瀬戸際には、若者の友情などというものに、かかずらわっている余裕はなかった。

　それでも、その後復学してから、小池欣一君、長谷川泉君、関晃君などとは、旧交を暖めるとともに、いろいろ援助を受けたりして、その好意は身にしみた。特に長谷川君は、国文科の先輩という形だから、最近に至るまで、なにかと力を借りている。

　また、それ以上に忘れがたいのは、藤木邦彦先生のことである。先生は、私が休学と通年欠席を重ねたあとの、三度目の二年生の組担任であった。その年はようやく五月から出席していたのだが、十二月の初めに、またまた血痰が続いて、それ以上の出席は無理であった。私は先生に事情を訴えて、帰郷静養したいけれど、及第の見込みがあるか否かをあえてお尋ねした。そのまま授業を欠席、その学期試験を受けなければ、とうてい及第は無理と私にも分かっていたのである。先生はほんのちょっとのあいだ、黙って考えておられるふうだったが、やがて静かに、「いいです。安心していらっしゃい。」と言われた。私はさっそく帰郷したが、そのあと、お若かった先生はどれほど御苦労いただいたことだろうか。

大学進学に国文科を選んだのも、半ば以上は病気療養の為である。長わずらいの間に、すっかり外国語を忘れてしまっていたし、その間に読みちらした文学書のうち、以前には手に取る気もしなかった日本の古典に心ひかれることが、次第に多くなっていたという事情もあるにはあるが、死にはずれの目にあったあとの、余生あるいは晩年の思いが、主としてその道を選ばせたようだった。

卒業後も何度か一高を訪ずれた。懐かしさの為というよりは、戦後しばらくの間、同窓会館に住んでおられた阿部秋生先輩を訪ねるためであった。そのころの事だったと思うが、一度昔住んだ南寮の三階に上ってみて、その荒廃ぶりに驚いた。部屋の戸は破れ、コンクリートの壁はたたき壊されて大きな穴が開き、網目のような鉄筋が露出していて隣室がのぞけて見えた。あたりにはコンクリートのかけらが散らばり、砂ぼこりでいっぱいだった。さすがに私も胸が痛んだ。もちろん大学紛争よりも十数年前の事である。

あれは一体なんの為だったのか。その理由は私にはいっこう分からなかったけれど、一高の墓場を目のあたりに見届ける思いがしたものだ。

その後、南寮は教官の研究室として整備されたようだが、私はそれ以来、駒場の昔の寮をのぞいた事はない。「さかさまに行かぬ年月よ」とは、源氏物語若菜下に見える光源氏の述懐だが、世の中はやはりそういうものだろう。

（『弥生道〔一高卒業50周年記念文集〕』平成二年四月一一日、非売品、昭和15年一高会（代表武田輝雄）発行）

また、それとは別に、昭和三九年に先生が九州大学教職員組合の執行部代表に就任したおりの挨拶文が見つかったよし、こちらは同僚の髙山倫明氏よりメールがあり、写真も添付されていた。ガリ版刷りのなかなかレアなしろものなので、これまた全文を掲げておく。

就任のごあいさつ

委員長　今井源衛

私は、平安朝文学の研究を専門にしている人間です。組合運動の経験もほとんどありません。その様な人間が、理由はともあれ、今度、執行部の代表になるというのは、見方によれば、組合の危機を象徴するものだといえなくはないでしょう。

しかし、私は、「もののあわれ」も組合運動も本質的には、より人間的になろうとする姿勢では一致するわけであり、又、組合運動が、今の日本の古めかしく陰気な社会の中で、新しく明るい平等な人間関係を作り上げてゆく為の、ただ一つの具体的な手がかりだと思っています。それで、勇気を出して、お引受けしたわけです。

組合の危機はたしかに存在し、私達を取り巻いている状況は、どう見ても、甚だ芳しくありません。斗うべき相手は、強い権力を握って、したたかな支配機構を作り上げており、また敵は、我々の心の中にも、いじけた事なかれ主義やみみっちい利己心という姿で、ひそんでいる様です。然し我々は、いかに困難が多くても、この内外の敵と正面から斗ってゆく外に、この暗い状況からの逃れ口はありません。

それから、組合はまた、いうまでもなく、全組合員一人一人の為のものである筈です。たとえば月二百円の組合費を納める人はすべてそれだけの利益を得なければ意味がありません。組合費は組合員の血税であり、その使途は組合員全員の利益に公平に還元されるべきものです。組合の一人一人が、そういう点も含めて、組合運動に積極的に関心をもち、それに参加して頂きたいのです。

我々公務員の組合ほど、ゆがめられ、圧えつけられているものは、文明国の中で、他に例がないことは、御承知の通りです。しかし、それも、国際的な展望の中では、I・L・O批准問題など、希望の曙光が見えてきたようです。我々は、政府の動きをきびしく見守りながら、腕を組み合い、胸を張って、進んで行きましょう。

今期執行部は経験者の数も少く、至らぬ点も多いかもしれません。しかし一生けんめいにがんばっていこうという気持では、誰にも負けない積りです。皆さんの積極的な御協力を心からお願いする次第です。

（九州大学教職員組合「法文ニュース」一九六四年一一月六日）

先生の九州大学着任が昭和三一年一〇月なので、八年余りが経過、職位はまだ助教授である。曲がったことが大嫌いで、強権的・高圧的な支配を憎んで自由を希求しつつも、かぎりない人間への愛情と信頼とを失わない、ロマンチストの一面がうかがえよう。二度と繰り返したくない「戦争」の忌まわしい体験と、生死の境をさまよう大病を患われた経験とが、ふたつながら、先生の純粋極まりない人柄と、誰にでも寛容な包容力とを、根底で支える力となったようにわたしには思われる。

最後に、あらためて、本巻の刊行を遅延させたことにつき、関係各位に深くお詫び申し上げる次第である。また、今井先生に関する新資料の情報を寄せてくださった田村・高山両氏に、厚くお礼申し上げる。

今井源衛著作集 第6巻　　源氏物語の鑑賞・研究二

2018年9月25日　初版第1刷発行

著者　今井源衛 ©
編集　辛島正雄
発行者　池田圭子
装幀　右澤康之
発行所　有限会社 **笠間書院**
〒101-0064　東京都千代田区神田猿楽町2－2－3
電話 03-3295-1331(代)　FAX03-3294-0996
ISBN 978-4-305-60085-1　C 3395　　藤原印刷